Der Fluch des Amethysts

PHYLLIS A.
WHITNEY

Der Fluch des Amethysts

Deutsch von
Christian Kennerknecht

Weltbild

Originaltitel: *Amethyst Dreams*
Originalverlag: Crown Publishers, Inc.

Besuchen Sie uns im Internet:
www.weltbild.de

Für Sharon Summers,
geliebte Freundin
und kluge Beraterin

Die Autorin

Phyllis A. Whitney wurde für ihr Lebenswerk mit einem Agatha Award ausgezeichnet und von der Krimiautoren-Vereinigung Mystery Writers of America zum Grand Master ernannt. Ihre Bücher wurden in 30 Ländern veröffentlicht und erreichten eine Gesamtauflage von über 50 Millionen. Phyllis A. Whitney lebt in Virginia.

Weltbild Taschenbuch

Vorwort

Ich hatte schon öfter den Gedanken, wenn ich eine Karte der Vereinigten Staaten aufschlagen und mir die Augen verbinden würde, um mit einer Nadel irgendeine x-beliebige Stelle zu markieren, dann würde sich ein Schauplatz für eine wunderbare Geschichte finden. Denn jeder Ort hat seine eigene Vergangenheit und Besonderheiten, die man nur dort findet. Topsail Island war so ein »Nadelort«, den ich durch puren Zufall entdeckt habe.

Die letzte Person, die ich im Laufe meiner Recherchen zu *Daughter of the Stars* in Harpers Ferry kennen lernte, war Kate Richie (und beinahe wären wir einander überhaupt nicht begegnet). Sie und ihr Mann waren im Begriff, nach Hampstead, North Carolina, umzuziehen, und beim Verabschieden sagte ich: »Lass es mich wissen, wenn du eine interessante Lokalität findest, über die ich schreiben könnte.« Später, nachdem sie sich eingewohnt hatten, schlug sie dann Topsail Island in der näheren Umgebung als Möglichkeit vor. Meine Tochter und mein Schwiegersohn fuhren mich von Virginia dorthin, und ich hätte kaum einen ergiebigeren Flecken Erde als Hintergrund für eine Geschichte finden können.

Ich bin oft überrascht darüber, wie wenig die Menschen über die Geschichte ihres eigenen Wohnortes wissen. Das Erste, was mir nach der Ankunft auf der Insel auffiel, war ein viereckiger Betonturm. Verteilt über den schmalen Streifen Landes, der sich Topsail nannte, gab es insgesamt sieben davon. Als ich mich nach ihnen erkundigte, sagte mir ein Insulaner, dass sie etwas mit der Küstenwache zu tun hätten. Sie werden sehen, wie falsch das war!

Glücklicherweise fand ich sachkundigere Menschen, die mir weiterhalfen. Kate und David Richie hatten ein Haus auf dem Festland erworben und sich ein Boot zugelegt, mit dem sie den Topsail-Sund befuhren. Der Sund ist Teil des Intracoastal Waterway, einer durchgehenden Schifffahrtsverbindung bis Florida. Sie waren fasziniert von den Schönheiten dieser Gewässer mit ihrer vielfältigen Tierwelt. Ich bin ihnen beiden dankbar, dass ich durch ihre Augen und Ohren Orte kennen lernte, die ich vorher nur in meiner Fantasie besuchen konnte.

Jeanne Nociti, Geschäftsführerin der Tourismus- und Handelskammer der Region Greater Topsail, kam meiner Bitte um Hilfe mit großer Begeisterung nach. Sie rief auch Betty Polzer an, die wir schließlich in ihrem reizenden rosa Häuschen am Meer besuchen durften. Betty wurde meine Brieffreundin. Ihr heller Kopf und wacher Geist waren mir in vielen Briefen eine große Hilfe. Ihre intensive Erforschung der Geschichte der Insel, ihre Schriften und die vielen Zeitungsausschnitte, die sie mir schickte, bereicherten mein Wissen. Liebe Betty, du fehlst mir, und es macht mich traurig, dass ich dir dieses Buch nicht mehr zeigen konnte, ein Buch, für das du so viel gegeben hast, ehe du in eine andere Dimension gegangen bist.

Jeanne machte mich auch mit der Vorsitzenden der Historischen Gesellschaft von Topsail Island bekannt, Evelyn Bradshaw, die mir mit reichlich Informationen und Unterstützung zur Seite stand. Evelyn zeigte uns das Assembly Building, das zur Lagerung von Raketenteilen bis zur Endmontage und dem Abschuss diente. Die Historische Gesellschaft hatte eine kommerzielle Nutzung des Gebäudes verhindert, das nun für die Einrichtung eines Inselmuseums zur Verfügung stand. Missiles and More, wie das Museum heute heißt, dokumentiert den Alltag der indianischen Ureinwohner, die Geschichte der Operation Bumblebee und des Goldlochs und vieles mehr.

Evelyn Bradshaw brachte meine Geschichte auch dadurch ins Rollen, indem sie mir von dem berühmten Goldloch der Insel erzählte. In diesem Zusammenhang habe ich es mit der Wahrheit nicht ganz so genau genommen. Das Goldloch befindet sich auf Privatgrund, weshalb ich seinen Namen in Piratenpfuhl umgeändert und diesen kurzerhand dorthin verlegt habe, wo er meiner Geschichte dienlich ist. Die Trägerrakete wurde an der Küste von Topsail angespült, aber die Personen meines Romans waren nicht unmittelbar dabei. Ein Cabbage Island gab es tatsächlich, aber ich habe mir diesen Namen für jenes imaginäre Stück Land ausgeliehen, das meine Charaktere besuchen. Suchen Sie nicht nach Susans »Geheimzimmer« unter dem Assembly Building – obschon der Fußboden nahe der Tür tatsächlich hohl klingt. Danke, Bill Morrison, dass du die Stelle abgeklopft und meiner Fantasie auf die Sprünge geholfen hast.

Ken und Evelyn Ottoway empfingen uns in ihrem Turmhaus, Spyglass, mit warmer Gastfreundschaft. Danke, dass ich es mir für meine Geschichte ausleihen durfte. Ken schenkte mir einen Haifischzahn, den er am Strand gefunden hatte, und auch dieser fand seine Verwendung in einer bestimmten Szene.

Große Freude machte mir auch der Besuch von Sloop Point Plantation drüben auf dem Festland. Das Haus gilt als ältester Plantagensitz North Carolinas, und James und Mae Graves haben es liebevoll und mit großer Sorgfalt und Respekt vor dem Original renoviert. In meinem Roman wurde es zu Gulls Cove, dessen Bewohner jedoch mit den weitaus herzlicheren Gastgebern auf Sloop Point nichts gemein haben. Bei meinen Recherchen für ein Buch mache ich immer viele Foto- und Videoaufnahmen, sodass ich in der Lage war, Sloop Point in einigen Szenen wieder aufleben zu lassen.

Mein Dank gilt auch Ralph und Bettie Shipton, deren schönes modernes Haus auf der anderen Seite des Sunds wir besuchen konnten. Besonders dankbar bin ich den Shiptons dafür, dass wir ihren Fahrstuhl benutzen durften. Ich weiß nicht, was Captain Nick ohne ihn gemacht hätte!

Der Leiter und das Personal des hübschen Restaurants Soundside waren besonders hilfsbereit, stellten sie uns doch ihre Räume außerhalb der Stoßzeiten für Fotoaufnahmen zur Verfügung. Somit konnten meine Charaktere in originalgetreuer Umgebung speisen.

Merkwürdigerweise ist mir Topsail heute näher als in der Zeit, als ich dort war. Immerhin habe ich viele Monate auf der Insel zugebracht und beobachtet, welchen Lauf das Schicksal meiner vielfältigen Charaktere nimmt. Sie wird mir immer unvergesslich bleiben, so wie sie tatsächlich war und so wie sie sich in dieser Geschichte darstellt.

Hampstead, North Carolina

»Sie darf nicht hierher kommen. Wir dürfen das nicht zulassen. Wir wollen sie hier nicht haben, Ryce.« Louise Trench, eine Frau, offenbar gewohnt daran, ihren Willen durchzusetzen, wandte sich quer durch den Raum an ihren Mann.

Ryce Trench wünschte, das Geld seines Vaters würde Louise nicht so viel bedeuten, aber er hatte immer gewusst, dass dem doch so war. Mit Mitte fünfzig war sie nach wie vor schön und sich dieser Tatsache sehr wohl bewusst. Ihre Haare ließ sie sorgfältig nachblondieren, und ihr Gesicht war nach wie vor glatt – als hielte sie starke Emotionen unter Verschluss. Sie hatte nie zugenommen und machte eine perfekte Figur in den teuren, gut geschnittenen Kleidern. Ryce, zu klug, um sich etwas vorzumachen, wusste genau, warum sie ihn geheiratet hatte, war aber von Anfang an von ihrer Schönheit geblendet. Und er hatte sich einsam gefühlt seit Ellens Tod.

Die drei Menschen im Wohnzimmer von Gulls Cove standen getrennt, jeder für sich, blickten aber alle aus einem Fenster auf die schöne, gekräuselte Wasseroberfläche des Sunds. Richard Merrick, Freund und Anwalt der Familie, wandte sich um und griff Louises Worte auf.

»Es ist zu spät, um sie noch aufzuhalten. Mrs Knight hat meinen Brief erhalten, und ihre Maschine aus Kalifornien wird in wenigen Stunden in Wilmington landen.«

»Man kann sie zumindest davon abhalten, zu bleiben«, insistierte Louise. »Wir brauchen einen Plan.«

»Mein Vater liegt im Sterben«, sagte Ryce, »und nur ihm gilt ihr Besuch. Sie wird nicht lange bleiben. Er will mit ihr über Susan sprechen, sonst nichts.«

Ryce wirkte noch immer wie am Boden zerstört, wenn er den Namen seiner Tochter aussprach. Er wusste, dass sie tot war. Er hatte unter ihrem Verlust von Anfang an gelitten, nur Nick, sein Vater, wollte sich nie damit abfinden. Die Verbindung zwischen Nick und seiner Enkeltochter war ungewöhnlich eng gewesen, und im Laufe seiner jetzigen langwierigen Erkrankung hatte Nick Tausende Dollar ausgegeben, um ihr Verschwinden aufzuklären. Hallie Knight kommen zu lassen, die älteste Freundin seiner Tochter, war lediglich ein törichter letzter Versuch, aber in Louises Augen vielleicht der bedrohlichste.

»Nick wird ewig leben«, zischte sie.

»Das hoffe ich doch«, sagte Richard und nahm seinen Regenmantel und die Mappe. »Wie auch immer, ich mach mich mal lieber auf den Weg zum Flughafen. Ich ruf euch an, sobald ich Mrs Knight auf der Insel abgeliefert habe.«

Ryce war der Blick in den Augen seiner Frau nicht entgangen, die Art, wie sie Richard zulächelte. Er hatte diesen Blick schon öfter bemerkt, immer wenn ein hübscher Mann in ihrer Nähe war, und wie immer in solchen Fällen schluckte er seine Wut hinunter.

Louise konnte nichts für ihre Art. Sie brauchte Bewunderung, aber er wusste, dass sie ihn nie verlassen würde, solange sie die Aussicht auf das Erbe seines Vaters lockte.

Richard blieb auf dem Weg zur Tür kurz stehen. »Vielleicht machst du dir umsonst Sorgen. Könnte ja sein, dass sie Nicks Bedingungen nicht akzeptiert.«

»Wie klang sie denn am Telefon, als sie nach deinem Brief hier anrief?«, fragte Louise.

»Neugierig. Verdutzt. Nichts weiter. Ich hatte das Gefühl, etwas Privates, eine schwierige Angelegenheit, würde sie ablenken. Sie kommt einzig und allein wegen ihrer Freundschaft mit Susan.«

»Wenn du deine Trümpfe geschickt einsetzt, Richard, kannst du sie vergraulen. Schon alleine dieses grässliche

Haus, in dem Nick wohnt, sollte ausreichen.« Louise schauderte bei dem Gedanken.

Ryce bewahrte seine Ruhe. »Wir wissen natürlich nicht genau, was mein Vater vorhat. Ich sag dir eins – mir tut diese Frau Leid. Wer soll sie denn beschützen?»

»Wovor beschützen?«, fragte Richard. »Sie ist überhaupt nicht in Gefahr.«

»Wie wollen wir das wissen?«, fragte Ryce und atmete tief durch. »Immerhin weiß niemand, was mit Susan passiert ist.«

»Wir werden Bescheid wissen, wenn sie beschließt, es uns wissen zu lassen«, sagte Louise. »Deine Tochter war schon immer ein flatterhaftes Ding. Diese Hallie Knight dagegen könnte für Unruhe sorgen. Mit Susan als Köder kann alles Mögliche an die Oberfläche gelangen.«

»Susan hat uns schon vor zwei Jahren verlassen«, bemerkte Ryce traurig, »und ich glaube kaum, dass mein Vater den Versuch jemals aufgibt, ihr Schicksal aufzuklären.«

Richard sah ungeduldig auf seine Uhr. »Wir kommen auf keinen grünen Zweig. Der Bezug auf sein Testament in seinem Brief an Mrs Knight bedeutet gar nichts. Er wollte damit nur sicherstellen, dass sie auch wirklich kommt, ganz klar.«

Louise zog die Nase hoch.

»Wie auch immer, ich muss los zum Flughafen. Wenn Mrs Knight erst einmal hier ist und Nick sie gesehen hat, wissen wir mehr. Vielleicht gibt es überhaupt keinen Grund zur Besorgnis. Wir werden uns die Kleine erst einmal ansehen, dann reden wir weiter.« Als er wegging, würdigte er Louise kaum eines Blickes.

Kaum war er abgefahren, zog sie ihrem Mann heimlich eine Grimasse und verließ den Raum.

Ryce Trench spürte seine ganze Hilflosigkeit, als er am Fenster stand, den Blick unentwegt über den Sund auf Topsail Island gerichtet. Dort war er vor fünfundfünfzig Jahren geboren worden – in genau dem Haus, das sein Vater noch heute bewohnte.

Als Ellen noch am Leben war, seine erste Frau, hatten sie zusammen mit ihrer Tochter Susan auf der Insel bei seinem Vater und seiner Mutter gewohnt. Ellen starb, bevor seine Eltern sich trennten und seine Mutter eigene Wege ging. In dieser frühen Zeit jedoch hatten sie alle glücklich zusammengelebt. Zumindest dachte er das.

Ellen hatte Anne sehr geliebt, und sie liebte das Haus ihres Schwiegervaters und die Insel – sie liebte die Strände, den Wald und die einzigartige Geschichte der Insel. Susan war ebenso begeistert von diesem Flecken Erde, obwohl sie ihre Mutter kaum gekannt hatte, starb diese doch, als sie gerade einmal drei Jahre alt war.

Danach hatte sich Anne, ihre Großmutter, um sie gekümmert. Ryce hatte der Tod seiner Frau so tief getroffen, dass er sich nur mehr in die Arbeit stürzte, und obwohl er wusste, dass er Susan kein besonders guter Vater war, hatte er sie doch über alles geliebt. Nun freute er sich insgeheim auf die Begegnung mit der ehemaligen Collegefreundin seiner Tochter. Vielleicht bekäme er ja ein Stück von Susan zurück, wenn er Hallie Knight kennen lernte.

Er fragte sich oft, ob Ellen je verstanden hätte, warum er Louise geheiratet hatte. Manchmal verstand er es selbst kaum. Er hatte ihr einfach nicht widerstehen können, konnte aber nie so recht nachvollziehen, worin letztlich, außer ihrer Geldgier, ihre Motivation bestanden hatte. Sie hatte ihm von ihrer etablierten Familie im Norden erzählt, aber alle waren tot, als sie sich in Richtung Süden aufmachte. Louise fühlte sich also ebenfalls einsam. Er hatte sie nie mit Fragen über ihre Vergangenheit bedrängt, da es ihr offenbar sehr wehtat, über ihre Familie zu sprechen.

Er rechnete nicht damit, jemals wieder eine Frau wie Ellen zu finden. Wenn es einen Menschen auf der Welt gibt, der für einen bestimmt ist, dann, so glaubte er, hatte er diesen Menschen bereits gefunden und leider allzu früh wieder verloren. Louise war zumindest hübsch, und in seiner Lebensphase reichte ihm das voll und ganz.

In jüngster Zeit jedoch war ihm aufgefallen, dass der Funken Wut, der schon länger in ihm glomm, überzuspringen drohte. Ihm war klar, dass er dies unter keinen Umständen zulassen dürfte, da er sonst weder für sich selbst noch für sein wie auch immer geartetes weiteres Zusammenleben mit Louise garantieren könnte. Er musste seine Emotionen unter Kontrolle halten.

Gegenüber, auf der anderen Seite des Sunds, erstreckte sich die Insel, lang und schmal und schwer beschattet im Licht der untergehenden Sonne. Diese Insel wusste ihre Geheimnisse wohl zu hüten, was auch immer die junge Frau, die sich auf dem Weg nach Topsail befand, unternehmen würde. Geheimnisse waren da, um gewahrt zu bleiben – tief vergraben, dass sie nie jemand entdeckt.

1

Es war vorbei. Ich würde Paul nie verzeihen, und ich würde nie wieder mit ihm zusammenleben. Unsere achtjährige Ehe war scheinbar wunderbar glücklich gewesen, obwohl wir keine Kinder hatten. Ich hatte uneingeschränktes Vertrauen in meinen Mann, und die Hollywood-Schickeria, in der er sich als Westküsten-Literaturagent tummelte, war mir so ziemlich egal ... oder doch nicht?

Paul hatte eine besondere Begabung dafür, in den dicksten Wälzern von Romanen einen Kinofilm aufzuspüren, und mit sicherem Instinkt kannte er dann garantiert auch den richtigen Regisseur oder Produzenten. Für den Rest sorgten sein Enthusiasmus und sein Charme. Jeder kannte Paul Knight, oder wollte ihn zumindest kennen; sein Erfolg war beachtlich.

Unsere Liebe beruhte auf der Anziehung von Gegensätzen. Paul war ein Herdentier, immer darauf aus, auf Partys zu gehen und neue Leute kennen zu lernen, während ich ein ruhigeres Leben und die Gesellschaft weniger Freunde vorzog. Dennoch war das gemeinsame Band *real*, und ich ging davon aus, unsere Liebe würde ewig währen. Liebe, Vertrauen und Verlässlichkeit waren die Dinge, auf die es mir ankam. Ich war so naiv damals.

Paul hatte stets den Eindruck erweckt, gelassen, ja sogar mokant, er sei sich bewusst, dass er für eine Art Traumfabrik arbeitete. Auf Äußerlichkeiten fiel er nicht herein. Deshalb hätte ich es auch nie für möglich gehalten, er würde sich mit einer blonden Schauspielerin einlassen, die zwar sexy war, aber nicht sehr hell im Kopf. Ich konfrontierte ihn mit der Geschichte, sobald ich wusste, was abging, und er versuchte erst gar nicht, sich herauszureden, worauf ich, die immer so kontrolliert war, so verständnisvoll, in Wut ausbrach und förmlich explodierte. Er hörte mit einem gewissen Erstaunen zu, gestand seine Affäre und verabschiedete sich, überließ mir die Entscheidung, was ich tun wollte. So wenig hatte er mich geliebt.

Der Brief von Susan Trenchs Großvater war am nächsten Tag gekommen, als ich noch unter Schock stand. Mir war überhaupt nicht klar, worum es eigentlich ging, und es war mir auch egal. Ich wusste lediglich, dass ich damit die Gelegenheit hatte, etwas Konkretes zu *tun* – alles hinter mir zu lassen, bis ich klarer sehen würde. Die Anrede in diesem Brief lautete wie schon in jenem von vor zwei Jahren, der von Susans Verschwinden berichtete, »liebe Hallie« und nicht »Mrs Knight«, woraus ich schloss, dass Susan nur Gutes über mich erzählt haben musste.

Ich dachte oft an Susan, beunruhigt, wie ich war angesichts ihres plötzlichen Verschwindens. In der ersten Zeit nach meinem Weggang von Berkeley hatten wir den Kontakt gehalten, telefonisch und brieflich. Gelegentlich trafen wir uns auch an irgendeinem schönen, aber nicht zu teuren Ort, um eine Woche lang zu entspannen, miteinander Spaß zu haben und uns das Neuste aus unserem Leben zu berichten. Für geraume Zeit waren wir wirklich gute Freunde, aber ich lebte in Palm Springs, und Susan wohnte auf einer Insel namens Topsail vor der Küste von North Carolina. Als wir uns gemeinsam ein Zimmer teilten – und in jenen ersten Jahren nach dem College –, war Susan ganz der ungestüme Wildfang, ich dagegen, wie ich gern glaubte, die Ruhigere. Ich hatte stets ein offenes Ohr für Susans Probleme – Probleme waren wohl überhaupt ein fester Bestandteil ihres Lebens –, half ihr aus der einen oder anderen dummen Patsche und liebte sie wie eine Schwester. Natürlich hatten wir einander ewige Freundschaft geschworen, aber nach einer Zeit waren wir beide mehr und mehr mit dem eigenen Leben beschäftigt und verloren uns zunehmend aus den Augen. Schließlich kam sogar der Briefverkehr zum Erliegen. Weihnachtskarten mit Rückadresse brachten wir noch auf die Reihe, aber nichts weiter.

Dann, vor zwei Jahren, schickte mir Susans Großvater, Nicholas Trench, einen Zeitungsartikel über Susans Verschwinden. Ich war zutiefst betroffen und geschockt. In meinem Antwortbrief stellte ich ein paar Fragen, aber Captain Trench zog es vor zu schweigen, und bis jetzt hatte ich nie wieder von ihm gehört.

Anscheinend hatte er sich an meine Freundschaft mit seiner Enkeltochter erinnert. Er schrieb, dass er nicht mehr lange zu leben habe und mich so bald wie möglich sehen möchte. Weil ich zu Susan »immer so nett war«, wollte er mich in seinem Testament begünstigen. Vor allem aber wollte er sich mit einem Menschen unterhalten, dessen Erinnerungen an seine Enkeltochter ihn vielleicht trösten könnten. Dem Brief beigefügt war ein Scheck für ein Flugticket erster Klasse von Kalifornien nach North Carolina und zurück.

Zusammen mit dem Brief war eine eher formelle Mitteilung eines Anwalts gekommen, Richard Merrick, aus dessen Briefkopf hervorging, dass er einer Kanzlei in Wilmington, North Carolina, angehörte. Darin hatte er mich gebeten, ihn sobald wie möglich zu kontaktieren. Er klang nicht besonders freundlich, als ich ihn anrief, und wir einigten uns lediglich über die Details meiner Reise nach North Carolina. Und da saß ich nun in einem Flugzeug über dem Kontinent in Richtung Osten, auf einer Reise, die eigentlich nie geplant war.

Ich hasste diese ewig langen Flüge, bei denen man nichts zu tun und viel Zeit zum Nachdenken hatte. Die Wunde, die Paul mir zugefügt hatte, brannte so stark wie nie zuvor – ein Schmerz, der sich mit Wut vermischte, was mir ein gewisses Unwohlsein bereitete. Die Flughäfen in Los Angeles und danach in Chicago, wo ich umsteigen musste, schienen voll mit zu zweit reisenden Paaren, und alle erinnerten sie mich an glückliche Zeiten mit Paul. Am schlimmsten war es gleich beim Start, sehr früh am Morgen in Los Angeles, als ich mich in die Boardingschlange einreihte und vor mir ein Mann stand – nicht sehr groß, mit braunem, am Nacken etwas lang geschnittenem Haar. Er hatte eine Art, seinen Kopf sehr schnell zu bewegen, und mir wäre beinahe das Herz stehen geblieben. Natürlich war es nicht Paul, dennoch zitterte ich, als ich meinen Platz einnahm. Ich hielt Paul immer für etwas Besonderes – sehr viel interessanter als andere Männer. Aber mittlerweile schien es immer mehr Männer zu geben, die mich an ihn erinnerten.

Auf diesem letzten Abschnitt des Fluges hatte ich nicht einmal einen Sitznachbarn zum Unterhalten und war deshalb leicht angespannt und umso erleichterter, als wir fast da waren.

Ein schleifendes Geräusch ließ das Flugzeug unmerklich erbeben und endete mit einem dumpfen Schlag, der mir sagte, dass das Fahrwerk nun ausgefahren war. Als wir unter der Wolkendecke hervorkamen, konnte ich die riesigen Wälder North Carolinas sehen und den Cape Fear River, der sich durch die Bäume hindurchschlängelte. Während des Fluges hatte ich mich eine Weile abgelenkt, indem ich die Karten in einem Touristenführer studierte, den ich tags zuvor eilends gekauft hatte. So wusste ich ein klein wenig über das unter mir liegende Land. Topsail war eine kleine, vor der Küste nördlich von Wilmington gelegene Barriereinsel, aber von oben konnte ich sie nicht erkennen.

Nachdem das Flugzeug gelandet war und ich mich mit den anderen Passagieren in Richtung Ausgang bewegte, sah ich Richard Merrick auf mich warten. An der Aktenmappe unter dem Arm würde ich ihn erkennen, hatte er mir gesagt – daran und dass er ziemlich groß sei. Er sah so aus, wie er am Telefon geklungen hatte – kompetent und kühl. Seine Stimme, als er mich begrüßte, klang dunkel timbriert – eine kräftige, aber nicht ganz und gar beruhigende Stimme –, und sie schien zu seiner großen Statur zu passen. Er ließ mich in seinem komfortablen Buick Platz nehmen, und wir fuhren nordwärts die Küste entlang. Er starrte mich zwar nicht gerade an, dennoch bemerkte ich, wie er mich taxierte, und ich versuchte so wenig wie möglich von mir preiszugeben.

»Erzählen Sie mir von Captain Trench«, sagte ich nach einem guten Stück Wegs. »Ich meine, Susan hätte mir erzählt, er war Captain bei der Marine. Ist er sehr krank?«

»Die Ärzte geben ihm noch ein, zwei Monate. Zuweilen hat er beträchtliche Schmerzen. Ich bin froh, dass Sie rechtzeitig gekommen sind. Er erinnert sich, dass Susan von Ihnen gesprochen hat, und das ist wichtig für ihn.«

Obwohl Merrick die richtigen Worte fand, zweifelte ich doch an seiner Aufrichtigkeit. Auf jeden Fall war er nicht erfreut, mich zu sehen, auch wenn er das Gegenteil behauptete.

»Hat man je herausgefunden, was mit Susan passiert ist?«, fragte ich.

Er zögerte einen Moment mit der Antwort. Dann sagte er traurig: »Wir wissen es einfach nicht. Es ist eine unglückliche Geschichte, lassen Sie also dem Captain seinen Willen, wenn er darüber sprechen möchte.«

»Ich erinnere mich an Susans Faible für Topsail Island. Fahren wir dorthin?«

Merrick nickte. »Nick – Nicholas Trench – lebt noch dort in dem Haus, das er für Susans Großmutter gebaut hatte. Sie hat ihn schon vor vielen Jahren verlassen.« Merrick hielt inne, und ich hatte das Gefühl, dass er noch mehr sagen wollte; als er fortfuhr, wechselte er jedoch das Thema. »Ehe wir ankommen, sollten Sie sich besser angewöhnen, die Insel ›Top'sle‹ zu nennen. Früher gingen die Handelsschiffe immer in den Buchten vor Anker, die sich vom Sund her in die Insel erstreckten. Sie müssen wissen, damals machten noch Piraten die Küstengewässer unsicher, und die Handelskapitäne konnten über die Dünen hinweg die Toppsegel der Piratenschiffe sehen und sich rechtzeitig in Sicherheit bringen. Aus dem Grund bekam die Insel den Namen Top'sle, so sprechen die Seeleute das Wort ›Topsail‹ aus. Heute ist sie ein beliebtes Ferienziel für Urlauber, die die schönen Strände genießen, und es gibt nicht wenige Rentner, die das ganze Jahr über dort wohnen. Aber auch junge berufstätige Menschen finden hierher – Schriftsteller, Künstler und andere Selbstständige. Gleich werden wir über die Drehbrücke von Hampstead aus übersetzen.«

Sein Redeschwall, so vermutete ich, sollte mich von Susan und ihrem Großvater, unserem eigentlichen Thema, ablenken.

»Lebt Susans Vater auf der Insel?«, fragte ich, als er eine Pause einlegte.

Merrick warf mir einen kurzen Blick zu und sah dann wieder auf die Straße. »Nein, nicht mehr.«

»Es gibt eine Stiefmutter, nehme ich an?«

Dieses Mal nickte er bloß, und mir wurde klar, dass es Themen gab, über die er ungern sprach. Mich machte das natürlich umso neugieriger. Schließlich war ich über alles froh, das mich ablenkte.

Er bereitete meiner Fragerei ein Ende, indem er in eine Tankstelle einbog. Dann, nachdem er den Tank gefüllt hatte, fuhr er das Auto in eine Parklücke und stellte den Motor ab.

»Ich weiß nicht, wie ich mich ausdrücken soll«, begann er, »aber Sie müssen wissen, dass es unter Umständen Personen gibt, die über Ihren Besuch nicht erfreut sein werden. Bleiben Sie nicht allzu lange. Für Captain Trench können Sie ohnehin nichts tun.«

Ich sah ihn erstaunt an. »Was meinen Sie genau? Wer sollte hier schon etwas gegen mich haben?«

»Mit Ihnen hat es nichts zu tun, wirklich. Aber Sie könnten jemandem in die Quere kommen. Nicholas Trench wird nach seinem Tod ein beträchtliches Vermögen hinterlassen, wissen Sie.«

Ich wusste nichts davon und konnte nur protestieren. »Was, bitte schön, habe ich damit zu tun?«

Er sprach ruhig, mit sanfter Stimme, die er sonst wahrscheinlich nur in den schlimmsten Fällen in seiner Kanzlei ertönen ließ. »Ich habe eine Kopie des Briefs gesehen, den Captain Trench Ihnen geschickt hat. Er sprach von einem Erbe.«

»Ich bin mir sicher, er meinte nicht mehr als ein symbolisches Geschenk. Auch wenn ich nicht weiß, was ihn dazu veranlasst.«

»Es gibt Leute, die nicht teilen wollen«, sagte Merrick.

»Dann werde ich ihn bitten, mir nichts zu hinterlassen. Wenn wir genug über Susan gesprochen haben – er möchte das und braucht es wohl auch –, fliege ich einfach nach Kalifornien zurück. Es gibt also nichts, worüber Sie sich Sorgen machen müssen.«

Er sah mich ein weiteres Mal lange an und lächelte dann, nun etwas wärmer. »Sicher wird alles gut. Er ist ein alter Mann, der viele Verluste wegstecken musste. Darum sollten wir ihm seinen Willen lassen und ihm einfach zuhören.«

Etwas in der Art, wie er das sagte, irritierte mich, und ich nickte vage, als er sich mit dem Buick wieder in den Verkehr einfädelte. Wahrscheinlich war ich einfach viel zu nervös. Die Brücke war einsatzbereit, und wir erreichten die Insel ohne weitere Verzögerung. Der Wagen fuhr durch das kleine Geschäftsviertel von Surf City, vorbei an Restaurants, Geschenkartikelläden, einem Künstleratelier, weiteren Geschäften und dem kleinen Gebäude der Handelskammer. Dann verließen wir den Ort und fuhren auf einer Hauptstraße die schmale Insel entlang in Richtung Süden.

Häuser in allen erdenklichen Größen und Arten säumten die Straße auf beiden Seiten. Alle standen auf Säulen, sodass der Wohnbereich über Flutniveau lag. In manchen Fällen waren diese Stützpfeiler hinter Mauern ordentlich verborgen, während andere Hausbesitzer den unteren Bereich offen und einsehbar belassen hatten. Zu unserer Linken erblickte ich

Sanddünen, die sich in einer Linie neben dem Meer auftürmten, das ich aber nicht sehen konnte. In regelmäßigen Abständen führten Treppen und Laufwege aus Holz über die Dünen hinweg und, wie ich vermutete, zum Strand.

»Die Dünen sind außerordentlich empfindlich«, erzählte mir Merrick, »sodass man sie schützen muss. Niemand trampelt darauf herum. Die Insel ist knapp vierzig Kilometer lang und leicht sichelförmig gebogen. Sie ist an keiner Stelle besonders breit, und Buchten auf der Sundseite können hie und da noch etwas abknapsen. Auf der Meeresseite erstreckt sich in einem langen Bogen am Atlantik entlang der Strand. Sie haben Glück, vor Beginn der Sommersaison hier zu sein. Viele Ferienhäuser stehen noch leer, sodass die Ganzjahresbewohner die Insel weitgehend für sich haben.« Wieder hatte ich den Eindruck eines Ablenkungsmanövers.

Ich sah auf die sandige Straßenseite zu meiner Linken, auf Häuser mit Blick auf ein Meer, das ich noch immer nicht sehen konnte. Sie waren ziemlich dicht aneinander gebaut, die meisten weiß oder braun angestrichen, wobei die Farbe hie und da abblätterte. Ein rosafarbenes Haus gab sich besonders spektakulär.

Die meisten Häuser trugen Namensschilder – manche poetisch, manche eher neckisch-verspielt. Ich sah WINDZERZAUST, ZWEITES GLÜCK und, neben anderen, ABSTAND BITTE.

»Besteht die Insel aus einer einzigen Ortschaft?«, fragte ich.

»Es gibt drei Gemeinden – Topsail Beach im Süden, da wo wir hinfahren, Surf City, der Brückenpunkt, und North Topsail Beach, das voll mit Eigentumsblöcken und überhaupt wie eine andere Welt ist. Das Nordende ist mit einer eigenen Brücke mit dem Festland verbunden, und überdies gehört die Insel auch zu zwei Landkreisen, Onslow und Pender.«

Neben der Straße an der Sundseite fielen mir die windgebeugten Bäume auf, die in einem schmalen Streifen dicht nebeneinander standen, die Kronen so eng verwachsen, dass sie ein durchgehendes Dachgewirr bildeten.

Merrick sah, dass ich mich dafür interessierte. »Diese Bäume sind Teil des maritimen Waldbewuchses der Insel. Früher war hier alles mit Wald bedeckt. Bei den Bäumen handelt es sich überwiegend um Lebenseichen, die der ständige Seewind so verkümmern und verkrüppeln ließ. Leider fiel ein großer Teil der Wälder der ungezügelten Bebauung zum Opfer, aber der Rest steht jetzt unter Naturschutz.«

Rechts vor uns rückte ein merkwürdiger Bau ins Blickfeld – ein massiver, drei Etagen hoher Betonturm mit viereckigem Grundriss. In der Mitte waren Fenster, und ganz unten gab es anscheinend eine Tür.

»Was ist das denn?«, fragte ich, als wir an dem Gebäude vorbeifuhren.

»Diese Türme wurden nach dem Zweiten Weltkrieg gebaut, zu einer Zeit, als es außer armseligen Fischerdörfern kaum etwas auf der Insel gab. Ursprünglich waren es neun, aber einer ist verschwunden, bleiben also acht. Sie spielten eine Rolle bei der so genannten Operation Bumblebee. Fragen Sie Captain Trench nach diesen Geschichten. Er war als junger Mann bei der Marine hier auf der Insel.«

Der dichte grüne Waldbewuchs säumte den Weg zu unserer Rechten. Gelegentlich zweigten Straßen rechts ab, die zum Sund führten.

Merrick bog in eine dieser Straßen ein. An dieser Stelle türmte sich zu beiden Seiten dichtes, dunkles Laubwerk, das in der Mitte beinahe zusammenwuchs zu einem schattigen Tunnel. Ganz am Ende der Straße zeigte sich eine helle Stelle, das Wasser des Sunds. Noch bevor wir am Wasser ankamen, steuerte Merrick das Auto in eine Lichtung, in der umgeben von Bäumen zwei Häuser standen. Eines, vom Wasser abgewandt, war cremeweiß angestrichen – ein massiver, viereckiger Bau. Das andere, dem Sund zugewandte, war ein graues Holzhaus mit mehreren unterschiedlich hohen Anbauten.

Beide standen auf nicht verkleideten Stützpfeilern; der Raum unter dem Holzhaus bot Platz für eine Dreiergarage, vor der wir schließlich anhielten.

Von dieser Garage führten Stufen in den Wohnbereich. Am oberen Ende der steilen Treppe erwartete uns eine schlanke Frau mittleren Alters.

»Hallo, Mrs O.«, sagte Merrick, als wir oben angekommen waren. »Das ist Mrs Knight, Susans Freundin. Hallie, Mrs Orion ist die Haushälterin und rechte Hand von Captain Trench.«

Ich bemerkte, mit welcher Selbstverständlichkeit er dazu übergegangen war, mich beim Vornamen zu nennen, dennoch war er mir nach wie vor nicht ganz geheuer. Wenigstens klang er jetzt nicht mehr ganz so wie ein Fremdenführer.

Mrs Orion ergriff meine ausgestreckte Hand, schien aber nur gezwungen zu lächeln, als würde sie sich ihr Urteil über mich noch offen halten. Sie trug ein blaues Seersuckerkleid, das an eine Uniform denken ließ und seine Trägerin wie ein Kissenbezug einhüllte.

»Der Captain erwartet Sie, Mrs Knight«, sagte sie und blickte zu Merrick. »Bleiben Sie zum Abendessen, Mr Merrick? Ich bin mir sicher, Captain Trench würde sich freuen. Wir sind heute etwas später dran damit, weil ich nicht genau wusste, wann Sie hier eintreffen.«

Merrick schüttelte den Kopf. »Vielen Dank, aber ich muss zurück nach Wilmington. Ich komme dann morgen vorbei, Hallie, um zu sehen, wie's geht. Vielleicht brauchen Sie ja schon jemanden, der Sie zum Flughafen zurückfährt.«

»Danke, Mr Merrick«, sagte ich formell und etwas steif. Seine Vermutung, ich könnte nach kürzester Zeit bereits wieder abreisen, sowie sein eigener überstürzter Aufbruch ließen mich zunehmend gereizt reagieren. Trotzdem fühlte ich mich, nachdem er die Treppe hinunter verschwunden war und ich seinen Wagen wegfahren hörte, alleine und vollkommen unsicher. In Treppennähe im rückwärtigen Teil des Hauses waren die Räume dunkel, da die Zweige sich direkt gegen die Fensterscheiben drängten. Düsterkeit breitete sich aus, um mich herum, aber auch in mir selbst. Ich wünschte, Paul könnte jetzt bei mir sein – und dann durchfuhr es mich mit einem Schlag, dass ich ihn ja nie wieder sehen würde. Mir dämmerte langsam, dass es kein harmloser Grund war, warum man mich hierher gebracht hatte, und ich fühlte mich mehr und mehr verlassen.

Mrs Orion stand wartend bereit und führte mich zu meiner großen Erleichterung in das späte Tageslicht des Wohnzimmers, das sich über die gesamte Vorderfront erstreckte. Die Möbel wirkten alt und ziemlich schäbig, als hätte sich schon lange keiner mehr die Mühe gemacht, hier zu renovieren.

»Sie wollen sicher auf die Terrasse hinausgehen, um die Aussicht noch zu genießen, ehe die Sonne untergeht«, sagte Mrs Orion. »Ich berichte Captain Trench derweil, dass Sie hier sind.«

Ich durchquerte den Raum auf das Licht der untergehenden Sonne zu, die eben begonnen hatte, den Himmel zu vergolden. Die Glasschiebetüren waren offen, ich schob die Zwischengitter beiseite und betrat die breiten grauen Bretter dieser die gesamte Vorderfront einnehmenden, freitragenden Terrasse. Von der Brüstung aus sah ich, dass das Gelände bis zum Wasser des Sunds abfiel, in das sich vom Ufer aus ein Steg erstreckte. Ein kleines Boot am hinteren Ende des Stegs schaukelte sanft auf den Wellen eines vorbeifahrenden Bootes.

Das rotgoldene Licht des Sonnenuntergangs sandte Strahlen über den ganzen Himmel. An der gegenüberliegenden Küste des Sunds brannte in mehreren Häusern Licht. Ich stützte meine Hände auf die graue Brüstung und wünschte mir nichts sehnlicher, in dieser friedvollen Atmosphäre etwas zur Ruhe zu kommen. In Folge der Trennung von Paul war ich nur allzu bereit, überall Zeichen von Unheil zu sehen. Immerhin war ich freiwillig hier. Ich konnte abreisen, wann immer ich wollte. Aber wohin? Ich hatte mir doch einen Umgebungswechsel und neue Eindrücke gewünscht. Captain Trench hatte mir diese Chance gegeben, und ich musste sie nutzen, um wieder ein Stück weit ins Gleichgewicht zu kommen.

Als ich auf der Terrasse stand und die wunderbar klare Seeluft atmete, flogen mit majestätischem Flügelschlag zwei Braunpelikane vorbei, und ich fühlte eine Welle des Glücks in mir aufsteigen. Kein Wunder, dass Susan diesen Ort so geliebt hatte. Das dunkle Haus hinter mir schien nun nicht mehr ganz so bedrohlich.

Als Mrs Orion zurückkehrte, war ich bereit für die Begegnung mit Susans Großvater.

2

Nicholas Trenchs Zimmer erstreckte sich über die linke vordere Ecke des Hauses, und es gab genügend Fenster, die sehr viel Licht hereinließen. Zu meinem Erschrecken jedoch machte sich Mrs Orion sofort daran, mit schnellen, nervösen Bewegungen sämtliche Vorhänge zuzuziehen. Einzig durch ein Seitenfenster, das sie aussparte, kam noch frische Luft.

Der alte Mann wirkte verloren in seinem breiten Bett, nicht zuletzt aufgrund der überdimensionalen Kissen, die ihn stützten. Die vier Bettpfosten aus dunklem Walnussholz zierte am oberen Ende eine Schnitzerei in Form eines Maiskolbens, und sie umstanden ihn wie Wächter.

Mrs Orion hatte mehrere Lampen angeknipst, so dass es nicht vollständig düster war. »Ich kümmere mich mal weiter um das Essen«, sagte sie und rannte davon, ohne dass sie mich formell vorgestellt hätte.

Ich war mir nicht sicher, ob ich meine Hand ausstrecken sollte oder nicht, als ich auf das Bett zuging. Tatsächlich war ich mir nicht einmal sicher, ob der alte Mann sich meiner Anwesenheit überhaupt bewusst war. Mrs Orion hatte gemurmelt, »sie ist hier«, aber ich wusste nicht, ob er sie gehört hatte.

»Vielen Dank, dass Sie mich eingeladen haben, Captain Trench«, sagte ich zögerlich.

Er drehte leicht den Kopf und starrte mich eine Weile aus tief eingesunkenen Augen an. Seine Nase war im Alter sicher noch adlerartiger geworden, und seine Wangenknochen traten spitz aus schlaffem Fleisch hervor. Als junger Mann hatte er vielleicht volle Lippen gehabt – einen Mund voller Lebensgier –, aber nun waren sie zu einer dünnen, geraden Linie zusammengepresst, die einzig von mühsam unter Kontrolle gehaltenen Schmerzen sprach. Ein vielleicht seelischer wie auch körperlicher Schmerz.

Schließlich wusste er mit meiner Anwesenheit doch halbwegs etwas anzufangen, und als er sprach, erwachte seine Stimme krächzend zum Leben. Befehle zu erteilen war er offenbar nach wie vor gewohnt. »Um Himmels willen, machen Sie doch diese Vorhänge auf und lassen Sie den Sonnenuntergang herein!«

Im ersten Moment war ich zu überrascht, um mich auch nur einen Millimeter zu bewegen. Dann ging ich zu den Fenstern und zog die Vorhänge schwungvoll auf, sodass der Raum sofort lichtdurchflutet war, in gelben und lavendelfarbenen Tönen.

»So ist es besser«, sagte er ruhiger. »Die Eule – Mrs Orion – hat kein besonders gutes Nervenkostüm, und sie fürchtet sich vor neugierigen Blicken, obwohl es da draußen außer Pelikanen und Möwen nichts gibt, was hereinschauen könnte.«

Ich ging ans Bett zurück und war nun sogar in der Lage, ihn anzulächeln. »Sie erinnern mich an Susan, Captain Trench. Etwas von ihrer Art muss sie von Ihnen geerbt haben.«

Er winkte mit knöcherner Hand zu einem Stuhl mit gerader Lehne an seinem Bett. »Nehmen Sie Platz, Hallie. Bequem wird es nicht sein – aber das ist so gedacht. Damit meine Besucher nicht zu lange bleiben. Angeblich ermüden sie mich dadurch nur. Die Eule kapiert einfach nicht, dass ich beansprucht werden möchte, damit ich ermüde.«

Ich setzte mich auf den harten Stuhl und fand, dass er Recht hatte, aber Unbequemlichkeit zählte nicht. Ich würde so lange bleiben, wie er wollte. Gleichzeitig gemahnte mich etwas zur Vorsicht. Es war nicht nur seine Krankheit, die mich für ihn einnahm. Sein Körper mochte ihn ja im Stich gelassen haben, aber aus seinen Augen sah ein zäher, unbesiegter Wille, der mich in seinen Bann schlug. Was sollte ich für ihn tun? Dieser Mann war gewohnt daran, seinen Willen durchzusetzen – selbst wenn die Ziele vielleicht nicht die meinen waren.

»Ich erinnere mich mit großer Zuneigung an Susan«, sagte ich. »Wir waren gute Freundinnen, obwohl wir uns alles andere als ähnlich waren.«

Er nickte. »Ist mir klar. Susan sprang immer zuerst, bevor sie nachdachte. Sie sehen so aus, als würden Sie zuerst nachdenken und sich Klarheit verschaffen.«

»Nicht immer«, räumte ich ein. Sicher hatte ich nicht groß nachgedacht, bevor ich mich Hals über Kopf hierher begab. Ich wollte einzig und allein weg, fliehen, anstehende Entscheidungen aufschieben.

»Ich glaube, ich war vorsichtiger als Susan. Sie war wie ein Kolibri, ließ sich mal hier, mal dort nieder, immer in Bewegung. Ein Wunder, dass sie überhaupt je die Ruhe fand, mir zuzuhören. Hin und wieder.«

»Sie schrieb mir, wie sehr Sie ihr geholfen haben. Ihnen vertraute sie. Sie konnte schier verrückt werden und sich gedankenlos in etwas hineinstürzen, ähnlich wie ich es manchmal tat, als ich jung war. Später bereute sie es dann nur allzu oft. Ich selbst kannte keine Reue. Ich habe nie etwas bereut ...« Bei den letzten Worten schien seine Stimme zu versagen, als hätte er sich plötzlich an etwas erinnert, das er doch bereute.

Ich hatte einige Fragen im Kopf, wusste aber, dass ich behutsam vorgehen musste. Obwohl er plötzlich so lebendig geworden war, war er doch sicher sehr krank. Er musste sich gefangen und hilflos fühlen in der Obhut der Menschen, die sich um ihn kümmerten, auch wenn diese nur sein Bestes wollten.

Plötzlich streckte sich mir seine Hand entgegen und griff nach der meinen, was mich sehr überraschte. »Kommen Sie näher, Hallie, damit niemand etwas hört. Wissen Sie, warum ich Sie gebeten habe, hierher zu kommen?«

»Sie wollten sich mit mir über Susan unterhalten, haben Sie geschrieben.«

»Natürlich, das auch. Aber eigentlich will ich, dass Sie die Wahrheit über das Schicksal meiner Enkeltochter herausfinden.«

Einen Moment lang konnte ich nur vor mich hin starren. »Wie um alles in der Welt sollte *mir* das gelingen? Sie haben es doch sicher selbst versucht –«

»Natürlich habe ich das. Ich habe die besten Leute angeheuert, die ich nur kriegen konnte, um nach ihr suchen zu lassen. Keiner konnte auch nur das Geringste ausrichten.«

»Warum glauben Sie dann, dass ausgerechnet ich –?«

Er unterbrach, ermattet und ungeduldig. »Vielleicht würden Sie die Suche von *innen* her angehen. Sie kannten sie, und Sie wären nicht nur mit dem Kopf, sondern mit ganzem Herzen bei der Sache.«

Mich beruhigte das keineswegs. »Was glauben *Sie* denn, was ihr passiert ist?«

Sein Griff schloss sich fester um meine Hand. »Ich glaube, sie wurde ermordet. Es gibt keine andere Antwort.«

Geschockt schwieg ich und war mir sicherer als je zuvor, dass ich ihm nicht helfen konnte. Bei allem Verständnis für die Liebe eines Großvaters zu seiner Enkeltochter war ich doch keine Detektivin. Ich wüsste gar nicht, wie oder wo ich anfangen sollte. Außerdem wurde ich das Gefühl nicht mehr los, dass hier etwas Schreckliches geschehen sein musste, und ich wollte mich diesem Schrecken nicht aussetzen.

»Was ist mit ihrem Vater? Wie denkt er denn darüber?«, fragte ich.

Er ließ meine Hand ruckartig los, womit alles gesagt war. »Ryce war immer schon ein Waschlappen. Und seit er wieder geheiratet hat – eine Frau, die für Susan ein Gräuel war –, ist er zu gar nichts mehr zu gebrauchen.«

Auch ich würde zu nichts zu gebrauchen sein. Aber ich konnte ihn nicht mit einer blanken Absage vor den Kopf stoßen. »Lassen Sie mich nachdenken über die Sache.«

Er streckte mir sein kräftiges, knochiges Kinn entgegen. »Gut. Lassen Sie sich Zeit. Ich hoffe, Sie bleiben eine Weile hier. Ich habe die Eule Annes Zimmer für Sie herrichten lassen. Anne war meine Frau – Susans Oma. Susan wohnte auch immer in diesem Zimmer, wenn sie nach Hause kam. Als sie noch klein war, hatte sie unten ein Zimmer, sodass sie jederzeit hinausflitzen konnte. Aber als sie vom College zurück war, wollte sie in meiner Nähe sein, weshalb sie das Zimmer ihrer Großmutter nahm.«

Seltsam, aber ich konnte mich nicht daran erinnern, dass Susan ihre Großmutter jemals auch nur erwähnt hätte.

»Sie ist lange tot«, sagte der Captain verbittert, als könnte er meine Gedanken lesen. »Wir sprechen nicht über sie. Ich rufe jetzt Mrs O., und sie wird ihnen alles zeigen.«

Auf einem Tischchen neben dem Bett stand eine Messingglocke, die viel zu schwer für ihn aussah. Aber dafür hatte er offenbar noch genügend Kraft, denn er hob die Glocke hoch und ließ ein ohrenbetäubendes Klingeln ertönen.

Unverzüglich erschien Mrs Orion in der Tür. »In Ordnung, Captain, ich bin ja schon da. Die Feuerwehr brauchen Sie nicht gleich zu rufen.«

Er grinste ihr breit entgegen, und ich vermutete, dass zwischen den beiden ein heftiger, wenn auch herzlich geführter Willenskrieg tobte.

»Würden Sie bitte Mrs Knight Annes Zimmer zeigen, damit sie sich vor dem Abendessen noch etwas ausruhen kann? Gute Nacht, Hallie. Wir sehen uns morgen früh, sobald Sie bereit dazu sind.«

Mrs Orion zog geschäftig die Vorhänge wieder zu und machte allein mit ihren Bewegungen klar, dass diese nun geschlossen bleiben würden. Keiner von uns sprach ein Wort.

Ehe ich wegging, wagte ich es, seine Hand zu tätscheln.

Das zumindest konnte ich für ihn tun. »Wir sprechen morgen weiter«, sagte ich und verließ mit der Haushälterin das Zimmer.

Mrs Orion, die in ihrer Pseudouniform besonders dünn und drahtig wirkte, schwebte auf sanften Sohlen durch das geräumige Wohnzimmer. Ich musste mich beeilen, ihr auf den Fersen zu bleiben. Als wir an der Treppe zum oberen Stockwerk vorbeikamen, rannte ein junger Mann herunter und begrüßte mich lautstark.

»Hallihallo! Ma hat mir nichts erzählt von Ihrer Ankunft.« Er sah mich unverhohlen an. »Ich bin Corey Orion. Und Sie sind natürlich Hallie.«

Quirlig war das passende Wort für Corey, und ich nahm an, dass er etwas älter war, als er aussah oder sich benahm – ungefähr in Susans und meinem Alter. Ich zuckte unwillkürlich zusammen, als er mich umarmte und auf die Wange küsste. Mit seiner Unbefangenheit überrumpelte er mich, und ich wusste nicht, wie ich darauf reagieren sollte. Das bemerkte er, und ich sah ein amüsiertes Funkeln in seinen Augen.

Seine Mutter schüttelte wohlwollend den Kopf. »Benimm dich, Corey. Es ist lange her, seit Mrs Knight und Susan sich kannten, sei also nicht so aufdringlich.« Ihr Sohn grinste sie nur an.

Corey Orion war so dunkel, wie Susan blond war – dichtes, etwas langes schwarzes Haar, leuchtende, schwarze Augen – und viel zu gut aussehend. Bei Männern lässt ein derartiges Aussehen oft auf Selbstbezogenheit und Selbstzufriedenheit schließen. Sein voller Mund, vermutete ich, hatte viel zu viele Mädchen geküsst. Dabei hatte Susan weder Corey noch seine Mutter jemals erwähnt, was mir einigermaßen seltsam vorkam. Tatsächlich hatte Susan überhaupt nie von jemandem auf Topsail Island gesprochen außer von ihrem Großvater. Selbst ihr Vater fand nur beiläufig Erwähnung sowie die Tatsache, dass ihre Mutter gestorben war, als sie noch klein war. Ich hatte angenommen, schmerzhafte Ereignisse auf der Insel hätten sie davon abgehalten, zu sprechen. Der einzige Mensch, den sie bei all dem offenbar voll und ganz geliebt hatte, war Nicholas Trench.

Corey sah mich mit einem Blick neugieriger Erwartung an, als ich auf die Tür zuging, die mir Mrs Orion aufhielt. »Sie haben eine halbe Stunde Zeit, sich auszuruhen«, sagte sie. »Corey hat ihr Gepäck hereingebracht. Ich werde einen Tisch auf der Terrasse für uns decken. Der Abend ist warm genug, und wir können draußen zu Abend essen.« Sie hielt kurz inne, als wollte sie noch etwas sagen, aber ich spürte, dass etwas sie daran hinderte, wirklich entspannt zu sein. »Die Bilder hier im Raum hat übrigens Anne Trench gemalt, die Frau des Captains. Ich hoffe, Sie stören sich nicht daran.«

Ich wusste nicht, was mich an den Bildern stören sollte, aber sie eilte bereits wieder davon, um ihren Pflichten nachzukommen. Ihr Sohn stand immer noch da, als würde er auf eine Reaktion meinerseits warten.

»Danke, dass Sie mein Gepäck heraufgebracht haben«, sagte ich. »Wir sehen uns dann später.« Darauf machte ich ihm die Tür vor der Nase zu, vor seiner abwartenden Neugier.

Mrs Orion hatte eine Lampe neben dem Bett angemacht. Ich sah mich um, und mein erster Eindruck war der, dass hier nichts, aber auch gar nichts zusammenpasste. Wenn lange bewohnte Räume etwas über ihre ehemaligen Bewohner aussagten, dann war der hier vorherrschende Eindruck der eines stilistischen Durcheinanders.

Alles in allem war es ein ruhiger, in kühlen Blautönen gehaltener Raum, ein Eckzimmer, wie das des Captains, mit Glastüren, die auf die Terrasse hinausgingen. Ein Seitenfenster ließ einen in das verwachsene obere Geäst von Lebenseichen schauen, und ich ging hinüber, um hinauszusehen, mein Rücken dem zugewandt, was ich nicht sehen wollte.

Dunkles Laubwerk mischte sich mit dem Zwielicht des

Abends, und da stand ich nun, vom Sonnenuntergang abgewandt. Draußen in der Lichtung war eine einzelne, freistehende Lampe angegangen, und ich konnte bis zum Nachbarhaus hinübersehen, in dem in mehreren Zimmern Licht brannte. Ich würde mit den Nachbarn des Captains sprechen müssen, wenn ich mehr über Susan herausfinden wollte. Ich lächelte reuevoll angesichts der Verpflichtung, die ich bereits einzugehen schien.

Als mein Blick tiefer schweifte, sah ich ein kleines Mädchen in Jeans und Pullover vom Nachbarhaus herauskommen. Im Licht der Lampe konnte ich sie deutlich erkennen. Sie schien um die zehn Jahre alt zu sein. Ihr langes Haar wippte auf ihren Schultern, als sie herüberrannte und zu dem Fenster hinaufschaute, an dem ich stand. Ehe sie sich abwandte, begegneten sich unsere Blicke für einen Moment, und ich hatte das seltsame Gefühl, dass in ihrer Art etwas Feindseliges lag.

Ich versuchte, mir nichts weiter dabei zu denken, und inspizierte stattdessen das Zimmer, das so beunruhigend auf mich wirkte. Es gab keine Vorhänge oder Übervorhänge, und die waren auch nicht erforderlich. In den tiefen Fensteröffnungen hingen Läden, die nun zurückgeklappt waren. Ich schloss sie nicht, sondern sah mich weiter um – zumindest im vorderen Teil des Raums. Ich war nicht bereit, meinen Blick zu heben, da ich schon beim Hereinkommen kurz gesehen hatte, was da war.

Das Bett war breit, und mir schauderte bei seinem Anblick – ein Bett, in dem ich alleine schlafen würde. Der Webüberwurf glich in der Farbe dem blaugrauen Wasser des Sunds, so wie ich es heute gesehen hatte, als Richard Merrick und ich über die Brücke auf die Insel fuhren. Der Teppich war in einem etwas dunkleren Ton gehalten. Daneben standen ein kleiner Sekretär und ein Stuhl mit grazilen Beinen, beides aus hellem Birkenholz. In Nähe der Glastüren stand ein runder Tisch mit einer blauen, bis zum Boden wogenden Decke. Ein Teeset aus Haviland-Porzellan für zwei

Personen gaukelte Gemütlichkeit vor. An den Tisch waren zwei weitere helle Stühle herangerückt.

Abermals durchfuhr mich ein Gefühl der Verlorenheit. Alles gab es paarweise, außer der Chaiselongue in einer Ecke mit Kissen in Millefleur-Design, winzigkleine Glocken- und Schlüsselblumen. Sie lud zum Ausruhen und Träumen ein. Wären da bloß nicht diese Wände.

Als ich diesen Raum betreten hatte, hatte ich die Augen abgewandt, aber irgendwann musste ich mich dem stellen, was da war. Ich verstand jetzt das ungute Gefühl von Mrs Orion.

Die in gebrochenem Weiß gestrichene Wand gegenüber war dicht mit Bildern behangen, beinahe Rahmen an Rahmen. Es waren ausschließlich Gemälde, und alle stammten sie eindeutig von der Hand desselben Künstlers. Meist waren es abstrakte Kompositionen, und das grelle Gegeneinander von Farben und Formen deutete auf extreme Emotionen hin. Die Künstlerin musste beim Malen gekocht haben vor Wut. Manche waren in Öl, manche in Acryl gemalt, aber es gab keine Aquarelle. Vielleicht waren Wasserfarben eine zu sanfte Technik für die innere Gestimmtheit der Künstlerin. Auf einem Gemälde tropfte die Farbe sogar auf den Rahmen, als würde das Bild bluten.

Wenn die Malerin dieser Bilder wirklich die Frau des Captains war, dann musste sie sehr lange wütend gewesen sein, wie anders hätte sonst dieses Werk entstehen können? Die abstrakte Malweise hatte sie nur vereinzelt aufgegeben, und dann herrschte in den Bildern auch ein ganz anderer Geist. Zwischen den ungestümeren Bildern verteilt hingen wunderbare Porträts von Susan als Kind, und hier bestimmte keine aufgewühlte Seele den Pinselstrich. Die Künstlerin hatte das Kind eindeutig geliebt.

Ich wusste nun, warum Corey Orion gewartet hatte, als ich diesen Raum betrat. Er war neugierig auf meine Reaktion, und ich war froh, dass ich ihm einen Strich durch die

Rechnung gemacht hatte. Wie sollte ich es in diesem Zimmer nur aushalten, in dem die Wut und der Schmerz von Anne Trench sich über eine ganze Wand ergossen? War Nicholas Trench der Auslöser für diesen Gefühlstumult?

Mich überfiel plötzlich Müdigkeit, und ich tadelte mich für meine dunklen Fantasien. War das Licht erst einmal aus, würde ich diese flammenden Farben nicht mehr sehen. Und handelte es sich hier überdies nicht um dieselbe ungezügelte Wut, die *ich* in den letzten Tagen empfunden hatte? Aber egal, wie draufgängerisch und zupackend Susan auch immer war, war sie doch auch sehr sensibel, und es war schwer vorstellbar, wie sie es in diesem Zimmer umgeben vom Leid ihrer Großmutter ausgehalten hatte.

Zunächst war ich erst einmal hier; ich hatte keine Lösung zur Hand und wollte auch über diesen Raum oder darüber, warum mich Nicholas Trench in sein Haus gebracht hatte, nicht weiter nachdenken. Ich warf mich auf das einladende Bett und schloss die Augen.

3

Eine halbe Stunde später erwachte ich, und das Schreckenskabinett war in gnädiges Dunkel gehüllt. Ich stand auf und ging, ohne Licht zu machen, ins Badezimmer nebenan. Erst als die Tür zu war, betätigte ich einen Schalter. Hier gab es nur schlichte blaue und weiße Fliesen, keinerlei Grund zur Beunruhigung. Ich wusch mir das Gesicht mit kaltem Wasser und strich das Haar mit den Fingern nach hinten. Auspacken würde ich später. In das dunkle Zimmer kehrte ich erst zurück, bis ich Mrs Orion hörte, die an der Tür klopfte und meinen Namen rief.

Als ich öffnete, bemerkte die Haushälterin, dass ich kein Licht gemacht hatte, und nickte verständnisvoll. »Ich habe dem Captain geraten, Sie lieber nicht in Mrs Trenchs Zimmer unterzubringen. Aber er hat ja dieses Zimmer auch nie mehr betreten, seit Susan all diese schrecklichen Bilder von ihrer Großmutter aufgehängt hatte.«

»Susan hat sie aufgehängt! Aber warum bloß?«

»Ich weiß es nicht«, sagte Mrs Orion und schielte kurz auf die Bilder; ihr Gesichtsausdruck sprach Bände.

»Sie haben dem Captain nie gesagt, dass sie hier hängen?«

»Würden Sie es ihm denn sagen wollen? Als ich hierher kam, kursierte das Gerücht, sie hätte Selbstmord begangen.«

Die Gemälde würden dem nicht widersprechen, dachte ich, wirkten sie doch wie das Werk eines zutiefst verstörten Menschen. Ich folgte Mrs Orion durch die Schiebetür auf die weite Veranda an einen hübsch gedeckten Tisch. Das gedämpfte Licht mehrerer Votivkerzen schuf eine angenehme Atmosphäre, und die sanfte, duftende Brise hob meine Stimmung.

Corey erwartete uns und wies mir mit elegantem Schwung meinen Platz an. Ich hatte freien Blick auf den Sund und konnte über das dunkle Wasser bis auf das gegenüberliegende, von einzelnen Lichtern erleuchtete Festland sehen.

»Haben Sie wohl geruht?«, fragte Corey. Der spöttelnde Tonfall war mir nicht entgangen, und so ignorierte ich seine Frage und wandte mich seiner Mutter zu.

»Ich versuche noch immer zu verstehen, wie um alles in der Welt Susan diese Bilder in einem für sie selbst gedachten Zimmer aufhängen konnte. Wie konnte sie damit bloß leben?«

Corey ergriff das Wort. »Die Dinger liegen Ihnen wirklich schwer im Magen, oder? Dabei sind sie gar nicht so schlecht. Eigentlich sind sie sogar ziemlich schön.«

Wieder wandte ich mich seiner Mutter zu. »Könnten Sie mir vielleicht ein anderes Zimmer geben?«

Mrs Orion mischte sich ein: »Der Captain wollte Sie aber genau dort untergebracht haben. Die anderen Schlafzimmer sind oben, und er wollte Sie in seiner Nähe haben.«

Corey zeigte sich plötzlich aufrichtig besorgt. Er ließ seinen Sarkasmus beiseite und sprach zu meiner Überraschung nun ruhiger weiter. »Ich werde die Bilder abnehmen, Hallie.«

Ich bedankte mich kühl. Ich wurde aus diesem Menschen einfach nicht schlau. Er war wie ein Chamäleon. Zumindest seiner Mutter gegenüber zeigte er sich aufmerksam und bequemte sich, ihr beim Auftragen des Essens zu helfen.

Mein Angebot wurde abgelehnt, und beim Hinsetzen bemerkte ich plötzlich, wie hungrig ich war. Flugverpflegung war noch nie mein Fall, und so hatte ich den ganzen Tag über kaum etwas gegessen.

Corey brachte eine große Terrine mit Seeausternsuppe, seine Mutter kam mit einem Tablett frischer Salate, Austerncracker und warmen Brötchen mit Butter. Mrs Orion füllte kleinere Schälchen mit der Suppe, und ich probierte einen ersten Löffel. Abgesehen davon, dass ich mir die Zunge verbrannte, war die Suppe perfekt – die Austern an den Rändern kaum aufgebogen und mit gelben Butterstückchen, die auf der cremigen Oberfläche schmolzen. Sogar das Salz stimmte, nicht zu viel und nicht zu wenig. Mrs Orion war zweifelsohne begabt.

Als ich Austerncracker in meine Suppenschale bröselte, fragte ich: »Was sind das eigentlich für Leute nebenan? Vor Kurzem habe ich draußen ein kleines Mädchen gesehen.«

Corey und seine Mutter sahen sich in die Augen. »Berichte du ihr, Ma«, sagte Corey.

Mrs Orion schaute nachdenklich drein. »Es ist eine komische Familie. Ich möchte nicht tratschen –«

Ihr Sohn reagierte prompt. »Du tust es doch sonst so gern. Komm schon.«

»Also ... Die Geschichte dieser Nachbarn ist endlos. Es geht schon damit an, dass sie gemischter Abstammung sind, spanisch und schottisch.«

»Und als kleines Extra noch ein Schuss Zigeunerblut«, fügte Corey hinzu. »Bei der Mischung weiß man, was man in der Tasche hat.«

»Mrs Cameron ist doch keine Zigeunerin«, sagte seine Mutter. »Sie hat ihr ganzes Leben in diesem Land gelebt. Und Fergus Cameron, muss ich sagen, ist vernarrt in sie.«

Corey spann den Faden fort.

»Fergus war nach dem Zweiten Weltkrieg hier auf Topsail und lernte Nicholas Trench kennen, als er und Nick noch ziemlich jung waren – ein ungleiches Gespann, denn der Captain kam als Offizier von der Marineakademie Annapolis, während Cameron ein einfacher Soldat bei der Navy war, aber die Arbeit für Operation Bumblebee hat sie wohl zusammengebracht. Später verließ Cameron die Navy, um eine Zeit lang auf Cape Canaveral zu arbeiten, nachdem Bumblebee sich erledigt hatte.«

»Was ist das denn, Operation Bumblebee?«, fragte ich.

»Hat Ihnen das echt niemand erzählt?« Coreys schräge

Augenbrauen schienen sich lustig zu machen. »Normalerweise erzählen wir das Fremden zuallererst.«

»So wie Sie das jetzt gleich tun werden«, sagte ich. »Also los.«

Er grinste mir zu. »Kurz nach dem Zweiten Weltkrieg übernahm die Navy Topsail und trieb die paar Fischer, die hier lebten, zum Teufel. Es war alles hochgeheim, man wollte Raketen von hier abschießen. Camp Davis auf der anderen Seite des Sunds gab es schon und konnte als Basisstation für die an dem Projekt beteiligten Männer dienen. Sie haben die über die Insel verteilten Betontürme gesehen, oder?«

»Hab ich, ja. Mr Merrick hat mir gesagt, ich sollte den Captain danach fragen.«

»Er kann Ihnen sicher eine Menge mehr erzählen als ich, da er ja selber beteiligt war an der Sache, aber ich weiß, dass die Türme zur Überwachung von Raketenflügen dienten, und ich vermute mal, es gab eine ganze Reihe von Abschüssen.« So sehr er auch nerven konnte, Corey schien wirklich fasziniert zu sein von dieser Geschichte.

»Man nannte das Projekt Bumblebee, und es sollte im Fall eines weiteren Krieges die Verteidigung durch die Navy unterstützen. Die Raketen hatten eine Reichweite von fünfunddreißig Kilometern und konnten angeblich jeden Angriff problemlos abwehren. Wie auch immer, so war es jedenfalls gedacht – bis sie Topsail aufgaben und umgezogen sind.«

»Und warum?«

»Das Klima hier auf Topsail spielte nicht mit. Zu viel Feuchtigkeit. Also verlegte man die ganze Chose um 1948 nach Cape Canaveral, und die Navy gab die Insel an North Carolina zurück.«

»Wenigstens gab es in dieser Zeit schon elektrischen Strom«, sagte Mrs Orion, »und man hatte Brunnen gebohrt und Straßen gebaut.«

Corey nickte. »Das war die Grundlage dafür, dass Topsail überhaupt Anschluss an die Außenwelt fand. Bis dahin hatte nämlich niemand ein Interesse an irgendwelchen Bauvorhaben auf der Insel. Der Captain und Fergus Cameron waren enge Freunde geworden, und ich vermute, sie blieben in Kontakt. Beide liebten sie Topsail, und so kauften sie ein Stück Land und bauten diese beiden Häuser, in denen sie noch heute leben. Fergus sollte noch ein berühmter Raketenforscher werden, ehe er in den Ruhestand ging.«

Mrs Orion lieferte wieder Genaueres. »Fergus Camerons zweite Frau, Carlina, ist sehr viel jünger als er selbst, und Dulcinea – das Mädchen, das Sie gesehen haben – ist die Tochter aus dieser zweiten Ehe.«

»Dulcinea?«

»Nach der Angebeteten von Don Quichotte«, sagte Corey. »Diese Kleine trägt einen interessanten Mythenmix in ihrem Kopf herum.«

Der feindselige Blick des Mädchens gab mir noch immer zu denken. »Sie wirkte nicht gerade freundlich«, sagte ich.

Wieder bemerkte ich die Blicke, die zwischen Corey und seiner Mutter hin- und hergingen, aber keiner sagte etwas dazu. Plötzlich bemerkte ich, dass ich kurz davor war, über dem Fruchtsalat einzunicken, der mir eben serviert worden war. Mrs Orion tätschelte mir den Arm. »Sie sind müde von der langen Reise. Lassen Sie mich nachsehen, ob alles da ist, was Sie für die Nacht brauchen. Möchten Sie, dass Corey die Bilder noch abhängt, ehe Sie sich zurückziehen?«

Ich schüttelte den Kopf. »Morgen reicht auch noch. Wenn ich die Augen zumache, sehe ich sowieso nichts.«

Ich wünschte Corey eine gute Nacht und folgte seiner Mutter in Susans Zimmer. Als sie Licht anmachte, wandte ich die Augen von Anne Trenchs Gemälden ab und wartete, bis Mrs Orion alles zu ihrer Zufriedenheit arrangiert hatte.

Kaum war ich alleine, knipste ich den Schalter aus. Mir reichte das Licht aus dem Badezimmer, um mich in meinen Sachen zurechtzufinden. Dann stand ich eine Weile am Seitenfenster und sah durch die Baumwipfel auf die darunter liegende Lichtung, wo die kleine Dulcinea gespielt hatte. Nun war niemand mehr da.

Bei offenem Fenster packte ich einige Sachen aus, die ich benötigte, und ging so schnell wie möglich zu Bett. In der Dunkelheit fühlte ich mich sicher vor jener chaotischen Wand, und ich fiel in einen tiefen, schweren Schlaf.

Schon fast am Morgen weckte mich ein Traum. Susan hatte bei mir auf der Bettkante gesessen und geflüstert: »Hilf ihm, Hallie, hilf ihm.« Sie murmelte diese Worte mehrmals hintereinander, ehe ich blinzelnd erwachte. Plötzlich legte sich der anbrechende Tag wie eine bedrückende Last auf mein Gemüt.

Ich versuchte, wieder einzuschlafen, warf mich auf die andere Seite, um meinen Arm auf dem zweiten Kissen auszustrecken, aber jene mir nach wie vor ungewohnte Leere machte mir einen Strich durch die Rechnung, und plötzlich lag ich hellwach da, und es waren nicht mehr nur Annes Gemälde, die mir Kopfzerbrechen bereiteten.

Ich starrte in das weiche Licht, das durch das offene Fenster fiel, und aalte mich in dem befriedigenden Gefühl, Paul zu verachten.

Als er vor beinahe zehn Jahren in mein Leben getreten war, war ich neu in der Literaturbranche. Obschon in Connecticut geboren, lebte ich in San Francisco und hatte diverse Jobs als Sekretärin hinter mir. Dann wurde eine freie Stelle im Büro eines Literaturagenten in Los Angeles angeboten, und ich ergriff die Gelegenheit beim Schopf. Mir lag das Klima, und die nahe Glamourwelt des Kinos fand ich faszinierend.

Paul Knight war ständig unterwegs, mal im Büro, dann wieder nicht, und ich bekam den Auftrag, ihm bei der Bearbeitung eines Manuskripts zur Hand zu gehen, das er für eines der Studios zurechtfrisierte. Zuvor war er Lektor in einem Verlagshaus in New York gewesen und kannte somit auch diese Seite des Geschäfts. »Das Buch kommt vor dem Drehbuch«, sagte er oft, und er arbeitete immer wieder mit

Autoren zusammen, um ihre Storys so zu gestalten, dass die Produzenten darauf ansprangen.

Paul schien alles zu sein, was ich nicht war – dynamisch, charmant, spektakulär erfolgreich. Die Atmosphäre im Büro war wie verzaubert, wenn er hereinkam. Ich war völlig platt, als er mich eines Tages einlud, mit ihm zu Mittag zu essen. Ich war davon ausgegangen, er wolle mit mir über unser Manuskript sprechen, aber zu meinem Erstaunen interessierte er sich sehr viel mehr für mich.

Ich erinnerte mich. Ich erinnerte mich viel zu genau an jedes Detail.

»Sie sind ein stilles Wasser«, sagte er mit einem Augenzwinkern. »Sagt nicht viel, aber was sie sagt, hat Hand und Fuß.«

Die meisten Menschen hielten mich für schüchtern und nicht besonders interessant. Dabei kamen sie gar nicht auf die Idee, sich zu fragen, was sich hinter meiner ruhigen Art abspielte, die auch eine Art Schutzpanzer für mich war. Und seit Susan Trench hatte es niemanden gegeben, der sich ernsthaft für mich interessierte.

Paul war meine zur Schau gestellte Schüchternheit von Anfang an schnuppe. Er wollte *mich* kennen lernen.

Beim dritten Mittagessen erzählte ich ihm, dass meine Eltern bei einem Bootsunfall ums Leben gekommen waren, als ich fünf war, und dass ich bei einer ledigen Tante in Berkeley aufgewachsen war – einer Frau, die mich ihrem toten Bruder zuliebe ins Haus genommen hatte, die aber Kinder eigentlich nicht mochte. Mit zunehmendem Alter spürte ich immer deutlicher, dass die strengen Prinzipien meiner Tante nicht meine Welt waren. Ihr ständiges »Tu dies nicht« und »Tu das nicht«, mit dem sie mir in den Ohren lag, empfand ich als ungerecht und sinnlos. Sicher, die meisten Teenager durchleben eine rebellische Phase, aber die anderen Mädchen in meiner Umgebung hatten wenigstens verständnisvolle Eltern als sichere Begleiter. Ich hatte einige gute Freundinnen, aber erst auf dem College begegnete mir in Susan der Mensch, der sich Zuneigung und eben auch Orientierung von mir erwartete. Obwohl wir nur ein Jahr auseinander waren, wurde Susan schnell die jüngere Schwester, die ich nie gehabt hatte. Wir hatten beide in sehr jungen Jahren die Mutter verloren, und dieses gemeinsame Wissen um Schmerz und Verlust verband uns ungemein.

Paul hörte sich das alles genau an. Er zeigte Verständnis und Mitgefühl, aber ich tat ihm nicht Leid. Er glaubte, ich sei stark genug, das zu erreichen, was ich mir vorgenommen hatte, was er mir auch sagte. Im Laufe unserer Zusammenarbeit stellte er mich auch einigen seiner Autoren vor, und ich entwickelte ein ganz neues Selbstvertrauen, was mir viel bedeutete. Vielleicht war er ja der geborene Lehrer und ich seine wissbegierige Schülerin.

Vor der Zeit mit Paul hatte ich immer Schwierigkeiten, meinen Partnern zu vertrauen, und war darin letztlich das Opfer der Warnungen meiner Tante, denn diese hatte mir wieder und wieder eingebläut, dass man Männern niemals trauen könne. Sie hatte mich nie wissen lassen, welches Ereignis in ihrem Leben sie so missmutig gestimmt hatte, aber was auch immer sie ausstrahlte, färbte doch gehörig auf mich ab und vergiftete mich regelrecht.

Paul war der am wenigsten zynische Mensch, der mir je begegnet war, und er reinigte mich schließlich von diesem Gift und wies mir neue Möglichkeiten auf. Wie auch immer er sich später auch verhalten sollte, darin hatte ich ihm viel zu verdanken. Er nannte mich seine »Unruh« und pflegte mir genau zuzuhören, wenn ich eine Sache auf die mir eigene bedächtige Art durchdachte. Wir wurden Freunde und bald auch ein Paar, und als wir heirateten, konnte ich mir kein größeres Glück vorstellen.

Das ist lange her – nun hatte ich die Nase voll von diesem Kerl und von allen anderen auch! Letztlich hatte meine Tante doch Recht gehabt.

Ich stellte fest, dass mein Kissen nassgeweint war – Tränen, die ich gar nicht weinen wollte. Ich wälzte mich aus dem Bett und ging zur Dusche. Ich konnte meine Zeit nicht mit weinen und klagen zubringen, dazu war ich mir zu schade. Ich würde mich von allem lösen, was mir bis dahin als mein Leben galt, und Ablenkung unter den Menschen hier suchen. Susans Großvater hatte ich ohnehin schon ins Herz geschlossen, und im klaren Licht des Morgens spürte ich neuen Mut. Der Versuch, dem Captain zu helfen, könnte auch mir ein Stück weit helfen – wenn auch die geringe Wahrscheinlichkeit, Susan zu finden, alles andere als ermutigend war. Und wenn er mich noch aus einem anderen Grund hierher geholt hatte, dann wollte ich wissen, warum.

4

Merkwürdigerweise fand ich die Gemälde nun gar nicht mehr so schlimm wie am Abend zuvor. Corey sollte sie ruhig wegbringen, auch wenn sie ihren Schrecken für mich weitgehend verloren hatten. Ich empfand Mitleid für Anne Trench, und obwohl ich nicht wusste, was ihr das Leben so schwer gemacht hatte, konnte ich ihre Wut gut verstehen. Was für eine Befreiung musste es für sie gewesen sein, sie in diesen Bildern herauszuschreien. Der Captain war vermutlich kein Deut besser als die meisten Männer, und Anne hatte zweifellos unter ihm gelitten.

»Gut, dass sie diesen Kerl verlassen hat!«, sagte ich mir. Für mich war es unvorstellbar, wie sich eine Frau umbringen konnte, die ihre Gefühle künstlerisch auszudrücken wusste. Trotzdem war ich unendlich traurig, dass sie so früh sterben musste – wie meine eigene Mutter und Susans Mutter.

Ich hatte mir Jeans und eine weite blaue Bluse angezogen, schlüpfte barfuß in ein Paar Sandalen und ging auf die Terrasse hinaus. Wenn noch niemand auf war, würde ich auch alleine den Weg über die Hauptstraße zum Strand finden. Ich wollte im Sand spazieren gehen. Eine frische Brise würde vielleicht helfen, einen klaren Kopf zu bekommen und nicht mehr an Paul zu denken.

Aber Mrs Orion, die wieder ihre Pseudouniform aus blauem Seersucker trug, dieses Mal mit einer weißen Schürze um die Taille gebunden, war bereits im Einsatz. Sie deckte draußen den Frühstückstisch. »Guten Morgen, Mrs Knight«, rief sie mir entgegen. »Würden Sie gerne gleich etwas essen, oder möchten Sie zuerst den Captain sehen? Er ist schon wach und erwartet Sie, wenn Sie so weit sind.«

»Ich bin so weit«, sagte ich und eilte über die Terrasse zum Eckzimmer des Captains.

Die Tür stand offen, also klopfte ich und trat ein. Zu meinem Erstaunen lag er nicht im Bett, sondern war wach und saß in seinem Rollstuhl. Er trug einen Morgenmantel aus blauer Seide und einen gelben Schal, was mir ziemlich gewagt vorkam. Er sah auch nicht mehr so krank aus wie am Abend zuvor; vielleicht hatte er ja durch meine Ankunft neuen Auftrieb bekommen.

»Guten Morgen, Hallie«, sagte er. »Sie wirken so frisch und munter, ganz anders als gestern Abend.«

Vielleicht täuschte mein Aussehen in diesem Fall, aber ich lächelte ihm trotzdem zu. »Sie aber auch.«

Er zeigte mit einer Hand zu einem Tablett neben ihm. »Ich habe soeben gefrühstückt, und mit was für einem Appetit.« Er sah an mir vorbei in Richtung Tür zu Mrs Orion. »Könnten Sie noch ein Tablett für Hallie bringen, Mrs O.?«

Mrs Orion bestätigte seinen Wunsch mit einem Nicken. »Natürlich. Was hätten Sie denn gerne, Mrs Knight?«

»Kaffee und Toast, wenn das möglich wäre«, sagte ich und nahm neben dem Captain Platz. Er sah mich intensiv an, und ich spürte, dass eine unausgesprochene Frage in der Luft lag.

Jedoch wollte ich ihm nicht zu viel versprechen. »Ich bleibe ein paar Tage, auch eine Woche, wenn Sie möchten, bin mir aber nach wie vor nicht sicher, ob ich überhaupt etwas für Sie tun kann. Mir würde es ja eigentlich schon genügen, Susans Großvater näher kennen zu lernen. Sie hat so viel von Ihnen erzählt, wissen Sie.«

Für Sentimentalitäten schien er nichts übrig zu haben. »Sie können mehr tun, als Sie denken, und gleich in dem Raum anfangen, in dem Sie letzte Nacht geschlafen haben. Susan wurde nämlich zum letzten Mal am Schreibtisch in just diesem Zimmer gesehen, als sie einen Brief schrieb. Wo ist sie danach hingegangen? Oder wurde sie weggebracht? Was ist passiert mit ihr?«

An diesem Morgen waren alle Vorhänge im Zimmer des Captains geöffnet. Gleißendes Licht fiel herein, und an der Decke spiegelte sich die gekräuselte Wasseroberfläche des Sunds.

»Was für ein herrlicher Tag. Ich könnte Sie hinausfahren auf die Terrasse«, schlug ich vor.

Er schüttelte den Kopf.

»Jetzt nicht. Ich kann später immer noch raus. Hier drinnen hört uns wenigstens niemand. Was ich Ihnen sagen will, ist nur für Ihre Ohren bestimmt.«

Mrs Orion kam mit meinem Frühstück zurück, einem schlichten Tablett, das ein weiß blühender Hartriegelzweig zierte. Ich trank Orangensaft, schlürfte starken Kaffee und strich Marmelade auf eine Scheibe Toast. Eine aufgeschnittene Banane als Dreingabe kam mir gerade recht, und ich aß mit mehr Appetit, als ich erwartet hätte. Aber die gespannte Aufmerksamkeit des Captains irritierte mich, und die ausgedehnte Stille lastete schwer im Raum. Es war fast nicht auszuhalten, und ich musste etwas sagen.

»Gestern beim Abendessen hat mir Mrs Orions Sohn so einiges über die Geschichte von Topsail erzählt.«

»Operation Bumblebee, nehme ich mal an? Wissen Sie, woher der Name kommt?«

Ich sagte Nein, ich wisse es nicht, worauf er auf ein eingerahmtes Schriftstück an der Wand zeigte. Ich ging hinüber, um es zu lesen.

Die Hummel kann nicht fliegen

Anerkannten flugtechnischen Berechnungen zufolge
kann die Hummel nicht fliegen, weil Form
und Gewicht ihres Körpers in einem Missverhältnis
zur Gesamtfläche ihrer Flügel stehen.
Aber die Hummel weiß nichts davon, hebt einfach ab
und fliegt trotzdem.

Lächelnd ging ich zu ihm zurück. »Ich hoffe, Sie können mir heute mehr darüber erzählen, Captain Trench.«

»Das ist ein Weilchen her. Damals war ich noch grün hinter den Ohren.« Er tat das Thema als unwichtig ab. »Ich muss Ihnen etwas sagen – eine Warnung gewissermaßen. Die Frau meines Sohnes, Louise, will heute rüberkommen, um mit Ihnen zu Mittag zu essen. Es war ihre Idee. Ich habe nichts damit zu tun.«

Ich fragte mich, wovor er mich *warnen* wollte.

»Das finde ich nett von ihr. Dann kann ich ja bei der Gelegenheit auch gleich Ihren Sohn kennen lernen.«

»Wenn er sich zufällig blicken lässt. Manchmal kommen sie auf die Insel, und wir sehen uns trotzdem nicht. Seine Frau hat etwas gegen dieses Haus.«

Ich spürte den Groll des Captains, hatte aber auch Verständnis dafür, dass dieser Ort unter Umständen unbequeme Erinnerungen für Susans Vater bereithielt.

Vielleicht, dachte ich, war es an der Zeit, ihm etwas von mir zu erzählen, und ich sprach offen drauflos. »Sie dürfen ruhig wissen, warum ich hier bin. Ich laufe vor etwas davon.«

Sein durchdringender Blick wurde noch schärfer. »Wovor?«

»Mein Mann liebt eine andere Frau. Ich bin erst vor wenigen Tagen dahintergekommen. Ihr Brief war meine Rettung, in letzter Minute sozusagen.«

Er stellte eine seltsame Frage. »Wusste Ihr Mann von Ihrer Absicht, ihn zu verlassen?«

»Er hat doch mich zuerst verlassen. Ich nehme an, er kommt nur noch einmal in die Wohnung zurück, um seine Sachen zu holen.«

»Um dann festzustellen, dass der Vogel in der Zwischenzeit ausgeflogen ist?«

»So war es gedacht von mir. Ich wollte ihm damit auch ein Stück weit heimzahlen, was er mir angetan hat.«

»Werden Sie ihn darüber informieren, wo Sie sich aufhalten?«

»Natürlich«, sagte ich steif.

»Von Anne, meiner Frau, habe ich nie wieder etwas gehört – seit sie weggegangen ist.«

Er sah erschöpft aus, und mir war klar, dass er eine Pause brauchte, gerade weil das Gespräch eine so unglückliche Wendung genommen hatte. »Vielleicht ruhen Sie sich nun etwas aus. Wir können ja später weitersprechen.«

»Gehen Sie doch zum Strand hinunter«, sagte er. »Mein Grundstück reicht direkt bis ans Meer – gar nicht weit von hier aus. Wenn Sie die Hauptstraße überqueren, sehen Sie eine Treppe, die zu einer Art Laube oben auf den Dünen führt. Auf der anderen Seite führt dann eine weitere Treppe hinunter zum Strand.«

Ich bedankte mich für die Hilfe und ging nach unten und durch die Garage ins Freie. Die kleine Dulcinea war auch wieder draußen. Sie saß auf einer Schaukel, die an einem kräftigen Ast einer Lebenseiche befestigt war, und las ein Buch.

Hin und wieder tippte sie mit der Fußspitze auf den Boden, um die Schaukel sanft in Bewegung zu halten. Meine Anwesenheit schien sie nicht weiter zu kümmern – tatsächlich ignorierte sie mich komplett, woraus ich schloss, dass sie mich bemerkt haben musste.

Auch ihr finsterer Blick, der sicher nichts mit dem Inhalt des Buches zu tun hatte, ließ vermuten, dass sie mich längst gesehen hatte. Ihr Gesicht war von Locken umrahmt, die weit über ihren Rücken hinabfielen – farblich ein kräftiges Rot, hier und da mit goldfarbenen Strähnen, je nach Sonneneinfall. Am Abend zuvor war mir der volle, intensive Farbton entgangen.

»Guten Morgen«, sagte ich freundlich. »Ich bin Hallie Knight, ich bin zu Besuch bei Captain Trench.«

Dieses Mal hob sie den Blick, und ich sah eine mit Sommersprossen übersäte Nase und leuchtende grüne Augen, die mich geringschätzig taxierten. »In *meiner* Familie spricht man nicht mit *seiner* Familie«, gab sie an und sah dabei zum Haus des Captains.

Die Feindseligkeit, die ich am Abend zuvor gespürt hatte, schlug mir nun mit aller Macht entgegen, und ich versuchte, die Situation zu entschärfen.

»Das kann uns beiden aber doch so ziemlich egal sein. Ich gehöre nämlich nicht zur Familie. Ich bin vor langer Zeit mit Susan Trench aufs College gegangen. Du hast Susan doch gekannt, oder?«

Sie sprang so urplötzlich von der Schaukel, dass der Sitz schräg zur Seite wegschnellte und gegen den Baum schlug. In ihrer Eile ließ sie sogar das Buch fallen, als sie auf das Haus der Camerons zurannte. Einen Moment später war sie bereits um die Südecke des Hauses in Richtung Sund verschwunden. Eine seltsame Reaktion.

Noch während ich verdutzt dastand, erschien eine Frau im Eingang und trat unter das Vordach. Sie bot einen farbenfrohen Anblick in ihrem weit schwingenden, meergrünen Glockenrock, am Saum eine Bordüre, die in allen Farben des Regenbogens schillerte. Über ihre weiße Bluse fielen kaskadenartig mehrere bunte Perlenstränge, ausgehend von einem hoch aufragenden Hals, auf dem ihr Kopf saß wie auf dem Stiel einer Blume.

Dulcinea hatte ihre grünen Augen eindeutig von der Mutter, Augen, die bei Mutter und Tochter gleich misstrauisch wirkten. Carlina Camerons üppiges Haar jedoch schimmerte jettschwarz und fiel sanft gewellt über den Rücken. Goldene Reifenohrringe glänzten in der Sonne, als sie die Stufen herabstieg. Alles in allem eine umwerfende Erscheinung, und ich erinnerte mich daran, wie Corey sie genannt hatte – »Zigeunerin«. Die Vierzig hatte sie wohl gut überschritten, weshalb sie Dulcinea entsprechend spät bekommen haben musste.

Ich ging mit ausgestreckter Hand auf sie zu. Meinen Händedruck erwiderte sie nur kurz, mit kalten Fingern, und ihre grünen Augen sahen mich fragend an.

Wieder versuchte ich, die Spannung zu mildern, indem ich mich erst einmal vorstellte. Sie unterbrach mich jedoch plötzlich.

»Ja, ich weiß, wer Sie sind«, sagte sie. »Mein Name ist Carlina Cameron. Soviel ich weiß, hat Captain Trench Sie eingeladen, weil Sie mit Susan befreundet waren.«

Sie war, wie ich nun bemerkte, sogar mehr als umwerfend: Sie war auffallend schön, der glatte Teint leicht olivenfarben, die Züge makellos.

Mit einem Lächeln im Gesicht wäre sie wahrscheinlich überwältigend schön gewesen, aber für mich hatte sie keines übrig.

Ich versuchte, meine Anwesenheit zu erklären. »Captain Trench möchte, dass ich ihm von meinen Erinnerungen an seine Enkelin erzähle. Wir beide haben uns auf dem College kennen gelernt.«

»Wahrscheinlich will er noch etwas ganz anderes«, sagte die Frau schroff. »Susan war unfähig zur Freundschaft, dafür hatte sie allerdings ein besonderes Talent, sich Feinde zu machen.«

»Ich war aber ihre Freundin«, sagte ich und fügte dann absichtlich hinzu, »der Captain möchte, dass ich herausfinde, was mit ihr passiert ist.«

Carlina stand schweigend da und starrte mich an. »Wissen Sie eigentlich, wie viele Detektive er schon auf sie angesetzt hat?«

»Sicher, aber von diesen Leuten hat sie keiner gekannt. Ich bleibe, solange ich kann, und versuche zu helfen.«

»Ich glaube nicht, dass er Ihnen gesagt hat, warum er Sie wirklich hier haben will. Haben Sie Louise und Ryce schon getroffen?«

Ich schüttelte den Kopf, fühlte mich verloren in einem unübersichtlichen Beziehungsgeflecht, aus dem ich nicht schlau wurde. »Aber ich sehe Louise heute zum Mittagessen.«

Sie ließ sich das einen Moment lang durch den Kopf gehen und sagte dann: »Wir machen uns alle Sorgen um den Captain.«

»Ihre Tochter hat gesagt, die beiden Familien würden nicht miteinander sprechen.«

»Dulcinea dramatisiert und übertreibt. Das ist alles lange her. Versuchen Sie bloß, Captain Trench nicht mehr zu strapazieren, als Sie ihm helfen können. Hören Sie auf Mrs Orion. Sie ist die einzige vernünftige Person in diesem Haus.«

Und möglicherweise Mrs Camerons Informantin. Entweder sie oder Corey, ihr Sohn.

Ohne eine Antwort von mir zu erwarten, verließ mich Carlina Cameron und ging zurück ins Haus. Die Tür mit dem Fliegengitter schloss sich hinter ihr – und das war's.

Als ich den Hof überquerte, sah ich das Buch, das Dulcinea fallen gelassen hatte, und hob es auf. Sein Titel lautete *Die Macht der Edelsteine*.

Es war durchgehend bebildert, mit farbigen Abbildungen von Halbedelsteinen, und die Seiten öffneten sich wie von alleine bei einem Kapitel über Amethyste.

Ich erinnerte mich daran, wie fasziniert Susan von den Geschichten war, die sich um diese Steine rankten. Vielleicht hatte sie ja auch die kleine Dulcinea an das Thema herangeführt.

Ich legte das Buch auf das Sitzbrett der Schaukel und ging, die beiden Häuser hinter mir lassend, in Richtung Straße. Wieder fiel mir das dunkle Astgewirr auf, das sich über mir fast tunnelartig zusammenschloss, als ich die Seitenstraße entlang zur Hauptstraße hochging. Weiter vorne kam ab und an ein Auto vorbei, aber insgesamt gab es wenig Verkehr an diesem Vormittag. Es tat gut, flott voranzumarschieren, aber nicht ohne gleichzeitig auf die Umgebung zu achten. Ab und an hörte ich Vogelgezwitscher und auch Kinderstimmen, als ich an einem Haus vorbeikam, das ebenfalls halb verborgen lag im dunkelgrünen, maritimen Krüppelwald.

An der Hauptstraße angekommen, sah ich die Laube, die der Captain erwähnt hatte. Sie lag hoch über den niedrigen, ineinander verschlungenen Bäumen, die zwei kleine Häuser voneinander trennten.

Ich überquerte die Straße und folgte einem Bretterpfad, der auf eine steile Treppe zuführte, und stieg hinauf zur Laube. Von dort aus hatte ich einen herrlichen Blick über den weit geschwungenen Bogen des weißen Atlantikstrands.

5

Das Dach der Laube wurde von sechs weißen Säulen getragen. Die Seiten waren halbhoch mit offenem Gitterwerk verkleidet, und von schattigen Ruhebänken im Inneren aus hatte man einen Blick auf die hereinrollenden Wellen des Atlantiks. Ich blieb einen Moment lang am oberen Ende der Stufen stehen und blickte über die sandbedeckte Weite. Der Strand erstreckte sich über die ganze Länge von Topsail Island, weiß und sauber, die Gischt auf den Wellenkronen wie ein Band aus Spitze. Im Sonnenlicht des ruhigen Vormittags war das Meer grün in Küstennähe, graublau, je weiter sich die wogende See in Richtung Horizont und bis zu anderen Kontinenten erstreckte.

Diese Insel war wirklich eine Barriereinsel. In Anbetracht der Stürme, die im Lauf der Jahrhunderte darüber hinweggefegt waren, war es ein Wunder, dass es sie überhaupt noch gab und dass nun Menschen darauf lebten.

Zu meinen Füßen führten Stufen bis zu einem Podest hinab und von da an direkt in den Sand. Ich ließ meine Sandalen auf der untersten Stufe zurück und rollte mir die Jeans bis über die Knie hoch. Der Sand würde im Laufe des Tages zu heiß werden, weshalb mir Mrs Orion geraten hatte, lieber jetzt barfuß zu laufen. Ich rannte bis zum Wellensaum und ging auf dem feuchten Sand weiter. Angenehme körperliche Betätigungen hielten mich vom vielen Denken ab.

Neben einem Strandschirm, unter dem ihre Mutter saß, spielten zwei Kinder und winkten mir zu. Ein Stück weiter entfernt kniete ein Mann neben einem ganzen Berg von Strandgut. Er trug keinen Hut, und sein dunkles Haar glänzte in der Sonne. Das Hemd hatte er um den Bauch geknotet, und unter den hochgekrempelten Jeans kamen kräftige, braune Beine zum Vorschein. An seinen Bewegungen erkannte ich, dass es Corey Orion war, und ich ging schnurstracks auf ihn zu.

Jenseits der Dünen sah ich die unregelmäßig gezackte Linie der Hausdächer. In gewissen Abständen führten weitere Treppen über die Dünen zum Strand hinunter, auf dem eine dunkle, von Muschelschalen, Seetang und anderem Treibgut gebildete Linie verlief, der Spülsaum des Meeres.

Corey, den dunklen Kopf nach unten geneigt, konzentrierte sich so stark auf etwaige, vom Meer angespülte Schätze, dass er mich erst bemerkte, als ich direkt neben ihm stand.

»Schon was Brauchbares gefunden heute Morgen?«, fragte ich.

Er lächelte mir zu – ein nettes Lächeln, wenn er sich denn dazu durchringen konnte. »Etwas für Sie«, sagte er und hielt einen kleinen schwarzen Gegenstand hoch, knapp drei Zentimeter lang und mit drei glatten, abgerundeten Punkten. Das Meer hatte ihn glatt geschliffen wie Glas.

»Ein Haifischzahn«, sagte Corey. »Wahrscheinlich von einem Kurzflossen-Mako, da die Oberkante nicht so gezackt ist wie die Zähne bei den großen Weißen Haien. Zähne wie diese sind natürlich Fossilien – vielleicht eine Million Jahre alt.«

Ich betrachtete den Gegenstand respektvoll. »Vielen Dank. Verlieren Haie eigentlich öfter die Zähne?«

»Sie brechen leicht heraus, da sie nicht im Kiefer verankert sind, sondern direkt im Zahnfleisch wachsen. Aber wenn sie herausfallen, wachsen einfach neue nach. Sehr praktisch.«

An diesem Vormittag blickten Coreys schwarze Augen freundlicher drein, und er war nicht so furchtbar ironisch wie tags zuvor. Offenbar interessierte ihn dieser kleine Schatz aus dem Meer wirklich und sorgte für gute Laune.

»Es ist eigentlich komisch«, fuhr er fort. »Alles andere, was das Meer so verschlingt, wird auf die eine oder andere Art abgebaut, außer Haifischzähnen. Also wird immer wieder mal einer angespült, zur Freude für uns Strandgutsammler.«

»Sind die Zähne denn immer schwarz wie der hier?«

»Das ist eine Sache des Schlicks, in dem sie steckten. Im Maul des Haies sind sie natürlich nicht schwarz.«

Er streckte mir eine Muschel entgegen, und ich nahm auch dieses Geschenk an. Sie war farblich abschattiert, von weiß bis grau, an den Rändern gewellt, perfekt in der Form und unzerbrochen.

»Nichts Besonderes, eine Herzmuschel«, sagte er. »Aber hübsch. Oben im Haus habe ich eine richtige Sammlung meiner Fundstücke. Im Sommer gingen Susan und ich meist schon frühmorgens zum Strand auf Schatzsuche. Ihre Sammlung hat sie mir geschenkt, als sie aufs College ging. Ich habe sie noch immer. Wenn Sie möchten, zeige ich sie Ihnen mal.«

»Gerne«, sagte ich. Aber mich beschäftigten an diesem Morgen noch andere Dinge als die Hinterlassenschaften des Meeres. Also kniete ich mich neben ihn und zeichnete gedankenverloren ein Muster in den Sand.

»Corey, heute Morgen habe ich beim Verlassen des Hauses dieses kleine Mädchen wieder gesehen, Dulcinea. Sie hat mir erzählt, dass beide Familien, ihre und die des Captains, nicht miteinander sprechen. Ich bin auch ihrer Mutter begegnet, und sie schien alles andere als freundlich. Erzählen Sie mir doch bitte, was da vorgeht.«

Er hob eine Augenbraue. »Sie sind die geborene Spürnase, stimmt's? Wie ich immer auf der Suche nach verborgenen Schätzen.«

»Ich finde nur Menschen interessanter als Muscheln.«

»Deshalb sollen Sie ja auch Detektivin spielen. Habe ich Recht?«

»Nicht wirklich. Dafür reicht meine Zeit hier nicht aus. Aber Dulcinea und ihre Mutter haben mich neugierig gemacht.«

Er zuckte mit den Schultern. »Susan hat mir ein bisschen davon erzählt, was zwischen den beiden Familien vorgefallen ist. Sie war keine gute Freundin von Carlina Cameron. Aber man wusste bei Susan nie so recht, wie man dran war. Sie hat halt gern übertrieben.«

An diese Seite Susans konnte ich mich auch erinnern – sie hatte wirklich die Neigung, ihre Geschichten intensiv auszuschmücken.

»Erzählen Sie mir, was Sie gesagt hat, Corey.«

Er nahm eine Hand voll Sand und zerbrochener Muschelschalen und warf sie in Richtung Wasser.

»Manchmal störte ich mich an den Spielchen, die Susan gern spielte. Damit konnte sie einem echt auf die Nerven gehen.«

»Spielen *Sie* nicht auch Spielchen?«

Sein Lächeln war verschwunden. »Ich bin ab und an zu einem kleinen Scherz aufgelegt. Aber Scherze und Spielchen sind nicht dasselbe. Sitzt Ihnen etwa nie der Schalk im Nacken?«

Paul hatte mir gelegentlich gesagt, ich könnte etwas lockerer sein, und dass ich keinen Sinn für Humor hätte. Aber da hatte er sich getäuscht. Nicht alle Menschen finden dasselbe lustig.

Als keine Antwort von mir kam, verzog Corey das Gesicht zu seinem üblichen Grinsen.

»Ich habe Susan sogar ziemlich gut gekannt. Meine Mutter und ich sind in das Haus gezogen, nachdem ihre Großmutter weg war, und wir hockten einander sozusagen auf der Pelle. Im Teenageralter bin ich eine Zeit lang mit ihr gegangen, aber nachdem sie in Kalifornien auf der Schule war, hörten wir bald auf, einander zu schreiben. Und als sie in den Ferien zurückkam, war nichts mehr wie früher. Sie war nicht bereit, sich festzulegen und ernst zu machen – und ich auch nicht.«

Wir schwiegen beide eine Weile, und ich betrachtete die

Herzmuschel in meiner Hand. Als ich aufsah, starrte er mich offen an, und ich spürte wieder, dass mir etwas nicht geheuer war an ihm.

»Ich weiß, warum Sie hier sind«, sagte er. »Der Captain unterhält sich ab und an mit mir. Er wird den Versuch niemals aufgeben, Susans Schicksal aufzuklären. Ich vermute, Sie sind der letzte Strohhalm, nach dem er greift – immerhin waren Sie ihre Freundin.«

Ein ziemlich schwacher Strohhalm, dachte ich. »Heute Morgen hat mir der Captain erzählt, dass Susan auf ihrem Zimmer war, als sie zum letzten Mal gesehen wurde. Sind Sie ihr denn auch noch begegnet an dem Tag, als sie verschwand?«

»Klar. Ich könnte sogar derjenige gewesen sein, der sie zuletzt gesehen hat. Ich kam in ihr Zimmer, um sie nach etwas zu fragen, und sie saß an ihrem Schreibtisch und schrieb einen Brief. Zusammen mit ihr ist auch dieser Brief verschwunden.«

»Hat denn wirklich gar niemand gesehen, wie sie das Haus verließ?«

»Niemand, der darüber sprechen würde.«

»Was haben Sie von ihr gewollt an diesem Tag?«

Er stand auf, klopfte den Sand von seinen Jeans und streckte mir eine Hand entgegen, um mich hochzuziehen. »Machen wir uns auf den Rückweg. Sie können auch im Gehen Detektiv spielen.«

Corey schaffte es immer wieder, mich auf die Palme zu bringen. »Hören Sie auf damit! Ich bin lediglich neugierig, aber keine Detektivin.«

Sein Grinsen wurde allmählich zur Gewohnheitssache. »Ah, hinter dieser ruhigen und kontrollierten Fassade verbirgt sich also ein gewisses Temperament. Interessant.«

Ich war nicht von Natur aus so gereizt und schaffte es, gelassen fortzufahren.

»Susan war meine Freundin, und ich will wissen, was ihr

zugestoßen ist. Außerdem mag ich den Captain und wäre glücklich, ihm irgendwie helfen zu können. Sie haben mir nicht geantwortet, als ich Sie gefragt habe, was Sie von Susan wollten, als Sie an jenem Tag in ihr Zimmer kamen.«

»Es spielt auch eigentlich gar keine Rolle, was ich sie fragen wollte.«

Er schaute mich nicht an, als wir über den lockeren weißen Sand schlenderten.

Als wir uns der Treppe näherten, fügte er hinzu: »Ich kann mich sowieso nicht mehr daran erinnern. Vielleicht etwas ganz Triviales, etwa der Art ›Wo hast du dieses oder jenes hingelegt‹ – was auch immer. Ich nehme an, sie wusste nicht Bescheid, denn sie schrieb einfach weiter. Ich habe sie nie wieder gesehen. Was danach passierte – der ganze Aufruhr, nachdem sie spurlos verschwunden war –, hat mir mein letztes bisschen Verstand geraubt.«

»Glauben Sie, sie ist tot?«

Er schreckte vor diesen Worten zurück.

»Ich glaube nicht, dass sie den Captain jemals freiwillig und wortlos verlassen hätte. Er bedeutete ihr mehr als der eigene Vater.«

»Der Captain meint, sie wurde ermordet. Halten Sie es für möglich, dass sie jemand auf ihrem Zimmer umgebracht hat?«

»Das ist reine Spekulation«, sagte er. »Es gibt keine konkreten Anhaltspunkte.«

»Irgendwo liegt der Schlüssel zur Lösung dieses Rätsels. Kein Mensch kann sich in Luft auflösen. Eine Spur muss es zumindest doch geben.«

Darauf wusste er keine Antwort.

Ich klopfte mir den Sand von den Beinen, rollte meine Jeans nach unten und schlüpfte in meine Sandalen. Als ich die Stufen erklomm, folgte er mir nach.

In der Laube bat ich ihn, neben mir auf der Bank Platz zu nehmen.

»Erzählen Sie mir etwas über den Captain«, sagte ich. »Welche Krankheit hat er eigentlich?«

Mit einem Mal wurde Corey sehr ernst. »Es ist Krebs. Wenn es nach den Ärzten ginge, sollte er schon seit Monaten tot sein, aber das ist ihm einfach schnurzpiepegal. Er ist wie die Hummel, akzeptiert es nicht, dass sein Leben zu Ende sein soll, und lebt einfach weiter. Ich glaube, er wird erst sterben, wenn er dazu bereit ist.«

»Das gefällt mir. Gut für Captain Trench!«

Corey lächelte bitter, akzeptierte aber keine weiteren Fragen, sondern stand einfach auf und ging alleine weg.

Auf dem Nachhauseweg fühlte ich mich so elend und verunsichert wie nie zuvor. Zeitweise war Paul nur ein Schatten im Reich meiner Erinnerung, aber sobald sich die Gelegenheit ergab, dieses Reich erneut zu betreten, meldete er sich natürlich zurück – nicht zornig und wutentbrannt, wie er war, als ich ihn zum letzten Mal gesehen hatte, sondern als der von mir geliebte und verlässliche Ehemann.

Und das war in diesem Moment das Schlimmste, denn mir war klar geworden, dass ein Mann, der diesem Bild entsprach, überhaupt nie existiert hatte.

Sobald ich zu Hause war, wollte ich dem Captain unverzüglich einen Besuch abstatten. Die Tür zu seinem Zimmer stand leicht offen, und ich hörte eine weibliche Stimme. Ich klopfte, und er bat mich, einzutreten. Er saß aufrecht im Bett, auf dem Stuhl daneben eine atemberaubend schöne Frau. Sie wandte sich um, als ich hereinkam, und stand auf, um mir die Hand zu reichen.

»Hallo. Ich heiße Louise Trench, und Sie müssen natürlich Susans Freundin sein. Ich hoffe von ganzem Herzen, Sie können ein paar gute Gespräche mit Captain Trench führen, ehe Sie wieder nach Hause fahren.«

Ihr Händedruck war zwar kräftig, aber die klaren blauen Augen wirkten kühl. Susans Stiefmutter war immer noch schön und verfügte obendrein über ein beachtliches Charmepotenzial – von dem sie bei dieser Begrüßung auf eine Art und Weise Gebrauch machte, die mir nicht geheuer war.

Sie trug ein bernsteinfarbenes, rosa gemustertes Seidenkleid; ihr sorgfältig zurückfrisiertes Haar war am Hinterkopf zu einer schimmernden Rolle geformt und mit kleinen, ebenfalls bernsteinfarbenen Kämmen fixiert.

Obwohl sie die Fünfzig gut überschritten hatte, trug sie ihr Alter scheinbar mit Fassung.

Mich beschlich ein Gefühl der Verlegenheit wegen meiner sandigen Jeans und der windzerzausten Haare, und ich wünschte, Susan hätte wenigstens ein bisschen mehr über ihre Großmutter erzählt.

Der Captain sah uns aus halb geschlossenen Augen an, und ich ging auf die andere Seite des Betts, um einen Stuhl für mich heranzurücken. Wieder fielen mir der feine blaue Morgenmantel und der elegante Schal auf. Ich vermutete, dass er nach wie vor selbst bestimmte, was er anzog, und dass er seine Uniform wohl einmal mit großem Stolz getragen hatte.

»Ich bin etwas früh dran«, sagte Louise freundlich. »Ich wollte Vater noch kurz sehen, ehe wir aufbrechen. Wir werden in Wilmington zu Mittag essen, Mrs Knight, wenn Ihnen die Fahrt nichts ausmacht. So haben wir Zeit, uns etwas zu beschnuppern. Ich mochte Susan wirklich sehr, müssen Sie wissen.«

Das war mir neu, und als ich sah, wie mich der Captain dabei anschaute, wurde ich stutzig. Ich kannte diese Frau kaum, und mir widerstrebte der Gedanke, über Stunden hinweg mit ihr zusammen zu sein, aber allem Anschein nach blieb mir nichts anderes übrig.

»Richard wird sich im Restaurant in Wilmington zu uns gesellen«, erklärte sie. »Richard Merrick, der Sie gestern am Flughafen abgeholt hat.«

Ein kleiner Hoffnungsschimmer wenigstens – auf diese Weise würde ich nicht alleine sein mit Louise.

Schließlich meldete sich der Captain, äußerst mürrisch, wieder zu Wort. »Hallie, Sie sollten sich jetzt anziehen und langsam fertig werden. Und holt bitte Mrs Orion herein. Sie soll mich in meinen Rollstuhl setzen und auf die Terrasse bringen.«

»Eine gute Idee«, stimmte Louise zu. »Es ist so schön draußen. Ich werde sie rufen für dich.«

Ich stand auf.

»Kann nicht ich Ihnen in den Stuhl helfen, Captain? Wenn Sie möchten, fahre ich Sie hinaus.«

Er sah mich böse an.

»Fällt Ihnen eigentlich nichts anderes ein als dauernd nur dieses ewige ›Captain‹? Ich habe langsam die Schnauze voll. Entweder man kommandiert mich herum, wie Mrs Orion es ständig tut, oder man hält mich mit falschem Respekt auf Distanz.«

Dass Louise Trench ihm den Ehrentitel »Vater« hatte zukommen lassen, schien er zu ignorieren.

»Ich lass es mir durch den Kopf gehen«, sagte ich. Und obwohl ich nie besonders spontan war, drängte mich etwas dazu, mich hinunterzubeugen und ihn auf die Wange zu küssen. »Gefällt Ihnen das besser? Die forsche Tour ist anders, hm?«

»Ich mag's gerne forsch. Nun helfen Sie mir in meinen Stuhl. Nein, Louise, lass es, die junge Dame macht das schon.«

Als ich den Rollstuhl ans Bett heranfuhr, bemerkte ich Louises Blick und schreckte zusammen. Einen Moment lang schlug mir ihre Antipathie mit voller Wucht entgegen. Dann lächelte sie wieder freundlich weiter.

»Wir müssen ihm natürlich seinen Willen lassen«, frotzelte sie. »Auch wenn er sich schlecht benimmt.«

Seine Mimik sprach Bände, und ich fürchtete, Captain Trench würde im nächsten Moment in bester Kommandobrücken-Manier losbrüllen.

»Ich weiß nicht genau, wie ich es anstellen soll, Sie ohne Hilfe in diesen Stuhl zu befördern«, sagte ich schnell, um abzulenken.

»Aufstehen kann ich von alleine«, sagte er. »Sie brauchen nur die Bremse festzustellen und mich, falls nötig, etwas zu stützen.«

Es war nicht nötig. Seine Beine schwankten beim Aufstehen nur leicht, und er setzte sich problemlos in den Stuhl. Auf seinen Wunsch hin legte ich ihm noch eine leichte Decke über die Knie, als auch schon Mrs Orion geschäftig ins Zimmer geeilt kam.

»Ich fahr ihn schon raus auf die Terrasse«, sagte sie beruhigend zu Louise. »Ich weiß, Sie möchten nach Wilmington aufbrechen.«

»Ich zieh mich nur noch schnell um«, warf ich ein. »Sobald ich zurück bin vom Mittagessen, schau ich wieder bei Ihnen vorbei, Nicholas.«

Mit einem warmen Lächeln signalisierte er mir sein Einverständnis, aber Mrs Orion erhob fordernd die Stimme. »Kommen Sie bitte erst zu mir, Mrs Knight. Der Captain macht am Nachmittag gerne ein längeres Schläfchen.«

Nicholas Trench schnaubte und zwinkerte mir offen zu. »Sehen Sie, womit ich es tagtäglich zu tun habe? Sie haben die strikte Anweisung, bei mir vorzusprechen, sobald Sie wieder zurück sind, mein Fräulein!«

Mrs Orion schob ihn unvermittelt auf die Terrasse, Louise folgte ihr. »Ryce und ich sind so froh, dass Sie hier sind, Mrs O. Einfach großartig, wie Sie es die ganzen Jahre über hier ausgehalten haben.«

Mrs Orion sah sie unbeteiligt an und schwieg.

Daraufhin versuchte Louise es noch einmal, aber ich spürte, wie bemüht und gekünstelt ihr Verhalten war. »Wie geht's Ihrem Sohn? Arbeitet er hier auf der Insel?«

Mrs Orion zuckte resigniert mit den Schultern. »Er will jetzt stundenweise im Restaurant *Soundside* arbeiten –

abends als Kellner. So bleibt ihm tagsüber noch genügend Zeit für seine zahlreichen Hobbys.«

Louise lächelte wohlwollend. »Er ist ein guter Junge, ganz gewiss. Und irgendwann wird er schon erwachsen werden.«

Das klang schrecklich herablassend, immerhin war Corey ungefähr so alt wie ich. Sicher konnte er für sich sorgen, und seine jugendliches Gehabe nahm ich ihm schon lange nicht mehr ab. Neugierig machte mich die Art, wie seine Mutter auf Louise reagierte. Ich hatte das Gefühl, dass sie ihr misstraute und auch ein gewisses Unbehagen verspürte, aber trotzdem doch den guten Ton wahren wollte.

Ich ließ sie auf der Terrasse zurück und eilte auf mein Zimmer, wo ich kurz duschte. Dann schlüpfte ich in ein weizengelbes Futteralkleid und legte antiken Korallenschmuck an, Kette und Ohrringe – ein Geschenk von Paul, aber darüber wollte ich jetzt nicht nachdenken.

Derart aufgetakelt erschien ich bei Louise, und wir gingen gemeinsam zu ihrem blauen Mercedes, der in der Einfahrt stand. Beim Einsteigen sah ich, dass Dulcinea wieder draußen spielte. Ich winkte ihr zu, aber sie zeigte keinerlei Reaktion.

»Ein abscheuliches Geschöpf«, sagte Louise, als wir die Hauptstraße entlang zurück zur Brücke fuhren.

Darin musste ich ihr widersprechen. »Das ist ungerecht. Dulcinea hat mich wissen lassen, dass die beiden Familien nicht miteinander sprechen, aber ich nehme einmal an, das war nicht immer so.«

Louise bog in Richtung Brücke ab. »Ich kenne die Details nicht, aber Schuld an allem ist sicher Fergus' Frau. Nick hatte ein Faible für Carlina, ehe diese Fergus heiratete. Am meisten gelitten unter der ganzen Geschichte hat sicher Anne, Nicks Frau.«

»Wenigstens hat *sie* den Absprung geschafft«, sagte ich.

»Es war nicht ihre Art, lange abzuwarten und sich mit einem Platz in der zweiten Reihe zu begnügen. Ich will nicht sagen, dass ich sie besonders mochte, aber ihr Verschwinden habe ich ihr nie verübelt.«

»Was genau ist mit ihr passiert?«, fragte ich.

»Dass soll Ihnen lieber Ryce erzählen. Immerhin war sie seine Mutter.«

Offenbar waren meine Fragen Louise unangenehm, und ich beschloss, von nun an während der ganzen Fahrt nach Wilmington kein Wort mehr zu sagen. Stattdessen schaute ich aus dem Fenster und ließ die ausgedehnten Kiefernwälder, die ich schon vom Flugzeug aus gesehen hatte, auf mich wirken.

6

Louise war eine äußerst versierte Autofahrerin, sicher im Umgang mit ihrem Fahrzeug und sehr selbstsicher. Sie war nun ihrerseits bemüht, ein Gespräch aufrechtzuerhalten, das eigentlich keines war, da sie mich kaum zu Wort kommen ließ.

Vielleicht wollte sie weitere Fragen von mir unterbinden. Alle Menschen, die mir bisher in North Carolina begegnet waren, schienen ein Geheimnis zu hüten, und auch Louise bildete keine Ausnahme.

Meine Aufmerksamkeit hielt sich in Grenzen, wurde dann allerdings schlagartig geweckt, als Louise den Namen ihres Mannes erwähnte.

»Es war für uns alle schrecklich, natürlich«, spann sie den Faden fort. »Aber den armen Ryce hatte das Schicksal ohnehin schon so schwer getroffen.«

Das war sicher wahr. Er hatte seine Mutter und seine erste Frau verloren. Dann verschwand auch noch seine Tochter. Ich fand es merkwürdig, dass Susan immer nur von ihrem Großvater, kaum jedoch vom Rest ihrer Familie gesprochen hatte.

»Hatte Susan ein gutes Verhältnis zu ihrem Vater?«, fragte ich.

»Eher nicht. Susan hatte ihre eigenen Interessen, die nicht immer die unseren waren.«

Das konnte ich gut nachvollziehen.

»Ryce und sein Vater haben alles Mögliche unternommen, Susan zu finden, aber natürlich half alles nichts.«

»Warum natürlich?«

»Wenn Susan vorgehabt hatte zu verschwinden, dann ist

ihr das sicher gelungen, ohne eine Spur zu hinterlassen. Ich weiß, der Captain glaubt, dass sie tot ist, aber ich war mir darin nie so sicher.«

»Wäre es möglich, ihren Vater mal kennen zu lernen?«, fragte ich.

Die Frage schien nur allzu natürlich, aber Louises Hände am Lenkrad verkrampften sich. »Er ist im Moment sehr beschäftigt. Wir werden sehen, ob sich etwas machen lässt.«

»Gab es vielleicht etwas, wovor Susan davonlief?«

»Weiß ich nicht. Ich habe nie versucht, mir ihre Motive zu erklären. Man hatte bei ihr immer den Eindruck einer gewissen Sprunghaftigkeit, als würde sie spontan irgendwelchen inneren Eingebungen folgen.«

Treffender hätte man es nicht ausdrücken können, dachte ich. In unserer gemeinsamen Zeit legte Susan einen Hang zu allem Mysteriösen und Dramatischen an den Tag. Ich hatte oft den Eindruck, dass sie ihren Spaß daran hatte, Menschen einen Schrecken einzujagen. Und sie hatte ein aufbrausendes Temperament.

»Ich mochte Susan sehr«, sagte ich. »Sie war einfach anders als die anderen Mädchen, die ich kannte, und viel interessanter. Bei ihr konnte man nie sicher sein, was sie als Nächstes anstellen würde.«

»Sie war immer so. Ich zweifle, ob wir sie je finden werden, es sei denn, sie lässt sich finden.«

Ich sprach mit ruhiger Stimme und betrachtete Louise während der Fahrt von der Seite. Im Profil hatte ihr Gesicht einen schärferen Ausdruck als von vorne gesehen. »Sowohl der Captain wie auch Corey Orion glauben, dass sie tot ist.«

»Weil sie es nicht fassen können, dass sie sie sitzen gelassen hat. Der Captain lebt in seiner eigenen Fantasiewelt, was seine Enkelin betrifft. Und Corey war natürlich hoffnungslos verliebt in sie. Auf seine Worte würde ich nicht viel geben.«

»Hoffnungslos?«, wiederholte ich.

Sie blickte weiter geradeaus. »Denken Sie darüber nach.«

»Ich kann mir nicht vorstellen, dass jemand Susan etwas Böses wollte, warum auch«, sagte ich. »Sicher, der eine oder andere konnte sie nicht ausstehen, aber Feinde, echte Feinde, davon habe ich nie gehört.«

»Lebendig war sie viel mehr wert, mit dem vielen Geld in der Hinterhand«, sagte Louise. »Nicht einmal mein Mann weiß, wie viel Nick auf der Seite hat. Richard Merrick kümmert sich um seine Angelegenheiten, schweigt aber eisern. Ich bin mir aber sicher, es sind Unsummen.«

Die nun nach dem Tod des Captains an Louises Mann gehen würden, wenn er denn der einzige vorgesehene Erbe war. Hätte Nicholas Trench seinen Sohn Ryce übergangen und seine Enkelin zur Alleinerbin gemacht? Ich war mir nicht sicher.

Louise fuhr fort. »Susan hätte damit rechnen können, einmal sehr reich zu sein – dafür hätte der Captain schon gesorgt. Deshalb fehlte es auch nie an interessierten jungen Männern.«

»Soviel ich weiß, wollte sie überhaupt niemals heiraten. Aber die Menschen ändern sich natürlich. Sie hat mir erzählt, dass sie nach dem frühen Tod ihrer Mutter bei den Großeltern aufgewachsen ist. Aber gesprochen hat sie immer nur von ihrem Großvater – nie von der Großmutter. Allem Anschein nach war Anne Trench eine sehr starke Frau. Ist sie vielleicht nicht zurechtgekommen mit Susan?«

»Wer kam schon mit Susan zurecht?«

»Ich bin gut mit ihr zurechtgekommen«, sagte ich gelassen und doch bestimmt. »Wann ist ihre Großmutter eigentlich gestorben?«

Louise sah mich erstaunt an. »Wie um alles in der Welt kommen Sie auf die Idee, dass sie tot ist?«

Nun war ich erstaunt. »Der Captain sagt das.«

»Das passt zu ihm! Ich nehme an, für ihn war sie tot, gleich nachdem sie ihn verlassen und die Scheidung eingereicht hat.

Sie ist nach Boston gezogen, wo sie noch heute als Malerin lebt. Nach einigen beachtenswerten Ausstellungen hat sie sogar Preise gewonnen, und heute hängen ihre Bilder in mehreren Museen. Die ersten Erfolg hatte sie gleich, nachdem sie den Captain verlassen hatte, und Susan muss davon gewusst haben.«

»Hat denn Ryce Kontakt zu seiner Mutter?«

Sie antwortete ausweichend. »Ryce konnte mit seinem Vater immer mehr anfangen als mit seiner Mutter, was Anne nicht gefiel. Aber ich habe sie ein- oder auch zweimal besucht, wenn ich in Boston war, jedoch nicht mehr seit Susans Verschwinden. Sie war immer ungemein herzlich.«

»Ich kann es einfach nicht glauben, dass Susan mir nie etwas erzählt hat von ihrer so talentierten Großmutter.«

»Vielleicht konnte sie Anne nie verzeihen, dass sie Nick verlassen hat.« Sie nannte ihn jetzt nicht mehr »Vater«.

»Es ist ein Wunder, dass der Captain die auf Leinwand gebannten Zornesausbrüche seiner Frau nie aus dem Haus geworfen hat. Kennen Sie diese Gemälde – die abstrakten?«

Louise sprach ruhig weiter. »Meines Wissens hat Susan die Arbeiten ihrer Großmutter gerettet, nachdem der Captain sie beseitigen wollte. Aber er konnte schlecht aus dem Haus werfen, was in seinem eigenen Kopf herumgeisterte, oder?«

»Weiß er denn, dass die Gemälde noch im Haus sind?«

»Das kann ich mir nicht vorstellen. Er würde es schlicht nicht zulassen. Sie hat die Sachen gemalt, um ihn zu verletzen, was ihr auch gelungen ist.«

»Vielleicht war das Malen für sie eine Befreiung, und vielleicht hat er es ja auch nicht anders verdient.«

Louise sah mich abermals erstaunt an, sagte aber nichts weiter dazu. »Wir kommen jetzt nach Wilmington, Hallie, eine wunderschöne alte Stadt zwischen dem Atlantik und dem Cape Fear River.«

Das Thema Susan und ihre Familie war fürs Erste vom Tisch, und ich war froh darüber.

Wir fuhren an einem Berghang entlang, unter uns der Fluss, und nach einem oder zwei Häuserblocks bog Louise zum Hafen hinunter ab.

»Hier ist das historische Stadtzentrum«, sagte sie. »Die alte Baumwollbörse wurde restauriert und in ein Ladenzentrum verwandelt. Wenn Sie vorhätten, länger zu bleiben, würde ich Ihnen einmal alles zeigen.«

Immer wenn Louise meinen »Besuch« erwähnte, schien sie davon auszugehen, ich würde höchstens für ein paar Tage hier bleiben. Ich ließ sie denken, was sie wollte, da ich selbst nicht wusste, wie lange ich hier sein würde. Größtenteils würde das vom Captain und seinen Erwartungen abhängen.

Von der Straße, die direkt am Fluss entlangführte, bog sie links ab. »Wir fahren ans andere Ende – nach Chandler's Wharf. Richard meinte, Sie würden vielleicht gerne direkt am Fluss sitzen.«

Das Restaurant *Elijah's*, wo wir zum Lunch verabredet waren, war vom Parkplatz nur ein paar Häuserblocks entfernt. Über altes Kopfsteinpflaster legten wir dieses letzte Stück Wegs zu Fuß zurück.

Wir wurden durch das Restaurant hindurch zu einem Tisch im Fensterbereich geführt. Richard Merrick erwartete uns bereits. Ich bekam einen Platz mit freiem Blick über die Kais zum Fluss. In der Nähe sah ich die Wilmington Memorial Bridge, eine zwischen zwei Stahltürmen errichtete Konstruktion, die man für durchfahrende Schiffe anheben konnte.

Bei der Begrüßung war Richard aufgestanden, in seinem Gesicht ein besonderes Lächeln für Louise, ein fragender Blick für mich. Er war fast ebenso hübsch wie sie, und zusammen sahen sie direkt noch besser aus. Aber mich gingen diese Verhältnisse nichts an, und ich hütete mich vor Spekulationen jeder Art.

»Tut mir Leid, dass Ryce nicht kommen konnte«, sagte Louise zu Richard, um dann mir gegenüber zu erklären. »Er führt unsere kleine Farm, wissen Sie, was ihn sehr auf Trab hält. Keine richtige Plantage, aber das Wohnhaus ist tatsächlich ein alter Plantagensitz. Sollten Sie vorhaben, noch zu bleiben, könnten Sie uns vielleicht morgen zum Abendessen besuchen? Ryce ist schon so gespannt auf Sie. Und natürlich hätten wir Sie auch gerne dabei, Richard. Vielleicht könnten Sie Hallie mit dem Auto abholen?«

»Wäre mir ein Vergnügen«, sagte Richard, was ich ihm aber nicht ganz abnahm. Richard Merrick hatte eine Art, die mir zu denken gab. Dann kam die lang erwartete Frage. »Wie finden Sie denn nun den Captain, Hallie?«

Über der Reihe von Fenstertischen vor uns hingen abwechselnd Deckenventilatoren und Lampen, und mein Blick fiel auf einen Suppenlöffel und die trägen Umdrehungen eines darin gespiegelten Miniaturventilators. Ich war mir nicht sicher, was es über den Captain zu sagen gab.

»Ich mag ihn – obwohl ich ihn kaum kenne. Mrs Orion behandelt ihn wie einen hilflosen Invaliden, was ihm sicher arg missfällt. Wie auch immer, seinen Wunsch kann ich ihm nicht erfüllen.«

»Und der lautet?«, fragte Louise prompt.

Es gab keinen Grund, über die unerfüllbare Bitte des Captains nicht zu sprechen. »Er hat es sich in den Kopf gesetzt, gerade ich könnte klären, was mit Susan passiert ist.«

Louise und Richard sahen sich an. »Was könnten *Sie* denn unternehmen?«, fragte Louise.

Ich versuchte, die Situation zu erklären. »Ich habe ihm schon gesagt, dass ich mir nicht vorstellen kann, wie ausgerechnet ich ihm helfen sollte, aber er hörte einfach nicht zu. Ich werde versuchen, ihm klar zu machen, dass ich nichts für ihn tun kann. Dann kann ich vielleicht auch nach Hause fahren. Es sei denn, er hat eine konkrete Aufgabe für mich.«

Richard schien besorgt, als der gesundheitliche Zustand des Captains zur Sprache kam. »Der Mann leidet an einem tief sitzenden Schmerz, der unablässig an ihm nagt. Und ich meine jetzt nicht die körperlichen Schmerzen. Die machten ihm schon vor Susans Verschwinden maßlos zu schaffen. Er wird keine Ruhe geben – er kann keine Ruhe geben –, bis Susans Schicksal geklärt ist.«

»Was ist, wenn es nichts zu klären gibt?«, fragte ich.

Louise pflichtete mir bei. »Genau. Aber er war noch nie ein Mann, der mit sich reden ließ.«

Ich versuchte, mich auf die Speisekarte zu konzentrieren, und als die Kellnerin kam, bestellte ich nur ein ganz simples Gericht – Krabbenküchlein Maryland, eine Ofenkartoffel und Salat.

Bis die beiden anderen sich entschieden hatten, sah ich zum Fenster hinaus auf den Fluss jenseits der Kais. Das Wasser hatte einen dunklen, beinahe rötlichen Ton.

»Was für eine merkwürdige Farbe«, sagte ich.

Richard wusste die Erklärung. »Die Farbe rührt von der Gerbsäure her, die die Zypressen in seinem Oberlauf freisetzen.«

»Wenn Sie im Lauf Ihrer Stippvisite hier bei uns nichts weiter vorhaben, müssen Sie unbedingt die Region Cape Fear erkunden«, sagte Louise, nachdem die Kellnerin weg war. »Es gibt die Möglichkeit, auf einem Raddampfer flussabwärts zu fahren, sollten Sie also Zeit haben, könnten Sie diese Fahrt machen.«

Ich lächelte und nickte mit dem Kopf, aber Besichtigungstouren waren nicht der Zweck meiner Reise. Als ich auf das Wasser hinausschaute, fuhr gerade ein Lastkahn vorbei. Die Brücke war hoch genug, dass er durchfahren konnte, ohne dass man die Brückentafel anheben musste. Fasziniert von dem Anblick, hörte ich plötzlich, wie Louise entsetzt aufseufzte. Sie sah die Tischreihe entlang, von deren Ende ein Mann auf uns zukam.

Er war eher klein von Wuchs, und alles an ihm war grau – grauer Anzug, graue Haare, graue Augen. Vielleicht insgesamt eine traurige, graue Natur.

Louise war eindeutig nicht erfreut, ihn zu sehen. Sie beobachtete ihn kühl, als er auf unseren Tisch zukam.

Er nickte den anderen beiden zu und streckte mir seine Hand entgegen. »Mein Name ist Ryce Trench. Ich freue mich, die Freundin meiner Tochter kennen zu lernen.« Sein Händedruck war fest und warm. Als er zu seiner Frau hinübersah, wirkte sein Blick absichtlich neutral, und er unterhielt sich weiterhin ausschließlich nur mit mir. »Ich wollte nicht so lange warten, bis Sie uns besuchen, so wie meine Frau es geplant hatte. Sie gestatten doch?« Ohne dass ich ihn darum gebeten hätte, nahm er auf dem Stuhl neben mir Platz. »Wie ist es meinem Vater seit Ihrer Ankunft gegangen?«

Louise mischte sich ein, ehe ich antworten konnte. »Ich war heute Vormittag kurz bei ihm, Ryce. Er scheint von Besuch zu Besuch immer schwächer zu werden.«

Ryce hatte nur Augen für mich und ignorierte einfach, was sie gesagt hatte. Ich hatte mich getäuscht über ihn. Er war nicht vollständig grau. In seinen Augen blitzten Funken eines kaum verhohlenen Feuers. Nicht einmal seine guten Südstaatenmanieren konnten es unter Kontrolle halten, und mir war klar, in diesem Mann brannte ein ohnmächtiger Zorn.

Ich antwortete mit ruhiger Stimme. »Ich mag Ihren Vater sehr, aber um mich über seinen gesundheitlichen Zustand zu äußern, fehlen mir die Vergleichsmöglichkeiten. Ich hoffe, ich kann ihm in irgendeiner Weise dienlich sein. Seinen Wunsch, an meinen Erinnerungen an Susan teilzuhaben, kann ich ihm sicher erfüllen.«

Das Flackern in seinen Augen war nun verschwunden, und es überwog wieder das Grau des ersten Eindrucks. »Susan ist tot«, sagte er frei heraus. »Sie ist nicht der Grund für Ihr Hiersein, Hallie. Vater möchte Sie aushorchen und gewissermaßen testen.«

»Zu welchem Zweck?«, fragte ich.

Die Kellnerin kam, um Ryces Bestellung entgegenzunehmen, aber er verlangte nur Kaffee und Limettentorte. Als sie wieder weg war, wandte er sich zum ersten Mal Richard zu. »Sie haben ihr nichts gesagt?«

»Dazu gab es kaum Zeit«, sagte Richard. »Mrs Knight muss sich erst ein wenig umsehen. Außerdem ist es Sache des Captains zu entscheiden, wann und ob er darüber sprechen möchte.«

Ryce ging nicht weiter darauf ein. »Mein Vater möchte Sie in sein Testament mit aufnehmen als Dank für alles, was Sie für Susan getan haben. Aber sicher möchte er Sie zuerst etwas besser kennen lernen, ehe er Ihnen davon erzählt.«

»Er hat das Testament schon in seinem Brief an mich erwähnt, und ich habe Mr Merrick gleich gesagt, dass ich das Erbe nicht annehmen werde, wenn es mehr ist als ein symbolisches Geschenk.«

Ryce schüttelte den Kopf. »Sie wissen nicht alles, Mrs Knight. Mein Vater stellt bestimmte Bedingungen, die Sie vielleicht gar nicht akzeptieren wollen. Sie können das Erbe ausschlagen, indem Sie die Bedingungen ablehnen.«

»Dann werde ich das wohl tun.«

Louise gab mit gespitzten Lippen einen Ton von sich, der vielleicht als Lachen gedacht war.

»Deine Meinung in dieser Sache ist uns bestens bekannt, Louise.« Ryce sprach gelassen, aber ich spürte abermals den glimmenden Funken in ihm. »Mein Vater muss selbst entscheiden, wann er bereit dazu ist, Mrs Knight. Ich hoffe, Sie bleiben so lange hier.«

Ich wusste, ich würde auf jeden Fall noch etwas länger bleiben. Nicht wegen des Testaments, sondern weil ich nicht bereit war, mich der Realität einer leeren Wohnung zu stellen.

»Ich werde so lange warten«, sagte ich, meinen Blick einen Moment lang beiden zugewandt. »Wenn es nicht allzu lange dauert.«

Ryce lächelte freundlich, und er schien mich zu akzeptieren. Louises und Richards Gesichtsausdruck konnte ich nichts entnehmen.

Ein weiterer Lastkahn fuhr auf dem Fluss vorbei, und dieses Mal hob sich die Fahrbahn zwischen den Türmen, damit er passieren konnte. Ich sah zu und wartete, bis das Schiff durch war; dabei sprach keiner ein Wort, da die Kellnerin gerade servierte, und ich genoss das entspannte Schweigen.

Beim Essen plauderte Louise mit Richard, während ich mich in aller Ruhe mit Ryce unterhielt.

»Susans Erzählungen von Topsail Island drehten sich immer nur um ihren Großvater, weshalb ich über den Rest der Familie so gut wie gar nichts weiß.«

»Susan schleppte eine Menge Gram mit sich herum«, sagte Ryce traurig. »Vielleicht ähnelte sie darin zu sehr ihrer Großmutter. Meine Mutter konnte einfach nicht verzeihen, und in ihrem Jähzorn stand sie meinem Vater in nichts nach.«

»War sie auch auf Sie sauer?«

»Sie war auf die ganze Welt wütend. Aber angeblich soll sich das ja gebessert haben.«

Er sah kurz zu Louise, aber sie hörte nicht zu, und er fuhr fort. »Susan konnte mehr als wütend werden, *giftig*, wie man bei dieser Familie besser sagen sollte. Aber wie geht es Ihnen, Hallie Knight, erzählen Sie.«

Dieses Thema kam mir im Moment gar nicht gelegen. »Da gibt es nicht viel zu sagen.«

Er spürte meine Zurückhaltung. »Hat Susan je über so etwas wie Zukunftspläne mit Ihnen gesprochen?«

Ich schüttelte den Kopf. »Sie hatte so viele Talente. Sie hätte Schriftstellerin werden können oder Tänzerin oder Malerin wie ihre Großmutter. Aber sie schien sich nie für längere Zeit für eine Sache zu interessieren.«

»War sie glücklich damals? Auf dem College und vor ihrer Rückkehr nach Topsail?«

»Unglücklich war sie, glaube ich, nicht. Vielleicht war sie noch auf der Suche, wie die meisten von uns in jenen Tagen. Wissen Sie, jung zu sein ist nicht immer einfach.«

»Wenn ich es mir recht überlege«, sagte Ryce, »kenne ich

eigentlich, unabhängig vom Alter, kaum glückliche Menschen.«

Aber *ich* war glücklich gewesen. Ich war glücklich in meiner Ehe, mit meiner Arbeit. Ich hatte das Gefühl, das sei der Ausgleich für das Unglück früherer Jahre. Nun war das schöne Leben, das ich mir aufgebaut hatte, mit einem Schlag dahin.

»War Susan, abgesehen von ihrer aufbrausenden Natur, ihrer Großmutter auch sonst irgendwie ähnlich?«, fragte ich.

»In mancher Hinsicht schon. In ihr steckte dasselbe Ungestüm, das ich schon von meiner Mutter her kannte, eine unbändige Lebensgier. Vielleicht eine gefährliche Lebensgier. In den letzten Jahren jedoch schien sich dieser Furor zu legen.«

Das Wort *gefährlich* war mir nicht entgangen. »Ich glaube, Sie haben Recht. Ab und an spielte Susan mit dem Feuer. Ich fürchte bloß, dass ich als die Vernünftigere ihr den Spaß so manches Mal verdorben habe.«

»Sie hat wiederholt von Ihnen gesprochen, noch als der Briefverkehr längst eingeschlafen war. Sie beneidete Sie um Ihre glückliche Ehe. Potenzielle Heiratskandidaten hätte es durchaus gegeben, aber sie war immer zu rastlos, um sich festzulegen. Ich habe immer geglaubt, sie und Corey Orion hätten gut zusammengepasst. Coreys Mutter und ich hätten es beide gern gesehen, wenn sich zwischen den beiden etwas Festes entwickelt hätte.«

Wir hatten in der Vergangenheitsform von ihr gesprochen, weshalb ich frei heraus fragte. »Glauben Sie, sie wurde ermordet? Der Captain zumindest ist dieser Ansicht.«

Er schien zu erstarren, als hätte dieses Wort einen Schutzmantel durchstoßen, der ihn vor seelischem Schmerz bewahrte, und mir tat es sofort Leid, dass ich es ausgesprochen hatte.

Louise muss trotz allem dennoch zugehört haben. Sie unterbrach ihr Gespräch mit Richard. »Mord? Wer wurde ermordet?«

»Der Captain ist der Ansicht, Susan wurde ermordet«, sagte ich.

»Nicholas Trench befindet sich nicht im Vollbesitz seiner geistigen Kräfte«, sagte Louise schroff. »Ich habe schon oft geglaubt, es wäre besser für alle Beteiligten, wenn wir ihn gnadenhalber –«

Richard umfasste ihren Arm und brachte sie zum Schweigen. »Gemach, Louise.«

»Stimmt, Ryce sollte eigentlich in der Lage sein, wichtige Entscheidungen alleine zu treffen.«

Ihr Ehemann sah sie nur an. Vielleicht blickte er in sie *hinein*, denn er wurde rot vor Wut.

Das Wort *Mord* hatte bei allen dreien eine gewisse Reaktion ausgelöst, selbst bei Richard, der mich misstrauisch beäugte. Unser Essen war danach jedenfalls definitiv zu Ende, denn wie durch ein unhörbares Signal waren wir plötzlich alle zum Aufbruch bereit. Und niemand hatte eine Antwort gewusst auf die Frage, mit der ich sie konfrontiert hatte. Dazu barg sie wohl zu viel Sprengstoff.

Richard verlangte mit einem Handzeichen nach der Rechnung, und während wir darauf warteten, sprach Ryce in seiner ruhigen Art mit Louise. »Da ich ohnehin vorhabe, meinen Vater heute Nachmittag zu besuchen, werde ich Hallie auf die Insel zurückfahren.«

Ich vermutete, Louise nahm dieses Angebot dankbar an, und auf dem Weg nach draußen zu unseren Autos lächelte sie mir sogar zu. »Wir erwarten Sie dann morgen zum Abendessen, Hallie.«

Ich sagte zu, und wir gingen rasch auseinander. Ich hatte das Gefühl, Richard hätte gerne ein paar Worte unter vier Augen mit mir gesprochen, aber Louise drängte bereits zum Gehen. Er war zu Fuß von seiner Kanzlei ins Restaurant gekommen, und sie würde ihn mit ihrem Auto zurückfahren.

In Ryces Wagen versuchte ich erst einmal, zur Ruhe zu kommen. Die Runde im Restaurant war doch ziemlich aufwühlend, und es war eine Erleichterung, weg von den beiden anderen und bei Susans Vater zu sein.

Ryce war kein Freund oberflächlichen Geplappers, und so fuhren wir schweigend in Richtung Hampstead und auf die Insel. Somit war ich wieder alleine mit meinen Gedanken, worauf ich keinen gesteigerten Wert legte, denn kaum waren meine Gedanken sich selbst überlassen, schweiften sie prompt ab zu Paul. Nun beschäftigte mich die Frage, ob die männlichen Wesen unserer Gattung einer Frau überhaupt lebenslang treu sein könnten. Ich hatte in dieser Hinsicht nie Zweifel gehabt – an Pauls Liebe und Integrität hatte ich stets fest geglaubt. Nun musste ich feststellen, wie blauäugig ich war.

Ryces Stimme riss mich aus dieser unglückseligen Träumerei, und ich erkannte, dass Zeit und Entfernung wie im Fluge vergangen waren. »Die Drehbrücke ist gesperrt, wir müssen also etwas warten, bis wir rüberkönnen. Aber lang wird's nicht dauern.«

Wir standen hinter mehreren Autos in einer Schlange, weshalb ich den Drehvorgang nicht beobachten konnte. Ryce schien nun, erstmals seitdem wir Wilmington verlassen hatten, zum Sprechen bereit zu sein.

»Sie haben eine Frage gestellt vorhin bei *Elijah's*«, sagte er. »Mein Vater ist wie besessen von dem Gedanken, Susan sei ermordet worden, aber Sie sollten besser nicht auf ihn hören. Sie haben Ihre Erinnerungen an Susan, und ich finde, wenn Sie ihn damit etwas trösten, ist das mehr als genug, aber lassen Sie sich um Himmels willen bloß auf nichts ein, was auch nur im Entferntesten wie Schnüffelei aussieht.«

Damit war ich nicht zufrieden. »Eigentlich habe ich gefragt, ob *Sie* glauben, dass Susan ermordet wurde.«

Das altgewohnte Grau schien sich wie ein Schleier über ihn zu legen, der jeglichen Ausdruck löschte. »Das ist eine gefährliche Frage.«

»Wie meinen Sie das?«

»Was ist, wenn es tatsächlich stimmt? Was, wenn ein Killer unter uns ist? Was, wenn jemand nur darauf wartet, wie nahe *Sie* an die Wahrheit herankommen?«

Darauf wusste ich keine Antwort. Ehe er weitersprechen konnte, erkannte ihn ein Mann in einem Auto hinter uns und stieg aus, um an die Fahrerseite von Ryces Wagen heranzukommen.

»Hi, Ryce. Hast du schon gehört, was man am Strand gefunden hat?«, fragte er. »Scheint wichtig zu sein, denn meine Zeitung hat mich sofort rübergeschickt. Niemand weiß genau, was es ist, aber das Ding wurde auf Höhe Surf City vom Meer angespült.«

Das Auto vor uns setzte sich in Bewegung, und der Mann – offenbar ein Reporter – flitzte zu seinem eigenen Auto und ließ uns vor einem Rätsel zurück.

»Ich will lieber mal sehen, was da los ist«, sagte Ryce, als wir die Brücke überquerten. »Soll ich Sie zuerst zum Captain zurückfahren, oder möchten Sie mitkommen?«

Ich begleitete ihn, und nachdem wir das Auto auf der Meerseite geparkt hatten, erklommen wir die Stufen zur Düne hinauf. Es gab hier oben keine Laube. Die Stufen auf der anderen Seite führten direkt zum Strand, und wir konnten hinuntersehen auf das kleine Grüppchen von Menschen, das sich dort versammelt hatte. Ihre Aufmerksamkeit galt offenbar einem länglichen Objekt im Sand, einem Gegenstand aus Metall.

Ryce stieß einen erstickten Schrei aus, als wir die Stufen hinunterrannten.

7

»Fergus Cameron ist auch da«, sagte Ryce, als wir die Treppen im Eiltempo hinunterrannten. »Kennen Sie ihn schon, Hallie?«

»Ich kenne die Frau und die Tochter, aber Mr Cameron noch nicht.« Um zu sehen, wie er darauf reagierte, wiederholte ich Dulcineas Bemerkung. »Dulcinea sagt, die beiden Familien würden nicht miteinander sprechen.«

»Dulcie übertreibt. Sicher, das Verhältnis zwischen meinem Vater und Fergus hat sich im Lauf der Jahre abgekühlt, aber das betrifft nicht den Rest der Familie, außer Susan und Carlina vielleicht, die mochten sich auch nicht.«

Wir liefen über den Sand, und schon bald konnten wir das längliche, sehr große Metallobjekt klarer erkennen. Ein hoch gewachsener, hagerer Mann war dabei, es zu untersuchen, und als wir näher kamen, erkannte er Ryce und richtete sich auf. Sein langes Gesicht mit den vorstehenden Knochen passte gut zu seiner Statur, und an der Art, wie er dastand, steif und nervös, konnte man seine Aufregung unschwer erkennen.

»Du musst unbedingt Nick Bescheid sagen«, sagte er, sobald wir vor ihm standen.

Ryce berührte mich am Arm. »Hallie, das ist Fergus Cameron. Er war mit dem Captain zurzeit der Raketenabschüsse hier auf der Insel. Fergus, Hallie Knight, eine College-Freundin meiner Tochter.«

Cameron nickte mir beiläufig zu.

»Sieht fast so aus wie der Booster einer Rakete von Operation Bumblebee«, sagte er zu Ryce. »Egal, es ist zumindest das erste Raketenteil, das je auf Topsail angespült worden ist.« Er warf einen Blick auf die kleine Gruppe neugieriger Insulaner. »Hat eigentlich schon wer den Sheriff verständigt? Das Ding hier ist verdammt wertvoll und muss in Wasser konserviert werden.«

Der Reporter, der sich zuvor mit Ryce unterhalten hatte, sagte, der Sheriff sei schon unterwegs.

»Dann will ich mal meinem Vater von der Neuigkeit erzählen«, sagte Ryce. »Fergus, informierst du uns, sobald man das Ding identifiziert hat?«

»Mach ich«, sagte Fergus Cameron und winkte uns kurz hinterher, als Ryce und ich den Strand hinaufgingen.

Bei den Dünenstufen fragte ich Ryce: »Was steckt eigentlich hinter dem Zerwürfnis zwischen dem Captain und Mr Cameron?« Eine ungefähre Ahnung hatte ich schon, aber ich wollte hören, was Ryce sagen würde.

Er zuckte mit den Schultern. »Wer weiß das schon genau? Ich vermute jedoch, dass Carlina die Hauptrolle dabei spielte, wie auch gerüchtehalber gemunkelt wird. Es ist alles lange her, Jahre bevor Dulcie zur Welt kam. Carlina hat ihren Platz mittlerweile gefunden. Als Fergus und mein Vater sie kennen lernten, war sie Trapezkünstlerin bei einem Wanderzirkus. Nach allem, was man so hört, muss sie eine Wahnsinnsfrau gewesen sein. Alle waren erstaunt, dass sie Fergus überhaupt genommen hat, aber ich glaube, ihm sind die Augen ziemlich schnell aufgegangen.«

Wir hatten die Plattform am oberen Ende der Treppe erreicht, und Ryce verstummte. Er hielt einen Moment inne, den Blick noch einmal zum Strand gewandt.

»Hinter der Geschichte dürfte noch mehr stecken«, sagte ich.

Ryce zuckte die Schultern. »Das ist alles Schnee von gestern. Ich glaube, mein Vater hatte auch ein Auge auf sie geworfen, obwohl er schon eine Frau hatte.«

»Ihr Vater war zu dieser Zeit mit Ihrer Mutter verheiratet?«

»Das ist wahrscheinlich auch der Grund, warum Carlina sich für Fergus entschieden hat, weil er frei war. Sie wollte weg vom Zirkus und packte die Gelegenheit beim Schopf. Dulcie kam erst lange nach ihrer Heirat.«

»Hat Ihre Mutter den Captain wegen Carlina verlassen?«

Ryce plauderte munter drauflos. »Nein, eigentlich nicht. Dad war immer hinter irgendwelchen Frauen her, und das mit Carlina war nichts Neues. Aber vielleicht brachte sie ja das Fass zum Überlaufen.« Er sah mich an, und etwas an mir schien ihm nicht zu gefallen. »Halten Sie sich da raus, Hallie. Ich warne Sie. Wecken Sie keine schlafenden Hunde. Und nun kommen Sie, wir wollen meinem Vater von diesem Fund berichten. Er wird nicht schlecht erstaunt sein.«

Ich nahm seine Warnung kommentarlos hin. Nachdem wir am Haus angelangt waren, wollten wir natürlich sofort den Captain sprechen und fanden ihn auf seinem Zimmer im Rollstuhl sitzend vor. Die Begrüßung zwischen Vater und Sohn fiel nicht besonders herzlich aus, was offenbar auch keiner der beiden erwartet hatte. Als Ryce aber davon erzählte, was das Meer zutage gefördert hatte, strahlte der Captain ebenso vor Aufregung wie Fergus Cameron.

»Fergus war *natürlich* zuerst da«, brummte er. »Ich will, dass du mich zum Strand bringst, Ryce, und zwar sofort!«

Ryce sah ihn ruhig an. »Du weißt, dass das nicht möglich ist. Allein die Stufen über die Dünen sind ein unüberwindbares Hindernis, und dein Rollstuhl würde umkippen im Sand.«

Der Captain wandte sich an mich. »Lass Corey zu mir kommen, Hallie. Ich schicke ihn zum Strand hinunter, damit er mit Fergus spricht.«

Ich verließ das Zimmer und stieß auf Mrs Orion, die im Flur wartete. Sie nickte mir zu. »Ich kümmere mich darum.«

Dann ging ich auf mein Zimmer, das Zimmer, das früher Anne Trench gehört hatte. Ihre Gemälde waren noch da, aber jemand, wahrscheinlich Corey, hatte sie abgenommen und mit der Vorderseite gegen die Wand gelehnt. Wenigstens blieb mir ihr Anblick auf diese Weise erspart; mit ihrer Rückseite konnte ich leben.

Nachdem ich mich umgezogen hatte und statt des Kleids nun wieder Jeans und Bluse trug, kramte ich die Fundstücke hervor, die Corey mir an diesem Vormittag geschenkt hatte; ich legte den Haifischzahn und die Herzmuschel auf das Bücherregal in der Nähe des Fensters. Sie teilten sich den Platz mit drei Büchern über Halbedelsteine, die aufrecht zwischen einem Mauervorsprung und einem großen, schwarzen Gesteinsbrocken standen, der als Buchstütze herhalten musste. Der Stein war eigentlich ziemlich hässlich, aber als ich ihn umdrehte, stellte ich zu meiner großen Überraschung fest, dass es sich dabei um eine Kristalldruse handelte. Diese Naturwunder hatten mich schon immer fasziniert. Für mich war es wirklich ein Wunder, dass diese unscheinbaren Gebilde, die man in irgendeiner entfernten Erdregion ausgegraben hatte, in ihrem Inneren hohl sein konnten und ganz mit Edelsteinen bedeckt. Dieses Stück war von zwei Seiten her offen. Die Farbschichten an den Schnittstellen, die von einem gelblichen Weiß bis zu Lavendelfarben reichten, kulminierten im Inneren in einer Unzahl von Amethysten, in deren zahllosen Facetten sich das Licht purpurfarben spiegelte.

Plötzlich hörte ich zu meinem Erstaunen Dulcies Stimme neben mir. Offenbar konnte sie sich im Haus des Captains frei bewegen und brauchte dazu keinerlei Erlaubnis.

»Diese intensive Farbe hat man nur, wenn die Steine tief aus dem Erdinneren ausgegraben werden. Wenn man sie dicht an der Oberfläche findet, ist die Farbe nicht annähernd so kräftig.«

Sie stand in der Tür und sah mich an, ihr rotes Haar windzerzaust, die grünen Augen strahlend.

»Macht sich gut als Buchstütze«, sagte ich.

Sie kam ins Zimmer. »Geht so, denk ich mal. Aber du solltest die Druse nachts nicht zu nahe am Bett haben.«

»Warum denn das?« – »Amethyste rufen Träume hervor. Das weiß ich von Susan, und außerdem steht es auch in diesen Büchern.«

Sie zeigte zu den Wälzern im Regal.

»Hast du denn schon einmal mit einer Amethystdruse neben deinem Bett geschlafen?«

Ihre großen Augen schienen selbst wie Edelsteine zu glitzern, ehe sie sich abwandte. »Ich würde es niemals wagen, sie aus Susans Zimmer zu nehmen«, sagte sie so brav, dass ich mich fragte, ob sie nicht genau das schon getan hatte.

»Hat Susan gesagt, welche Art von Träumen Amethyste hervorrufen?«, fragte ich.

Sie antwortete, ohne sich umzudrehen. »Es können tiefe und sehr klare Träume sein, hat sie gesagt, aber auch unangenehme Träume. Manchmal haben sie ihr sogar Angst gemacht.« Dulcie kam wieder ein Stück näher. »Sie hat gesagt, wenn man zu lange in einen echten Amethyst hineinschaut, könnte man hypnotisiert werden.«

Natürlich konnte man diese Erfahrung vor jedem flimmernden Objekt machen. »Hast du das schon ausprobiert?«, fragte ich.

Dulcie strich sich eine Haarsträhne aus dem Gesicht und nickte. »Ich hab's versucht, einmal, aber es war zu unheimlich. Alles wurde plötzlich dunkel und hat sich gedreht, und ich konnte Susans Stimme hören.«

Sie warf mir einen erschrockenen Blick zu und rannte los. Kurz vor der Tür drehte sie sich um und sah mich noch einmal an. »Du könntest ihre Stiefmutter fragen. *Die* weiß Bescheid. Sie wohnt in einem uralten Haus, das Geister anzieht, und Susan taucht ab und zu bei ihr auf.« Dulcie zeigte den Anflug eines Lächelns; sie hatte wirklich eine blühende Fantasie. »Ich glaube, sie spukt bei Louise herum.«

Dann drehte sie sich blitzschnell um und rannte weg. Mich beschlich das Gefühl, dass Dulcie, so gern sie auch fantasierte und übertrieb, mehr wusste, als sie sagte.

Ich ging wieder ans Bücherregal. Vielleicht würden mir die Bücher in den Fächern unter der Kristalldruse mehr über Susans Interessen sagen, als sie selbst es je getan hatte. Ich zog den Schreibtischstuhl heran und setzte mich, um die einzelnen Titel zu inspizieren, erfuhr aber nicht mehr, als ich ohnehin schon wusste. Wir beide hatten schon immer eine Vorliebe für Kriminalromane, und offenbar hatte Susan daran festgehalten, denn ich entdeckte die altbekannten Namen – Dorothy Sayers, Agatha Christie, Dashiell Hammett.

Ich richtete meine Aufmerksamkeit auf die Druse und den darin verborgenen purpurfarbenen Glitzerschatz. Ohne zu merken, was ich überhaupt tat, fixierte ich einige dunkelviolettfarbige Punkte, die den Stein in seinem Herzen erstrahlen ließen. Plötzlich tat sich ein Tunnel vor meinen Augen auf. Er war erfüllt von diesem glutartigen Leuchten des Amethysts und reichte scheinbar tief in die Unendlichkeit. Gebannt von diesem Zauber starrte ich weiter hinein, als in der Ferne, in violettes Licht getaucht, eine menschliche Gestalt erschien – ob es eine Frau oder ein Mann war, konnte ich nicht sagen. Die Gestalt trug ein langes Gewand und stand absolut reglos da, als würde sie mich aus großer Ferne betrachten.

Leise, doch deutlich vernehmbar sagte ich: »Susan?«

Von einem Moment auf den anderen war die Erscheinung verschwunden, und ich meinte, das leise Grollen eines weit entfernten Donners zu hören. Draußen regte sich kein Lüftchen, und die violetten Facetten des Steins funkelten weiter in ihrem unheimlichen Licht. Da fiel es mir plötzlich wie Schuppen von den Augen. Kristalldrusen nannte man oft auch Donnersteine.

Mir schwindelte, und ich schüttelte mich heftig. Es gefiel mir nicht, was da gerade passiert war, und mystische Amethyst-Visionen passten schon gar nicht zu mir. Und sie waren sicher nicht das, was sich Nicholas Trench von mir erwartete.

Dulcie hatte die Tür offen gelassen, und als Mrs Orion hereinschaute, kehrte ich diesem unheimlichen Stein erleichtert den Rücken.

»Der Captain würde Sie gerne sehen«, sagte sie. Aus ihren knappen, abgehackten Worten schloss ich, dass ihr meine Anwesenheit nach wie vor missfiel. Sie war es einfach gewohnt, störenden Besuch, den er vielleicht nicht verkraftet hätte, von ihm fern zu halten. Aber seit meiner Ankunft ging es ihm von Tag zu Tag besser, und er hörte auch nicht mehr so auf sie wie früher. Ich wünschte, ich könnte ihre Sorge etwas beruhigen.

Als ich das Zimmer des Captains betrat, war Ryce schon weg, dafür war jedoch Fergus Cameron gekommen. Die beiden Männer unterhielten sich lebhaft über vergangene Zeiten, und nichts deutete auf die alte Feindschaft hin, die sie angeblich schon so lange trennte. Im Gegenteil, Fergus' Anwesenheit schien dem Captain noch mehr Auftrieb zu geben, denn er hatte Farbe im Gesicht, und seine Augen strahlten wie nie zuvor.

Der Captain sah mich zuerst. »Kommen Sie nur herein, Hallie. Ich habe gehofft, Sie würden sich zu uns gesellen. Fergus hat mir berichtet, was am Strand angespült worden ist. Wir beide, Fergus und ich, wollen uns zusammen darum kümmern, dass das Ding auch ordnungsgemäß konserviert wird.«

»Ist es wirklich einer von diesen Raketenboostern, die Sie damals in die Luft geschossen haben?«, fragte ich.

Fergus schüttelte den Kopf. »Ich glaube eher nicht. Der Fund trägt Markierungen, die darauf hindeuten, dass es sich um einen früheren Abschuss von einem anderen Ort aus handelt. Aber trotzdem, das Ding gehört jetzt Topsail – sozusagen ein Geschenk des Meeres.«

Der Captain blickte in Gedanken zurück in die Vergangenheit. »Unsere Abschussrampe wurde ›Fliegendes Ofenrohr‹ genannt, und das Montagegebäude für die Raketen steht noch heute. Dass es nicht abgerissen oder in einen Nachtclub umfunktioniert wurde, haben wir einzig und allein der Historischen Gesellschaft zu verdanken. Alle Welt spricht heute nur noch von Cape Canaveral, aber trotzdem spielten die Pioniere von Topsail doch eine wichtige Rolle in der Frühzeit der Raumfahrt.«

Fergus sah auf seine Uhr. »Ich muss los, Nick. Ich will mal sehen, wo wir den Fund angemessen unterbringen können. Vielleicht im Montagegebäude. Etwas anderes kommt bei der Größe wohl kaum infrage.«

»Nimm doch Hallie gleich mit«, schlug der Captain vor. »Nachhilfe in Geschichte schadet nie, und wer wäre besser geeignet als du, dem jungen Fräulein das Montagegebäude zu zeigen?«

»Es wäre mir eine Ehre, Mrs Knight«, bot sich Fergus an.

Ich wäre zwar lieber beim Captain geblieben, konnte aber unter diesen Umständen schwerlich Nein sagen. Also ging ich mit Fergus hinaus zu seinem Jeep und stieg ein; kaum waren wir losgefahren, überkam mich plötzlich eine ganz unerwartete Vorfreude. Operation Bumblebee mochte ja lange zurückliegen, aber es war immerhin eine Zeit, in der Geschichte gemacht wurde. Susan hätte ihre wahre Freude gehabt, wenn sie jetzt hätte dabei sein können. Ich schaute aus dem Fenster und ließ die zunehmend vertrauter werdende Landschaft an mir vorüberziehen, als mir auffiel, dass ich schon seit Stunden nicht mehr an Paul gedacht hatte. Für mich ein gutes Zeichen.

8

Unser Weg führte wieder an den Betontürmen vorbei, und Fergus Cameron erzählte mir nun mehr über sie. »In den Türmen waren Fotoanlagen und Kameras installiert. Der Abstand zwischen ihnen war genau berechnet, sodass man die Raketen lückenlos verfolgen konnte. Heutige Starts sind natürlich weit spektakulärer, aber hier liegen die Anfänge einer Entwicklung, an deren Ende die erste Mondlandung steht.«

Er klang richtig stolz, als er das sagte. Damals war er noch sehr jung gewesen, und die Ereignisse auf Topsail mussten ihn schwer beeindruckt haben. Zumindest erinnerte er sich an diese frühe Zeit mit einer Begeisterung, der die Jahre nichts anhaben konnten.

Ich hörte ihm gerne zu, denn es gefiel mir, wie in seinen Erzählungen dieser junge Mann von früher wieder lebendig wurde.

»Die Türme wurden extra stabil gebaut, die Betonpfeiler sechs Meter tief im Boden verankert, sodass nichts die Kameras erschüttern konnte.«

Er erklärte weiter, dass sämtliche Turmfenster früher mit Sperrholz verkleidet waren, um das hochwertige Gerät im Inneren zu schützen. »Ab und an sieht man noch was von dem Sperrholz, aber fast alle Fenster sind heute nackt, und der Wind pfeift ungehindert durch die Löcher.«

Auf Topsail gab es keine großen Entfernungen, und schon nach wenigen Kilometern in südlicher Richtung bogen wir rechts in eine Seitenstraße ab, die direkt auf ein großes, flaches Gebäude zuführte, dessen Dach von einem zentralen Firstbalken flach nach vorne abfiel. Über einen Teil der Vorderseite erstreckte sich ein Vordach mit Stufen links und rechts, die zum Eingang hinaufführten.

»Zurzeit kann man das Gebäude nur nach Vereinbarung besichtigen«, sagte Fergus und steuerte den Jeep auf einen Parkplatz. »An bestimmten Tagen gibt es Führungen, damit die Leute auch wissen, was sie sehen.« Nachdem wir ausgestiegen waren, erzählte er mir mehr noch mehr über diesen geschichtsträchtigen Bau.

»Die Raketen wurden woanders gebaut und erst zur Endmontage hierher gebracht. Dann wurden sie auf Schienen auf die Meerseite hinüber zur Abschussrampe verfrachtet. Genau an der Stelle steht heute das Motel *Jolly Rogers*. Die Mauern der ehemaligen Montagehalle sind verstärkt, und an jeder Ecke wurden Blitzableiter und Erdungsvorrichtungen aus Kupfer installiert. Wir hatten so einen Bammel vor einem Brand, dass wir wirklich alles unternommen haben, um die hochexplosiven Treibstoffe zu schützen. Über die Insel fegen nämlich ganz schön mächtige Stürme hinweg, mit gefährlichen Gewittern, und ein einziger Blitzschlag hätte verheerende Folgen gehabt. Nur ein Turm konnte der Brandung nicht standhalten, alle anderen haben so manchen Sturm überstanden, ebenso wie dieses Gebäude hier. Einzig das Dach wurde ab und an leicht beschädigt.«

Als wir die Stufen zum Eingang hinaufgingen, drang uns Musik entgegen – eine sehnsüchtig klingende Melodie aus vergangenen Zeiten. »Song of India«. Damit hatten wir nicht gerechnet, und sie schien unangebracht, aber Fergus lächelte bloß.

»Ich kann mir denken, wer da drin ist«, sagte er, als er die unverschlossene Tür öffnete. Wir gingen hinein, und er fasste mich kurz am Arm, damit ich nur ja kein Wort sagte. Der riesige Raum war hell erleuchtet wie eine Bühne, und was ich sah, kam mir so merkwürdig vor, dass ich ein unheimliches Kribbeln im Nacken verspürte.

Der Raum für die Raketenmontage erstreckte sich fast

über das ganze Gebäude, und wegen des Gewichts der Raketen war der Boden durchgehend aus Beton. Über die hohe Decke waren Dutzende von Hängelampen verteilt, die alle brannten. Hinten im Raum befand sich ein mit allerlei Dekokram verzierter Tresen, der früher offenbar auch schon mal als Bar gedient haben musste.

Ich erfasste das alles mit einem schnellen Blick. Meine ganze Aufmerksamkeit gehörte einer weiblichen Person, die die Szene scheinbar beherrschte. Carlina Cameron zog uns in ihren Bann, als stünde sie im Scheinwerferlicht. Stoffmassen eines in Gelb und Saphirblau gestuften Rocks wogten im Kreis, wobei scharlachrot unterlegte Schlitze den Eindruck erweckten, sie stünde bei ihrem Tanz in Flammen. Das lange schwarze Haar strömte über ihren Rücken, hob sich dann und wann und schwebte wie in Zeitlupe über den Schultern. Mit den Armen vollführte sie expressive Bewegungen, als tanze sie vollkommen selbstvergessen durch einen sinnlichen Traum.

Ich sah auf den Mann neben mir und bemerkte sofort, wie hingerissen er war. Carlina tanzte eigentlich nicht richtig, sondern bewegte sich tranceartig zu dieser schwül-exotischen Musik. Die folgende Schleifenbewegung führte sie in unsere Nähe. Plötzlich stand sie uns gegenüber und wurde aus ihrer Trance herausgerissen. Sie blieb sofort stehen, zuckte – vielleicht aus Unsicherheit – kurz zusammen. Aber sie hatte sich schnell gefasst und lief ihrem Mann lächelnd entgegen. In dem Moment war auch die Musik zu Ende, und die letzten Takte des Stücks verklangen melancholisch im Raum.

Ich hatte Carlina nie zuvor lächeln gesehen. Sie war wirklich wunderschön, dachte ich. Wie musste sie erst ausgesehen haben, als sie jung war? Oder konnte es sein, dass sie als reife Frau noch verführerischer wirkte? Fergus jedenfalls schien wie geblendet von ihrem Anblick.

Aber erstmal hatte ihr Zauber seine Wirkung verloren. Sie

schien fast peinlich berührt, als er sich hinabbeugte, um ihre Wange zu küssen.

»Was machst du denn hier?«, fragte sie.

Es dauerte eine Weile, ehe er ganz zu sich gefunden hatte und in nüchternem Ton antwortete. »Man hat am Strand etwas gefunden – einen Teil einer alten Rakete. Ich wollte sehen, ob es hier vielleicht einen sicheren Platz dafür gibt. Und Nick hat vorgeschlagen, Mrs Knight mitzunehmen und ihr das Gebäude zu zeigen.«

»Du hast mit Nick gesprochen?«, fragte sie sichtlich erstaunt.

»Das ist eine lange Geschichte«, sagte er. »Ich erzähl sie dir später.«

Carlina war auch aus der Nähe gesehen nicht weniger bezaubernd. Das ist es, was man Charisma nennt, dachte ich. Sie musste einfach auf der Bühne stehen, im Rampenlicht, und ich fragte mich, warum sie darauf verzichtet hatte.

Dann wandte sie sich mir zu, sah mich mit ihren leuchtend grünen Augen an. »Wie gefällt es Ihnen auf Topsail, Mrs Knight?«

Ich sagte, ich fände die Insel faszinierend, und sie lächelte erfreut. Trotzdem spürte ich eine gewisse Befangenheit, als hätte sie ein Problem damit, dass wir sie beim Tanzen überrascht hatten.

»Was hast du da eigentlich gemacht?«, wollte Fergus wissen.

»Ich habe überlegt – meine Fantasie spielen lassen. Wenn ich mich bewege, habe ich die besten Ideen.« Sie sah mich an. »Wir nutzen das Montagegebäude jetzt als Gemeindezentrum, und Dulcies Klassenlehrerin hat mich gebeten, bei der Einstudierung eines Schulspiels zu helfen. Wir wollen einzelne Szenen aus der Geschichte Topsails auf die Bühne bringen.«

Dann unterhielt sie sich mit Fergus weiter. Dabei ging mir die Frage durch den Kopf, wie groß wohl die Rivalität zwischen ihm und Nicholas Trench gewesen sein musste. Ich musste aber auch an die Frau des Captains denken, Anne, die wegen anderer Frauen so gelitten hatte. Leider konnte ich nur zu gut nachvollziehen, was das bedeutete.

Schließlich fiel Fergus wieder ein, warum er eigentlich gekommen war, und er begann im Raum herumzugehen, auf der Suche nach dem besten Platz für das Fundstück aus dem Meer. Wir Frauen gingen ihm einfach hinterher, und Carlina begann davon zu erzählen, mit welch großem Erfolg sich Susan an der Spendensammlung für die Erhaltung des Gebäudes beteiligt hatte.

»Wenn Susan etwas wirklich wichtig war, konnte sie Berge versetzen. Wir vermissen sie alle.«

Ich ergriff diese Gelegenheit sofort beim Schopf. »Wie sehen eigentlich die anderen Inselbewohner Susans Verschwinden? Es muss doch eine Menge Gerede gegeben haben – Spekulationen?«

Sie nickte heftig, und ihr schwarzes Haar fiel ihr in dichten Wellen wie Seide auf die Schultern. »Vermutungen hat es genug gegeben, aber sie verliefen alle im Sand.«

Ich sah Fergus an. »Haben Sie denn eine Vermutung?«

Er blockte sofort ab, als die Sprache auf Susan kam. »Sie kommt aus einer Generation, die ich nicht verstehe. Sie konnte der beste Kerl sein, wenn sie bloß wollte, und ihren Großvater hat sie sicher geliebt, aber wie sie mit ihrem Vater umgegangen ist, hat mir nie gefallen.«

Damit konnte er Recht haben, schließlich hatte ich Susan ja gekannt, aber seine Antwort hatte überhaupt nichts mit dem zu tun, was einer hübschen jungen Frau passiert sein könnte, die eines Nachts spurlos verschwunden war.

»Ich will Ihnen was zeigen«, sagte Carlina. »Etwas ganz Harmloses, aber doch irgendwie mysteriös.«

Sie lief durch die Halle bis zur nächsten Wand, und aus ihren flatternden Röcken leuchtete es unter dem Saphir und Gelb wieder wie Flammen hervor. Dort stand, gegen eine

Holzvertäfelung gelehnt, ein Besen, mit dem sie schließlich eilends zu uns zurücklief, jede einzelne ihrer Bewegungen packend und voller Grazie. Sie musste wirklich einzigartig gewesen sein auf dem Trapez.

Fergus lächelte wieder, als er ihr zusah.

»Dulcie kann sich glücklich schätzen, eine Mutter zu haben, die sich auf Magie versteht«, sagte ich, ebenso fasziniert von dieser interessanten Frau wie er.

»Hör zu!«, befahl Carlina und pochte mit dem Besenstiel auf den Boden. Der Ton war laut, aber ohne Widerhall. Sie ging hierhin und dorthin, pochte dabei weiter, bis sie schließlich zur Tür kam. Dort klang es plötzlich hohl.

»Hören Sie das?«, rief sie. »Da unten ist einen Hohlraum. Ich kann sogar die Abmessungen genau nachvollziehen. Es muss ein Kellerraum sein – aber es gibt keinen Zugang. Was vermuten Sie, was es sein könnte?«

»Du machst aber wirklich aus allem ein Geheimnis«, sagte Fergus. »Die Raketen wurden in die Horizontale gebracht, ehe man sie zur Abschussrampe rollte. Später gab es für diesen Raum keine Verwendung, weshalb ihn einer der Nutzer der Halle zugemauert hat. Sonst steckt weiter nichts dahinter.« Er lächelte mir verschmitzt zu. »Carlina würde nur zu gerne ein Geheimnis daraus machen mit ihrem Besenstiel.«

Diesem Gefrotzel hielt Carlinas Begeisterung nicht länger stand.

»Ich muss zurück in die Schule«, sagte sie. »Nett, dass Sie vorbeigeschaut haben, Mrs Knight.«

»Und ich bin auch froh, dass ich gekommen bin. Hat sich wirklich gelohnt.«

Beim Hinausgehen bemerkte ich, dass mit der Magie auch ihr ganzer Zauber verschwunden war. Fergus brachte mich zum Jeep und half mir beim Einsteigen. Dann begleitete er seine Frau zu ihrem Auto, wo er sich einen Moment mit ihr unterhielt, ehe er zu mir zurückkam. »Corey Orion hat erzählt, Ihre Frau war früher beim Zirkus«, sagte ich, als er auf dem Fahrersitz Platz nahm. »Kein Wunder, dass sie so farbenprächtig und interessant ist.«

Er fuhr los. »Ich wäre vorsichtig bei allem, was Corey sagt. Er hat eine blühende Fantasie. Er und Susan waren ein richtiges Gespann, und ich versichere Ihnen, die beiden waren gefürchtet für ihre üblen Streiche.«

Wir fuhren an einem Stück Wald entlang, und ich schaute aus dem Seitenfenster auf das Dickicht hinaus.

»Stimmt es etwa nicht, dass Carlina früher beim Zirkus gewesen war?«

»Doch, klar stimmt es, in diesem Fall hat er ausnahmsweise die Wahrheit gesagt. Aber er hat vielleicht übertrieben. Carlina war zwar sehr gut auf dem Hochtrapez, hat aber das Zirkusleben nie gemocht. Schon ihre Eltern waren beide Artisten, und sie hatte sich von Anfang an ein anderes Leben gewünscht. Ein Leben, wie sie es jetzt lebt.«

Ich hatte den Eindruck, sein Widerspruch fiel etwas harsch aus, und musste daran denken, was Corey noch gesagt hatte – dass auch Nicholas Trench in Carlina verliebt gewesen war. Und Nicholas musste früher ein Bild von einem Mann gewesen sein.

»Wie haben Sie Carlina überhaupt kennen gelernt?«, wagte ich zu fragen.

Der Jeep war bis dahin ruhig dahingerollt, aber nun ließ ein plötzlicher Tritt aufs Gaspedal ihn vorwärts schnellen. Meine Frage hatte also etwas ausgelöst ihn ihm.

»Wie das Leben so spielt, ich habe sie über Nick kennen gelernt.«

Und bekommen hat sie letztendlich doch Fergus. Weil Nicholas schon eine Frau gehabt hatte? Arme Anne, dachte ich, mit einer Frau wie Carlina als Rivalin!

»Sie und der Captain haben in den Anfängen von Bumblebee auf Topsail zusammengearbeitet?«

»Ja, wir wurden enge Freunde, obwohl er den Rang eines Captains bei der Navy hatte und ich nur einfacher Soldat war. Seine Zielvorstellungen und meine wissenschaftliche Begabung brachten uns schließlich zusammen. Als ich ihm heute von diesem merkwürdigen Strandgut berichtet habe, wurden die alten Zeiten wieder lebendig, in denen wir als Team zusammengearbeitet haben.«

Die Art und Weise, in der Fergus mit seinen großen Händen das Lenkrad umklammerte, sagte mir, dass er genug von meinen Fragen hatte. Also hielt ich meinen Mund, bis wir die beiden Häuser am Sund erreichten. Ich bedankte mich dafür, dass er mir das Montagegebäude gezeigt hatte, und stieg aus dem Jeep.

Als ich nach oben rannte, fand ich die Tür zu meinem Zimmer offen, obwohl ich sie beim Weggehen zugemacht hatte. Ich ging hinein und sah, dass Corey Orion den Schreibtischstuhl mitten ins Zimmer gestellt hatte und nun rittlings darauf saß. Die Arme auf die Stuhllehne gestützt, betrachtete er eines von Annes Bildern, das er davor extra umgedreht haben musste.

Ich ließ sein Eindringen in mein Zimmer unkommentiert, sondern ging direkt auf ihn zu und stellte mich hinter ihn.

»Können Sie mir sagen, was Sie da sehen?«, fragte ich.

Corey blickte mich ernst an. »Von allen Bildern Annes, die wir hier haben, hat mich das hier schon immer am meisten interessiert. Wie finden Sie es, Hallie?«

Ich betrachtete das Bild. Es war in Acryl gemalt, aber keines von jenen, auf denen sie ihre Wut so beeindruckend verewigt hatte.

Trotzdem drückte es starke Gefühle aus. Tunnelartig erstreckte sich darauf ein langer, schmaler Raum scheinbar bis in die Unendlichkeit. Ich fühlte mich an den Tunnel erinnert, den ich in meiner Amethyst-Vision gesehen hatte – aber dieser Tunnel wirkte bedrohlicher. Ein Blick auf die von Anne verwendeten Beige- und Brauntöne vermittelte den Eindruck, man würde durch eine Röhre hindurchschauen – aber auf was? Am äußersten Ende – wenn es denn überhaupt eines gab – glomm ein wässriges, strudelartig wirbelndes Licht. Als ich in diese Illusion von Tiefe hineinstarrte, die ja in Wirklichkeit nur auf eine flache Leinwand gemalt war, schien sich eine verschwommene Gestalt abzuzeichnen, ähnlich jener, wie ich sie in meinem Traum gesehen hatte. Ich spürte die Gefühle der Künstlerin, die dieses Bild gemalt hatte, eine Mischung aus Niedergeschlagenheit und Trauer – und vielleicht Furcht.

»Sie hat es *Korridor* genannt«, sagte Corey. »Es zieht einen wirklich in seinen Bann, oder? Für mich drückt es etwas Furchterregendes aus, das sich mir entzieht, bevor ich es fassen kann.«

»Es ist ebenso wenig ein glückliches Gemälde wie die anderen«, sagte ich. »Aber es drückt etwas anderes aus, beinahe so, als hätte sie resigniert.«

Er schüttelte den Kopf. »Sie war keine Frau, die aufgab. Sicher, dieser Strudel im Zentrum des Gemäldes scheint Dunkelheit und Vergessen zu versprechen, aber es fehlt das strahlende, jenseitige Licht, von dem man immer hört im Zusammenhang von Nahtoderfahrungen.«

Mir schauderte, und er sah mich wieder an. »Es hat etwas furchtbar Unglückliches an sich. Vielleicht auch was Prophetisches.«

»Prophetisch?«

Er stand auf, ging zu dem Gemälde hinüber und drehte es wieder mit der Vorderseite zur Wand. Irgendwie wirkte er unsicherer, als ich ihn je gesehen hatte.

»Was sind Sie nur für ein Mensch, Corey Orion?«, fragte ich.

Damit hatte ich ihn offenbar verunsichert, denn er lächelte zögerlich – ein Lächeln, das von nur einem Winkel jenes Mundes auszugehen schien, der wie zum Küssen geschaffen war. »Was meinen Sie damit, ›was für ein Mensch‹?«

»Vielleicht meine ich, *wie* sind Sie als Mensch. Sie sind jedes Mal anders, wenn ich Sie sehe. Manchmal wirken Sie unbeschwert wie ein Teenager, ein anderes Mal wiederum älter und seriöser – und rätselhaft. Ich frage mich ständig, was Sie wohl denken hinter ihrer jeweiligen Maske.«

Er lachte höhnisch. »Sind Sie mir noch nicht auf die Schliche gekommen? Ich bin überhaupt nicht real. Ich bin ein Trompe-l'œil eines Malers – eine Täuschung des Auges.« Er machte eine Verbeugung wie früher bei Hofe, mit weit ausholender Handbewegung und rückwärts ausgestrecktem Bein – theatralisch und völlig daneben.

Ich fragte mich ungeduldig, ob *er* denn wusste, wer er war. Warum hatte er diese ständigen Rollenwechsel, diese Spielchen nötig?

Als er wieder zu sprechen begann, sanft und einlenkend, hatte der Ton sich abermals geändert. »Denken Sie sich nichts wegen mir, Hallie. Lassen Sie mich meine Mätzchen wieder gutmachen. Ich würde vorschlagen, wir machen morgen früh eine Bootspartie, damit Sie im Urlaub auch ein bisschen auf Ihre Kosten kommen.«

Corey entging aber auch gar nichts. Ich war komplett überrascht, und er schien es obendrein ernst zu meinen mit seinem Vorhaben. Trotzdem war er mir nach wie vor ein Rätsel. Ich hatte den Eindruck, dass er Susan besser gekannt hatte als jeder andere. Somit könnte er mir, wenn er denn wollte, Details aus ihrem Leben in North Carolina erzählen, die mich vielleicht auf die richtige Spur bringen würden.

»Alles klar«, stimmte ich zu. »Ich bin dabei. Wann genau soll ich startklar sein?«

»Ziemlich früh. Sagen wir mal, um acht Uhr unten am Steg. Und verzichten Sie auf das Frühstück. Ich verspreche Ihnen, wir werden nicht verhungern. Alles klar?«

»Ich werde da sein«, sagte ich. Dann verabschiedete er sich schnell, als könnte ich mich doch noch anders entscheiden, und ich fragte mich, warum ihm so viel lag an diesem Ausflug.

Corey schien ständig unter Strom zu stehen und strahlte

das auch aus, was mir erst auffiel, als er die Tür hinter sich geschlossen und den Raum verlassen hatte. Um mich herum war es plötzlich still, und ich hatte Anne Trenchs depressive Bilder klar vor Augen. Ich wusste, wie sie sich gefühlt hatte. Wütend und traurig und hilflos. Der Schmerz stand nun wieder im Vordergrund, viel schlimmer als die Wut. Wie sollte ich das durchstehen? Was unternahmen andere Frauen, um den Schmerz zu stillen? Anne Trench hatte gemalt, aber diesen Ausweg gab es für mich nicht. Wenigstens würde der Bootsausflug mit Corey für Abwechslung sorgen. Ich fragte mich jedoch, was er wirklich im Schilde führte, denn bei Corey wusste man nie so recht, wie man dran war.

Ich erinnerte mich daran, dass es Zeit war, beim Captain vorbeizuschauen und Bericht zu erstatten über meine Fahrt mit Fergus Cameron zum Montagegebäude. Vielleicht würde ich ihm sogar von Carlinas kleinem Intermezzo erzählen. Wie stand er eigentlich jetzt zu ihr? Die Frage hatte nichts mit bloßer Neugier zu tun. Ich wollte ihn nicht verletzen, aber da war noch so viel, was er mir nicht gesagt hatte. Inwieweit war Susan der wahre und einzige Grund, der ihn veranlasst hatte, mich hierher zu holen?

9

Der Captain war nicht in seinem Zimmer und auch nicht auf der Terrasse. Von der Brüstung aus sah ich, dass Mrs Orion ihn auf den langen Steg gefahren hatte, der unterhalb des Hauses ins Wasser ragte. Wie sie ihn dahin gebracht hatte, konnte ich mir nicht vorstellen. Ich rannte ins Freie, und nach ein paar Treppenstufen sah ich, dass ein stabiler, mit Holzplanken ausgelegter Pfad sanft abfallend vom Haus zum Steg führte. Einen Rollstuhl konnte man darauf problemlos entlangschieben, wäre davor nicht die Treppe.

Ich ging den Steg entlang auf sie zu, und Mrs Orion drehte sich um, schüttelte dabei verzweifelt den Kopf. »Er wollte unbedingt hier raus, aber ich war strikt dagegen.«

»Wie haben Sie es geschafft, den Rollstuhl hier runterzukriegen?«

Sie zeigte mit einer Handbewegung zum Haus. »Drinnen gibt es einen Fahrstuhl. Der Captain hat ihn einbauen lassen, als die Kraft in seinen Beinen langsam nachließ.«

Er sah über die Schulter nach hinten, während sie sprach, und zeigte auf eine Bank am Ende des Stegs. Ich setzte mich, und als er zu sprechen begann, glaubte ich meinen Ohren nicht zu trauen. Seine Stimme klang so lebhaft.

»Sie haben das Montagegebäude besichtigt, Hallie? Ich war jahrelang nicht mehr dort. Welchen Eindruck hatten Sie?«

»Ich weiß nicht, welchen Eindruck ich haben soll, aber es sah sauber aus und gut in Schuss. Und wir waren alleine.« Ich hielt inne. »Außer Mrs Cameron. Sie war auch da.«

Auf der Bank sitzend, mit dem Geländer des Stegs hinter meinem Rücken, konnte ich dem Captain direkt in die Augen schauen. Ich sah, wie er bei Nennung von Carlinas Namen zusammenzuckte und wie seine Augen immer größer wurden und mich anstarrten.

»Was hatte sie da zu suchen?«

»Sie bewegte sich – in einer Art Tanz. Sie sagte, sie sei gekommen, um über ein Spiel nachzudenken, das Dulcies Schule im Montagegebäude aufführen möchte. Und sie hilft bei der Planung.«

»Ich nehme an, Fergus ist nach wie vor vernarrt in sie nach all der Zeit.«

Ich fand das Wort *verzaubert* passender, sagte aber nichts. »Weiß ich nicht«, sagte ich vorsichtig.

Seine Augen füllten sich mit Trauer, und er schloss sie, vielleicht um zu verbergen, was auch immer er in dem Moment fühlte. »Fergus und ich haben es beide bedauert, dass wir diese Häuser gebaut haben und dadurch so eng zusammenleben müssen. Natürlich waren er und Carlina noch nicht verheiratet, als er sein Haus gebaut hatte. Er hat sie erst später hierher gebracht.«

Das war für alle Beteiligten hart, dachte ich – einschließlich Anne Trench, der meine ganze Sympathie galt.

»Vielleicht können Sie ja wieder Freunde sein, nun, da er Sie besucht hat«, schlug ich vor.

Der Captain sah mich grimmig an. »Für so sentimental hätte ich Sie nun wiederum nicht gehalten, Hallie. Verschwinden Sie lieber im Haus, wenn Sie meinen, Stuss reden zu müssen. Fergus und ich werden einander nie auch nur irgendetwas verzeihen.«

Ich blieb sitzen und sagte kein Wort. Dass er so verbittert war, tat mir Leid, aber vielleicht war das ja auch die gerechte Strafe für sein Verhalten gegenüber seiner Frau.

Draußen auf dem Wasser glitt lautlos eine große weiße Yacht vorbei, aber die Wellen, die sie hinter sich aufwirbelte, waren alles andere als friedlich. In der Art, wie sie gegen die Pfeiler unter dem Steg schlugen, lag fast etwas Gewaltsames, und ich stellte mir vor, was passierte, wenn kleinere Boote von solchen Brechern erfasst wurden. Auf der Terrasse winkte jemand, und ich winkte zurück. Der Sund war Teil des Intracoastal Waterway, der hinter den Barriereinseln verlief und es ermöglichte, mit dem Boot die ganze Küste entlang auf und ab zu fahren.

Der Captain sah der Yacht auf ihrem Weg in Richtung Süden hinterher. Er blickte nun nicht mehr so finster drein, und vielleicht bedauerte er seine scharfen Worte längst. Ich ließ den kleinen Zwischenfall auf sich beruhen und betrachtete mir das Ufer unterhalb des Hauses.

Am Sund entlang verlief eine schmale, unbefestigte Straße, und direkt am Ufer wuchsen Büsche aus dem Wasser, dessen Stand mit den Gezeiten variierte. Etwas weiter dahinter ragte auf einer kleinen Anhöhe das Haus des Captains zwischen Bäumen hervor. Das dahinter stehende Haus der Camerons war fast ganz zwischen der verschlungenen Vegetation verborgen und kaum sichtbar. Dafür, dass sie über all diese Jahre hinweg verfeindet waren, wohnten sie wirklich sehr eng zusammen.

»Ich glaube nicht, dass ich besonders sentimental bin«, sagte ich schließlich. »Aber ich hatte den Eindruck, Mr Cameron ist durchaus froh darüber, dass das Eis nun endlich gebrochen ist.«

»Nicht einmal einen Knacks hat es bekommen«, sagte der Captain. »Was hat er Ihnen denn gesagt?«

»Er hat mir erzählt, wie das früher so war im Montagegebäude. Ich bin froh, dass diese geschichtsträchtige Zeit nicht in Vergessenheit gerät.«

»Als wir in dieser Zeit gelebt haben, kam sie uns gar nicht so geschichtsträchtig vor. Aber das trifft wohl auf alle Generationen zu, und wahrscheinlich geht deshalb auch so vieles verloren.«

»Von Carlina weiß ich auch, dass Susan daran beteiligt war, Spenden zu sammeln für die Historische Gesellschaft.«

Der Captain blickte, wie immer, wenn Susans Name fiel, traurig drein. »Sie war auf ihrem Zimmer in meinem Haus, als sie verschwand. Das ist ein Grund, warum ich es der Polizei nie abgenommen habe, sie habe sich freiwillig aus dem Staub gemacht. Haben Sie sich eigentlich schon Gedanken darüber gemacht, was ihr passiert sein könnte, Hallie?«

»Ich fürchte, es gibt nichts, woran man anknüpfen könnte, und ich sehe auch sonst kaum eine Möglichkeit. Es tut mir ja Leid, aber so wie es aussieht, kann ich Ihnen nicht helfen, und ich sollte eigentlich abreisen.«

»Sie haben noch nicht einmal angefangen, und so schnell wirft man die Flinte nicht ins Korn!»

Ich hatte das Gefühl, mir sei der Boden unter den Füßen weggezogen worden. Ich war unfähig, mir vorzustellen, was ich mit meinem Leben anfangen sollte, und dem Captain konnte ich auch nicht helfen. Ich konnte noch nicht einmal einen klaren Gedanken fassen.

Er beobachtete mich. »Sie haben eine Wahnsinnswut auf Ihren Mann, stimmt's?«

Der alte Mann konnte Gedanken lesen. »Wundert Sie das?«

»Weiber!«, sagte er verächtlich. »Verstehen nicht einmal den eigenen Mann.«

Wenn das bedeutete, dass Männer nur wegen ihrer Hormone fremdgehen durften, wie es ihnen gerade passte, dann wollte ich sie auch nicht verstehen. Hormone hatte ich auch, aber ich hatte diese Energie immer nur einem Mann gewidmet.

Mrs Orion war zum Haus gegangen, während ich mich mit dem Captain unterhielt, kam aber nun wieder zurück. »Glauben Sie, Sie können umgehen mit dem Rollstuhl des Captains, Mrs Knight? Ich muss langsam ans Abendessen denken. Es sei denn, Sie wollen gleich ins Haus zurück, Captain?«

Er wollte noch bleiben, und ich sagte ihr, ich würde es schon schaffen.

Sie ließ uns alleine und war kaum weit genug weg, als der Captain den Arm ausstreckte und mich bei der Hand nahm. Diese liebevolle Geste überraschte mich dann doch.

»Ich habe Sie nicht nach Topsail geholt, damit Sie Unmögliches vollbringen, Hallie. Ich habe Sie mir nun eine Weile angesehen und muss sagen, Susan hatte Recht. Deshalb will ich Sie, wie in meinem Brief angekündigt, in meinem Testament berücksichtigen.«

Als ich den Kopf zu schütteln begann, unterbrach er mich. »Sagen Sie nichts – hören Sie mir nur zu. Als Susan auf der Schule war, hatten wir beide Briefkontakt. Sie hat viel von Ihnen gesprochen – wie dankbar sie Ihnen war und wie sehr sie Sie mochte. Sie hat nie leicht Freundschaften geschlossen, so wie ich auch. Wir waren beide Einzelgänger. Aus dem Grund war die Freundschaft mit Ihnen etwas ganz Besonderes. Sie haben Susan mehr als einmal aus der Patsche geholfen, und Ihre Ratschläge waren immer willkommen.«

»Nur leider hat sie sich nicht immer daran gehalten.«

»Auf Sie hat sie mehr als auf mich gehört, und ich bin Ihnen dankbar für Ihre Freundschaft in dieser schwierigsten Phase meiner Enkelin.«

»Für mich war sie immer wie eine jüngere Schwester. Ich hatte selber kein richtiges Familienleben, und sie hat auch mir etwas gegeben. Sie hat mich gebraucht. Es tut mir leid, dass wir in den letzten paar Jahren vor ihrem Verschwinden den Kontakt zueinander verloren haben. Wir hatten nun einmal beide unser eigenes Leben und –«

Er unterbrach mich, und in seiner Stimme lag wieder dieses Knurren. »Sie hätte das schönste Leben haben können, wenn sie sich nicht in den falschen Mann verliebt hätte.«

Ich wusste nichts über diese Sache und wartete ab. Die Männer, mit denen Susan ausging, waren mir immer alle ziemlich schnuppe, was, wie ich glaube, auch umgekehrt galt.

Er ging nicht weiter darauf ein, welcher Mann das gewesen war, was fürs Erste auch keine Rolle spielte. »Richard Merrick weiß von meinem Vorhaben, und er setzt es in die Tat um, ohne besonders erfreut darüber zu sein. Natürlich ist es völlig egal, wie mein Anwalt darüber denkt. Bis zu Susans Verschwinden war sie die Haupterbin meines Vermögens. Nach dem jetzt gültigen Testament erbt mein Sohn das ganze Geld, aber mit Ryce habe ich mich nach seiner Heirat mit Louise dauerhaft überworfen. Nun werde ich dafür sorgen, dass er nur seinen Pflichtteil bekommt. Der Rest geht komplett an Sie.«

Mir war in keiner Weise klar, was das bedeutete. Geld war für mich nicht das Wichtigste im Leben, nur mein Auskommen musste ich haben – besonders jetzt. Aber ich war auch schon vor Paul alleine zurechtgekommen und würde es auch jetzt schaffen, auch wenn das bedeutete, dass ich mir einen anderen Job suchen musste, denn ich konnte unmöglich mit meinem Exmann in ein und demselben Büro arbeiten. Über Nacht reich zu werden und die ganze mit Geld verbundene Verantwortung zu übernehmen gefiel mir gar nicht.

»Wie kann ich Ihnen erklären, dass ich das nicht will?«, fragte ich.

»Überhaupt nicht, Sie müssen meine Entscheidung akzeptieren. Zuerst dachte ich noch an bestimmte Bedingungen, die Sie zu erfüllen hätten, aber nun da Sie hier sind, verzichte ich darauf. Ich kenne Sie erst seit zwei Tagen, wünsche mir aber schon jetzt, Susan hätte etwas mehr von Ihnen gehabt. Ich kann meine Dankbarkeit Ihnen gegenüber nicht anders zum Ausdruck bringen, als mein ganzes Geld – Susans Geld – einem Menschen zu vermachen, den auch sie als Erben akzeptiert hätte. Sie wäre entsetzt, wenn das Geld über Ryce als Alleinerben in Louises Hände geraten würde.«

Ich war überwältigt von seiner Großzügigkeit, aber gleichzeitig war da etwas in seinen Augen, das mir nicht gefiel. Mir drängte sich die Frage auf, ob Dankbarkeit und mögliche Wünsche Susans wirklich der einzige Grund für seine Entscheidung waren. Vielleicht wollte er damit ja in erster Linie Ryce und Louise eins auswischen.

»Ich werde mit Mr Merrick sprechen«, sagte ich. »Um herauszufinden, wie ich dieses Erbe ausschlagen kann.«

Er lächelte mir wohlwollend, vielleicht auch ungläubig zu.

»Mit dieser Erbschaft hinterlassen Sie mir nichts als Feinde«, sagte ich.

»Mit denen werden Sie schon fertig werden.«

Langsam begann er, mich wütend zu machen. »Hatte Susan auch Feinde? Wurde sie mit ihnen fertig?«

Plötzlich wirkte er wie ein geschlagener Mann, aber noch vor allen weiteren Worten tönte es von der Terrasse des Hauses laut herunter. Mrs Orion läutete die Messingglocke des Captains. Er winkte ihr zu und sah mich an.

»Wenn wir uns nicht sofort auf den Weg machen, erscheint hier im nächsten Moment Mrs O. Meinen Sie, Sie schaffen das mit dem Rollstuhl?«

Ich löste die Bremse und drehte den Rollstuhl herum. Er schob sich leicht vom Steg bis zum Plankenpfad, und der Captain zeigte mir den Weg bis zur Aufzugtür am unteren Vorratsgeschoss. Nachdem wir mit leichtem Ruckeln und Quietschen aus dem Maschinenraum auf Terrassenebene angekommen waren, schob ich den Rollstuhl nach draußen, wo uns Corey – und erstaunlicherweise Dulcie – an einem gedeckten Tisch sitzend bereits erwarteten. Ich fuhr den Captain bis zur Brüstung, von wo aus er einen Blick auf die Boote unten auf dem Sund hatte, und ging nach drinnen, um Mrs Orion zu helfen. Corey und Dulcie folgten mir nach.

»Wir haben einen Gast«, sagte Corey grinsend.

»Ich habe mich selbst eingeladen«, verkündete Dulcie fröhlich. »Dad und Mom streiten sich wie wild, und ich hasse das. Worum es dieses Mal geht, weiß ich nicht, aber solange sie sich nicht beruhigt haben, will ich gar nicht nach Hause. Mrs O. hat gesagt, ich darf zum Abendessen bleiben.«

Es stand außer Frage, dass sowohl Fergus wie auch Carlina Temperament hatten, aber er hatte ihr doch erst heute Nachmittag noch voller Bewunderung beim Tanzen zugesehen. Warum lagen sie sich dann jetzt in den Haaren?

Wir halfen Mrs Orion beim Auftragen des Essens, und sie schob den Captain an die Stirnseite des Tisches. Corey stellte das Hauptgericht in der Mitte des Tisches ab – eine große Schüssel Kartoffelsalat mit hart gekochten Eiern und selbst gemachter Mayonnaise. Eine Auswahl verschiedener Käse und Roggenbrot ergänzten das Menü, und wir nahmen vergnügt Platz.

Alles verlief glatt und entspannt, bis Corey uns die Stimmung vermieste. Dulcies Andeutung eines Streits zwischen ihren Eltern hatte ihn neugierig gemacht, und er begann, trotz missbilligender Blicke seiner Mutter, Fragen zu stellen.

10

Der Captain und Dulcie waren offenbar alte Freunde, und ich musste feststellen, dass Dulcies Bemerkung, die beiden Familien seien schwer verfeindet, wohl doch schwer geflunkert war.

»Lass gut sein, mein Junge«, sagte der Captain und setzte damit Coreys Neugier über den Streit zwischen Fergus und seiner Frau ein Ende.

Erlöst von Coreys Fragerei, begann Dulcie aufgeregt über das Schulspiel, eine Art historischer Nummernrevue, und die Pläne ihrer Mutter zu sprechen.

»Sie schneidert mir ein Kostüm aus ihren alten Zirkussachen mit Pailletten und allem drum und dran! Ich werde als Pferdeakrobatin auftreten.«

»Das geht aber nicht ohne Pferd«, sagte Corey.

Im Gespräch mit Dulcie konnte er eine wahre Seele von Mensch sein. Dann zeigte er eine Seite seines Charakters, die mir am sympathischsten war. Ich fragte mich bloß, wie er sich morgen geben würde? Auf unserem gemeinsamen Bootsausflug. Wenigstens war es nie langweilig mit Corey Orion.

»Mom lässt ein Pferd für mich bauen, in Wilmington und aus Pappmaschee, aber über einem stabilen Gerüst, das mich sicher trägt. Es wird einen Sattel haben wie eine Plattform, auf der ich stehen und ein paar einfache Tanzschritte ausführen kann. Das Pferd kann sich natürlich nicht aus eigener Kraft bewegen, aber sie glaubt, dass es vielleicht wer ziehen kann.«

Dulcie hatten wir es überwiegend zu verdanken, dass das Abendessen so munter verlief. Mrs Orion schien sehr zufrieden mit den Fortschritten, die der Captain gemacht hatte, und war sogar gewillt, einen kleinen Anteil daran mir zuzuschreiben. Erst nach dem Nachtisch, Pecannusseis, das Dulcie so sehr liebte, machte sich längeres Schweigen breit. Die Sonne war am westlichen Himmel untergegangen, und aus dem Wasser ging groß der Mond auf. Eine beleuchtete Yacht schob sich ins Blickfeld, und es erklang Musik. Sogar Dulcie schwieg und blickte auf den Sund. Hier und da leuchtete das Wasser in Lachsrosa, und mir wurde plötzlich bewusst, dass zwischen Kalifornien und meinem jetzigen Aufenthaltsort ein ganzer Kontinent lag. Wo war wohl Paul jetzt? Wusste er, dass ich ihn verlassen hatte? Dachte er überhaupt noch an mich? Doch spätestens hier gab ich mir einen Ruck, um nicht in Selbstmitleid zu zerfließen. Was auch immer geschehen war, ich würde einen Weg finden, damit fertig zu werden. Andere Frauen machten Ähnliches durch, und ich würde mich auch wieder fangen. Gewiss.

Von der Yacht ertönte noch immer Musik zu uns herauf – eine Aufnahme der Habanera aus *Carmen*. Dulcie hörte begierig zu.

»Meine Mutter liebt dieses Lied!«, rief sie begeistert.

Natürlich, dachte ich. Corey hatte sie eine Zigeunerin genannt, und das Wort schien zu passen.

Dann begann Dulcie plötzlich zu weinen. Sie unternahm keinerlei Anstrengungen, die Tränen wegzuwischen, weinte hemmungslos wie ein kleines Kind.

Corey fasste sie mit einer Hand am Arm. »Was ist los, Kleines?«

»Ich, ich will heute Abend nicht nach Hause!«

Der Captain war selbstständig an die Brüstung gefahren, um den Himmel und das vorbeifahrende Boot zu beobachten, aber nun kam er zum Tisch zurück. »Du musst nicht nach Hause gehen«, sagte er.

Die unerschütterliche Mrs Orion nahm das Heft in die Hand. »Solange deine Mutter nichts dagegen hat, Dulcie, kannst du hier übernachten – wie du es schon öfter gemacht hast. Morgen ist Samstag, und du kannst ausschlafen. Ich rufe deine Mutter an, um sie um Erlaubnis zu bitten.«

Der Captain war ganz auf Dulcie fixiert. Er kam darauf zurück, was sie früher am Abend gesagt hatte. »Was ist denn passiert? Was ist los mit deinen Eltern?«

Eine Moment lang sah sie ihn zögernd an. Dann sagte sie mit leiser Stimme: »Ich fürchte mich so, wenn sie streiten.«

Der Captain machte sich ernsthaft Sorgen. »Haben die beiden oft Streit miteinander?«

Sie schüttelte den Kopf.

»Mom glaubt, sie wird alt und ist nicht mehr hübsch. Hat sie mir selber gesagt. Und wenn sie sich selbst nicht hübsch findet, verhält sie sich auch nicht mehr hübsch, glaube ich. Dad sagt, sie baut eine Mauer um sich – und das macht ihn wahnsinnig.« Dann wandte sich Dulcie mir zu und flehte mich förmlich an.

»Kann ich heute Nacht bei dir im Zimmer schlafen, Hallie? Bei Susan durfte ich das immer. Corey kann eine Liege aufstellen – oder, Corey?«

»Klar doch«, sagte er.

»Von mir aus gerne«, sagte ich schnell. Ich freute mich, nicht mehr allein in meinem Zimmer zu sein und ständig an die Dinge denken zu müssen, die mir nur Kopfzerbrechen bereiteten. »Möchtest du zuvor noch nach Hause gehen, um ein paar Sachen zu holen?«

Dulcie schüttelte den Kopf. »Sonst lassen sie mich nicht mehr weg.« Sie sah zu Mrs Orion. »Ich hab immer eines ihrer weiten T-Shirts getragen, wenn Susan –« Sie unterbrach sich und fing beinahe wieder zu weinen an.

Mrs Orion nickte. »Ich habe genau das richtige Nachtzeug für dich, und eine neue Zahnbürste gibt es auch im Badezimmerschrank. Ich bringe die Sachen auf Mrs Knights Zimmer.«

»Das wäre also gebongt, Dulcie, und du kannst jetzt mitkommen und mir beim Abwasch helfen «, sagte Corey aufmunternd.

Ich bot ebenfalls meine Hilfe an, aber Mrs Orion schüttelte den Kopf. »Wir haben genug Helfer. Leisten Sie mal lieber dem Captain Gesellschaft.«

Er lehnte das Angebot ab. »Ich zieh mich lieber zurück. Gute Nacht.« Als er schon fast an mir vorbei war, hielt er den Rollstuhl noch einmal kurz an. »Ich bin so froh, dass Sie hier sind, Hallie. Wir sehen uns dann morgen früh.«

»Corey hat für morgen eine Bootsfahrt auf dem Sund geplant, aber ich melde mich bei Ihnen, sobald wir zurück sind.«

Dulcie, die Arme schwer mit Geschirr beladen, drehte sich auf halbem Weg zur Küche begierig um. »Kann ich auch mitkommen, Corey?«

»Morgen nicht, Kleines, ein anderes Mal, versprochen?«

Sie akzeptierte das halbwegs gefasst und trottete mit ihren Tellern weiter. Der Captain jedoch war noch einmal stehen geblieben. »Wo soll es denn hingehen, Corey?«

Er antwortete lässig. »Nur ein Stück den Sund entlang. Wenn Hallie sich für Vögel interessiert, kommt sie garantiert auf ihre Kosten.«

»In Ordnung«, sagte der Captain. »Aber bleib nicht zu lange draußen. Ich muss mit Hallie einiges besprechen.«

Auch wenn er es anscheinend nicht mochte, wenn sich jemand in die Pläne einmischte, die er mit mir hatte, musste er sich doch fügen. Ich war jedenfalls froh, mit dieser Entschuldigung weitere Gespräche über sein Testament verschieben zu können. Sobald wie möglich würde ich mich mit Richard Merrick treffen und ihn bitten, den Captain davon zu überzeugen, dass ich nichts zu tun haben wollte mit seinem Geld.

Der Captain fuhr alleine in sein Zimmer, und nachdem die anderen auch weg waren, blieb ich noch eine Weile an der Brüstung stehen. Eine steife Brise, in der die Blätter der Lebenseichen rauschten, wehte über die Terrasse. Dunkelheit brach herein, und am Nachthimmel erschienen wie Nadelspitzen die ersten Sterne. Es war plötzlich kühl geworden – Zeit, hineinzugehen. Draußen musste noch ein Boot vorbeigefahren sein, denn gegen die Pfeiler des Stegs schlugen harte Wellen.

In meinem Zimmer nahm ich dann eines von Susans Büchern über Edelsteine heraus, setzte mich und begann zu lesen. Das Register verzeichnete mehrere Seiten über Amethyste.

Ihre Farbe, hieß es da, reiche von einem blassen Veilchenblau bis zu tiefem Purpurrot, mit dem königliche Herrscher zu allen Zeiten auf ihr hohes Geblüt verwiesen hätten. Katholische Bischöfe trügen noch heute Amethystringe. Dem Stein wurden auch übernatürliche Kräfte zugeschrieben, und wenn man ihn nachts in Kopfnähe ablegte, könne er Träumen eine besondere Intensität verleihen. Amethyste würden seit Langem zu Heilzwecken verwendet, und ihren Trägern kämen heilende Kräfte zugute. Der Stein könne auch den Geist beeinflussen und Klarheit des Denkens bewirken. Weiterhin sagte man Amethysten eine besondere Beziehung zur Lebenskraft nach, und angeblich könnten sie sogar die Intuition fördern. Ich schloss das Buch. Beunruhigend an dieser Sorte Stein war jedenfalls nichts.

Ich nahm die schwere Kristalldruse vom Regal und legte sie mir auf die Knie, sodass ich auf die purpurfarbenen Spitzen und Facetten im Inneren des Steins sehen konnte. Unterdessen war Dulcie durch die offene Tür hereingekommen, und ich bemerkte sie erst, als sie vor mir stand, den Blick aufmerksam und ehrfürchtig auf die Druse gerichtet.

»Ich finde, du solltest nicht zu nahe herangehen«, sagte sie.

Ich lächelte ihr zu. »Warum nicht? Ich habe mich soeben über die vielen wundervollen Eigenschaften von Amethysten informiert.«

»Susan wusste eine Menge über Kristalle und Edelsteine, und sie hat mir gesagt, dass Amethyste eine dunkle Seite haben. Sie stehen für Reinheit, aber wenn jemand mit bösen Absichten in die Nähe des Steins kommt, könnte sich das Böse verstärken und anderen Menschen schaden.«

Ich wusste nicht, ob dies eine von Dulcies Fantasien war, mit denen sie mich erschreckte. »Ich glaube, wir brauchen uns keine Sorgen zu machen«, sagte ich. »Wir sind doch schließlich keine bösen Menschen.«

Ihr ernster Blick stimmte mich nachdenklich – als sei sie sich nicht sicher, wie gut wir tatsächlich waren. Ich berührte die scharfen Spitzen des Steins in seinem purpurfarbenen Gravitationszentrum. Derart beschattet, verwandelte sich die königliche Farbe beinahe in Schwarz. Daraufhin drehte ich den Stein zum Licht, und zu meiner großen Überraschung schoss ein Lichtstrahl aus dem Dunkel hervor, blitzartig wie eine Stichflamme.

Dulcie hatte es auch gesehen. »Susan hat mir dieses Feuer einmal gezeigt. Es ist das große Geheimnis des Steins. Er lässt es nur hin und wieder sehen.« Darauf verstummte sie und betrachtete mich eindringlich. »Glaubst du, Hallie, es ist schlimm, ein Geheimnis zu haben?«

»Kommt darauf an, welches Geheimnis. Darauf, ob es anderen Menschen schaden könnte. Ich nehme an, wir alle verbergen die eine oder andere Sache, von der wir nicht wollen, dass andere sie wissen. Aber daran ist nichts Schlimmes.«

Sie wirkte erleichtert, und ich fragte mich, welches Geheimnis die kleine Dulcie wohl hütete.

Corey kam mit der Liege, und während er sie aufstellte, schäkerte er mit Dulcie herum. Mrs Orion folgte mit dem Bettzeug und Dulcies Schlafsachen. Während sie die Liege zum Bett umbaute, brachte ich die Kristalldruse wieder an ihren angestammten Platz als Buchstütze zurück.

»Deine Mutter sagt, es ist in Ordnung, wenn du hier bleibst«, sagte Mrs Orion zu Dulcie.

Das Mädchen wirkte erleichtert, als sie fragte: »Wie hat sie denn geklungen?«

»Ein bisschen durcheinander vielleicht. Aber nicht aufgebracht oder wütend. Ich glaube mal, bis zum Morgen haben sich die Wogen wieder geglättet. Ich bringe dir noch eine Tasse heiße Schokolade vor dem Schlafengehen.«

»So wie Sie das immer gemacht haben«, sagte Dulcie lächelnd.

Als wir alleine waren, ging sie zum Fenster und schaute in die Lichtung hinunter. Die Lampe im Hof war an, und auch im Haus der Camerons brannte noch Licht.

Dulcie sprach leise. »Er liebt sie so sehr, aber ich glaube, er ist immer noch eifersüchtig, weil der Captain sie zuerst gekannt hatte.«

»Das ist lange her«, sagte ich. »Deine Eltern haben sich ganz doll lieb. Das habe ich heute gesehen.«

Um sie abzulenken, erzählte ich ihr von dem Fund am Strand, und wie ihr Vater darauf den Captain besucht hatte. Sie schien sich darüber zu freuen und wollte jedes einzelne Detail genau wissen. Dann wurde sie müde, begann zu gähnen und ging ins Bad, wo sie sich ein viel zu großes altes T-Shirt von Corey anzog, das Mrs Orion für sie gefunden hatte.

Als sie bettfertig war, nahm sie ein Buch aus dem Regal und machte es sich auf ihrer Liege zum Lesen bequem. Aber sie war zu unruhig an diesem Abend, und nachdem sie ein paar Mal hin und her geblättert hatte, legte sie das Buch zur Seite und ging zu einem der Bilder von Anne Trench, die verdeckt an der Wand lehnten. Sie drehte das Bild um, und ich sah, dass es jenes war, für das Corey sich so sehr interessiert hatte – der lange, dunkle Tunnel.

»Ich frage mich, was sie ausdrücken wollte mit diesem Bild«, sagte ich.

Dulcie zögerte keine Sekunde. »Was sie gemalt hat, ist der Piratenpfuhl.«

»Was ist das denn?«

»Ein furchtbarer Ort, Hallie. Du würdest es nicht wissen wollen.«

Sie drehte das Bild wieder zurück und schlüpfte dann, nicht ohne davor ihr Kissen aufzuschütteln, ins Bett.

Wenig später brachte Mrs Orion ein Tablett mit zwei Tassen heißer Schokolade, auf welchen je ein Marshmallow schwamm. Dulcie setzte sich auf, und wir schlürften in vertrauter Zweisamkeit drauflos. Mrs Orion sah uns einen Augenblick lang zu, sagte dann Gute Nacht und ging.

Als ich später mein Nachthemd angezogen hatte und ins Zimmer zurückgekehrt war, hörte ich überall im Raum Dulcies ruhigen, gleichmäßigen Atem. Ihre Anwesenheit schien zunächst tröstlich, aber kaum hatte ich den Kopf auf das Kissen gelegt, spürte ich den Schmerz in mir von Neuem. Viel lieber wäre ich wütend gewesen. Wut war besser als Schmerz. Aber nun ließ sie mich im Stich. Ich hatte das Gefühl, in eine große, stille und sehr tiefe Trauer gehüllt zu sein – ganz anders als die Wut, die Anne Trench mit wildem Pinselstrich auf jenen grellen Bildern lebendig werden ließ, die nun gegen die Wand lehnten.

Als ich am nächsten Morgen aufstand, schlief Dulcie noch. Ich zog mich leise an und ging auf die Terrasse hinaus. Von der Brüstung aus sah ich, dass Corey mich unten auf dem Steg bereits erwartete, und ich rannte eilends zu ihm hinunter.

Über Nacht war von den Dünen her Nebel aufgezogen und lag in einzelnen Schwaden noch über dem Wasser, aber die Sonne stand schon hoch und würde sie in Kürze aufsaugen. Corey half mir ins Boot, und ich nahm neben ihm Platz. Er ließ den Außenbordmotor an, und mir schauderte leicht, als es losging. Wir glitten dahin und flogen über die Wasseroberfläche, die innerhalb kürzester Zeit strahlend blau im Licht der Sonne vor uns lag. Nach wenigen Momenten hatten wir die Südspitze der Barriereinsel Topsail hinter uns gelassen, und ich konnte aufs offene Meer hinaussehen. Vom Atlantik rollten weißgekrönte Wellen heran, und als Corey den Motor abstellte und das Boot einfach treiben ließ, konnte ich die kräftige monotone Stimme des Meeres vernehmen.

Im angrenzenden Sumpfland wimmelte es von Vögeln – Silberreiher, die anmutigen Herrscher der Lüfte, gewöhnliche Reiher auf ihren langen, staksigen Beinen und zahllose andere Küstenvögel auf Nahrungssuche. Wir preschten weiter, vorbei an Fischadlern, die Zweige zu Nestern auftürmten, wo immer sich ein fester Untergrund dafür bot.

Ein Windschild aus Plexiglas hielt die Gischt während der Fahrt größtenteils von meinem Gesicht ab. Dabei machte mir ein bisschen Feuchtigkeit gar nichts aus, und ich vibrierte vor Erregung, als wir über die Wasser des Sunds dahinflogen, hinter uns eine Yacht, deren Bugwellen unser Boot kräftig durchgeschaukelt hätten. Dieses intensive Gefühl, lebendig zu sein, hatte ich schon lange nicht mehr verspürt; es war, als bewegten wir uns in einer anderen Dimension, an die gewöhnliche Alltagsprobleme nicht heranreichten.

Obwohl Sandbänke ihre Lage aufgrund der Gezeiten ständig änderten, kannte sich Corey bestens aus, und nach weniger als zehn Minuten drosselte er die Geschwindigkeit des Boots und nahm Kurs auf eine kleine Insel. Sie war größtenteils von Gestrüpp bedeckt, aber an einem Ende stand, hoch über einer Düne und sicher vor Flutwellen und Treibsand, ein einzelnes kleines Gehöft.

»Wo sind wir?«, rief ich in den Motorlärm. Er rief zurück: »Cabbage Island – direkt vor uns.«

Die winzige Insel lag flach im Wasser, abgesehen von jener Dünenerhebung an einer Seite.

Corey schien an diesem Morgen eine Spannung umzutreiben, die er kaum verbergen konnte, weshalb ich mich abermals fragte, was er im Schilde führte. Als wir uns dem Ufer näherten, stellte er den Motor ganz ab.

»Früher hat eine Bauernfamilie hier draußen gelebt«, sagte er. »Sie haben Kohl angebaut und an Gemüseläden auf dem Festland verkauft, aber das ist alles lange her.«

Das Haus war alt und verwittert – die graubraunen Balken hatten so manchem Sturm standgehalten. Die Veranda wirkte ebenso wackelig wie die Treppen, die zu ihr hinaufführten. Dennoch stieg Rauch aus dem Kamin, und über dem Verandageländer hing eine bunte mexikanische Decke.

»Lebt hier tatsächlich jemand?«, fragte ich.

»Nur vorübergehend. Sie hat das Haus nur gemietet, mag die Einsamkeit. Ich versorge sie mit Lebensmitteln und behalte sie auch sonst im Auge. Sie hat ein Mobiltelefon und ist dadurch nicht vollständig von der Außenwelt abgeschnitten.«

Ich war neugierig geworden auf das Haus und die Frau, aber Corey musste nun das Boot in den sandigen flachen Uferbereich bugsieren, und das Haus war ohnehin hinter einer Wand aus Lebenseichen und Krüppelkiefern aus dem Blickfeld verschwunden. Er ließ den Bug in den Sand gleiten und warf den Anker aus. Das Boot würde genau dort bleiben, wo er es haben wollte, unabhängig vom Spiel der Gezeiten.

Ich war kaum an Land gegangen, als Corey auch schon den schmalen Strand hinter sich ließ und einen Pfad erklomm, der durch Strandhafer und andere Gräser nach oben führte.

»Kommen Sie«, rief er mir hinterher. »Sie erwartet uns schon mit einem Frühstück.«

Nachdem wir den Wald hinter uns gelassen hatten, sahen wir das Haus vor uns aufragen, und auch das endlos an- und abschwellende Tosen des Meeres war nun wieder vernehmbar. Kurze Zeit später nahm mich Corey bei der Hand und zog mich die verwitterten Stufen der Veranda hinauf.

»Ich nehme an, sie hat auch einen Namen?«, fragte ich ein wenig spitz, weil ich mich ärgerte über seine Spielchen und die Art, mich im Dunkeln zu lassen.

»Ja«, sagte er, als wir die Stufen erklommen. »Sie hat einen Namen. Er lautet Anne Trench.«

11

Ich reagierte mit durchaus gemischten Gefühlen. Einerseits war ich völlig perplex und zugleich sauer auf Corey, andererseits war ich wie elektrisiert, erfüllt von gespannter Erwartung, aber auch einem mulmigen Gefühl.

Corey schien sich, was mich besonders ärgerte, auch noch zu freuen über seinen Coup. »Sie wollte Sie unbedingt kennen lernen und hat darauf bestanden, Sie möglichst lange im Ungewissen zu belassen. Vielleicht fürchtete sie, Sie würden nicht mitkommen. Niemand auf Topsail weiß, dass sie hier ist, und das soll auch vorerst so bleiben.«

Wir gingen unter dem schmalen Dach der Veranda auf die Haustür zu, und Corey klopfte. »Wir sind da, Anne«, rief er. Danach war alles still, und wir hörten nur das tiefe Rauschen des Ozeans.

Schließlich öffnete sich die Tür mit einem Quietschen, und vor unseren Augen stand Susans Großmutter. Sie war groß und schlank, das silbergraue Haar zu einem Knoten zusammengebunden. Ihre glatte Haut zeigte überraschenderweise kaum Falten, vielleicht ein Zeichen dafür, dass sie ihren inneren Frieden schon seit Langem gefunden hatte. Sie blickte uns aus großen, eigenartig gelbbraunen Augen eindringlich an. Über Tweedhosen trug sie einen Patchwork-Rock, an den Füßen mexikanische Huarache-Sandalen. Ich fand, sie sah deutlich jünger aus als der Captain, wenngleich älter als Carlina. Ihr Make-up war bewusst dezent – nur ein Hauch Rosenrot auf ihren Lippen, das einen lebhaften Kontrast bildete zu den schwarz gezeichneten Bögen ihrer Brauen.

Die Hand, die sie mir entgegenstreckte, war elegant, mit langen, noch immer geschmeidigen Fingern – auf Nagellack verzichtete sie wohl aufgrund ihrer künstlerischen Arbeit. Ihr Händedruck war so warm wie ihr Lächeln, das ihr Gesicht verschönerte. Ich fühlte mich sofort willkommen und innerlich entspannt. Coreys Herz hatte sie jedenfalls schon erobert, wirkte er doch in ihrer Gegenwart so gelöst und ungekünstelt, wie ich ihn nie zuvor erlebt hatte.

»Hereinspaziert«, sagte sie und führte uns in einen Wohnraum, der so viel Wärme und Gemütlichkeit ausstrahlte wie Anne Trench selbst.

Obwohl sie wahrscheinlich erst seit Kurzem in diesem heruntergekommenen Haus lebte, hatte sie mit wenigen Gegenständen für eine persönliche Atmosphäre gesorgt. Die rissigen Bodendielen bedeckten schlicht gemusterte mexikanische Läufer. An einer Wand hing ein dekorativer Strohhut mit breiter Krempe und gelbem, weit herunterreichendem Band. Die wenigen Möbelstücke waren überladen mit Kissen in klaren, kräftigen Erdfarben. Im tatsächlich funktionsfähigen Kamin prasselte ein kräftiges Feuer, und es stoben Funken aufwärts, wann immer ein Stück Holz auf dem Rost zerbarst. Mir war kalt geworden draußen auf dem Wasser, und so empfand ich die Wärme des Feuers als besonders wohlig und behaglich. Von Anne Trench ging derselbe Zauber aus wie von ihren Gemälden, aber anders als diese strahlte sie eher etwas Beruhigendes aus.

Ich sah mich an den Wänden nach weiteren Produkten ihrer künstlerischen Arbeit um, aber es gab keine neuen Bilder auf den verschlissenen Tapeten.

Sie nahm meine Jacke und wies uns an einen kleinen, gedeckten Tisch vor dem Kamin. Drei Sets mit Aztekendesign in grün, weiß und braun markierten unsere Plätze. Sie servierte uns Papaya, die ungekühlt besonders gut schmeckte. Auf einem Holzherd hatte sie süße Dinkelbrötchen für uns warm gehalten, und sie ging extra nach draußen, um einen Krug mit Butter aus einem Wasserbecken zu holen. Kaffee hatte sie wie früher direkt in der Kanne aufgebrüht – etwas bitter vielleicht, aber gerade recht, um mich aufzuwärmen. Wir tranken ihn ohne Milch und Zucker. Corey bereitete Toast zu, indem er Brotscheiben auf eine lange Gabel spießte und sie einfach ans Feuer hielt. Auf einem kleinen Tisch hinter uns stand eine Öllampe mit Glasaufsatz, die den Raum zusätzlich zum Licht des Feuers erhellte. In der Luft schwebten verschiedene Gerüche von Kräutern, die in einer Schale hinten auf dem Herd standen.

Zufrieden und entspannt, wie ich es nie erwartet hätte, saß ich vor dem Feuer, und während ich den Flammen zusah, spürte ich eine enge Verbundenheit mit der Frau, die diese Atmosphäre geschaffen hatte. Sie konnte keine Ahnung davon gehabt haben, wie sehr ich das alles hier brauchte, so wie ich keine Ahnung davon hatte, warum ich hier war oder was sie von mir wollte. Ich wusste lediglich, dass es keine Rolle spielte. Sie würde es mir sagen, wenn sie dazu bereit war.

Als sie nach dem Captain fragte, berichtete ich ihr das Wenige, was ich wusste, und sie seufzte tief. »Es tut mir schrecklich leid, dass er so krank ist.« Dann reckte sie sich auf ihrem Stuhl und lächelte mir zu. »Susan hat mir so viel von Ihnen erzählt, Hallie, dass ich beinahe glaube, Sie zu kennen.«

»Ich verstehe es nicht, warum Susan Sie niemals erwähnt hat«, sagte ich. »Nur von ihrem Großvater hat sie ständig gesprochen.«

»Das war meine Bitte an sie. Ich wollte nicht, dass irgendjemand aus unserer Familie erfährt, dass wir Kontakt zueinander hatten. Nicht einmal mein Sohn sollte es wissen. Susan war das Familienmitglied, mit dem ich mich am meisten verbunden fühlte. Ich war in meiner Jugend genauso aufmüpfig wie sie, und wir verstanden uns so gut, dass der Altersunterschied überhaupt keine Rolle spielte.«

»Sie sind noch immer eine Rebellin«, sagte Corey anerkennend.

»Mittlerweile wohl leider eine eher sanfte Rebellion«, sagte sie.

Es gab Zeiten, da war diese Frau von einer beinahe überirdischen Wut getrieben, und ich wollte mehr darüber erfahren. Wie war sie damit fertig geworden? Wie hatte sie ihre heutige innere Ruhe erlangt?

»Hat Corey Ihnen erzählt, dass ich in Ihrem ehemaligen Zimmer untergebracht bin, Mrs Trench?«, fragte ich. »Dasselbe Zimmer, in dem Susan übernachtete, wenn sie zu Hause war. Und sie hat eine ganze Wand mit Ihren Bildern behängt.«

»Welche Bilder denn? Ich habe fast alle meine Arbeiten mitgenommen, als ich ausgezogen bin.«

»Aber eben doch nicht alle«, sagte ich. »Es sind diese abstrakten Bilder, die Sie in einem Zustand großer innerer Erregung gemalt haben mussten.«

Sie sah mich einen Moment lang unverständlich an. »Meinen Sie etwa diesen Furor, den ich in innerhalb weniger Wochen auf Leinwand gebannt und dann zurückgelassen habe, weil ich die Bilder nicht mehr sehen wollte? Ich war mir sicher, Nick würde sie finden – ich wollte sogar, dass er sie findet – und zerstören.«

»Er hat es versucht, aber Susan hat sie alle gerettet«, sagte Corey. »Sie hat sich damit eine Erinnerung an Sie erhalten.«

»Keine sehr erfreuliche Erinnerung. Ich habe damals Schreckliches durchgemacht und meine Gefühle größtenteils in diesen Gemälden verarbeitet.«

»Haben Sie sie wirklich verarbeitet?«, fragte ich.

Ihrer gelbbraunen Augen wurden traurig. »Nein, leider nicht. Aber meine Wut hat sich gelegt, und ich konnte davon lassen, mich selbst oder andere verantwortlich zu machen.«

Ich wollte mehr wissen, konnte aber in Anwesenheit Coreys keine weiteren Fragen stellen.

»Ein Gemälde hat mich neugierig gemacht«, sagte ich. »Corey hat mir gesagt, Sie hätten es *Korridor* genannt, während Dulcie Cameron behauptet, es sei eine Darstellung des Piratenpfuhls.«

Corey hatte sich noch mehr warme Brötchen geholt, aß aber nicht mehr weiter, als hätte er plötzlich den Appetit verloren.

Anne Trench sah mich entgeistert an, und aus ihrem Gesicht wich die Wärme. »Ja, ich erinnere mich an das Gemälde. Es gehört zu den Gemälden, die ich einfach malen musste. Der Piratenpfuhl war für mich immer eine Art Korridor, und ich habe versucht sein Geheimnis bildlich darzustellen.«

»Was ist überhaupt der Piratenpfuhl?«, fragte ich.

Sie tropfte einen Klecks Honig auf ein verbliebenes Stückchen Toast und lehnte sich in ihrem Stuhl zurück. »Geschichten von verstecktem Piratengold gibt es überall an der ganzen Ostküste, aber an den meisten ist nichts dran. Gold haben diese Wegelagerer der Meere nirgendwo gehortet – dafür haben sie die Segelschiffe um genügend andere Güter erleichtert –, aber die Geschichten, ausgerechnet auf Topsail Island sei Gold vergraben, hielten sich hartnäckig. Zwei Personen fühlten sich davon besonders angesprochen, taten sich kurzerhand zusammen und kamen auf die Insel, um in einem großen, mysteriösen Loch, das sie gefunden hatten, tiefer zu graben. Sie konnten andere davon überzeugen, dass darin Gold vergraben sei. Es wurde also kräftig investiert in das Projekt, und die beiden begannen in großem Stil zu buddeln. Aber obwohl sie immer tiefer vordrangen, konnte keinerlei Schatz gefunden werden. Schließlich zogen die beiden es vor, bei Nacht und Nebel mit dem ganzen Geld der Insulaner zu verschwinden. Alles, was blieb, war ein scheinbar bodenloses Loch. Im Lauf der Jahre warfen die Menschen alles Mögliche hinein, auch sperrige Sachen, die aber einfach verschwanden. Der Hohlraum füllte sich nie. Alles, was man hineinwarf, verschwand. Die Vorstellung eines derartigen Lochs faszinierte mich, und so malte ich meine eigene Sicht davon. Kein sehr gelungenes Bild, dachte ich, und ließ es zurück, als ich wegging. Susan hat es wohl mit den anderen gerettet.«

»Ich habe es heute zum ersten Mal gesehen«, sagte ich. »Mir schwindelte leicht bei seinem Anblick, und mir war, als würde ich wirklich in einen langen, endlosen Tunnel blicken. Ganz hinten jedoch haben Sie ein Licht platziert – warum?«

»Daran erinnere ich mich jetzt nicht. Ich glaube, das Licht sollte eine Art Fixpunkt sein – um dem Bild mehr Nachdruck und Tiefe zu geben.«

Sie hob ihre Hand abschätzig. »Vielleicht hatte ich in dieser Zeit ja auch eine metaphysische Phase. Es ist alles so lange her.«

»Und wo genau ist dieser Piratenpfuhl?«

Anne Trench schien überrascht. »Er befindet sich gleich hinter dem Grundstück der Familien Trench und Cameron. Sagen Sie bloß, er ist Ihnen noch nicht aufgefallen?«

»Es gibt da nichts zu sehen«, behauptete Corey abrupt, und sein Tonfall machte mich stutzig. Später würde ich ihn vielleicht einmal bitten, mir den Piratenpfuhl zu zeigen, aber schon jetzt gruselte mir bei der Vorstellung dieses bodenlosen Lochs in unmittelbarer Nähe.

Ich wechselte zu einem angenehmeren Thema. »Malen Sie eigentlich noch?«, fragte ich Anne Trench.

»Sie könnten ebenso gut fragen, ob ich noch atme?«, antwortete sie lächelnd. Daraufhin faltete sie ihre Serviette zusammen und stand auf. »Wenn Sie Ihr Frühstück beendet haben, zeige ich Ihnen, was ich heutzutage so mache.«

Corey und ich folgten ihr ans andere Ende des Zimmers bis zu einem Vorhang. Sie zog ihn zur Seite, und wir betraten ihr Behelfs-Atelier. Gegen die Wand gelehnt, standen mehrere Leinwände, und in Fensternähe war auf einer Staffelei eine noch unfertige Strandszene zu sehen, die an Topsail denken ließ. Auf einem nackten Holztisch stand ein Becher mit sauberen Pinseln, neben einer Palette mit aufgetupfter Farbe und einigen nach Terpentin riechenden Lappen. Die Wände waren abermals leer, mit Ausnahme eines einzigen eindrucksvollen Bildes.

Ich stellte mich davor. Eine junge, wie eine Zigeunerin gekleidete Frau hielt ein mit Bändern verziertes Tamburin über ihrem Kopf. Sie tanzte, ihren anmutigen Rücken dem Betrachter zugewandt, und sah sich dabei um – ein dunkler und doch verheißungsvoller Blick. Eine Fülle schwarzer Haare wogte im Tanz auf ihre Schultern herab. Ihr Rock strahlte in lodernden Farben, und über einer weißen Bluse trug sie ein kurzes, grünes Bolerojäckchen.

»Carlina Cameron«, sagte ich ruhig.

»Wahrscheinlich sieht sie heute nicht mehr so aus. Ich habe das Bild aus dem Gedächtnis gemalt – um sie aus meinem System herauszubekommen. Es ist ziemlich gut, glauben Sie nicht auch?«

»Es ist fabelhaft«, sagte Corey. Ein Wort, das ich noch nie aus seinem Mund gehört hatte. »Und manchmal sieht sie sogar heute noch so aus. Fergus würde es Ihnen garantiert vom Fleck weg abkaufen.«

»Leider ist es unverkäuflich.«

Mir gefiel es, wie Anne Trench in sich ruhte. Sie wusste, wer sie war, kannte ihren eigenen Wert, und es gab keinen Platz mehr in ihrem Leben für selbstzerstörerische Tendenzen.

Es war sinnlos, so zu tun, als würde ich ihre Geschichte nicht kennen, also stellte ich eine Frage. »War Carlina der Grund für den Wutausbruch auf diesen Gemälden?«

Einen Moment lang wirkten ihre Augen nicht mehr ganz so ruhig, dann zuckte sie leicht mit der Schulter. »Wahrscheinlich ja. Aber es fällt mir schwer, mich zu erinnern.«

Dabei hatte sie eben noch gesagt, sie habe das aktuelle Bild gemalt, um Carlina aus ihrem System herauszubekommen. Ich schwieg zunächst, und allmählich fing sie sich wieder.

»Ich wollte sehen, ob ich sie auch ohne Wut malen kann – und es ist mir gelungen.«

Wenn Corey nicht da gewesen wäre, dachte ich abermals, hätte ich noch ganz andere Fragen stellen können. Ich hätte so gerne einen Ratschlag von dieser Frau bekommen. Aber wie auch immer, das war nicht möglich, also schlug ich eine andere Richtung ein.

»Warum wollten Sie mich sehen, Mrs Trench?«

»Machen wir es uns doch nebenan wieder bequem«, sagte sie.

Corey folgte uns. »Ich erledige das schnell. Sie und Hallie setzen sich hin und plaudern inzwischen«, sagte er, als er den Tisch abzuräumen begann.

Es gab kein richtiges Sofa, dafür aber ein Holzgestell mit einer Sprungfedermatratze und Bergen von bunten Kissen, und Anne Trench lud mich ein, darauf Platz zu nehmen, ich an einem Ende, sie am anderen Ende gegenüber. Zwischen Rücken und Wand legte sie sich ein großes Kissen.

»Ich wollte Sie wegen Susan sehen. Während der Collegezeit und noch Jahre später müssen Sie sie besser gekannt haben als jeder andere.«

»Wir waren gute Freunde, ja. Trotzdem habe ich mich manchmal gefragt, ob ich sie je wirklich gekannt habe. Vor allem seit ich nach Topsail gekommen bin.«

»Das genau ist es, was einen Menschen interessant macht. In jeder Beziehung bleibt immer das eine oder andere Rätsel.«

»Rätsel dieser Art sind nicht mein Fall.«

»Das Leben nimmt keine Rücksicht darauf, ob wir sie mögen oder nicht. Nicht wahr?«

In meinem Kummer stellte ich eine sehr direkte Frage. »Wie sind Sie über diese Geschichte mit Carlina hinweggekommen?«

Sie schwieg lange, und ich befürchtete schon, ich könnte sie verletzt haben. Dann antwortete sie mit einer Gegenfrage. »Aha, Sie haben also das Gleiche mitgemacht?«

Ich hatte kein Problem damit, ihr die Wahrheit zu sagen. »Ja. Und ich bin weggelaufen. Sie haben genauso reagiert, nicht wahr?«

»Ich habe zu sehr gelitten und hätte es keine Minute länger ausgehalten.«

»Wir dürfen auf keinen Fall unseren Stolz verlieren, sonst werden wir zum Fußabtreter.«

»Nur wenn wir so veranlagt sind. Ich bin es nicht, und Sie sind es auch nicht. Das sehe ich ganz genau.«

Der Boden unter meinen Füßen begann zu schwanken, und ich musste mich auf sichereres Terrain retten. »Weiß Ihr Sohn, dass Sie hier sind?«

»Noch nicht. Aber vielleicht lasse ich es ihn demnächst wissen. Ich wollte Louise mit ihren dummen Ratschlägen nicht hier haben.«

Ich lächelte. »Würde sie es wagen?«

»Sie weiß nicht, wie sie mit mir umgehen soll, und ich fürchte, ich habe ihr das Zusammenleben mit Ryce doch ziemlich erschwert. Mir fehlt Susan so sehr. Wir hatten immer das Gefühl, wir seien gleich alt, konnten einander direkt ins Herz sehen, und wir mochten, was wir sahen. Und wir akzeptierten, was wir nicht mochten. Ich hätte sie so gerne wieder und weiß doch, das ist eine Illusion.«

»Wie können Sie sicher sein, dass sie tot ist?«

»Wenn sie am Leben wäre, wüsste ich es.«

»Werden Sie den Captain sehen, solange Sie hier sind?«

»Was sollten wir uns denn jetzt noch sagen?«

Aber sie war trotzdem gekommen, und vielleicht hatte ihr Erscheinen ja mit der Krankheit des Captains zu tun.

»Sie haben Fergus natürlich auch gekannt – schon bevor Carlina auf der Bildfläche erschien?«

»Ja, ich habe Fergus immer gemocht, auch wenn er mit seinen Gefühlen immer hinter dem Berg gehalten hat. Sicher, es gab eine Zeit, in der er sich Nicholas unterlegen fühlte. Sie lagen rangmäßig so weit auseinander, obwohl der Unterschied für Nicholas zu Beginn ihrer Zusammenarbeit überhaupt keine Rolle mehr spielte. Fergus hat so viel Grips und ist ohnehin den meisten Menschen überlegen.«

»Zumindest hat er Carlina abbekommen«, sagte ich und hätte mir dabei am liebsten auf die Zunge gebissen.

Sie schwieg und dachte über diesen Satz nach, ohne ihn mir zu verübeln. »Das Problem ist nur, dass er das Gefühl nie losgeworden ist, er sei bloß die zweite Wahl Carlinas. Ein Wunder, dass diese Ehe überhaupt so lange gehalten hat.«

»Ich glaube, die beiden lieben einander wirklich.«

»Hm. Ich frage mich, ob das ausreicht.«

Das fragte ich mich auch. Offenbar hatte es in meinem Fall nicht gereicht.

Ich brachte das Thema wieder auf Susan. »Ich habe immer gehofft, sie würde einen Mann finden, dem sie von Herzen zugetan ist.«

»Hat sie doch«, sagte Anne Trench. »Aber sie hat ihrem eigenen Glück nicht getraut, vielleicht weil sie das Beispiel ihrer Großeltern vor Augen hatte. Und sie hat erkannt, welchen Fehler ihr Vater mit seiner zweiten Ehe gemacht hatte. Deshalb hatte sie wahrscheinlich Angst.«

Corey ließ das Messer fallen, das er gerade abtrocknete. Ich hatte ganz vergessen, dass er ja auch noch da war, blickte aber gerade noch rechtzeitig zu ihm hinüber, um den Gefühlsausdruck zu erkennen, der über sein Gesicht huschte. Als sich unsere Blicke trafen, hob er das Messer auf und polierte eifrig daran herum. War Corey der »falsche Mann«, in den sich Susan verliebt hatte? Oder hatte er es nicht verwunden, dass es in Susans Leben noch einen anderen gab, einen Rivalen?

»Wir sollten uns langsam auf den Rückweg machen«, sagte Corey abrupt.

Unser plötzlicher Aufbruch schien also besiegelt. Corey trug meine Jacke; Anne Trench fasste mich am Arm und kam mit nach draußen. »Besuchen Sie mich bitte bald wieder, Hallie. Machen Sie das?«

»Liebend gerne, solange Corey mich herbringt.«

Ich hatte nicht die geringste Absicht, Nicholas – oder sonst jemandem auf Topsail – etwas von diesem Besuch zu erzählen. Sie kam mit bis unter das Vordach in die mittlerweile warme Vormittagssonne und sah uns nach, während wir zum Boot hinuntergingen. Wir waren schon ein Stück vom Strand entfernt, als ich mich umsah und winkte. Sie stand in der Tür, hinter sich das Licht des Feuers – eine durch und durch sympathische Erscheinung. Ich beneidete sie um den Frieden, den sie offenbar gefunden hatte. Sie hatte eine klare Vorstellung von ihrem Leben. Und sie verdiente sich mit ihrer Kunst ihren Lebensunterhalt. Ich würde sicher wiederkommen. Aber ich wollte sie alleine sehen und musste eine Möglichkeit finden, selbstständig hierher zu kommen.

Corey und ich machten keinen Versuch, uns während der lärmenden Fahrt über den Sund zu unterhalten. Erst nachdem er das Boot am Steg des Captains festgemacht und mir beim Aussteigen geholfen hatte, fanden wir die nötige Ruhe für ein paar Worte.

»Danke, dass Sie mich zu ihr gebracht haben«, sagte ich. »Sie ist eine bemerkenswerte Frau.«

»Das ist sie in der Tat. Unsere gemeinsame Liebe zu Susan hat uns zu Freunden gemacht.«

Ich wagte es nicht, darauf etwas zu erwidern, und wir stiegen schweigend zum Haus hinauf. Dort blieb er stehen, und ich wusste, dass er reden wollte; als er anfing zu sprechen, sah er aber nicht mich an, sondern auf das Wasser hinaus.

»Wir wollten heiraten«, sagte er. »Waren bereit, es zu riskieren.«

»Riskieren?«

»Alle waren sie gegen uns außer meiner Mutter. Besonders Louise. Und sie wiederum hat Susans Vater beeinflusst. Aus dem Gefühl heraus, ich sei nicht gut genug für Ryces Tochter.«

»Wie hat der Captain reagiert?«

»Er hätte sich Susans Wunsch nicht lange widersetzt, und was Louise sagt, ist ihm sowieso egal. Sie hat geglaubt, ich sei hinter dem Geld her. Da sie wusste, wie sehr der Captain an Susan hing, fürchtete sie, er könnte Ryce enterben. Besonders wenn wir Kinder bekommen hätten – was wir uns beide wünschten.«

Am Hauseingang umfasste ich fest seinen Arm. »Danke, dass Sie mir alles gesagt haben. Es tut mir Leid, so Leid wie nie zuvor, dass Susan nicht mehr da ist.«

Er sah mich einen Moment lang etwas merkwürdig an. »Warten Sie eine Minute, Hallie. Ich will Ihnen was zeigen.«

Zusammen gingen wir um das Haus herum bis zu der Lichtung zwischen den Lebenseichen hinter den Häusern.

»Es ist da drüben«, sagte er.

Ich folgte ihm bis zu einem überwachsenen, mit einem Drahtzaun umschlossenen kreisrunden Areal. »Hier ist es«, sagte er.

Ich wusste, was er meinte. Hinter dem Zaun gab es nichts zu sehen außer einer kreisrunden Fläche, die zur Mitte hin immer tiefer abzufallen schien. Das also war der berüchtigte Piratenpfuhl.

»Darin ist sie verschwunden«, sagte er. »Ich *weiß* es, tief in mir weiß ich es, obwohl ich keinerlei Beweise habe. Aber da ist dieses Gefühl, das ich nicht loswerde. Man wird sie niemals finden, und wir werden nie die Wahrheit erfahren, aber ich hatte bestimmte Träume und ich –«

Ihm versagte die Stimme, und das Grauen schüttelte ihn am ganzen Körper.

Mir schauderte, aber nicht allein wegen seiner Worte.

Dann sah er mich an, direkt in die Augen, und ich spürte die ganze Kraft seiner Gefühle. Seine Jungenhaftigkeit, die scheinbare Leichtigkeit waren wie weggeblasen. Ich stand einem Mann gegenüber, der seinen Schmerz noch nicht überwunden hatte – und der seine Gefühle hinter einer Maske verbarg.

»Ich glaube, das ist auch der Grund, warum Anne eine schemenhafte Gestalt ins Zentrum ihres *Korridor*-Bilds gesetzt hat«, sagte Corey. »Vielleicht war es sogar ein Blick in die Zukunft.«

Mir ging das alles schrecklich unter die Haut, aber wie konnte ich ein Wort davon glauben? Er spürte meine Zweifel sofort, wandte sich abrupt ab und verschwand um das Haus. Ich entfernte mich von dem Drahtzaun und ging vor zur Straße, die zum Strand führte. Ich schlotterte und konnte es mir nicht vorstellen, ins Haus zu gehen oder gar jemanden anzutreffen. Ich war nur noch geschockt. Der blanke Horror.

Ich musste gelaufen sein wie in Trance, als ich am Fuß der Düne vor den Stufen, die zur Laube hinaufführten, ankam. Ich rannte nach oben und auf der anderen Seite wieder hinunter, warf meine Sandalen von den Füßen und lief barfuß über den Strand bis ans Wasser, wo der Sand feucht und dunkel war und nicht nachgab unter den Füßen.

Ich verlor jedes Gefühl dafür, wie lange ich am Meer entlanggegangen war, die Füße immer wieder neu überspült von weißem Brandungsschaum. Einmal blieb ich mit dem Rücken zum Ozean stehen und sah zu der langen Reihe von Häusern jenseits der Dünen hinauf. Hier und da überragten Holztreppen, die zum Strand hinunterführten, die Sandmassen. Dann lief ich ziellos weiter, das Entsetzen unablässig im Nacken. Ich wusste, es würde lange dauern, bis ich befreit sein würde von diesem schrecklichen Gefühl. Möglicherweise lag Corey mit seiner dunklen Ahnung ja richtig, und Susan war genau das zugestoßen, was er befürchtete. Ich sparte mir, über weitere Details nachzudenken. Laufen half und war auch das Einzige, was ich im Moment tun konnte.

Am oberen Ende der steilen Treppen über die Dünen waren Plattformen, manchmal mit Bänken. Plötzlich sah ich im Vorbeigehen auf einer dieser Bänke einen Mann sitzen und aufs Meer hinausschauen. Ich glaubte ihn zu erkennen, und ein heftiger Schmerz durchfuhr, ja durchbohrte mich. Wieder sah ich einen Mann, der wie Paul aussah. Aus der Ferne war die Ähnlichkeit so groß, dass ich ihm sogar ein Stück weit durch den weichen Sand entgegenstapfte. Die Fußabdrücke hinter mir waren gerade so lange sichtbar, bis die nächste Welle sie auslöschte.

Als ich aber näher herankam, stand der Mann auf, drehte sich um und stieg über die Stufen auf der anderen Seite zur Straße hinab. Er sah Paul ungemein ähnlich, bewegte sich wie Paul, und ich konnte einfach nicht anders, rannte über den Sand und die Treppen hinauf. Ich musste ihn aus größerer Nähe sehen – so töricht das vielleicht auch war. Bis ich jedoch oben auf der Plattform angekommen war, hatte der Mann das unter Ende schon erreicht und war verschwunden. Ich setzte mich auf die Bank, um Atem zu holen. Abermals zitterte ich, nun aber aus einem anderen Grund. Wenn ich ihn nur deutlich genug hätte sehen können, nur um sicher zu sein – um diese Einbildung loszuwerden, er könnte es gewesen sein.

Aber wie sollte es einen Zweifel geben? Paul wusste überhaupt nicht, wo ich war. Ich hatte es ihm noch nicht geschrieben, spürte aber umso deutlicher, dass es höchste Zeit war, mit meinen Gefühlen klarzukommen. Ich ging zurück bis zu der Stelle, wo ich meine Sandalen gelassen hatte, und machte mich auf den Weg zum Haus des Captains.

12

Mein Spaziergang zum Strand war eine einzige Enttäuschung, hatte ich mir doch erhofft, nach Coreys schrecklichen Äußerungen über den Piratenpfuhl wieder zu mir selbst zu finden. Aber ich war immer noch schockiert, fassungslos und zutiefst verängstigt. Zu allem Unglück hatte ich auch noch den Mann gesehen, der wie Paul aussah, und dieser Anblick hatte mich nahe an einen emotionalen Abgrund geführt. Zurück am Haus, war mir übel, und ich zitterte am ganzen Körper.

Ich ging zunächst auf mein Zimmer und setzte mich auf den Stuhl, den Corey in der Mitte hatte stehen lassen. Anne Trenchs Gemälde, die in einer Reihe an der Wand lehnten, schienen sich über mich lustig zu machen, obschon ich nur ihre Rückseite sah. Ich rief mir ins Gedächtnis, dass *sie* die Bilder zurückgelassen hatte. Mit dem Malen hatte sie sich ein Stück weit befreit. Nun musste ich einen Weg finden, mich zu befreien, so wie sie es getan hatte. Aber sobald ich die Augen schloss, sah ich immer nur Pauls Gesicht. Nicht so, wie ich es zum letzten Mal gesehen hatte, als er mich mit meiner Wut einfach sitzen ließ, sondern so, wie er mich früher anzusehen pflegte – voller Wertschätzung und Liebe, wie sie mir in dieser Form noch nie widerfahren waren. Aber diese Zeiten waren ein für alle Mal vorbei. Irgendwie musste ich mein Leben in den Griff bekommen und aufhören, ständig Paul in anderen Männern zu sehen.

Der Grund für meinen Aufenthalt auf Topsail war Susan. Und nun hatte mir Corey von dieser schrecklichen Vermutung erzählt, die mich nicht mehr losließ. Solange ich hier bleiben würde – und vielleicht mein ganzes Leben lang –, würde mich das Bild von Susans Körper in diesem tiefen schwarzen Loch verfolgen. Was war ihr wirklich zugestoßen? Wie war sie zu Tode gekommen? Diese Fragen standen jetzt im Vordergrund.

Ich wusste, dass ich den Captain aufsuchen sollte, war aber zu keinem Gespräch mit ihm in der Lage. Ich durfte ihm weder von Anne und dem Haus auf Cabbage Island berichten und schon gar nicht, was Corey mir gesagt hatte. Trotzdem würde er natürlich spüren, in welcher Verfassung ich war, und ich wollte unter allen Umständen vermeiden, dass er sich Sorgen über mich machen oder auf meine Aufgewühltheit näher eingehen würde.

Im Moment war es wichtiger zu sehen, wo Corey steckte. Ich wollte Genaueres darüber wissen, was es mit seiner Vermutung auf sich hatte, Susan sei in diesem Loch verschwunden. Dass es nur ein diffuses Gefühl war, damit konnte und wollte ich mich nicht abfinden.

Als ich aber mühsam versuchte, von meinem Stuhl aufzustehen, zog mich die Amethystdruse wie ein Magnet in ihren Bann. Ich legte meine Hand in das purpurfarbene Innere des Steins und schloss die Augen. Klarheit der Gedanken war eine der Eigenschaften, die Amethyste angeblich beförderten.

Um mich zu konzentrieren, atmete ich tief und langsam. Es tat sich nichts, abgesehen von einem leichten Schwindelgefühl. Dann plötzlich sah ich jenseits der Dunkelheit hinter meinen Lidern einen Namen aufblitzen, lange genug, dass ich ihn auch lesen konnte. Der Name lautete *Louise*.

Ich schaute abermals in das dunkle Gefunkel des Steins und sah diese geheime Andeutung einer Flamme. Warum Louise? Ich hatte diese Frau von Anfang an nicht gemocht. Sie schien eine Künstlichkeit auszustrahlen, hinter der sich etwas Tieferes verbarg, etwas, das mir die wahre Louise vielleicht ein Stück näher bringen würde.

Noch an diesem Abend war ich bei ihr und Ryce zum Dinner eingeladen, und ich würde versuchen, sie mit neuen Augen zu sehen. Aber zunächst musste ich Corey finden.

Seine Mutter fand ich auf der Terrasse in einem Liegestuhl, wo sie sich, die Augen geschlossen, ausnahmsweise einmal ausruhte. Derart unbeobachtet, wirkte sie verhärmt, die Falten in ihrem Gesicht tiefer als sonst, als hätten tief sitzende Sorgen die Oberhand gewonnen. Sie bemerkte mich und setzte sich auf. Die Falten glätteten sich, sodass sie nun wieder aussah wie immer. Vielleicht war sie auch nur müde gewesen.

»Der Captain macht gerade ein Nickerchen, schauen Sie also nicht ausgerechnet jetzt bei ihm vorbei«, warnte sie mich.

Ich war froh, dass er nicht auf mich wartete. »Haben Sie eine Idee, wo ich Corey finde?«

Sie zögerte, kam aber wohl zu dem Schluss, dass es keinen Grund gab, es mir nicht zu sagen. »Ich glaube, er ist oben auf einem seiner Zimmer. Wissen Sie, warum er so durcheinander ist?«

Ich verneinte ihre Frage, obwohl mir der Grund nur allzu klar war; dann ging ich hinein und stieg die Treppen zu einem Bereich des Hauses hinauf, in dem ich noch nie zuvor gewesen war. Oben angekommen, gelangte ich in einen schmalen, an der Rückseite des Hauses verlaufenden Gang mit mehreren Türen, die aber nun alle geschlossen waren. Es musste sich um Schlafzimmer handeln, die aus einer Zeit stammten, in der noch ein paar mehr Menschen gelebt hatten in diesem Haus.

Im ganzen Flur war es absolut still, und ich hatte keine Idee, was ich tun sollte. »Hallo?«, sagte ich zögerlich. Es wurde scheinbar noch stiller, und ich fragte mich, ob Corey den Atem anhielt und darauf wartete, bis ich wieder weg war. »Hallo!«, rief ich nun lauter. »Ich bin es, Hallie. Sind Sie hier oben, Corey?«

Dieses Mal hörte ich Geräusche, und eine der Türen ging

auf. Corey schien über meinen Besuch nicht besonders erfreut. »Was wünschen Sie?«

Ich hatte nicht vor, mich abweisen zu lassen. »Ich muss unbedingt mit Ihnen reden. Bitte.«

Einen Moment lang dachte ich, er würde mir die Tür vor der Nase zumachen, dann aber trat er zurück und winkte mich in das erste von zwei Zimmern. Dieses an der Rückseite des Hauses gelegene war sein Schlafzimmer. Es war schlicht möbliert, und auch sonst gab es nichts, was mir mehr über Corey Orion gesagt hätte, als ich ohnehin schon wusste. Nicht einmal Bilder hingen an den Wänden.

»Hier lang«, sagte Corey, und ich folgte ihm durch eine Verbindungstür in ein großes Zimmer mit Fenstern, die zum Sund hinausgingen. Das also war nun eindeutig Coreys Reich, und ich bekam eine Vorstellung von dem Mann, der offenbar sehr viel Zeit hier drinnen verbrachte. Ein langer Tisch an einer Wand bot Platz für den Krimskrams der verschiedenen Sammlungen, die er erwähnt hatte. Ich sah Muscheln in allerlei Arten, Haifischzähne, Treibholzstückchen und sogar Stücke aus farbigem Glas, poliert und glatt; das alles musste das Meer angespült haben. Mir fiel ein starker Geruch nach Fisch auf, und ich sah, dass er gerade Muscheln sauber gemacht hatte, Schalen, in denen einmal Meerestiere gelebt und danach den Tod gefunden hatten. Er winkte mich an das vordere Ende des Zimmers und ging, um sich die Hände zu waschen, an ein Waschbecken, in dem sich weitere Muschelschalen stapelten.

Es war ein strahlend heller Tag geworden, und Lichtspiegelungen zauberten die Wellen des Sunds an die Decke, wie ich es im Zimmer des Captains gesehen hatte. Dieses Stockwerk lag etwas nach hinten versetzt über der frei tragenden Terrasse, und ich hatte einen freien Blick auf die Stelle, wo Mrs Orion immer noch auf ihrem Liegestuhl nahe der Brüstung lag.

Corey gesellte sich zu mir, abweisend und misstrauisch.

Vor den Fenstern standen ein paar Stühle und ein kleiner Tisch, und er machte eine zögerlich einladende Handbewegung. Ich nahm auf einem Plastikschalenstuhl Platz, er setzte sich mir gegenüber auf einen dunklen Stuhl aus Holz. Seine Augen wurden von einem ganz neuen Misstrauen mir gegenüber erhellt.

»Ich habe nicht vor, mit Ihnen darüber zu sprechen«, sagte er.

Nun entlud sich meine eigene Angespanntheit. »Entschuldigen Sie bitte – ich will Ihnen ja nicht zu nahe treten, aber es gibt sonst niemanden, mit dem ich sprechen könnte. Ich nehme nicht an, Sie wollen, dass ich damit zum Captain gehe.«

Er wich meinem Blick aus, und nach einem Moment fuhr ich fort.

»Ich will mehr über Anne Trench wissen und darüber, warum Sie mich zu ihr gebracht haben. Aber zunächst ist da Ihre Vermutung, was Susan passiert sein könnte. Ich fühlte mich so elend nach dem, was Sie mir gesagt haben, dass ich zum Strand gelaufen bin, um mich wieder zu fassen. Ich glaubte, ein Spaziergang am Meer würde meine Gedanken klären. Dann sah ich auf einer Dünentreppe einen Mann stehen, der aussah wie mein eigener Ehemann, obwohl er natürlich niemals Paul gewesen sein konnte. Er verschwand, ehe ich nahe genug herankam, um mich zu vergewissern. Ich habe Ihnen zwar nichts davon erzählt, aber Paul und ich stecken mitten in einer schweren Krise. Als ich dann in mein Zimmer zurückkam, war ich so durcheinander wie niemals zuvor. Da kam mir die Idee, das Gespräch mit Ihnen zu suchen – nicht unbedingt über Susan –, sondern nur um wieder Boden unter den Füßen zu bekommen. Ein Fehler, wie sich jetzt leider herausstellt. Ich sollte besser nach Hause fliegen und über meine Zukunft nachdenken und alles vergessen, was ich im Lauf der letzten drei Tage gesehen und erfahren habe. Hier hält mich jedenfalls nichts, und auch der Captain braucht mich nicht.« Ich stand auf und ging zu einem der offenen Fenster hinüber. Auf das Fensterbrett gelehnt, starrte ich ziellos aufs Wasser.

Zu meiner großen Überraschung kam Corey und legte mir wie ein Bruder einen Arm um beide Schultern. »Es tut mir leid, Hallie. Sie haben Ihren Mann mir gegenüber niemals erwähnt. Nun verstehe ich, dass das vorhin alles zu viel für Sie war. Bis vor einer Stunde gab es noch keinen einzigen Menschen, dem ich erzählt habe, was mit Susan meiner Meinung nach passiert ist – es platzte einfach so aus mir heraus, weil Sie mit ihr befreundet waren. Und ich habe alles viel zu lange in mich hineingefressen.«

Ich drehte mich um, den Rücken nun zum Fenster. »Aber warum um alles in der Welt? Warum glauben Sie, dass ihr etwas derart Schreckliches passiert ist?«

Er schüttelte hilflos den Kopf. »Ich kann es Ihnen nicht sagen, weil ich es selber nicht weiß. Da ist nur dieses übermächtige Gefühl, das leider wenig zu tun hat mit Vernunft.«

Da Corey so sehr litt, versuchte ich mich zusammenzureißen. »Sollte die Tat jemand begangen haben, den Susan kannte, dann muss diese Person ein irres Schuldgefühl mit sich herumschleppen. Meinen Sie, Sie könnten sich das zu Nutze machen? Haben Sie überhaupt einen Verdacht, wer Susan so sehr gehasst haben könnte?«

»Ich habe mir in Gedanken alle Personen vorgeknöpft, die mit ihr wie auch immer zu tun gehabt hatten, bin diese Liste wieder und wieder durchgegangen, leider ohne ein Ergebnis. Im Dunkeln könnte ohnehin so gut wie jeder auf die Lichtung da unten gekommen sein, ohne bemerkt zu werden. Die rückwärtigen Fenster gehören nicht gerade zu unseren Favoriten.«

»Es gibt da doch eine Lampe, die die ganze Nacht brennt.«

»Ja, zwischen den beiden Häusern, aber das Licht reicht nicht bis unter die Bäume.«

Ich löste mich aus seiner Umarmung. »Sie muss jemandem

begegnet sein da unten – jemandem, den sie kannte und vor dem sie keine Angst hatte. Jemandem, der –«

Er unterbrach mich. »Es hat keinen Zweck. Ich habe diesen Zirkel schon hundert Mal durchlaufen. Lassen Sie es, Hallie. Es geht Sie nichts an, und am Ende bringen Sie sich noch selber in Gefahr. Ich hätte Ihnen nie etwas sagen dürfen.«

»Ich frage mich«, sagte ich und machte mich auf den Weg quer durch den Raum, »ob es nicht Zeit ist, es allen zu sagen – um die betreffende Person nervös zu machen.«

»Halten Sie sich da raus! Ich hätte Ihnen nie etwas sagen dürfen«, wiederholte er.

»Sie mussten einfach auspacken. Genauso wie ich reden musste. Deshalb bin ich ja gekommen zu Ihnen. Ich wollte nicht alleine sein.«

Als ich mich wieder auf den harten Stuhl setzte, stellte ich fest, dass sich ein Teil der Anspannung von vorhin gelöst hatte. Aber es blieb das Bedürfnis, eine menschliche Stimme zu hören. »Erzählen Sie mir etwas von sich, Corey. Wo sind Sie groß geworden? Wie war Ihr Vater?«

Da war das altbekannte Grinsen wieder. »Danach steht Ihnen also der Sinn. Zerstreuung, nette kleine Geschichten.«

»Warum auch nicht. Aber ich bin wirklich interessiert an Ihrer Geschichte.«

Er blieb dort stehen, wo er war, ans Fensterbrett gelehnt. »Nun gut. Aufgewachsen bin ich in Wilmington. Mein Vater hat uns verlassen, als ich zehn war.«

»Standen Sie ihm nahe?«

»Damals glaubte ich ja. Er hat bei einer Fluggesellschaft gearbeitet – Maschinen gewartet. Einmal hat er mich zum Flughafen mitgenommen, damit ich ihm zusehen konnte bei der Arbeit. War natürlich alles ungemein spannend. Und dann – war er von einem Tag auf den anderen verschwunden. Ich weiß, dass meine Eltern nicht immer einer Meinung waren – erinnere mich auch an das eine oder andere böse

Wort. Gefallen hat es mir nicht, aber ich habe geglaubt, das sei normal und bei anderen Eltern nicht anders. Nachdem mein Vater weg war, fand meine Mutter Arbeit in einer Bäckerei – ich erinnere mich noch genau, wie hart das für sie war. Aber wenn sie abends nach Hause kam, roch sie immer nach Zimtrohrnudeln.«

»Sprechen Sie lieber nicht weiter, wenn es Ihnen wehtut«, sagte ich.

»Es geht schon und tut auch gut. Susan war eine gute Zuhörerin. Danach«, fuhr er fort, »ließ sich meine Mutter zur Hilfsschwester ausbilden, und wir kamen hierher, nachdem Anne Trench abgehauen war. Ich war damals noch ziemlich jung. Anfangs hat der Captain nur getobt wie verrückt. Damals war er noch nicht krank, er war nur böse gestürzt und hatte ein kaputtes Knie, konnte sich also nicht so frei bewegen wie früher und brauchte Hilfe – aber er hasste es. Mom kochte für ihn und begann gleich, ihn ein bisschen herumzukommandieren. Er nahm uns in sein Haus auf, und sie wurde seine Haushälterin. Als er dann krank wurde, war sie der einzige Mensch, von dem er sich helfen ließ.«

»Ging seine Ehe an einer Affäre mit Carlina zu Bruch?«

»Ich nehme es an, bin mir aber nicht sicher. Sie war noch ziemlich jung, als sie Fergus Cameron heiratete; der Captain sah immer verdammt gut aus und war, wie ich weiß, einer von der Sorte, die immer das Sagen haben. Anne lernte ich später durch Susan kennen, und ich mochte sie vom Fleck weg. Ich glaube, sie mag mich auch – immerhin haben wir Susan gemeinsam.« Corey machte eine Pause. »Nun sind Sie an der Reihe. Wo sind Sie aufgewachsen?«

Ich konnte mich Corey gegenüber nicht so öffnen wie gegenüber Paul, erzählte ihm aber so manches. Das Gefühl der Verlorenheit überwältigte mich von Neuem, seit ich diesen Mann auf den Dünen gesehen hatte. Wieder einmal hatte mich diese Geschichte eingeholt, und ich konnte mich einfach nicht davon befreien.

»Was erwarten Sie sich vom Leben, Corey?«, fragte ich. »Ich kann mir nicht vorstellen, dass Sie ewig kellnern. Oder am Strand nach Schätzen suchen. Gibt es denn nichts, was Sie lieber als alles andere machen würden?«

»Früher gab es das, ja. Nach Susans Rückkehr vom College schmiedeten wir beide eifrig Pläne. Wir wollten ein Restaurant zusammen eröffnen. Susan als mein Kompagnon hätte das Startkapital aufgebracht, wenn ihr Großvater einen Teil ihres Erbes im Voraus ausbezahlt hätte. Ich wäre für das Management zuständig gewesen, hätte mich um Küche und Menüzusammenstellung gekümmert, während sie draußen, an der Front sozusagen, die Gäste mit ihrem Charme betört hätte.« Er hielt inne, die Möglichkeiten bedenkend, ehe er mich wieder ansah. »Illusionen. Luftschlösser. Darin waren wir gut.«

»Mir klingt das nicht wie Träumerei. Das hätte man umsetzen können. Kann man immer noch. Sie alleine.«

Er zog eine bittere Miene. »Louise war strikt gegen diese Pläne, tat sie von Anfang an besserwisserisch als Hirngespinst ab. Sie hatte Angst, wir könnten Geld verschleudern, das eigentlich ihr gehört. Ich glaube, sie hat Ryce überredet. Irgendwie ist mir diese Frau ein Rätsel. Glauben Sie, ihre Überlegenheitsattitüde kommt daher, dass sie selbst nicht richtig an sich glaubt?«

Das war eine neue Sichtweise, aber ich konnte nur mit den Schultern zucken. »Wie stand der Captain dazu?«, fragte ich.

»Eigentlich war er dagegen, dass wir heiraten, obwohl er mich schon mochte. Sie hatten halt alle bessere Pläne für Susan. Natürlich hätte Susan Ihren Kopf trotzdem durchgesetzt. Sie wollte durchbrennen und woanders heiraten – und damit alle ins Unglück stürzen! Ich glaube, Sie hoffte insgeheim auf ihre Großmutter. Dann ... verschwand sie ... und es war alles vorbei.«

Corey und ich teilten einen großen Schmerz. Paul gab es nicht mehr in meinem Leben, so sicher, wie es Susan nicht mehr in Coreys gab. Aber ich hatte nicht vor, lebenslang zu leiden. Ich wollte die Krise irgendwie überwinden. Zunächst war ich fassungslos, dass jemand, der aussah wie Paul, mich so aus der Bahn werfen konnte. Seit meiner Flucht hierher hatte ich häufiger Paul in anderen Männern gesehen. Aber das waren lauter Missverständnisse. In diesem Fall jedoch war ich mir nicht sicher. Offenbar war meine Wunde noch lange nicht geheilt. Heilung brauchte Zeit. Zu glauben, Derartiges geschähe über Nacht, war töricht.

Corey hatte sich umgedreht und sah auf den Sund hinaus. Etwas unten am Steg musste ihm aufgefallen sein. Er begann laut zu rufen, warnte jemanden. Dann rannte er im Eiltempo hinaus.

Erschrocken folgte ich ihm hinterher, über die beiden Außentreppen hinunter zum Steg. Nun wusste ich, was ihn so alarmiert hatte. Dulcie saß in Coreys Boot und wollte gerade den Außenborder starten.

»Dulcie!«, rief er und lief den Steg entlang. »Komm sofort aus dem Boot raus!«

Sie blickte trotzig nach oben. »Ich weiß, wie man den Motor startet. Ich kann deinen alten Kahn schon steuern!«

»Das glaub ich dir ja, aber du wirst es nicht. Komm jetzt sofort hier rauf. Du fährst in gar keinem Boot raus, wenn kein Erwachsener dabei ist. Stell dir mal vor, was dein Vater dazu sagen würde.«

»Denen doch egal.« Sie machte keine Anstalten, aus dem Boot zu steigen.

»Ich zähle bis drei, Dulcie. Wenn du bei drei nicht auf dem Steg bist, komm ich runter und schmeiß dich ins Wasser.«

Ich fürchtete, sie könnte den Motor starten und alleine losfahren. Aber vielleicht hatte sie ja die Erwähnung ihres Vaters doch eines Besseren belehrt. Jedenfalls krabbelte sie mit einem nach wir vor trotzigen Gesichtsausdruck auf den Steg, das rote Haar in der Sonne leuchtend.

»Was denkst du dir eigentlich?«, Corey sah ganz so aus,

als wollte er sie schütteln. »Du weißt doch, dass du das nicht darfst!«

Langsam gab Dulcie klein bei. »Vielleicht würden sie mich endlich lieben, wenn ich ertrinken würde«, schluchzte sie und brach in Tränen aus.

»Nicht besonders klug von dir, finde ich«, sagte Corey und hockte sich neben sie. »Das ist doch Quatsch, was du da sagst. Was ist eigentlich los?«

Sie setzte sich auf das Ende des Stegs und ließ die Beine baumeln. Ihre Shorts waren klatschnass und ihr T-Shirt schmutzig. Kaum hätte man das hübsch angezogene kleine Mädchen, das erst gestern zum Abendessen bei uns war, in ihr wieder erkannt.

»Ich kann nicht reden, wenn *sie* zuhört«, sagte Dulcie, warf mir einen traurigen Blick zu und barg ihren Kopf an Coreys Schulter.

»Ich kann auch reingehen«, sagte ich. »Dann kannst du mit Corey alleine reden.«

Corey schüttelte den Kopf. »Du kannst auch mit uns beiden sprechen. Hallie war Susans Freundin, und sie ist auch unsere Freundin – das weißt du doch.«

Ich vermutete, Dulcies Tränen waren schwer erträglich für ihn, und er wollte aus dem Grund, dass ich bliebe. »Ich setze mich auf diese Seite«, sagte ich. »Dann bin ich so gut wie gar nicht da.« Ich ging zu der Bank, auf der ich mit dem Captain gesessen hatte, und schaute über das Wasser. Über meinem Kopf kreiste laut schreiend eine Möwe.

Dulcie hob den Kopf und begann, Corey ihr Herz auszuschütten. Meine Anwesenheit hatte sie in ihrer Verstörtheit ganz vergessen.

»Sie waren heute Morgen noch immer böse aufeinander. Keiner hat ein Wort gesprochen. Und sie sind beide böse auf mich – obwohl ich gar nichts getan habe.«

»Was bringt sie denn so auf die Palme?«, fragte Corey.

Sie wischte sich mit einem Zipfel ihres T-Shirts über die

Augen. »Ich glaube, Mom hat sich gefreut, dass Dad den Captain besucht hat. Sie hatte die Idee, den Captain zum Abendessen bei uns einzuladen, wenn er kommen könnte. Als Dad das hörte, wurde er richtig wild vor Zorn. Ich hatte überhaupt keine Ahnung, warum, und wusste nicht, was er ihr vorwarf. Dann rannte er polternd aus dem Haus, und Mom begann zu weinen. Als ich sie in den Arm nehmen wollte, schubste sie mich weg und sagte, ich soll sie in Ruhe lassen. Sie dachte nur an *ihn.*«

»Die beiden finden schon wieder zusammen«, sagte Corey. »Wie jedes Mal. Aber es ist keine gute Idee, einfach wegzulaufen und ertrinken zu wollen, nur um Aufmerksamkeit zu erregen. Das ist nicht besonders sinnvoll, oder? Noch dazu, wenn du weißt, dass beide dich lieben.«

Sie blickte ihn von der Seite unter ihrem Haarschopf hervor an, und ich erkannte die Andeutung eines Lächelns.

»Vielleicht solltest du dir mal was Sauberes anziehen, Kleines«, sagte Corey.

Ich stand auf. »Dulcie, du bist genau richtig für einen Strandspaziergang angezogen. Vielleicht finden wir ein paar seltene Muscheln oder sogar einen Haifischzahn.« Ich lächelte Corey zu. »Wie wär's, wenn Sie mitkommen?«

»Gebongt«, sagte er rasch. »Lasst uns alle miteinander zum Strand gehen. Sag aber vorher noch deiner Mutter Bescheid, Dulcie. Und vergiss den Quatsch von wegen, du seist ihr egal. Erwachsene brauchen manchmal einfach etwas Zeit für sich.«

Sie rannte los, und ich legte unterdessen einen Zwischenstopp im Haus ein, um Mrs Orion zu sagen, wohin wir gingen. Ich war mir nicht ganz sicher, ob ich überhaupt Lust hatte, zum Strand zurückzukehren, aber es war wie beim Reiten: Wenn man vom Pferd fiel, sollte man am Besten sofort wieder aufsteigen.

13

Mrs Orion freute sich, dass wir Dulcie mit zum Strand nehmen wollten. »Sie blieb heute Morgen eine Weile bei mir, aber dann sagte sie, es sei besser rauszugehen und etwas zu unternehmen, als hier trostlos herumzuhängen. Ich bereite ein Lunchpaket für euch zum Mitnehmen vor. Der Captain ist wach, und Sie sollten lieber kurz vorbeischauen bei ihm. Aber denken Sie sich nichts, wenn er Sie anfaucht. Die Schmerzen sind schlimmer heute, und er ist ziemlich muffig.«

Ich bedankte mich im Voraus für das Picknick und machte mich auf den Weg zum Captain. Er lag wach im Bett und sah mich finster an. »Die junge Dame hat ihren Ausflug beendet?«

Ich hielt mich abseits von ihm neben einem Fenster. Sein Aussehen, das schmerzverzerrte Gesicht, irritierte mich, aber ich versuchte, mir nichts anmerken zu lassen.

»Mir war nicht bewusst, dass wir einen festen Termin hatten«, sagte ich ruhig. »Mrs Orion bereitet für Corey, Dulcie und mich ein Lunchpaket für den Strand vor, wenn Sie mich aber lieber bei sich hätten, dann bleibe ich natürlich hier.«

Er blickte unverändert finster drein. »Oh, gehen Sie nur. Sie sind jung – Sie können nicht immer nur bei einem alten Griesgram wie mir auf der Stube sitzen.«

Ich schaute ebenso finster wie er. »Selbstmitleid passt so ganz und gar nicht zu Ihnen. Vielleicht können wir ja für heute Nachmittag was ausmachen. Möchten Sie vielleicht zur Abwechslung mal etwas anderes unternehmen?«

Er hatte sich abgewandt, und ich merkte, dass er mir überhaupt nicht zuhörte. Seine Augen waren stark geweitet, das Gesicht gerötet. Als ich mich umdrehte, sah ich Carlina in der Tür stehen. Ausnahmsweise war sie nicht so farbenfroh gekleidet wie sonst. Sie trug Jeans und eine weite Bluse. Das üppige Haar hatte sie mit einem roten Band zu einem Pferdeschwanz zusammengebunden, und aus ihren roten, verquollenen Augen ging klar hervor, dass sie geweint haben musste.

Sie schien sich über ihr Äußeres keine Gedanken zu machen, und es war das erste Mal, dass ich sie so sah. Ich fragte mich, ob sie vielleicht ihrem Alter entsprechend aussehen wollte, weil der Captain alt und krank war. Hinter ihr stand Mrs Orion, deutlich verunsichert ob dieses unerwarteten und unangekündigten Besuchs. Wie lange war es wohl her, seit diese Frau und der nun alte Mann einander begegnet waren?

»Schon gut, Mrs O.«, sagte der Captain, worauf Mrs Orion sich zögerlich entfernte.

Carlina Cameron trat näher an den Captain heran und stellte sich neben sein Bett. Mich hatte sie nicht gesehen, und der Captain hatte offenbar vergessen, dass ich da war. Ich blieb reglos stehen, um die wie auch immer geartete Magie dieses Augenblicks nicht zu stören.

Einen Moment lang starrte der Captain zu Carlina hinauf. Dann drehte er das Gesicht zum Kissen, und mir war klar, wie sehr er darunter litt, dass sie ihn in diesem Zustand sah.

»Geh«, sagte er. »Ich will nicht mit dir sprechen.«

Sie achtete nicht auf seine Worte, sondern ergriff eine seiner knochigen Hände.

Die Hand blieb schlaff, ohne jede Erwiderung. »Bitte«, sagte sie. »Ich brauche deine Hilfe, Nick.«

Mit seinem Schweigen machte er klar, dass er keine Hilfe anzubieten hatte.

Sie ließ die Hand nicht los und setzte sich neben ihn auf die Bettkante. »Fergus würde es gut tun, wenn ihr beide wieder Freunde sein könntet. Er hat sich gestern so gefreut, dich zu sehen. Ich weiß genau, dass er dieses Fundstück vom

Strand nur allzu gern als Vorwand nutzte, um bei dir vorbeizuschauen.«

»Er kann kommen, wann immer er will«, sagte der Captain mürrisch.

»Ich habe ihm gesagt, es sei höchste Zeit, dass ihr beide wieder Freunde werdet und dass es euch beiden gut tun würde. Darauf hat er so wütend reagiert, wie ich es mir nie im Traum gedacht hätte. Ich fürchte, er ist noch immer eifersüchtig.«

»Eifersüchtig? Auf mich? Einen Todkranken!« Der Captain schnaubte verächtlich.

Carlina streichelte mit einem Finger über seinen Handrücken. »Du warst so ein toller Mann, Nick. Das hat er wohl nie vergessen. Trotzdem liebe ich ihn über alles.« Ihr versagte die Stimme. Nach einer Weile fuhr sie fort. »Er hat immer geglaubt, dass er nur meine zweite Wahl war, und das erträgt er nicht.«

»War er es denn?«, fragte der Captain. »War er deine zweite Wahl?«

Ich konnte ihre Trauer sehen, als sie seinen Blick erwiderte. »Nein, mein Lieber. Du warst hübsch und aufregend und verheiratet, und Fergus war in seiner Verlässlichkeit genau der Mann, den ich haben wollte. Damals genauso wie heute. Aber ich bin heute nicht mehr die Frau, in die er sich verliebt hat. Ich weiß, wie sehr ich mich verändert habe. Ich habe geglaubt, wenn ihr beide wieder Freunde werdet, könnte er seinen Groll überwinden. Das wäre besser für ihn. Und auch für mich.«

Der Captain sah sie so traurig an, dass es mir das Herz zerriss. Meine Sympathie hatte von Anfang an Carlina gegolten, und ich war wütend auf Nick, aber nun sah ich seine Augen, wie sie Carlina anschauten.

»Könntest du ihn anrufen, Nick?«, bat sie. »Lade ihn ein, dich zu besuchen. Erzähl im aber bloß nicht, dass ich hier war. Ich halte diese ständige Eifersucht und den Jähzorn einfach nicht mehr länger aus. Und natürlich leidet Dulcie darunter. Und für Fergus ist es auch schlimm. Wäre er bloß nicht so töricht. Wir sind doch beide längst nicht mehr jung. Ich liebe ihn mehr als je zuvor. Aber ich weiß auch, wie sehr ich mich mit den Jahren verändert habe, und ich bin mir nicht sicher, wie er damit fertig wird. Seine Eifersucht gründet schon so lange auf etwas, das es gar nicht mehr gibt.«

Der Captain starrte versonnen vor sich hin, bis sein Blick auf mich fiel. Im nächsten Moment zuckten Carlina und ich zusammen. Er brüllte drauflos wie in seinen besten Zeiten.

»Was fällt Ihnen ein, sich hier heimlich herumzudrücken?«

Ich trat nach vorne. »Es tut mir leid, ich wollte Sie nicht stören, aber ich glaube, ich belausche hier ein Gespräch.«

Carlina konnte ihren Schreck nicht verbergen. Nachdem er mich einen Moment lang angestarrt hatte, brüllte der Captain auf andere Weise – er brach in brüllendes Gelächter aus. Als er wieder zu Atem gekommen war, nickte er mir zu. »Wir unterhalten uns später. Ich habe geglaubt, Sie wollten picknicken?«

»Wollte ich. Will ich immer noch.« Ich schaffte es, das Zimmer zu verlassen, ohne Carlina anzusehen.

Corey und Dulcie erwarteten mich bereits. Mrs Orion hatte unser Mittagessen in einem Korb verstaut, den Corey trug. Mir drückte sie einen Strandschirm in die Hand.

»Es wird heiß sein da draußen – und wer will schon gleich zu Beginn einen Sonnenbrand?«

Derart mit guten Ratschlägen versehen, schleppten wir die Sachen zu Coreys Ford und fuhren bis zu der Straße hoch, die zum Meer führte. Dulcie saß zwischen uns und schnatterte nun wieder wie eh und je.

»Ich weiß, dass meine Mutter den Captain besucht hat. Wisst ihr, warum?«

Ich versuchte, es ihr zu erklären. »Sie will, dass der Captain und dein Vater wieder Freunde werden – wie früher.«

Dulcie nickte, aber ich spürte, dass ich sie damit nicht beruhigt hatte. Irgendetwas belastete sie, und ich erinnerte mich daran, dass sie einmal von einem Geheimnis gesprochen hatte. Leider konnte man es ihr nicht entlocken. Dazu schien sie noch nicht bereit.

Wir parkten das Auto und gingen über die Dünen quer durch die Laube hindurch zum Strand hinunter. Corey stellte den Sonnenschirm auf, und ich setzte mich in den Schatten. Die Brandung rauschte im Rhythmus der unablässig hereinrollenden und wieder zurücklaufenden Wellen. Am Wasser hüpften ein paar Vögel herum, und auch die obligatorischen Möwen waren da, segelten hoch in der Luft oder liefen suchend quer über den Strand.

Corey ging auf Entdeckungstour, und Dulcie lief ans Wasser, um im seichten Uferbereich herumzuwaten. Nach kurzer Zeit kam Corey aufgeregt zurück. »Dulcie!«, rief er. »Die Schildkröten sind da!«

Sie jauchzte aufgeregt und rannte mit sandigen Füßen auf uns zu. Ich stand auf, um zu sehen, was los war.

»Vorsicht!«, sagte Corey, als wir näher kamen. »Macht die Fährte nicht kaputt!«

Ich blieb abrupt stehen. Beinahe wäre ich in etwas hineingetreten, was wie die Spur eines Bulldozers aussah, mit einer parallel laufenden Spur daneben.

»Sie hat ihre Eier abgelegt!«, rief Dulcie. »Wir müssen gleich das Nest suchen.«

Während wir der vom Meer wegführenden Spur folgten, erzählte uns Corey mehr über diese Tiere. »Karettschildkröten gehen in jedem Frühjahr auf Topsail an Land, um für Nachwuchs zu sorgen. Wenn die Weibchen einen geeigneten Platz für das Nest gefunden haben, graben sie mit den Hinterbeinen ein Loch und legen ihre Eier darin ab. Das können bis zu hundert Stück oder mehr sein. Dann wird alles schön mit Sand zugedeckt, und die Weibchen machen sich auf den Rückweg zum Meer. Die Eier werden von der Sonne ausgebrütet, und nach ein paar Monaten beginnen die kleinen

Schildkröten zu schlüpfen. Von da an sind sämtliche Insulaner in erhöhter Alarmbereitschaft, denn Meeresschildkröten gehören zu den bedrohten Arten. Unsere Hauptbeschäftigung ist nun die Schildkröten-Beobachtung. Über jedes Nest, das wir finden, informieren wir eine eigens dafür eingerichtete Meldestelle. Diese hier ist eigentlich noch zu früh dran. Ich werde bei dem Haus da drüben vorbeischauen und den Leuten Bescheid sagen. Die Stellen, an denen sich ein Nest befindet, müssen markiert werden, damit man sie im Auge behalten kann. Sobald die Schildkrötenbabys zu schlüpfen beginnen, legt sich ein Wachtrupp auf die Lauer, um sie auf ihrem Weg zum Meer vor Räubern zu schützen, denn leider gelten diese Tierchen als Delikatesse.«

»Wenn die Schildkröten unterwegs sind«, fügte Dulcie hinzu, »machen die Leute in den Strandhäusern nachts kein Licht im Freien, denn das könnte die kleinen Tiere verwirren. Sie könnten eine Verandalampe mit dem Mond verwechseln und in die falsche Richtung laufen. Sie orientieren sich nämlich am Mond.«

Mir gefiel es, wie die Bewohner von Topsail zusammenhielten. Während Corey zu besagtem Haus hinauflief, ging ich am Strand entlang, um zu sehen, ob es weitere Spuren verfrühter Schildkrötenweibchen gab. Viele Häuser hinter den Dünen standen noch leer, da die Sommersaison noch nicht angefangen hatte.

Mir fiel auf, dass einer der Türme mit einem zusätzlichen Anbau jetzt als Wohnhaus diente. Bei genauerem Hinsehen entdeckte ich an einem der Fenster einen Mann, der mich anscheinend beobachtete. Es war derselbe Mann, den ich erst vor Kurzem gesehen hatte – der Mann, der aussah wie Paul.

Ich drehte mich um und ging raschen Schritts zurück zum Strandschirm. Dieses Mal hatte ich ihn deutlich gesehen, und mir war klar, er sah nicht nur wie Paul aus: Dieser Mann *war* Paul. Ich setzte mich in den Sand, zog die Knie hoch und verschränkte die Arme darum. Auf diese Weise hörten meine Hände auf zu zittern.

Es konnte nicht sein. Es war unmöglich. Paul konnte einfach nicht wissen, dass ich hier war. Ich hatte keine Lust gehabt, ihm zu schreiben, aber selbst wenn, dann hätte er meinen Brief noch nicht bekommen.

Meine Fantasie spielte mir offensichtlich wieder Streiche. Ich musste dieses idiotische Zittern einstellen. Trotzdem ging mir eine Frage nicht aus dem Kopf. Was sollte ich tun, wenn es Paul *war?* Mir war nicht danach zu Mute, mich mit ihm zu treffen.

Nachdem wir uns einen Moment lang angestarrt hatten, war der Mann hinter dem Fenster verschwunden, so wie auch ich im Begriff war, mich vom Haus abzuwenden. Ich hatte ihn also nur kurz gesehen. Es konnte unmöglich Paul sein.

»Du siehst lustig aus«, sagte Dulcie und ließ sich neben mir im Sand nieder.

Ich atmete tief durch. »Mir wird gleich schlecht vor Hunger. Lass uns was essen.«

Bis Corey wieder bei uns war, hatten wir Mrs Orions Decke ausgebreitet und mit eigens dafür eingepackten Metallbeschwerern windsicher gemacht. Dulcie öffnete einen Behälter mit Kartoffelsalat und verteilte Mixedpickles auf leuchtend gelbe Teller. Außerdem gab es Sandwichs mit Käse und dick geschnittenem Schinken und sorgfältig eingepackte Apfelkuchenstücke.

Um mich abzulenken, packte ich umständlich ein Sandwich aus, während Corey und Dulcie sich über die Schildkröten unterhielten. Ich aß mit halbwegs gutem Appetit, was angesichts der Umstände doch bemerkenswert war. Dulcie futterte wie ein Scheunendrescher, und noch ehe Corey und ich auch nur halb fertig waren, rannte sie schon wieder ans Wasser zum Spielen. Corey hatte mich die ganze Zeit genau beobachtet, und ihm konnte nicht entgangen sein, wie ich mich fühlte. Möglicherweise sah ich immer noch »lustig« aus.

»Was ist los, Hallie? Was ist passiert?«

Ich versuchte mich zu fassen. »Ich glaube, ich habe meinen Mann gesehen. Er stand am Fenster in einem der Häuser am Strand. Aber das ist natürlich unmöglich.«

Er stellte keinerlei Rückfragen, und keiner von uns sprach ein Wort, bis ich das Schweigen unterbrach.

»Er kann unmöglich wissen, wo ich mich aufhalte.«

»Würdest du dir denn wünschen, er käme wieder zurück?«

Ich schüttelte den Kopf und kramte in den Picknicksachen herum. Das Turmhaus konnte ich nicht sehen, aber Corey sah mir unablässig über die Schulter.

»Ich glaube, er ist schon da«, sagte er.

Ohne mich umzudrehen, wusste ich, dass er Recht hatte. Noch bevor Paul auch nur ein Wort gesagt hatte, wusste ich, dass er hinter mir stand.

14

»Hi, Hallie.« Kein Mann hatte so eine Stimme. Diesen tiefen, verführerisch ruhigen Tonfall hatte ich immer besonders gemocht. Seine Stimme konnte einen bezaubern. Für mich war er immer ein sehr aufregender Mann gewesen, und ich wusste, dass auch andere Frauen ihn aufregend fanden. Aber da ich die *eine* war, hatte ich ihm vertraut und darüber hinweggesehen, wenn andere Frauen ihn anhimmelten. Ich war sogar stolz darauf und wog mich in dieser trügerischen Sicherheit.

»Du fehlst mir«, sagte er, als ich seinen Gruß nicht erwiderte.

Schließlich blickte ich zu ihm auf und spürte, wie Schmerz und Wut mir zunehmend die Luft abschnürten. Ich konnte nichts sagen. Die Grundlage unserer Beziehung war gegenseitiges Vertrauen. Eine altmodische und trügerische Vorstellung, denn das Vertrauen war zerbrochen, und Humpty Dumpty konnte nie wieder zusammengesetzt werden.

»Wir müssen unbedingt miteinander reden. Ist es *möglich*, Hallie, dass wir uns unterhalten?«, sagte er.

Corey reagierte sofort auf diesen Wink und rannte mit großen Schritten über den Sandstrand hinweg ans Wasser zu Dulcie.

Ich schwieg weiterhin beharrlich, bis er dieses Schweigen als Antwort akzeptierte. Von einem Moment auf den anderen war er ebenso wütend wie ich. Ich sah es in seinen Augen, ehe er sich abrupt umdrehte und über den Strand davonging. Sogar auf dem Sand hatte er diesen lässigen Hüftschwung – als könnte ihn nichts, aber auch gar nichts je aus der Fassung bringen. Aber in seinen Augen hatte ich auch gesehen, dass das Band zwischen uns für immer zerschnitten war. Und genauso hatte ich es auch gewollt.

Ich stand auf und wandte mich mit lauter Stimme an Corey und Dulcie.

»Ich würde gerne zurückgehen. Ich habe dem Captain versprochen, nicht zu lange auszubleiben.«

Zusammen kamen sie auf mich zu, Dulcie mit ihren Schuhen und Strümpfen in den Händen. Wenigstens akzeptierte sie den übereilten Aufbruch und jammerte nicht herum. Corey hatte ihr möglicherweise etwas gesagt, denn sie sah mich neugierig an.

»Dein Gesicht ist ja ganz rot«, sagte sie.

»Sei still, Kleines«, sagte Corey mit ruhiger Stimme. »Hilf mir lieber beim Tragen.«

Ich war den Tränen nahe und gleichzeitig sauer auf mich, weil ich mich verletzt fühlte. Wenigstens schwieg Corey, während wir unsere Sachen über die Treppe hinauf und durch die Laube hindurch bis zum Auto schleppten. Und auch Dulcie hielt während der Fahrt ausnahmsweise mal die Klappe.

Zu Hause eilte ich sofort zum Captain. Er lag noch immer im Bett, und ich sah sofort, dass jegliches Fünkchen Hoffnung, das Carlina vielleicht in ihm geweckt haben mochte, erloschen war. Seine traurigen Augen blickten mir apathisch entgegen.

Ich setzte mich ans Bett und griff nach einem Buch, das aufgeschlagen auf einem Stuhl lag. »Soll ich Ihnen vielleicht vorlesen?«

»Jetzt nicht. Ich kann mich nicht konzentrieren«, sagte er und winkte matt mit einer Hand ab, die aber, als sei sie zu schwer, bald wieder auf das Laken sank.

»Captain, ich habe meinen Aufenthalt hier sehr genossen. Sie und die anderen waren mehr als freundlich, aber ich muss mit der nächstmöglichen Maschine zurück nach Hause.«

Damit hatte er nicht gerechnet, und er wirkte verunsichert.

Immerhin war er gewohnt daran, wie Carlina mir erzählt hatte, immer das Sagen zu haben.

»Sie können nichts für mich tun, Hallie. Damit muss man sich abfinden.«

Was ich noch an Wut übrig hatte, traf nun ihn. »Sie vererben mir Ihr Geld, nur um Ihrem Sohn eins auszuwischen, weil er Lousie geheiratet hat. Sie wollen ihm wehtun damit, Sie wollen beide ins Unglück stürzen.«

»Das ist mein gutes Recht. Sie haben es nicht anders verdient.«

»Aber warum nur?«

Er sah mich böse an. »Wissen Sie, manchmal bereue ich es, dass ich Sie hergeholt habe. Als ich jung war, hatte ich mehr Respekt vor älteren Menschen.«

»Sagen Sie mir eins«, sagte ich. »Wie wäre es weitergegangen, wenn Anne Sie nicht verlassen hätte? Hätten Sie als verheirateter Mann sich weiterhin eine Affäre nach der anderen geleistet?«

»Das geht Sie gar nichts an«, fauchte er.

»*Hätten* Sie aufgehört, Anne zu betrügen, wenn sie geblieben wäre?«

Wenigstens hatte er sich wieder gefangen, und er war nach wie vor stark genug, sich zu behaupten.

»Gott oder die Natur oder wer auch immer hat die Männer nicht erschaffen, damit sie treu sind«, widersprach er vehement. »Ihre Funktion auf der Erde ist es, die menschliche Gattung zu erhalten. Aus dem Grund zieht es sie zu den Frauen hin. Das ist bei allen männlichen Tieren so, ein Instinkt, nichts weiter.«

Dagegen musste ich Protest einlegen. »Nicht bei allen. Bei manchen Tierarten gibt es sehr wohl lebenslange Beziehungen. Und außerdem sind Menschen keine Tiere, sie haben ein Gewissen. Auch Männer haben zumindest die Möglichkeit, zu spüren, wenn sie jemanden verletzen, den sie angeblich lieben.«

»Glauben Sie, das ist alles, was zwei Menschen zusammenhält?« Er sah mich mit neuem Interesse an. »Hören Sie auf, hier herumzustehen und mich zu belehren. Setzen Sie sich!«

Ich nahm Platz, gab mich aber nicht geschlagen. »Nein, ich glaube nicht, dass es nur auf das Gewissen ankommt. Was ist mit der Liebe? Oder glauben Sie etwa nicht an die Liebe?«

Er seufzte. »Ich nehme an, es kommt darauf an, was stärker ist, der Sexualtrieb oder der moralische Trieb. Es gibt alle möglichen Zwischenstufen, und Liebe kommt darin unter Umständen gar nicht vor.«

»Das nehme ich Ihnen nicht ab«, sagte ich. »Wen haben Sie geliebt – Anne oder Carlina?«

Vielleicht hatte ich ihn mit dieser Frage in Verlegenheit gestürzt, und ich rechnete schon fast mit einem Rüffel.

Stattdessen verschattete sich sein Gesicht, und er sprach mit ruhiger Stimme weiter. »Ich habe sie beide geliebt, und ich habe beide verloren.«

Das konnte ich schwerlich akzeptieren. Keine Frau konnte es akzeptieren, dass der Mann, den sie liebt, eine zweite Frau ebenso sehr liebt. Ganz besonders Anne nicht, darin war ich mir sicher, und schon gar nicht ich. Ich saß da und beobachtete die Spiegelungen des Wassers an der Zimmerdecke. Das Haus wirkte seltsam still, als hielte es den Atem an. Nur ich war unruhig, verletzt, ungewiss. Unzufrieden.

»Paul ist hier auf Topsail«, sagte ich unvermittelt. »Haben Sie nach ihm geschickt?«

»Aha, darum geht es also. Nein, natürlich nicht. Was will er denn hier?«

»Ich weiß es nicht. Reden will er, hat er gesagt.«

»Natürlich wissen Sie es. Er will Sie zurückhaben. Was gedenken Sie also zu tun?«

»Nichts«, sagte ich.

»Er wird nicht lockerlassen. Er schätzt Sie, sonst wäre er

nicht gekommen. Er wird Ihnen alles versprechen, wird glühende Kohlen auf sein Haupt sammeln – einfach alles, nur damit Sie ihm verzeihen.«

»Sie kennen Paul nicht.«

Er sprach einfach weiter, als hätte ich nichts gesagt. »Und dann wird er seine feierlichen Versprechungen nacheinander brechen. Das ist unsere Natur.«

»Wenn das so ist, verzichte ich auf ihn.«

Er zog eine seiner buschigen Augenbrauen kritisch hoch. »Klar wollen Sie ihn zurück. Es steht Ihnen doch im Gesicht geschrieben. Und Sie werden wieder eine gute Zeit haben. Dafür sorgt vorerst schon das schlechte Gewissen.«

Ich schüttelte den Kopf. »Diese Art Beziehung ist nicht mein Fall.«

Der Captain sah mich mürrisch an. »Weiber und ihre Tugend!«

»Das hat nichts mit Tugend zu tun«, sagte ich entrüstet. »Diese Zeiten sind ein für allemal vorbei. Aber wenn er mich so lieben würde, wie ich ihn liebe –«

»Natürlich lieben Sie ihn. Und im Rahmen seiner Möglichkeiten liebt er Sie auch. Da bin ich mir sicher.«

»Sie bewerten andere Männer nach Ihren eigenen Maßstäben. Paul ist nicht so.«

»Oh?«

»Lassen wir das.« Ich warf die Hände in die Luft, gab mich geschlagen, obwohl mir eigentlich nur die Argumente ausgegangen waren. Ich wusste nur, wie *ich* mich fühlte. Vielleicht dachte ich ja mit dem Herzen und nicht mit dem Verstand, aber im Moment konnte ich einfach nicht anders.

Der Captain ließ sich auf sein Kissen zurücksinken und schloss die Augen. »Ich bin müde. Ich habe die Schnauze voll von diesem Thema und Ihrem Unvermögen, die Dinge zu nehmen, wie sie sind. Tiere sind da viel vernünftiger. Sie hinterfragen nicht, was man unter keinen Umständen hinterfragen sollte. Sie verlassen sich auf ihren Instinkt und kommen gut damit zurecht. Aber was passiert, wenn ein Mann sich auf seinen Instinkt verlässt, das sehen Sie ja jetzt an Ihrer eigenen Situation.«

Ich blieb sitzen und schwieg. Ich wusste zwar, es wäre ihm lieber, wenn ich nun gehen würde, aber wir waren noch nicht fertig miteinander. Ich versuchte, nicht an Paul zu denken – und dachte natürlich gerade deswegen umso stärker an ihn. An seinen Gang – immer forsch, aber nicht arrogant, sondern selbstbewusst – und dass es genau diese Art seines Auftretens war, die mich von Anfang an fasziniert hatte. Ein Teil dieser Kraft hatte sich auch auf mich übertragen, und ich entwickelte ein völlig neues Selbstbewusstsein, das ich bis dahin nicht gekannt hatte. Nun stand ich vor der Frage, wie es weitergehen sollte mit mir. Eines war jedenfalls sicher – ich würde nicht vor Selbstmitleid zerfließen. Ich würde neuen Mut fassen und dann, wie auch immer, die für mich richtige Entscheidung treffen. So wie es auch Anne Trench gemacht hatte.

Ich zuckte zusammen, als ich plötzlich die Stimme des Captains vernahm. »Wie ich gehört habe, wollen Sie heute zusammen mit Ryce, Louise und Richard Merrick zu Abend essen. Ich würde Ihnen raten, lieber nicht hinzugehen. Wahrscheinlich hat Richard Louise längst darüber informiert, was ich mit meinem Testament vorhabe. Unter diesen Umständen kann ich Sie nur warnen. Louise kann ziemlich ausfallend werden, und ich finde, Sie sollten sich das nicht antun. Ryce wird nichts gegen meine Entscheidung sagen – dazu fehlt ihm der Mumm. Auf alle Fälle würden Sie keinen besonders netten Abend haben.«

Ich ließ mich nicht beirren.

»Natürlich nehme ich die Einladung an. Ich habe nämlich vor, allen zu sagen, dass ich mit Ihrem Geld nichts zu tun haben will und dass ich es nicht akzeptieren werde, sollten Sie mich tatsächlich, wie geplant, als Alleinerbin einsetzen. Mr Merrick wird mir schon sagen, wie ich da wieder herauskomme. Und ich denke, Louise wird mich unter diesen Umständen mit offenen Armen empfangen.«

»Seien Sie doch nicht so verbiestert, Hallie. Was ist so schwer daran, einem alten Mann seinen Willen zu lassen? Louise wird sowieso nichts davon haben, wenn Sie sich quer stellen. Sie wird nie auch nur einen Cent von mir zu sehen bekommen, und Ryce kriegt auch nur seinen Pflichtteil. Der Rest geht an verschiedene Vereinigungen und Verbände, die ich im Lauf der Jahre unterstützt habe. Ryce wird sein Schicksal mit Fassung tragen, und Louise wird ihn vielleicht verlassen und zu Richard gehen – sollte dieser so dumm sein und sie überhaupt nehmen. Für meinen Sohn wäre es nur gut, wenn sie ihn verlässt.«

Er klang traurig und niedergeschlagen, aber ich konnte ihm auch nicht helfen, konnte nicht einmal mir selbst helfen.

»Ich erzähle Ihnen morgen, wie alles gelaufen ist«, sagte ich und ließ ihn allein.

Dulcie war nicht nach Hause gegangen. Sie saß auf einem hohen Hocker am Küchentresen und plauderte mit Mrs Orion. Als sie mich vorbeigehen sah, sprang sie herunter und rannte auf mich zu.

»Mein Daddy ist heute in Wilmington, Hallie, und Mom hat gesagt, ich darf dir mein Zimmer zeigen.«

»Oh, toll. Ich bin schon jetzt ganz neugierig«, sagte ich.

Wir machten uns auch gleich auf den Weg zum Haus der Camerons.

»Hi, Mom!«, rief Dulcie. »Ich habe Hallie mitgebracht.«

Aus einem der Räume erklang eine Stimme, aber Carlina ließ sich selbst nicht blicken. »Sie hat geweint«, sagte Dulcie, »und will nicht, dass sie wer sieht. Ich glaube, sie ist traurig, weil der Captain so krank ist.«

Die liebevoll gestaltete Küche, durch die Dulcie mich hindurchführte, war einmal mehr typisch für Carlita Cameron – die vom Zirkus weggelaufen war, weil sie sich ein Zuhause ersehnte? An einer von der Sonne angestrahlten Wand hingen Kupfertöpfe, die dem Raum ihren eigenen Glanz verliehen. Die zart butterfarbene Decke auf einem großen, runden Tisch reichte in anmutigen Falten bis zum Boden. Gelbe Vorhänge waren so drapiert, dass Sonnenlicht den Raum durchflutete. Neben dem Spülbecken befand sich eine blitzblank gescheuerte Arbeitsfläche, in einem Regal darüber sorgfältig aufgereiht verschiedene Messer.

Dulcie bemerkte mein Interesse. »Meine Großmutter war Ungarin und hat gern gekocht, wenn der Zirkus nicht zu anstrengend war. Das hat mir meine Mom gesagt, die auch gerne kocht.«

Dulcies Zimmer lag an einem Flur, der das Haus in Richtung Sund durchzog. Dass Carlina Farben liebte, sah man auch hier sofort.

Über dem Bett lag eine leuchtend bunte Patchworkdecke, die genau abgestimmt war auf die von Carlina offenbar selbst genähten Vorhänge an den Fenstern. Auf dem Schreibtisch stapelten sich Dulcies Schulbücher, und auf einem Fensterbrett lagen etliche Puppen, die aber einen arg vernachlässigten Eindruck machten.

Dulcies augenblickliches Interesse galt mehr einem kleinen, viereckigen Podest – das möglicherweise Fergus extra für sie gezimmert hatte. An der Wand dahinter lehnte ein hoher Spiegel.

»Mom hat gesagt, ich könnte dir den Tanz vorführen, den sie mit mir einstudiert hat«, rief Dulcie aufgeregt, »du weißt schon, mein großer Auftritt als Pferdeakrobatin. Setz dich zum Zuschauen da drüben aufs Bett. Zuerst muss ich aber noch die Kassette einlegen.«

Sie stellte die Musik an, und es erklang eine wunderbare Frauenstimme, ein flottes, aber in einer fremden Sprache gesungenes unbekanntes Lied. Man hätte sich gut einen Zirkus dabei vorstellen können und Pferde mit Federbüschen auf dem Kopf, die unter Anleitung des Direktors in der Manege ihre Kreise zogen.

Dulcie schleuderte ihren Sandalen von sich, zog rosafarbene Satinschuhe an und beugte sich nach vorne, um die Fesselbändchen zuzuschnüren.

»Natürlich würde mit Kostüm alles noch hübscher aussehen, aber es ist noch nicht fertig. Mom arbeitet gerade daran. Ich zeige dir einfach, was ich schon kann.«

Das Übungspodest knarrte leicht, als sie hinaufstieg. Sie vollführte ein paar einfache Tanzschritte, wunderbar im Einklang mit der Musik, und ich erkannte sofort, dass sie Talent hatte.

Ihre Sprünge waren so grazil und leicht wie die einer Ballerina, und die Figuren, Plié und Arabesque, beinahe vollkommen. Nicht einmal Shorts konnten der Faszination etwas anhaben, und in meiner Fantasie hatte ich Dulcie bereits in ihrem Paillettenkostüm vor Augen.

Als die Vorführung beendet und Dulcie von ihrer kleinen Bühne heruntergehopst war, applaudierte ich herzlich.

»Du bist fantastisch«, sagte ich.

Sie zuckte mit den Schultern.

»Ich vermute mal ja. Drüben in Hampstead gibt es eine Tanzschule, die ich einmal pro Woche besuche. Mom sieht beim Unterricht zu, und sie sagt, ich sei am besten. Vielleicht aber auch bloß deshalb, weil sie möchte, dass ich die Beste bin. Als ich noch klein war, hat Susan sich immer Geschichten ausgedacht über die Triumphe, die ich einmal feiern werde. Susan war selbst auch eine ziemlich gute Tänzerin, aber sie konnte nie bei einer Sache bleiben und hat nicht an sich gearbeitet, so wie meine Mom möchte, dass ich an mir arbeite.«

»Und möchtest du das selber auch?«

Sie sah weg von mir.

»Schon. Soll ich dir zeigen, was Susan für mich gemacht hat? Es war irgendwie unheimlich, bis sie mir gezeigt hat, wie es funktioniert.«

Am Fußende ihres Bettes stand eine Kiste aus Zedernholz,

deren Deckel sie unverzüglich anhob. Mit der anderen Hand begann sie darin herumzukramen.

»Könntest du den Deckel für mich halten, während ich suche, Hallie?«

Ich hielt den schweren Deckel auf und sah ihr beim Suchen zu. In ihrer Eile warf sie alles wild umher, bis plötzlich an dem mir zugewandten Ende ein Gegenstand zum Vorschein kam. Sonnenstrahlen fingen sich auf purpurfarbenen Facetten, und ich hielt den Atem an.

Einen Moment lang, ehe Dulcie bemerkte, was sie enthüllt hatte, lag da vor meinen Augen die gleiche Amethystdruse wie jene in meinem Zimmer. Natürlich, dachte ich, ein Buchstützenpaar.

Dulcie schreckte zusammen, als sie bemerkte, dass ich alles gesehen hatte. Sie packte die Druse eilends wieder ein, häufte andere Sachen darüber und setzte ihre Suche nach dem kleinen Gegenstand fort, bis sie ihn schließlich aus der Kiste hervorzog.

Er stammte eindeutig von Susan. Sie hatte immer wieder gerne kleine, bizarre Figuren aus Ton geformt. Besonders gelungene Exemplare glasierte sie auch und ließ sie brennen, und dieses hier war eindeutig ein Meisterstück.

Ich ließ den Deckel der Kiste zufallen und griff nach dem Gegenstand, den Dulcie mir entgegenhielt. Die Amethystdruse erwähnte ich mit keinem Wort. Wenn Dulcie sie aus Susans Zimmer stibitzt hatte, war das ihre Sache, und ich war mir sicher, Susan hätte ihr diesen kleinen Fehltritt niemals verübelt.

Die kleine Keramikfigur in meiner Hand war eindeutig ein Produkt von Susans überbordender Fantasie. Offenbar handelte es sich dabei um eine Art Dämon, durchgehend smaragdgrün, mit Ausnahme des weit aufgerissenen Mauls, das knallrot war. Kopf und Gesicht waren größer als der Rumpf, und eigentlich bestand der ganze Kopf nur aus dem offenen Maul, in dem noch dazu Fischgräten steckten wie Zähne.

»Er ist wirklich ausgesprochen hässlich«, sagte ich und gab ihn ihr zurück.

»Das soll er auch sein. Er ist nämlich ein Kummerfresser. Susan hat gesagt, er würde jeden Kummer, der mir widerfährt, einfach aufschnappen und wegfressen. Aber er hat nur vorübergehend funktioniert. Nachdem Susan ... weggegangen war, konnte er mir nicht mehr helfen. Ich glaube, er ist nur was für kleine Kinder.«

Plötzlich begann sie zu weinen, ein stilles, unerwartetes Schluchzen. Sie stand da mit dem Kummerfresser in der Hand, und über ihre Wangen kullerten Tränen. Ihr ganzer Körper verlangte nach Trost, und ich konnte nicht anders, als sie spontan in die Arme zu nehmen.

»Wie kann ich dir nur helfen, Dulcie?«

Aus ihren Augen kamen noch mehr Tränen.

»Soll ich deine Mutter holen?«, fragte ich.

Einen Moment lang schluchzte sie laut auf, und ich wusste, dass sie diesen Vorschlag ablehnte.

»Ich würde dir ja so gerne helfen, wenn du es zuließest«, sagte ich.

Sie zögerte und ging dann abermals zu ihrer Spielzeugkiste. Ich half ihr wieder mit dem Deckel, und sie legte Susans kleinen grünen Gnom in die Kiste zurück. Mit Händen, die bei ihrem Tanz gerade noch so grazil gewirkt hatten, hantierte sie nun schwerfällig an einem Gegenstand herum. Wenig später hob sie die nur zum Teil von einem alten Pullover bedeckte Amethystdruse aus der Kiste.

Ich machte den Deckel vorsichtig zu und nahm ihr den schweren Stein aus den Händen. »Soll ich ihn zu dem anderen Stein auf das Regal zurücklegen?«, fragte ich.

Sie schüttelte heftig den Kopf.

»Nein! Tu das nicht. Leg ihn dahin, wo ihn niemand sehen kann, und sag bloß meiner Mutter nicht, dass ich ihn gehabt habe. Sie hat genug Sorgen zurzeit. Nimm ihn nur schnell mit. *Bitte.*«

»Mach ich, Dulcie. Ich verspreche es dir. Ich verstecke ihn an einem sicheren Ort.«

Sie begleitete mich bis zur Tür, und als ich gehen wollte, legte sie mir eine Hand auf den Arm. Sie hatte aufgehört zu weinen, sah aber sehr verängstigt aus.

»Ich musste ihn mitnehmen! Ich musste!«, weinte sie und rannte ins Haus zurück.

Ich überquerte die Lichtung und ging sofort auf mein Zimmer; niemand hatte mich dabei gesehen. Die Amethystdruse verstaute ich samt Dulcies Pullover in einem Koffer, den ich im Schrank aufbewahrt hatte. Eigentlich, so dachte ich, war ich ja nach Topsail gekommen, um mit meinen eigenen Problemen zurande zu kommen, aber nun entpuppte sich diese Insel mehr und mehr als Brennpunkt menschlicher Not.

15

An jenem Abend holte mich Richard um halb sechs Uhr ab, und ehe wir losfuhren, schauten wir gemeinsam noch kurz beim Captain vorbei. Er saß in seinem Rollstuhl auf der Terrasse, neben ihm Mrs Orion, die an einem Pullover für Corey strickte. Ihr Sohn war schon unterwegs zu seinem neuen Arbeitsplatz im Restaurant.

»Wie könnt ihr bloß da hinfahren?«, rief der Captain, sobald er Richard sah. »Du darfst auf keinen Fall zulassen, dass Hallie von dieser Frau zur Schnecke gemacht wird.«

Richard versprach, er würde schon auf mich aufpassen, und lotste mich baldmöglichst hinaus.

»Warum will er denn nicht, dass ich mitkomme?«, fragte ich im Auto. »Ist es nur wegen Louise?«

»Machen Sie sich keine Sorgen. Es wird alles schon gut gehen.« Er klang entsprechend zuversichtlich. »Er befürchtet nur, Louise könnte versuchen, Sie auf ihre Seite zu bringen.«

»Und was ist mit Ryce?«, fragte ich, als wir rückwärts aus der Lichtung stießen.

Er lenkte seine Aufmerksamkeit auf die Straße. »In dieser Ehe hat Louise das Sagen.«

Ich wunderte mich im Stillen über die Art und Weise, wie andere sich über den Sohn des Captains hinwegsetzten. Als ich tags zuvor mit Ryce nach Topsail zurückgefahren war, hatte ich genau gespürt, wie sehr es in ihm brodelte, eine Wut, die er nicht zeigen wollte. Ich fand, er war keinesfalls eine zu vernachlässigende Größe im Machtkampf dieser Familie.

»Wie läuft es denn insgesamt so?«, fragte Richard, als wir die Brücke überquert hatten.

Ich hatte nicht vor, ihm irgendwelche Details zu enthüllen. »Ganz gut, glaube ich.«

»Sie haben Ihren Mann gesehen?«

Ich starrte ihn erstaunt an. »Woher wissen Sie das?«

Richard lächelte. »Mr Knight hat in Ihrer Wohnung einen Umschlag neben dem Telefon gefunden. Darauf stand der Name meiner Kanzlei, und er rief mich an. Als ich ihm sagte, Sie seien auf Topsail, bat er mich, eine Unterkunft auf der Insel für ihn zu suchen, denn er wollte sofort nach North Carolina fliegen. Also rief ich eine Freundin auf Topsail an, die ihn auch prompt bei sich aufgenommen hat. Mrs Varidy. Er wollte nicht, dass ich Sie darüber informiere. Aber als ich heute Nachmittag mit ihm telefoniert habe, sagte er, er habe Sie am Strand gesehen.«

Ich war sprachlos. Einerseits konnte ich Richard keine Vorwürfe für sein Verhalten machen, andererseits breitete sich ein merkwürdiges Hochgefühl in mir aus. Paul hatte keine Sekunde gezögert, sondern war mir sofort nachgereist. Es war tatsächlich so, wie der Captain gesagt hatte – er wollte mich zurückhaben. Aber als ich darüber nachdachte, wie er an diesem Nachmittag einfach weggegangen war, kamen mir doch wiederum Zweifel.

»Ich weiß nicht, was er hier will«, sagte ich.

»Sind Sie sich denn sicher darüber, was *Sie* wollen?«, fragte Richard. Er wartete keine Antwort ab, berührte einfach kurz meine zur Faust geballten Hände. »Schon gut. Persönliche Fragen dieser Art stehen mir nicht zu.«

Ich vermutete, dass er in seinem Beruf ständig alle möglichen persönlichen Fragen zu stellen hatte und deshalb daran gewohnt war.

Ich kehrte den Spieß um. »Sind Sie eigentlich verheiratet?«

Er seufzte. »Ich war es. Zurzeit bin ich ledig.«

»Hat es Ihnen jemals leid getan, dass Sie sich getrennt haben?«

»Nein, ich bin sogar froh darüber. Jeden Tag aufs Neue.

Sie ist wieder verheiratet – glücklich. Und ich bin glücklich frei geblieben.«

Frei, um anderen verheirateten Frauen nachzustellen, musste ich zwangsweise denken.

Ich hatte mir vorgenommen, mit Richard auf dieser Fahrt über das Testament des Captains zu sprechen, zögerte aber plötzlich, dieses Thema anzuschneiden, als sei dies nicht der richtige Ort oder Zeitpunkt.

Nachdem wir einige Meilen schweigend zurückgelegt hatten, begann er, von dem Haus zu erzählen, das unser Ziel war.

»Gull's Cove ist das Herrenhaus ehemaliger Plantagenbesitzer. Es stammt noch aus der Zeit vor dem Greek Revival mit all diesen »Vom-Winde-verweht«-Säulen. Von daher ist es eher typisch für die frühen Plantagensitze und nicht so prachtvoll wie die späteren Bauten. Das Haus ist originalgetreu erhalten, wurde aber natürlich wunderschön renoviert und bewohnbar gemacht. Es gehört noch immer eine Menge Grund dazu, wenn auch bei Weitem nicht mehr so viel wie früher.«

Wir hatten den großen Highway, der durch den Raum um Hampstead führte, verlassen und folgten nun einer kurvigen Straße, von der man gelegentlich einen Blick auf den Sund hatte. Von dort erreichten wir über eine Seitenstraße, zwischen zwei Torpfosten hindurch, die Auffahrt zum Herrensitz. Ich fand den Bau ziemlich groß, hübsch und beeindruckend. Ein steil abfallendes, mit grauen Schindeln gedecktes Dach erstreckte sich bis über die Veranda. Besonders gefiel mir die zentrale, großzügig breite Treppe mit weißem Geländer.

Louise kam durch den Haupteingang, um uns mit ausgestreckter Hand zu empfangen. Aber ihr Händedruck war kühl und nur von kurzer Dauer. Ich hatte den Eindruck, sie mochte mich ebenso wenig, wie ich sie mochte. Eine rosarote Tunika aus Baumwoll-Crêpe, über einer schwarzen Hose getragen, umschmeichelte und kaschierte ihre nicht mehr jungen weiblichen Formen. Im Abendlicht blitzten diamantene Ohrstecker, das Einzige, was sie an Schmuck trug außer einem edelsteinbesetzten Kamm in ihrem blonden, streng nach hinten und zu einem Knoten gebundenen Haar.

Ich hatte meine Kleidung bewusst ausgewählt für die Begegnung mit der strengen Schwiegertochter des Captains. Der Abend war kühl genug für das schlichte, blass fliederfarbene Kostüm aus feinstem Cambrai, das ich aus Kalifornien mitgebracht hatte. Über dem simplen V-Ausschnitt trug ich als Kontrast ein goldenes Medaillon an einer goldenen Kette sowie dazu passende ebenfalls goldene Ohrringe. Bei dem Medaillon, einem Geschenk von Paul, hatte ich zunächst gezögert, aber ich konnte nicht auf etwas verzichten, was ich gerne trug, nur weil Paul es mir geschenkt hatte. Ich war dabei, meinen eigenen Stil zu kreieren, und mit Louise würde ich allemal fertig werden.

Wir waren wirklich ein hübsches Gespann – rosarot und fliederfarben.

Sie umarmte Richard auf eine Weise, als hätte sie ihn nicht erst tags zuvor gesehen, und bat uns ins Haus.

Ich registrierte die breiten Bodendielen vergangener Zeiten, die Unebenheiten der alten, blank gebohnerten schwarzen Fußböden. Kaum jedoch hatte ich die Tür zum Salon durchschritten, hatte ich nur noch Augen für die Frau, die da in einem Sessel in der Ecke saß, stehend daneben ihr Sohn.

Anne Trench hatte nichts dagegen, dass Louise uns vorstellte, und auch ich tat so, als seien wir einander nie begegnet, und ergriff ihre Hand. Sie drückte meine Finger, als würde sie mich warnen, worauf ich lächelte und sagte, ich würde mich freuen, sie kennen zu lernen.

Ryce hatte offenbar Bedenken wegen seiner Mutter und sah etwas verunsichert immer wieder in Richtung Louise. »Bis zu ihrem Anruf heute Nachmittag hatte ich überhaupt keine Ahnung, dass meine Mutter gerade hier in der Gegend ist«, sagte er zu mir. »Natürlich ist es wunderbar, sie hier zu haben, und sie weiß auch, dass Sie Susans Freundin waren, Hallie.«

Anne Trench sah fabelhaft aus an jenem Abend. Sie trug eine Samthose, die im Lampenlicht tief kastanienfarben glänzte, dazu ein kürbisfarbenes Seidenjäckchen und, gewissermaßen als Kontrast, eine zweireihige Perlenkette, der eine Strang in Jade, der andere in Gold. Wie schon am Vormittag hatte sie das silbergraue Haar, dem ein Kamm zusätzlichen Halt verlieh, zu einem Knoten zurückgebunden. Mir fiel auf, dass ihre seltsamen hellbraunen Augen nun dunkler wirkten als im Vormittagslicht. Alles in allem bot sie ein Bild selbstsicherer Eleganz. Im Vergleich zu ihr wirkte Louise künstlich – als würde sie schauspielern. Ich fragte mich abermals, was sich hinter diesem Spiel wohl verbarg.

Gleich neben Annes Sessel stand ein Klavier, und ich setzte mich, um in ihrer Nähe zu sein, auf den dazugehörigen Hocker. Richard küsste Anne mit einer aufwändigen Geste die Hand – was sie mit der ihr eigenen Nonchalance entgegennahm.

Anscheinend hatte sich Louise entschlossen, an diesem Abend selbst zu kochen, und Ryce ging hinaus in die Küche, um ihr zu helfen und um uns ein Glas Sherry zu holen. Richard nahm ebenfalls neben Anne Platz und begann ein Gespräch über ihre Bilder. Ich selbst war erst einmal sprachlos, weil ich mit Annes Anwesenheit nicht gerechnet hatte. Noch vor wenigen Stunden hatte sie von der Einsamkeit auf ihrer Insel geschwärmt, und nun verzichtete sie einfach darauf zu Gunsten eines gesellschaftlichen Anlasses.

Ich hatte genügend Zeit, mich in dem wundervollen Raum umzusehen. Die Wände waren im unteren Drittel graublau getäfelt, am Deckenabschluss verlief rundum eine helle Stuckleiste. Eine riesige Feuerstelle, wahrscheinlich die frühere Kochstelle, war in einen Kamin eingebaut, den ich bei unserer Ankunft an einer Außenwand des Hauses gesehen hatte. Die einfachen und bequemen Möbel entsprachen der Bescheidenheit vergangener Zeiten. Den Flor eines beigefarbenen chinesischen Läufers zierte an den Ecken und entlang der Seitenränder ein Prägemuster aus Magnolienblüten und Hartriegelzweigen.

Aber mein Interesse kehrte unweigerlich zu Anne zurück, die kerzengerade in ihrem Lehnstuhl saß. Ihre Künstlerhände, die keine Ringe, dafür aber ein paar Farbflecke zierten, lagen entspannt in ihrem Schoß, obwohl ich annahm, dass sie an diesem Abend alles andere als entspannt war. Die innere Ruhe jedenfalls, die ich noch vormittags zu spüren geglaubt hatte, war nun kaum mehr vorhanden. Einmal, als ich in ihre Augen sah, bemerkte ich ein Strahlen in ihrem Gesicht, das auf nervöse Spannung schließen ließ. Anne Trench war nicht ohne Grund hierher gekommen, einen Grund, den sie uns nennen würde, sobald sie bereit dazu war.

Obwohl das Essen hervorragend schmeckte, verlief das Dinner nicht besonders angenehm. Es gab knusprig-braune Brathähnchen, überbackene Kartoffeln nach einem uralten Rezept und zarte junge Erbsen, dazu einen sorgfältig ausgewählten Weißwein. Man hätte meinen können, bei derlei Köstlichkeiten wäre eine lockere Unterhaltung kein Problem gewesen. Offenbar fühlte sich aber keiner der Anwesenden so richtig wohl, was ich auch deutlich zu spüren glaubte.

Richard hatte man zwar rechts neben Louise platziert, dennoch verhielt sie sich ihm gegenüber mit einer gewissen Zurückhaltung und versuchte immer wieder, auch Ryce in das Gespräch mit einzubeziehen.

Solange die Sache mit dem Testament noch nicht geregelt war, wusste sie anscheinend ganz genau, wie sie ihren Goldesel am besten bei der Stange hielt.

Was in Ryce an diesem Abend vor sich ging, konnte man nur ahnen; er war vor allem bemüht, das Wohl seiner Gäste im Auge zu behalten, wirkte aber als Gastgeber doch eher farblos. Einmal, als er Louise ansah, bemerkte ich eine gewisse Traurigkeit an ihm, jedoch zeigte er an diesem Abend keinerlei Anzeichen einer unterschwelligen Wut.

Erst als wir bei einem Glas Fruchtlikör den Rest unseres Desserts – frische Erdbeeren mit Schlagsahne – verzehrten, legte Anne die Hände neben ihren Teller und beugte sich leicht nach vorne. Der Moment war gekommen.

»Wie ich dir schon gesagt habe, Ryce«, begann sie, »hat Corey Orion mir während meines Aufenthalts auf Cabbage Island viel geholfen.«

»Warum hast du dich denn nicht bei uns einquartiert?«, unterbrach Louise.

Anne tat so, als hätte sie den Einwurf überhört. »Ich mag Corey, und ich bin mir sicher, dass er und Susan geheiratet hätten, wenn sie am Leben geblieben wäre.«

»Absolut der falsche Mann«, sagte Louise.

Dieses Mal reagierte Anne sehr wohl – sie erteilte ihr eine Rüge.

Ehe sie aber fortfahren konnte, fing Ryce leise zu sprechen an. »Wir *wissen* nicht, ob Susan wirklich tot ist, Mutter. Auch wenn es aller Wahrscheinlichkeit nach doch so aussieht.«

»Und ihr werdet wahrscheinlich niemals wissen, ob es stimmt, was Corey sagt«, erwiderte Anne.

Ich setzte mein Glas mit Bedacht ab, denn ich wusste, was nun kommen würde.

»Was Corey erzählt, ist ziemlich schlimm«, fuhr Anne fort. »Er glaubt, Susan ist in diesem Loch verschwunden, diesem Piratenpfuhl hinter den Häusern der Familien Trench und Cameron.«

Ich blickte in die Runde und hielt den Atem an. Wie bei einem Anwalt nicht anders erwartet, verzog Richard keine Miene, Louise wirkte erstaunt und Ryce tief getroffen.

Anne, die direkt neben Ryce saß, fasste ihn am Arm. »Es tut mir so leid. Ich weiß, wie viel Susan dir bedeutet hat. Aber sie hat auch mir sehr viel bedeutet, und man kann dieses Gefühl, das Corey offenbar hat, nicht einfach übergehen. Irgendeine Erklärung muss es schließlich geben. Eine lebenslustige, gesunde junge Frau löst sich nicht einfach in Luft auf.«

»Wie kam er überhaupt auf diese schreckliche Idee?«, fragte Richard.

»Ich finde, das ist kein Thema für den heutigen Abend«, unterbrach Louise. »Immerhin haben wir einen Gast.«

»Viel gibt es dazu ohnehin nicht zu sagen«, erwiderte Anne. »Außerdem ist Hallie Knight, wie Ryce schon gesagt hat, eine alte Freundin von Susan. Ich bin mir nicht sicher, ob Corey weiß, wie er zu diesem Gefühl gekommen ist. Jedenfalls scheint er jetzt, nach längerem Hin und Her, vom Schlimmsten überzeugt zu sein. Heute hat er sich entschlossen, es mir mitzuteilen.«

Corey war also nach unserem Frühstücksbesuch noch einmal bei ihr gewesen.

Louise schüttelte es – eine ziemlich theatralische Geste, wie ich fand. »Das ist ja wirklich furchtbar. Glaubt Corey, sie ist in der Dunkelheit in dieses Loch gefallen?«

»Er glaubt, sie wurde ermordet«, sagte Anne, und hier versagte ihre Stimme. Aber als Ryce zu sprechen begann, hob sie die Hand. »Corey verfügt über eine besondere Sensibilität, die ihn zu dieser Überzeugung gebracht hat. Aus einem anfänglichen Gefühl wurde letztlich eine Gewissheit, die er nicht länger für sich behalten konnte.«

Ich konnte nicht umhin, Anne mit ruhigen Worten beizupflichten. »Corey hat es mir auch schon gesagt. Erst heute. Er scheint wirklich überzeugt davon zu sein, und ich glaube auch, dass er Recht hat.«

Louise schnippte abschätzig mit den Fingern. »Ich würde Corey Orion niemals trauen. Glaubt er allen Ernstes, jemand hätte Susan hineingestoßen in diese Grube?«

Ryce, an der Stirnseite des Tisches, wirkte blass und mitgenommen. Er überging seine Frau und sprach ruhig mit

Anne. »Mir war klar, dass Susan Corey geliebt hat, ich bin mir aber nicht sicher, ob sie ihn auch geheiratet hätte. Ich war zwar dagegen, hätte den beiden aber keine Steine in den Weg gelegt, wenn sie bei ihren Plänen geblieben wären. Aber was Corey sich da jetzt hat einfallen lassen ... kann ich nicht akzeptieren –«

»Diese ganzen Spekulationen sind doch sowieso alle sinnlos«, protestierte Louise. »Susan hat nichts davon, und beweisen kann man sowieso nichts.«

Anne sah zu ihrer Schwiegertochter, und ich konnte ihren Unwillen förmlich spüren. »Wenn es stimmt, was Corey glaubt, dann bedeutet das, dass hier ein Mörder frei und ungestraft herumläuft. Und so etwas kann ich nicht akzeptieren.«

Richard schloss sich Louises Meinung an. »Aber warum jetzt? Es ist zwei Jahre her, seit Susan verschwunden ist.«

»Vielleicht ist ja Hallies Anwesenheit der Grund dafür«, sagte Anne, »dass nun vieles ans Tageslicht kommt und seine Wirkung allmählich entfaltet. Vielleicht fühlt sich schon jetzt jemand mehr als verunsichert, und vielleicht weiß Corey längst zu viel – was dieser Person natürlich nicht recht sein kann.«

»Nick hat Hallie deshalb kommen lassen«, sagte Richard, »weil er beschlossen hat, sein Testament zu ändern. Das ist nun passiert. Außer einem kleinen Pflichtteil, den du bekommst, Ryce, geht alles an Mrs Knight. Und das –«

Ich unterbrach ihn. »Ich habe dem Captain bereits gesagt, dass ich das Erbe nicht annehmen werde. Ich will mit diesem Geld nichts zu tun haben.«

»Ich verstehe Sie sehr gut«, sagte Richard. »Aber der Captain hat noch eine Extraklausel vorgesehen; sollten Sie verzichten, vermacht er alles der Wohlfahrt.«

Anne sagte kein Wort, aber der amüsierte Blick, den sie Louise zuwarf, sprach Bände. Mir wurde mit einem Schlag bewusst, dass es Anne Trenchs sehnlichster Wunsch war, ihre

Schwiegertochter zutiefst unglücklich zu sehen. In dieser Hinsicht zumindest zogen sie und ihr Exehemann an einem Strang.

»Dass er so weit gehen würde, hast du mir verschwiegen«, fauchte Louise Richard an.

Hier schien seine Geduld mit ihr ausnahmsweise an die Grenzen zu geraten.

»Er ist mein Klient, Louise, und ich habe auf seine Entscheidungen keinen Einfluss. Außerdem habe ich den Schriftsatz gerade eben erst fertig gestellt, und bis dahin bestand er auf absoluter Geheimhaltung.«

Die Sache mit Susan und dem Piratenpfuhl interessierte anscheinend niemanden mehr, nachdem Richard das Thema Testament aufs Tapet gebracht hatte.

Anne war mit ihrer Geduld jedenfalls am Ende. Sie rieb sich über die Stirn und wandte sich an Ryce. »Ich bin sehr müde. Wenn du nichts dagegen hast, würde ich jetzt gerne auf mein Zimmer gehen. Und ich hätte gern, dass Mrs Knight mich begleitet.«

Ryce wollte seiner Mutter beim Aufstehen behilflich sein, aber sie schaffte das auch alleine. »Ich bring dich nach oben«, sagte er.

Sie schüttelte bestimmt, aber nicht unfreundlich den Kopf. »Mrs Knight war Susans Freundin, und ich würde mich gerne mit ihr unterhalten.« Ich freute mich und war erleichtert, alle diese unangenehmen Menschen hinter mir zu lassen.

»Danke, dass Sie mich nicht verraten haben«, sagte Anne, als wir die Treppe hinaufgingen. »Ich wollte nicht, dass jemand erfährt, dass wir uns heute schon einmal gesehen haben.«

Natürlich hätte ich gerne den Grund für ihre Geheimniskrämerei gewusst, aber ihre ganze Art ließ keine Fragen zu. Dafür, dass sie eben noch »müde« war, erklomm sie die Treppe ziemlich forsch und blieb nur einmal stehen. Dabei blickte sie sich um und sah von der Stufe über mir auf mich herunter.

»Ich habe dieses Schmierentheater nicht mehr ausgehalten«, sagte sie. »Susan ist verschwunden, und diese Bande interessiert sich nur für Geld.«

In der oberen Diele angekommen, steuerte sie eine geschlossene Tür an und öffnete sie. Von ihrem Schlafzimmer im hinteren Bereich des Hauses hatte man bei Tag wohl einen herrlichen Blick auf Blumenbeete und Rasenflächen und vielleicht auch auf den Sund. Die Wände waren hellblau gestrichen, die Vertäfelung im unteren Bereich graurosa. Ungewöhnlich, aber irgendwie beruhigend. Auf dem romantischen Himmelbett lag eine Decke mit Blümchenmuster, kleine blaue Blüten auf cremefarbenem Grund. Der Deckenleuchter bestand aus mehreren Porzellankugeln mit Glaszylinder, war aber längst elektrifiziert.

Anne ließ sich erleichtert in einen Ohrensessel fallen und bedeutete mir, auf dem Pendant, das daneben stand, Platz zu nehmen.

»Die Restaurierung des Hauses ist überwiegend das Werk von Ryces erster Frau. Schade, dass sie so früh sterben musste und es kaum mehr genießen konnte. Aber nun zu einem anderen Thema. Der Grund, warum ich heute überhaupt hier bin, ist Corey. Nachdem er mir diese schreckliche Geschichte erzählt hatte, wollte ich sie alle damit konfrontieren, um ihre Reaktion zu testen. Aber das Experiment war nicht besonders aufschlussreich. Sie wirkten alle irgendwie geschockt – besonders Ryce, der Arme –, während Richard seine Gefühle ja grundsätzlich verbirgt. Vielleicht ist Ihnen aufgefallen, dass er ein Auge auf Louise geworfen hat – Gott weiß, warum!«

Ich konnte nichts dazu sagen, und Anne sprach tief gerührt weiter. »Ryce tut mir so leid. Nicholas und ich waren einfach die falschen Eltern für ihn. Susan dagegen geriet wieder mehr nach ihren Großeltern. Sie war ganz anders als Ryce. Sie war durchsetzungsfähig und hat mit ihrer Meinung nie hinter dem Berg gehalten. Aber das wissen Sie natürlich alles.«

»Für mich ist es ein Rätsel, wie er Louise heiraten konnte.«

»Er war einsam nach dem Tod seiner Frau, und Louise kann, wenn sie will, äußerst charmant sein. Noch dazu sieht sie gut aus. Ich hoffe nur, sie lässt sich zu Richards Gunsten von Ryce scheiden.«

Mir wurde fast schwindlig vor Augen. »Gibt es denn keine einzige glückliche Ehe?«

»Die Zeiten haben sich geändert. Früher waren die Frauen überwiegend Mutter und Hausfrau. Die Meisten akzeptierten es, wenn der Mann fremdging, und man blieb trotzdem zusammen. Meine Sache war das nicht.«

»Waren Sie denn niemals glücklich mit Nicholas?«

»Am Anfang schon, sehr sogar, aber ich habe schnell bemerkt, dass ihm eine Frau anscheinend nicht reichte, und damit wollte ich mich nicht abfinden. Carlina konnte ich schon gar nicht akzeptieren. An ihr war er mehr interessiert als an den anderen, obwohl Fergus sein Freund war.«

»Haben Sie es je bereut, dass Sie ihn verlassen haben?«

Sie lehnte den Kopf zurück und schloss die Augen. »Anfangs habe ich ihn schrecklich vermisst, habe geglaubt, ich könnte nicht leben ohne ihn. Aber es ging natürlich doch, und ich bin froh darüber. Schon weil ich als Malerin viel mehr Erfolg hatte, seit er aus meinem Leben verschwunden war. Das Malen war mir immer am wichtigsten.«

Ryce tat mir nun erst recht leid. Mit zwei derart starken Persönlichkeiten als Eltern war es fast unausweichlich, dass er sich übergangen und abgeschoben fühlte, schon bevor sie sich getrennt hatten. Ich fragte mich, ob wohl Dulcie zurzeit Ähnliches durchmachte.

Anne öffnete die Augen und sah mich eindringlich an. »Ich hätte nie ein Kind bekommen sollen. Wenn es Susan nicht gegeben hätte, würde ich es sogar bereuen, dass wir Ryce in die Welt gesetzt haben. Nicholas war kein besonders guter Vater. Und ich ... na ja, ich habe auch viele Fehler gemacht. Susan hatte Anteile von uns beiden in sich – eine hochexplosive Mischung, die ihr am Ende wahrscheinlich nicht bekommen ist. Sagen Sie, Hallie, wollen Sie das alles wissen, weil Sie in einer ähnlichen Situation sind? Corey hat mir erzählt, dass Ihr Mann heute am Strand aufgetaucht ist.«

Mir wurde allmählich angst und bange bei all den Gefühlen – Sehnsucht vor allem –, die mich überkamen, sobald ich an Paul dachte. Wer weiß, was mir bevorstünde, wenn ich diesem Gefühlsandrang nachgeben würde.

»Schon zum zweiten Mal, aber ich habe ihn beide Male einfach gehen lassen«, sagte ich. »Wahrscheinlich wollte er sich heute entschuldigen und mich bitten, ob nicht wieder alles so sein könnte wie früher. Aber das wäre zu seinen Bedingungen gewesen, und das konnte und wollte ich nicht akzeptieren.«

»Was ist eigentlich der Grund, warum Sie sich getrennt haben? Meinen Sie, Sie könnten vielleicht mit mir darüber sprechen?«

Anne war wahrscheinlich die einzige Person, mit der ich darüber sprechen konnte, und so erzählte ich ihr, wie es dazu gekommen war.

»Das kommt mir bekannt vor«, sagte sie, nachdem ich ihr alles erklärt hatte. »Ich selbst habe gekocht vor Wut, ich hätte Carlina umbringen können, was ich natürlich nicht gemacht habe. Dafür habe ich diese chaotischen Bilder gemalt. In meiner Malerei habe ich gleich alle beide umgebracht – immer wieder aufs Neue. Dann habe ich ihn verlassen und versucht, bloß nicht zurückzublicken. Ich liebte ihn nach wie vor und habe lange gelitten. Aber das Leben, das ihm vorschwebte, war so gar nichts für mich, und ich wäre niemals zurückgegangen. Meine Malerei hat profitiert von dem, was ich durchgemacht habe, jedenfalls wurden meine Bilder immer besser, seit ich weiß, was Leiden bedeutet.«

»Leider kann ich meinem Gefühlsdruck nicht auf diese

Weise Luft machen. Ich habe nun einmal keine künstlerische Begabung, die ich zum Lebensinhalt machen könnte.«

»Sie haben Ihr Leben. Sie haben Ihre Arbeit – welcher Art auch immer. Und wie für mich wird es auch für Sie andere Männer geben. Natürlich ist da immer der eine, den wir nie vergessen, aber ich war niemals einsam. Heute bin ich froh, das alles hinter mir zu haben. Ich genieße es, alleine zu sein.«

Ich zögerte, begann aber dann doch mit folgendem Satz. »Ich erinnere mich an die Besprechung einer Ausstellung Ihrer Bilder in Los Angeles, die ich vor einiger Zeit gelesen habe.«

»Ja, ich erinnere mich auch. Der Kritiker hat damals geschrieben, meiner Arbeit fehle es an Herz.«

»Ich kann das nicht beurteilen. Dafür habe ich zu wenig gesehen von Ihren Bildern«, sagte ich. »Waren Sie erbost über diese Äußerung?«

»Natürlich war ich erbost. Damals verstand ich mich noch nicht darauf, bestimmte Dinge einfach an mir abprallen zu lassen. Susan brachte den Umschwung in meinem Leben. Sie hat mir geholfen, meiner Kunst auch Herz zu verleihen. Vorübergehend zumindest. Sie haben nichts davon gewusst, aber ich habe Susan während der ganzen Zeit auf dem College häufig gesehen. Die Treffen fanden geheim statt, weil ich fürchtete, Nicholas könnte davon Wind bekommen.«

»Zu dieser Zeit hätte Ihnen das doch egal sein können.«

»Nicht ganz. Wenn er nämlich meinen Aufenthaltsort gekannt hätte, hätte er mich vielleicht gebeten, zu ihm zurückzukehren, und wenn ich ihm gefolgt wäre, hätte alles nur wieder von vorne angefangen.«

Seltsamerweise klang ihre Stimme wehmütig, als sie das sagte. »Ob er wohl manchmal an mich denkt – daran, wie es früher einmal war?«

»Ja, tut er«, sagte ich. »Erst heute hat er von Ihnen gesprochen. Er hat gesagt, er liebe Sie *und* Carlina. Sie war kurz bei ihm, und ich glaube, er ist noch immer fasziniert von ihr. Von daher war es wahrscheinlich mehr als klug, dass Sie ihn verlassen haben.«

»Geteilte Liebe ist keinen Pfifferling wert!« Sie spuckte diese Worte förmlich aus, voller Verachtung. »Kennen Sie die Frau, mit der Ihr Mann eine Affäre hatte?«

»Vom Sehen, ja, und vom Hörensagen. Sie ist Schauspielerin – schön, theatralisch, quirlig –, alles Eigenschaften, die mir abgehen.«

»Auch das klingt bekannt. Man heiratet eine Frau, die einem gefällt, und dann sucht man sich das komplette Gegenteil. Oder man versucht, die eigene Frau nach irgendeinem Wunschbild zurechtzubiegen.«

Auf Paul traf das nicht zu. Er hatte von Anfang an mein Selbstvertrauen gestärkt, mich ermutigt, geliebt.

Anne sah mich nachdenklich an und sagte dann: »Geben Sie ihm den Laufpass, Hallie. Über kurz oder lang ist Ihnen sowieso klar, dass er Ihre Liebe gar nicht verdient hat. Und woher wollen Sie außerdem wissen, dass dies sein erster Seitensprung war?«

»Unsinn! Das hätte ich doch gewusst!«, heulte ich.

Sie lächelte ironisch. »Sie sind *so* naiv.«

Das war also der Rat, den ich brauchte – den ich gesucht hatte. Und an den ich mich halten würde.

»Sie sehen wirklich sehr unglücklich aus«, sagte sie. »Aber das gehört dazu. Und Sie kommen darüber hinweg – Sie sind stark genug. Sie werden sicher einen neuen Lebensinhalt finden. Kinder haben Sie keine?«

Ich schüttelte den Kopf. »Mit Kind wäre alles viel schwerer. Aber in gewisser Hinsicht auch wiederum leichter. Aus meiner Ehe gäbe es ja einen Menschen, den ich lieben könnte.«

Anne seufzte verzagt. »Wenn wir an Kinder denken, haben wir Frauen immer nur süße kleine Babys vor Augen. Aber es lässt sich nicht vermeiden, dass sie erwachsen werden, und dann sind sie uns oft völlig fremd.«

»Armer Ryce.« Ich konnte mich so gut in sie hineinversetzen.

Sie zuckte mit den Schultern. »Zum Glück war da ja noch Susan. Ich habe sie geliebt wie sonst keinen Menschen. Aber in gewisser Weise hat sie mich auch enttäuscht. Sie hatte etwas Unberechenbares an sich, das mich an Nicholas erinnerte. Vielleicht hätte sich das gegeben, wenn Sie Corey geheiratet hätte.«

»Ich habe sie auch geliebt«, sagte ich leise. »Sie war die interessanteste Freundin, die ich jemals hatte.«

»Und nun stehen wir vor der Frage, was mit ihr passiert ist. Glauben Sie, Corey hat Recht mit dem, was er glaubt?«

Ich wusste nicht, was ich darauf antworten sollte. Aber Coreys Reaktion, als er davon erzählte, gab mir zu denken. »Was ist, wenn es tatsächlich stimmt?«

»Spekulationen helfen uns nicht weiter. Solange wir keine Beweise haben, was wirklich geschehen ist –« Sie brach ab, und ich konnte auch nichts weiter hinzufügen.

»Warum wollten Sie eigentlich nicht, dass jemand erfährt, dass wir uns heute schon begegnet sind?«

»Darum ging es mir gar nicht so sehr. Es hätte nur Ryce sehr verletzt, wenn er erfahren hätte, dass ich mich ohne sein Wissen schon länger hier aufgehalten habe.«

»Er muss schon verletzt genug sein durch die geplanten Änderungen im Testament des Captains – ein Geschenk, das ich unmöglich annehmen kann.«

»Wenn nur Ryce endlich damit aufhören könnte, immer alles in sich hineinzufressen, anstatt seinem Vater einmal gehörig die Meinung zu sagen!«

Just in dem Augenblick klopfte es, und Anne rief: »Herein«.

Mit sauertöpfischer Miene öffnete Louise die Tür und starrte uns beiden kalt entgegen.

»Richard würde gerne wissen, wann Sie so weit sind, Mrs Knight. Er hat ja noch die Rückfahrt nach Wilmington vor sich.«

»Verstehe«, sagte ich. »Ich komme sofort herunter.« Ich streckte Anne die Hand entgegen. »Ich bedanke mich bei Ihnen. Dürfte ich Sie vielleicht einmal besuchen?«

Überraschenderweise kam sie mir entgegen und küsste mich auf die Wange. »Wann immer Sie möchten. Ich wollte Sie vor allem kennen lernen, weil Sie Susans Freundin waren, aber nun würde ich gerne mehr über *Sie* erfahren. Und denken Sie daran, was ich Ihnen gesagt habe.«

Das würde ich sicher tun. Aber im Moment erinnerte ich mich daran, was Dulcie gesagt hatte, und ich platzte unvermittelt damit heraus.

»Dulcie behauptet, Susans Geist würde hier herumspuken. Ist Ihnen je etwas Merkwürdiges aufgefallen?«

Louise wurde bleich im Gesicht, als würde sie im nächsten Moment in Ohnmacht fallen. Sie musste sich am Türrahmen festhalten. Dabei starrte sie mich an.

Schließlich gewann sie die Fassung wieder. »Wie kommt das Kind denn auf diese Idee? Das ist doch blanker Unsinn.«

Anne äußerte sich gelassen dazu und gab damit Louise die Chance, sich weiter zu fangen. »Kinder haben oft einen direkteren Bezug zu anderen Welten als wir. Und immerhin lebt Susans Vater hier.«

»Wir wollen Richard nicht länger warten lassen«, sagte Louise, und ich folgte ihr über die Treppe nach unten.

Trotzdem sollte ich mich in der nächsten Zeit immer wieder fragen, warum Louise so außer Fassung geraten war.

16

Auf Topsail begegnete mir im ganzen Haus keine Menschenseele. Die Tür zum Zimmer des Captains war geschlossen, daneben stand ein Wandschirm, was bedeutete, dass Mrs Orion ihr provisorisches Nachtlager dort aufgeschlagen hatte. Sie schlief gerne direkt in seiner Nähe, um bei Bedarf möglichst schnell reagieren zu können.

Ich ging direkt auf mein Zimmer und stellte fest, dass im Lauf des Abends sämtliche Gemälde von Anne entfernt worden waren. Da Corey seinem Job nachging, musste es Mrs Orion selbst erledigt haben, wofür ich ihr sehr dankbar war.

Ich fühlte mich noch nicht müde, schlüpfte in einen Bademantel und Pantoffeln und machte es mir zum Lesen gemütlich. Die Ereignisse des Tages gingen mir nicht aus dem Kopf.

Allein die Tatsache, dass Paul nicht weit weg von hier in einem der Häuser am Strand schlief, beunruhigte mich. Ich musste mir Annes Worte zu Herzen nehmen und die Geschichte mit Paul ein für alle Mal beenden.

Aber hatte ich nicht schon längst einen Schlussstrich gezogen? Ich musste lediglich die Tatsache ignorieren, dass er hier war, und so die nächsten paar Tage überstehen, ehe ich nach Kalifornien zurückkehren würde. Ich brauchte ihn nicht wieder zu sehen oder gar mit ihm sprechen. Annes Rat war klug und wohl überlegt, auch wenn es wehtat, ihn zu befolgen.

Eine Sache wollte ich vor dem Schlafengehen auf alle Fälle noch erledigen. Ich öffnete den in meinem Schrank befindlichen Koffer, schlug Dulcies Pullover zurück und nahm die zweite Kristalldruse heraus, um sie zu ihrem Gegenstück auf Susans Bücherregal dazuzustellen. Die beiden passten spiegelbildlich zusammen – die Farbschattierungen und Muster an der Schnittstelle ergänzten einander perfekt.

Nur einen Unterschied gab es. Der Stein, der Susans Bücher vor dem Umfallen bewahrte, funkelte blitzsauber, und das Feuer der violetten und dann mehr und mehr purpurfarbenen Facetten erstrahlte im Lampenlicht. Derartige Steine mussten nie richtig sauber gemacht werden. Es genügte, sie in klares Wasser zu tauchen und den Staub abzuspülen, um ihre Leuchtkraft wiederherzustellen.

Der Stein aus Dulcies Zimmer war dagegen stumpf und schmutzig, übersät mit Fingerabdrücken, verwahrlost. Sie musste ihn nach Susans Verschwinden an sich genommen haben. Das Zimmer hatte seitdem leer gestanden, und sie hätte ihn problemlos herausschmuggeln können. Sie musste mit dem Stein gespielt und ihn dabei verschmutzt haben, ehe ihr Gewissen ihr sagte, dass sie ja eigentlich gestohlen hatte. Daraufhin hatte sie ihn wohl eingewickelt und in ihrer Truhe unsichtbar verwahrt. Aber warum hatte sie ihn dann nicht einfach zurückgebracht? Die Türen im Haus des Captains standen immer offen, und Dulcie kam und ging, wie es ihr gefiel.

Hier stimmte etwas nicht – ein gänzlich neuer, ungeklärter Aspekt.

Um mich abzulenken, griff ich zu einem der Krimis im Bücherregal, aber die Sache mit der Druse wollte mir nicht aus dem Kopf gehen, und ich konnte mich nicht konzentrieren.

Schließlich gab ich es auf, ging aber, ehe ich mich schlafen legte, noch einmal an das Fenster mit Blick auf die Lichtung. Die Außenlampe brannte, und ich konnte das ganze Areal ziemlich gut überblicken – verborgen blieb mir nur der hintere Bereich im Schatten der Bäume, wo der bodenlose Krater des Piratenpfuhls sich in die Erde senkte. Die Schaukel hing völlig still, und es rührte sich kein Lüftchen. Schon wenn ich an diesen Ort dachte, lief mir ein eisiger Schauer über den Rücken.

Ich wollte gerade zurückgehen, als ich sah, dass sich nahe dem Haus der Camerons etwas bewegte. Nicht eine, sondern zwei Personen hielten sich im Schatten des Hauses auf. Ein Mann und eine Frau sprachen eindringlich aufeinander ein, und mir war gleich klar, das hier war kein lauschiges Stelldichein eines Liebespaars. Ihre Körperhaltung drückte eine gewisse Spannung aus.

Ich machte schnell das Licht in meinem Zimmer aus und ging dann eilends zum Fenster zurück. Obwohl es geöffnet war, konnte ich nur ein leises Flüstern hören, aber nichts verstehen. Nach einer Weile gingen die beiden Gestalten auseinander. Eine davon lief die Stufen zur Veranda des Hauses der Camerons hinauf. Ehe sie im Eingang verschwand, konnte ich gerade noch einen kurzen Blick auf Carlina werfen.

Als der Mann nach vorne trat und auf das Haus des Captains zukam, sah ich, dass es Corey war. Seltsamerweise war ich sowohl erleichtert wie auch etwas verwirrt. Ich nahm mir vor, ihn am nächsten Tag einfach darauf anzusprechen.

Auch nachdem ich mich ins Bett gelegt hatte, fand ich noch lange nicht zur Ruhe. Die Ereignisse des vergangenen Tages drehten sich in meinem Kopf wie ein Karussell, darunter jener Moment, als ich in den Amethyst geschaut hatte und Louises Namen wie auf einer Leinwand vor meinem inneren Auge erschienen war. Fast hätte man darin so etwas wie eine Warnung sehen können – dennoch war an diesem Abend auf Gulls Cove nichts geschehen, was einen derart nebulösen Verdacht bestätigt hätte. Einzig dass Louise bei Erwähnung von Susans Geist selbst bleich geworden war wie ein Geist.

Ehe ich einschlief, erschien mir noch einmal Pauls Gesicht vor den Augen, die Art, wie er mich früher anzusehen pflegte und es nun nicht mehr tat – wie lange schon? Hatte es etwa schon seit längerem Zeichen dafür gegeben, was sich in Wahrheit abspielte? War ich blind, oder hatte ich sie nicht sehen wollen?

Wieder einmal wurde das Kissen unter meiner Wange feucht, bis ich schließlich einschlief.

Als ich aufwachte, war es fast neun Uhr, und ich fühlte mich matt und wie betäubt. Eine Dusche weckte meine Lebensgeister, und ich zog mich an und ging auf die Terrasse. Mrs Orion kam gerade aus dem Zimmer des Captains und wünschte mir einen guten Morgen.

»Er hat nach Ihnen gefragt, Mrs Knight. Soll ich Ihr Frühstück auf sein Zimmer bringen?«

Ich bedankte mich bei ihr und ging hinüber zum Captain. Er trug seinen seidenen Morgenrock sowie den unvermeidlichen Schal um den Hals. Seine Augen wirkten lebendiger und nicht so eingefallen wie bei unserer allerersten Begegnung.

»Guten Morgen«, sagte ich. »Sie sehen heute sehr viel besser aus.«

Er tat meine Worte mit einer Handbewegung ab. »Wie war es denn nun gestern Abend auf Gulls Cove?«

Ich antwortete mit Bedacht, weil ich Anne nicht verraten wollte. »Louise hat uns wunderbar bekocht, wir haben uns ein wenig unterhalten, und dann hat Richard mich wieder nach Hause gebracht. Besonders aufregend war es nicht.«

»Ich nehme an, mein Testament kam zur Sprache?«

»Gewiss. Dieses Thema ließ sich nicht vermeiden. Ich glaube, dass keiner sehr glücklich darüber ist – einschließlich meiner Wenigkeit.«

»Ich habe es unterschrieben«, sagte er. »Und damit ist es gültig. Sie werden hier wohl noch ein Weilchen bleiben müssen, Hallie, um entscheiden zu können, was Sie nun tun und wo Sie leben möchten.«

»Meine Heimat ist Kalifornien, und ich werde auch wieder dahin zurückkehren. Außerdem sind Sie doch putzmunter und sehen von Tag zu Tag besser aus. Das Geld geht erst in andere Hände, wenn Sie selbst keine Verwendung mehr dafür haben, und ich glaube, bis dahin wird es noch ein Weilchen dauern. Also befürchte ich fast, Sie müssen sich selbst um die Moneten kümmern. Ich habe Richard bereits gesagt, dass ich nichts damit zu tun haben möchte. Werfen Sie es doch meinetwegen der Wohlfahrt in den Rachen, wenn Sie das Ihrem Sohn unbedingt antun wollen.«

»Ich will damit nicht Ryce wehtun, sondern lediglich verhindern, dass Louise mein Vermögen in die Hände bekommt.«

Mrs Orion brachte frische Brötchen und Kaffee, und ich beschäftigte mich nun erst einmal mit meinem Frühstück.

Der Captain fuhr mit dem Rollstuhl dicht an den Tisch heran; sein abwartendes Schweigen zwang mich, weiterzusprechen.

»Es kann nicht immer alles nur nach Ihrem Kopf gehen«, sagte ich schließlich. »Wir sind hier nicht beim Militär, Captain, und ich lasse mir von Ihnen keine Befehle erteilen.«

»Und wenn ich Carlina zu meiner Alleinerbin mache?« Seine Augen funkelten voller Arglist.

»Um ihre Ehe komplett zu ruinieren? Glauben Sie, sie würde Ihnen das je verzeihen?«

»Ich könnte das Geld Fergus vermachen.«

»Vererben Sie es von mir aus doch dem Mond. Ich rufe jetzt in Wilmington an und buche den Rückflug nach Hause.«

»Eine Person haben Sie ganz außer Acht gelassen«, fuhr er einfach fort. »Nämlich Dulcie Cameron.«

»Als mögliche Erbin?«

»Nein, das nicht. Sie ist ein kleines Mädchen, einsam und von ihren Eltern vernachlässigt. Sie, Hallie, sind ihr ziemlich ans Herz gewachsen, und wenn Sie nun Hals über Kopf das Weite suchen, hätte die Kleine einmal mehr das Gefühl, im Stich gelassen zu werden. Sie hat schon Susan verloren.«

»Kinder gehen großzügig um mit ihrer Zuneigung. Sie kennt mich doch erst seit ein paar Tagen, und sicher hat sie mich in einer Woche wieder vergessen.«

»Wenigstens das Schulspiel könnten Sie abwarten. Dulcie

hat mir erzählt, wie sehr Sie sich für ihren Auftritt als Tänzerin interessieren.«

Ich verspeiste den Rest meines Brötchens und schwieg beharrlich. Der Captain konnte mir gestohlen bleiben, ob ihm das gefiel oder nicht. Ich war nicht bereit, mich mit solchen Tricks zum Bleiben überreden zu lassen, und was mich betraf, gab es nichts weiter zu sagen.

Als die erwünschte Antwort ausblieb, rollte er wütend vom Tisch zurück, und ich hoffte, er hätte endlich aufgegeben. Aber da hatte ich mich getäuscht.

»Sie sind noch aus einem anderen Grund hier, Hallie«, rief er mir über die Schulter zu. »Sie wollten mir doch helfen, das Schicksal Susans aufzuklären. Ich habe gehofft, Sie würden die Dinge, die uns schon so lange beschäftigen, mit einer neuen Sicht und frischem Gespür angehen. Und was Corey mir gestern erzählt hat, kann man doch nicht einfach hinnehmen.«

Corey hatte es also tatsächlich gewagt, diesen kranken alten Mann mit seinem furchtbaren Verdacht noch mehr ins Unglück zu stürzen.

Der Captain fuhr zu mir zurück und sah meine Fassungslosigkeit. »Schon gut, Hallie. Mir ist es lieber, ich kenne die Wahrheit, bevor ich sterbe, egal wie schrecklich sie ist. Corey sagt, er hat es im Gefühl, aber meiner Meinung nach muss es konkrete Hinweise geben, die in diese Richtung deuten. Leider traut er mir nicht. Ich war gegen die Heirat mit Susan, und das hat er mir nie verziehen. Ich mag Corey ja, aber er wäre einfach nicht der Richtige für Susan gewesen. Eine steinreiche Frau und ein Mann, der sich nichts aus Geld macht – das passt nicht zusammen. Über kurz oder lang hätten die beiden sich auseinander gelebt. Das hätte nicht funktioniert. Er war verdammt wütend, als er mir diese Geschichte erzählte – fast als würde er mich für ihren Tod verantwortlich machen.«

»Das ist doch Unsinn«, sagte ich.

Der Redeschwall hatte den Captain ermüdet, und er sank in sich zusammen. Die Falten in seinem Gesicht sahen aus wie tiefe Furchen.

»Helfen Sie mir«, flehte er mich an.

Ich hob die Hände abwehrend in die Höhe. »Ich kann mir nicht einmal selbst helfen, geschweige denn jemand anderem. Ich bin hier absolut fremd und habe nicht die geringste Ahnung, was passiert sein könnte. Es gibt keinerlei Anhaltspunkte, nichts, woran man anknüpfen könnte.«

»Beginnen Sie mit Corey. Ich glaube, er hat sich nicht getraut, seinem Verdacht genauer nachzugehen. Nun geht er damit an die Öffentlichkeit und erzählt allen davon, in der Hoffnung, jemand könnte etwas verraten. Tut euch doch zusammen. Ein Mord geschieht nicht in einem Vakuum. Es muss einen Täter geben, mit Freunden, Mitwissern, Feinden, und irgendjemand im Umfeld dieser Person weiß etwas. Früher bei der Marine musste ich mich oft genug mit dem Fehlverhalten meiner Soldaten herumschlagen, und von daher weiß ich, man kann so etwas klären. Heute bin ich zu alt, um mich selber darum zu kümmern, aber Sie können mich unterstützen. Bitte, Hallie. Mit meinem Verstand bin ich voll und ganz dabei.«

Ich brachte es nicht übers Herz, ihn abermals zu enttäuschen. »Ich denke darüber nach«, sagte ich zögerlich. Ich wollte auch, dass der Fall geklärt wurde, aber wenn ich mir vorstellte, was sich da nun zusammenbraute, bekam ich eine Gänsehaut. Der Captain hatte Recht. Es war Mord.

»Warten Sie noch mit dem Rückflug«, sagte er.

Ich versprach ihm, an diesem Tag nicht mehr anzurufen, und fragte, ob ich Mrs Orion für ihn rufen solle.

Er schüttelte den Kopf. »Jetzt nicht. Ich muss einen Moment alleine sein.«

Ich nahm mein Tablett und brachte es in die Küche. Dort stand Mrs Orion am Spülbecken und drehte sich nach mir um.

»Es geht ihm gut«, sagte ich. »Er möchte nur für einen Moment alleine sein.«

Sie nickte, aber als ich schon im Gehen war, hielt sie mich auf. »Könnte ich kurz mit Ihnen sprechen?«

»Natürlich«, sagte ich, obwohl ich in diesem Moment nicht auf ein Gespräch mit Mrs Orion eingestellt war.

»Ich schlage vor, wir gehen auf die Terrasse.« Ich hatte das Gefühl, sie wollte alleine sein mit mir, aber wen gab es, der uns hätte zuhören können? Sie stellte Stühle in den Schatten, und wir nahmen nebeneinander Platz. Ich fragte mich, ob sie vielleicht über Coreys Vermutung sprechen wollte, aber es ging um etwas anderes.

»Ich möchte mich mit Ihnen über Dulcie Cameron unterhalten, Mrs Knight. Sie gefällt mir in letzter Zeit gar nicht.«

Ich war erleichtert und besorgt zugleich, aber in jedem Fall bereit, zuzuhören.

17

Mrs Orion griff nach ihrem Strickzeug und begann, den Blick auf das Spiel der Nadeln gerichtet, zu sprechen. »Mir fällt immer wieder auf, wie unglücklich und einsam dieses Mädchen ist«, sagte sie. »Ich bin mir sicher, ihre Mutter liebt sie über alles – Carlina liest ihr jeden Wunsch von den Lippen ab –, Mr Cameron jedoch hat sich über all die Jahre, seit ich hier bin, doch als ziemlich schwierig erwiesen. Es geht mich ja eigentlich nichts an, aber ich glaube, Mrs Cameron und Dulcie haben beide manchmal Angst vor ihm.«

»Mir kommt es auch so vor«, pflichtete ich ihr bei. »Aber ich habe keine Idee, was man tun könnte.«

»Es ist sein schottisches Temperament. Ich bin mir sicher, er liebt sie beide und er würde ihnen nie absichtlich wehtun. Dulcie hat hier außer im Sommer, wenn die Feriengäste da sind, keinerlei Kontakt zu Gleichaltrigen. Wie sie mit ihren Schulkameraden zurechtkommt, weiß ich nicht. Susan war für sie wie ein Kumpel und für jeden Unsinn zu haben. Seit Susan … nicht mehr hier ist, hat sich Dulcie sehr verändert. Sie ist nicht mehr so aufgeschlossen und fröhlich wie früher. Ich habe gedacht –« Mrs Orion zögerte und sah mich wie um Verständnis bittend an. »Ich habe gedacht, Sie könnten ihre Freundin werden, etwas unternehmen mir ihr, damit sie sich auf etwas freuen kann und jemanden hat zum Reden.«

»Ich will mir Mühe geben«, sagte ich. »Aber ich werde, wie Sie wissen, wohl nicht mehr lange hier sein. Ich habe den Eindruck, Dulcie hat etwas ganz Bestimmtes auf dem Herzen, aber mich kennt sie zu wenig, um darüber zu sprechen, weshalb ich ihr auch keine Fragen stellen kann. Vielleicht könnte Corey ja eine Bootsfahrt mit uns machen, solange ich noch hier bin.« Anne Trench wollte ich nicht erwähnen, da ich nicht wusste, inwieweit Corey seine Mutter über Anne informiert hatte. »Wie auch immer, ich will tun, was ich kann.«

»Vielen Dank, Mrs Knight.« Sie stand auf und ging, ihr Strickzeug vor der Brust, vor bis zum Geländer und blickte über den Sund. Ohne sich umzudrehen, sprach sie weiter. »Corey sagt, Sie wissen, was seiner Meinung nach mit Susan passiert ist?«

»Ich weiß Bescheid, ja – er erzählt es wohl allen. Hat er Ihnen gesagt, wie er zu dieser Vermutung kommt?«

»Nein, konkrete Gründe scheint es nicht zu geben. Manchmal kommt mir mein Sohn vor wie ein kleiner Junge. Er kapselt sich ein und kann sich auch mir gegenüber nicht öffnen.«

Dafür schien Mrs Orion selbst offener als je zuvor, aber trotzdem irritierte mich etwas an ihr, und ich fragte mich, ob nicht auch *sie* etwas verschwieg.

»Waren Sie einverstanden damit, dass er und Susan heiraten wollten?«, fragte ich.

Zu meinem Erstaunen brach sie in Tränen aus. »Ich stand voll hinter Susan und Corey! Sogar Geld wollte ich ihnen leihen, damit sie weggehen und sich anderswo eine Zukunft aufbauen konnten. Tatsächlich gab es auch schon feste Pläne, als sie verschwand, Pläne, von denen der Captain nichts wusste.«

»Was war mit Susans Vater? Hätte nicht er Partei für sie ergreifen können?«

Mrs Orions abwertende Miene sprach Bände. »Louise war strikt dagegen, dass Susan heiratet, denn dann hätte ja Susan und ihre Familie das ganze Geld geerbt!«

Sie schwieg einen Moment lang. Dann begann sie, laut vor sich hin zu grübeln. »Merkwürdig – diese Louise Trench. Sie müssen wissen, sie stammt aus dieser Gegend. Die Familie lebte in kleinen Verhältnissen. Der Vater hat getrunken, und irgendwann hat ihn die Mutter samt der kleinen Louise verlassen. Ich kannte die beiden damals. Ihnen ging es wohl ziemlich dreckig, und die Tochter wuchs mit dem Wunsch auf, es einmal besser zu haben. Ich nehme an, von ihrer ohnehin kleinen Familie lebt heute keiner mehr, weshalb sie ihre Herkunft einfach verleugnet. Sie war immer schon eine strahlende Schönheit, schon als kleines Mädchen, zog aber mit ihrem Aussehen immer die falschen Männer an – das heißt, bis sie Mr Ryce kennen gelernt hat. Der Captain war ja strikt gegen eine Heirat, aber hier setzte sich Mr Ryce ausnahmsweise einmal durch. Leider. Ich weiß gar nicht, warum ich Ihnen das alles erzähle. Ich wollte doch nur über Dulcie sprechen.«

Mrs Orions Geschichte überraschte mich, hatte Richard mir doch erzählt, Louise stammte aus einer wohlhabenden Familie im Norden.

Mrs Orion packte ihr Strickzeug zusammen, was wohl hieß, dass sie nun fertig war. Prompt entschuldigte sie sich auch und eilte wieder in die Küche. Ich blieb alleine zurück mit einem neuen Bild von Louise, aus dem ich nicht ganz schlau wurde. Offenbar schien sie es mit der Wahrheit nicht sehr genau zu nehmen. Aber wenn ihre Familie in dieser Gegend gelebt hatte, warum wusste dann Ryce nichts davon? Oder wusste er es doch und kümmerte sich nur nicht weiter darum? Diese schwere Jugend schien jedenfalls der Grund für ihre Habgier zu sein und dafür, warum sie zu der Frau geworden war, als die wir sie kannten.

Weiter sollte an diesem Tag nicht viel passieren. Corey ließ sich nicht blicken, und Dulcie wagte sich nicht aus dem Haus. Mit dem Captain gab es auch nichts weiter zu bereden, und zum Strand zog es mich schon alleine deshalb nicht mehr, weil ich fürchtete, ich könnte Paul dort wieder begegnen. Somit hatte ich genügend Zeit, mir alle möglichen Gedanken durch den Kopf gehen zu lassen.

Mrs Orion überraschte mich mit dem guten Vorschlag,

doch einen Spaziergang zu machen. Also nahm ich nach einem leichten frühen Mittagessen auf der Terrasse ihren Chevy und fuhr zum südlichen Ende der Insel. Serenity Point, hatte sie mir gesagt, sei ein hervorragender Ort, um den Sonnenuntergang zu genießen – sie selbst war mehrere Male dort gewesen.

In meiner Stimmung war ich froh über jede Ablenkung. Ich fuhr in gemäßigtem Tempo die Inselhauptstraße entlang, sodass ich immer wieder einen Blick auf die Häuser entlang des Sunds und des Ozeans werfen konnte. Die verschiedenen Baustile und bunten Farben faszinierten mich einfach. Leider war es vorbei mit dieser architektonischen Vielfalt, als ich mich dem Ende der Insel näherte, denn dort hatte man moderne Appartementblocks hochgezogen, die sich alle wie ein Ei dem anderen glichen. Ich stellte das Auto ab und ging zu Fuß weiter über unebenes Gelände und hartes Gras.

Es herrschte gerade Ebbe, und die Sandbänke lagen im Trockenen. Möwen staksten herum und pickten nach allem, was sie nur kriegen konnten, oder flogen in bewegtem Auf und Ab durch die Lüfte. Auch einige Pelikane zogen vorbei – bräunlich rosa und in der Luft weitaus anmutiger als auf dem Boden. Dazwischen tummelten sich noch mehr kleine Küstenvögel, deren Namen ich nicht kannte.

Der Himmel faszinierte mich am meisten. Weiße Federwolken fransten an den Rändern rosafarben aus, und im Westen zeigten sich, wie aufgemalt, gelbe Streifen. Der Horizont erstrahlte in den Rottönen des Sonnenuntergangs, und zu meiner Freude sah ich auch den Mond gerade aufgehen, blass, aber dennoch sichtbar in der einsetzenden Dämmerung. Sonnenuntergang und Mondaufgang im selben Moment!

Vom Meer wehte ein kräftiger Wind herein, der den würzig-salzigen Geruch des Atlantiks und – lauter als je zuvor – das Rauschen der Brandung vor sich hertrug. Ich fühlte mich gestärkt und ermutigt. Sicher würde ich mit allem fertig werden, was auf mich zukommen sollte, und auch die Sache mit Paul würde ich schon in den Griff kriegen. Im Moment gab es nichts für mich zu tun. Es genügte, die herrliche Seeluft einzuatmen und die friedliche Umgebung auf mich wirken zu lassen. Ich brauchte einfach nur da zu sein. Die versinkende Scheibe der Sonne und der Mond am Himmel erinnerten mich daran, dass das Universum in seiner Erhabenheit fortbestand, was auch immer uns Menschen bewegte.

In diesem Gefühl, völlig frei und alleine zu sein, hob ich die Arme und drehte mich langsam im Kreis, als würde ich tanzen – wie Carlina im Montagegebäude. Dann sah ich plötzlich, dass ich doch nicht alleine war. Aus einiger Entfernung kam eine Frau auf mich zu. Sie war groß und schlank, trug Jeans und einen weiten Pullover mit einem Rentier auf der Vorderseite. Ihr kurzes schwarzes Haar war gekräuselt und kaum vom Wind zerzaust. Sie war eine Erscheinung, gar nicht so sehr schön, und ihr Anblick war mir derart vertraut, dass ich sie im goldenen Licht des Sonnenuntergangs sofort erkannte – sogar aus der Entfernung. Ich war platt, ihr ausgerechnet hier zu begegnen, war mir doch ihr Bild seit langer Zeit ausschließlich vom Fernsehen her bekannt.

Sie rief mir entgegen: »Ist das nicht wunderbar!«

Dann streckte sie die Hand nach mir aus, und ich drückte sie herzlich. »Sie sind Brenda Wilshire«, sagte ich.

»Bin ich, ja. Und Sie sind Hallie Knight.«

Dass ich sie erkannt hatte, war nicht weiter verwunderlich, aber mir war nicht klar, woher sie mich kannte.

Mein Gesichtsausdruck amüsierte sie offenbar, und sie lachte – ihr vertrautes musikalisches Lachen. Die Serie, in der sie mitgespielt hatte, war die einzige Fernsehsoap, die ich je verfolgt hatte.

»Topsail ist doch ein Nest, deshalb kenne ich Sie«, sagte sie.

»Besonders außerhalb der Saison. Ich bin hier aufgewachsen, und Susan Trench war jahrelang meine beste Freundin.

Als Teenager hatten wir uns sogar einmal in denselben Jungen verknallt, aber ich fürchte, sie hatte die besseren Karten. Wahrscheinlich hätte sie ihn auch geheiratet – wenn sie am Leben geblieben wäre.«

Corey, dachte ich. »Klingt ganz so, als seien Sie sicher, dass sie tot ist.«

»Ich habe Corey heute gesehen und weiß, dass er davon ausgeht. Das ist der letzte Stand der Dinge. Er hat mir gesagt, dass Captain Nick Sie hierher kommen ließ.«

Meine Euphorie legte sich schnell, und mir fröstelte im Seewind.

»Ihnen ist kalt«, sagte Brenda. »Wissen Sie – ich bin zu Besuch bei einer Tante in einem der Strandhäuser. Wie wär's, wenn Sie mitkommen? Wir machen uns dort was Heißes zu trinken und unterhalten uns weiter.«

Ich stimmte erfreut zu, und wir schlenderten zusammen zu unseren Autos zurück. Was für ein Zufall, dachte ich mir, dass sie Corey kannte und mit Susan befreundet gewesen war. Ich wollte den Kontakt zu ihr auf alle Fälle vertiefen.

Während ich ihr im Auto über die Inselhauptstraße hinterherfuhr, dachte ich darüber nach, was ich von Brenda Wilshire wusste. Viele Jahre lang hatte sie in ihren Rollen stets die »Böse« verkörpert, deren einziges Ziel es war, irgendeinem jungen, hübschen, unschuldigen Ding die männliche Hauptfigur wegzuschnappen. *Round We Go* war berühmt für das gute Drehbuch, und eine Episode hatte sogar ich geschrieben, wenn auch Brenda Wilshire darin nicht mitspielte. In jüngster Zeit hatte ich unangenehme Klatschgeschichten über sie gelesen. Offenbar war sie einmal mehr mit ihrem berühmt-berüchtigten Temperament aufgefallen, und man hatte ihr den Vertrag gekündigt. Nun bemühte sie sich Gerüchten zufolge vergeblich um neue Rollenangebote. Dass Schauspielerinnen in der Fernsehbranche einen schweren Stand hatten, wusste ich. Sie waren ein beliebtes Opfer der Skandalpresse, und was man über sie berichtete, hatte mit der Wahrheit oft nicht viel zu tun. Ich wusste aber auch, dass neue Rollen für sie kaum infrage kamen, weil ihr Gesicht mit dieser einen Rolle identifiziert worden war. Jedenfalls war sie mir gleich sympathisch gewesen, und ich freute mich darauf, meine Zufallsbekanntschaft näher kennen zu lernen.

Ich war ihr einfach gefolgt und hatte nicht sonderlich darauf geachtet, wo wir eigentlich hinfuhren, aber an unserem Ziel angekommen, einem Haus auf der Meerseite, sah ich geschockt aus dem Fenster.

Ausgerechnet an jenem Haus waren wir vorgefahren, das als Anbau zu einem der Türme errichtet worden war. Es war das Haus, das ich vom Strand aus gesehen hatte, als Paul darin verschwand, wirklich das letzte Haus auf Topsail, das ich Lust hatte zu betreten, und ich wusste nicht, was ich tun sollte.

18

Brenda wartete auf einer Rampe auf mich, die zu einer Tür an der Seite des Turmhauses hinaufführte. Als ich nicht gleich nachkam, rief sie: »Komm schon, Hallie. Wir sind da.«

Ich hatte keine andere Wahl, es sei denn, ich erklärte ihr, was ich nicht erklären wollte. Also stieg ich aus, blieb aber noch einen Moment stehen, den Blick auf das Haus gerichtet, das ich vom Strand aus gesehen hatte – der Erweiterungsbau zum Turm war ein komplettes Haus für sich. Dann folgte ich Brenda über die Rampe zum Eingang im ersten Stock. Drinnen stellte sie mich einer Mrs Meg Varidy vor, ihrer Tante. Paul war nirgendwo zu sehen, und ich fing mich wieder. Wahrscheinlich war er ausgegangen, und es bestand kein Grund zur Besorgnis.

Das weitläufige und helle Wohnzimmer verfügte am hinteren Ende über einen direkten Zugang zum Turm. Eigentlich konnte ich mich entspannen und dieses ungewöhnliche Ambiente auf mich wirken lassen.

Mrs Varidy trug eine bequem aussehende lange Hose, dazu eine blaue Hemdbluse. Sie lächelte freundlich, als sie meinen Namen hörte und mir die Hand schüttelte und dabei anmerkte, dass sie den Captain kannte.

Darüber, dass Paul Knight im selben Haus logierte, fiel kein Wort. Ich hoffte, der gemeinsame Name erregte weiter keinen Verdacht.

»Wie wär's mit 'ner heißen Schokolade?«, fragte Brenda. »Von härteren Sachen lasse ich zurzeit lieber die Finger. Denn das hat mich am Set in Verruf gebracht, das berühmte Gläschen Scotch zu viel.«

Mir war selten ein Mensch begegnet, der so offen und unbefangen mit seinen Problemen umging. Wenn nur Paul sich nicht blicken lassen würde, wäre alles wunderbar.

»Wir sind oben im Turmzimmer«, ließ Brenda ihre Tante wissen. »Wenn Mr Townsend zurückkommt, soll er doch bitte zu uns stoßen. Und pfeif mir bitte, wenn die Schokolade fertig ist. Ich komme dann und bring sie selber nach oben.«

Townsend! Ich stieg eine steile Treppe nach oben, zwei Stockwerke hoch und mit einem kleinen quadratischen Zimmer auf jeder Etage. Ich war wie benommen, und auch das Zimmer ganz oben bewunderte ich wie in Trance, jenes Zimmer, das Brenda, wie sie sagte, als Kind für sich in Beschlag genommen hatte. Offenbar hatten sich ihre Eltern scheiden lassen, als sie noch klein war, und sie war hier bei ihrer Tante groß geworden. Dieses Schicksal teilten wir, aber Mrs Varidy hatte nichts mit der Tante gemeinsam, die man mir zugemutet hatte.

Ich sah nacheinander aus jedem der vier hohen Fenster hinaus, von denen aus man einen Blick über ganz Topsail hatte. Die Landschaft sah ein wenig wie eine Reliefkarte aus. Ich konnte die lang gezogenen Wälder sehen, die Reihen geduckter Häuser, das Meer und den Strand auf der einen, den Sund auf der anderen Seite. Während der ganzen Zeit ging mir der Name Townsend nicht aus dem Kopf. Townsend war mein Mädchenname, und ich konnte nicht begreifen, warum er sich so nannte.

Nachdem ich auf einem ramponierten Sessel Platz genommen hatte, war ich soweit gefasst, dass ich wieder sprechen konnte. »Mr Townsend?«, hakte ich nach.

»Ja. Paul Townsend. Ein toller Mann.« Brenda schüttelte ein paar verblichene grüne Kissen auf und machte es sich mit untergezogenen Beinen auf dem Sofa bequem. »Ich habe gestern mit ihm im Restaurant *Soundside* zu Abend gegessen. Er hält sich bedeckt über die Gründe, warum er hier ist, aber ich mag ihn trotzdem. Richard Merrick ist mit meiner Tante übereingekommen, dass er ein paar Tage hier bei uns wohnt, und Paul und ich verstanden uns auf Anhieb.«

Ich sah mich schweigend um. Der Raum musste früher einmal als eine Art Familienraum gedient haben. Die Möbel waren komfortabel und alt, und es gab einen Brettspieltisch und ein Eckregal voller Bücher mit Umschlägen in knallbunten Farben. Auf dem Boden lag ein ovaler Flechtteppich, und an den Wandflächen zwischen den Fenstern hingen Bilder, professionelle Glamourfotos von Brenda Wilshire – mal hintersinnig lächelnd, mal launisch, immer verführerisch. Sogar von zwei alten Zeitschriftentiteln blickte einem unverkennbar ihr Konterfei entgegen – nicht hübsch, aber wahnsinnig attraktiv.

Ich registrierte das alles wie in Trance, die Hände in meinem Schoß verschränkt, damit sie nicht zitterten. Meine Wut auf Paul meldete sich erneut zurück, und ich wusste, ich konnte nichts dagegen tun. Ich musste sehen, wie ich damit fertig wurde.

»Mr Townsend ist gar nicht Mr Townsend«, sagte ich ruhig. »Townsend ist mein Mädchenname, und Paul ist mein Mann, Paul Knight.«

Brenda zuckte zusammen und setzte sich aufrecht hin. »Ach du meine Güte! Ich hätte lieber den Mund halten sollen, oder? Jetzt ist mir klar, warum Sie so bestürzt waren, kaum hatte ich seinen Namen erwähnt. Darauf wäre ich nie gekommen, und ausnahmsweise ging auch der Inselklatsch an unserem Besucher komplett vorbei.«

Dazu konnte ich nicht viel sagen, und nach einer Weile fuhr sie fort.

»Ich habe volles Verständnis, Hallie, wenn Ihnen der Boden hier zu heiß ist. Wir können gerne woanders hingehen.«

Ich lächelte, vielleicht ein wenig zu auffallend. »Nein, nein, es ist völlig in Ordnung hier. Ich bin froh, dass wir uns kennen gelernt haben. Ich würde gerne mehr über Susan erfahren. Wie war sie denn so als kleines Mädchen?«

Brenda war sichtlich erleichtert über den Themenwechsel und begann von der ganz jungen Susan zu erzählen. Ich wusste nicht viel von ihr aus dieser Zeit, aber die Art, wie sie als Kind war, schien zu dem Eindruck zu passen, den ich von ihr als erwachsener Frau hatte. Allem Anschein nach war Susan eine ziemlich draufgängerische Göre, aufmüpfig und immer zu einem Streich aufgelegt.

»Sie führte immer etwas im Schilde«, sagte Brenda. »Nachdem Corey und seine Mutter beim Captain eingezogen waren, bildeten wir drei eine eingeschworene Bande unter Susans Führung. Mit Corey hatten Sie ja schon das Vergnügen, wie ich weiß, er hat mir von Ihnen erzählt. Die scheinen ziemlich beeindruckt zu sein von Ihnen.«

Ich sagte nichts darauf, sondern wartete, bis sie weitersprach.

»Als Kinder waren wir drei unzertrennlich.« Sie sprach nachdenklich vor sich hin, in Erinnerungen versunken. »Wir führten eigene kleine Stücke auf, nur für uns und ohne Publikum. Natürlich war Corey immer der strahlende Held und ich die Heldin, Susan dagegen war unschlagbar in der Rolle der bösen Intrigantin. Später im Fernsehen habe ich sogar versucht, ihre Auftritte nachzuahmen. Manchmal war sie so gut, dass Corey und ich uns richtiggehend fürchteten vor ihr. Man wusste nie so genau, was ihr als Nächstes einfallen würde. Und sie konnte echt rasen vor Wut – wirklich. Ihre Stimmungsschwankungen hielten uns richtig auf Trab.«

Ich steuerte meine eigene Sichtweise bei. »Ich habe sie immer um ihre Unabhängigkeit beneidet und dass sie sich vor nichts und niemandem fürchtete. Es kümmerte sie einfach nicht, was andere von ihr dachten oder sagten.«

»Ich weiß«, sagte Brenda. »Sogar zum Captain war sie rotzfrech, und er hat immer alles brav geschluckt. Respekt hatte sie eigentlich nur vor ihrer Großmutter.«

»Auf dem College war ich eine Art Vorbild für sie«, erzählte ich. »Wir waren in etwa gleichaltrig, aber ich fühlte mich immer um Jahre älter. Sie war der Meinung, ich sei die Vernünftigere von uns beiden, und ich glaube auch, dass sie jemanden brauchte, der etwas Ruhe in ihr Leben brachte. Heute bin ich froh, dass ich ihr diese Ruhe eine Zeit lang geben konnte. Sie hat wohl mit ihrem Großvater über mich gesprochen, und aus dem Grund bin ich auch hier.«

»Ihre Großmutter war eine wunderbare Frau«, sagte Brenda. »In gewisser Weise waren Anne Trench und Susan einander sehr ähnlich. Sie waren beide Rebellen. Nur Susans Vater tat mir manchmal richtig leid – er stand komplett außen vor. Man hatte fast den Eindruck, er sei überhaupt nicht verwandt mit diesen beiden Frauen, dabei war er Annes Sohn und Susans Vater. Als ich mich einmal lustig über ihn machte, riet Susan mir jedoch, es besser sein zu lassen. Sie sagte, man könne bei ihm bis zu einer gewissen Grenze gehen, aber wehe, wenn man diese überschritt! Darauf vermied ich es tunlichst, mich mit ihm anzulegen.«

Während sie so sprach, fühlte ich mich an die junge Brenda erinnert, so wie ich sie mir jedenfalls vorstellte, ehe sie berühmt und erfolgreich geworden war. Diese Art, sich zu geben – offen und jung –, hatte ich im Fernsehen selten gesehen. »Sie müssen wissen, wir hatten sogar einen geheimen Treffpunkt, von dem die Erwachsenen nichts wussten. Oder zumindest glaube ich, dass sie nichts davon wussten. Ob wohl je wieder ein Mensch dort hingekommen ist? Natürlich fällt das alles in die Zeit nach Annes Weggang, als Corey und seine Mutter längst da waren. Damals wurden wir zu einer eingeschworenen Clique. Fragen Sie doch Corey, ob er Ihnen diesen geheimen Ort einmal zeigen möchte.«

Ich hörte Schritte von der steilen Wendeltreppe im Turm und erschauderte.

Brenda sprang auf. »Jetzt bringt Tante Meg unsere heiße Schokolade doch tatsächlich selbst rauf. Sie hasst doch sonst diese Treppe!«

Sie rannte ihr entgegen und warf die Hände in die Luft, als

sie Paul Platz machte, der mit einem Tablett mit drei Tassen duftender Schokolade hereinkam. Er stellte das Tablett auf dem Spieltisch ab und wandte sich an Brenda.

»Ich hab mir gedacht, ich leiste euch Gesellschaft«, sagte er. »Falls ihr nichts dagegen habt.« Er sah mich nicht an, obwohl er sehr wohl wusste, dass ich da war.

Brenda kam mit einer Tasse zu mir herüber. »Entschuldigung«, flüsterte sie.

Paul ging mit seiner Tasse zum Sofa und setzte sich, Brenda nahm auf der anderen Seite ihm gegenüber Platz. Sie verzichtete darauf, so zu tun, als müsste sie uns einander vorstellen.

»Komme ich ungelegen?«, fragte er.

Ich sparte mir die Antwort, denn wer hätte schließlich je etwas dagegen gehabt, wenn Paul Knight ungelegen hereinplatzte?

Im nächsten Moment sah Brenda mich an und sprang auf. »Ach du meine Güte, ich muss ja noch was mit Tante Meg besprechen«, sagte sie und verschwand mit klappernden Schritten die Treppe hinunter.

Ich hatte nicht die geringste Lust auf ein Tête-à-Tête mit Paul, aber was sollte ich tun? Ich nahm einen Schluck aus meiner Tasse, verbrannte mir auch noch die Zunge dabei und fühlte mich wie in der Falle und völlig hilflos.

»Hallie«, sagte er mit dieser unwiderstehlichen Stimme, »du kannst nicht ewig vor mir weglaufen.«

»Wer ist denn zuerst weggelaufen«, fragte ich und rührte in der dampfend heißen Schokolade.

»Es tut mir leid«, sagte er. »Alles tut mir leid.«

Das konnte man schnell behaupten. »Mir nicht«, sagte ich geradeheraus. »Schließlich habe ich dich ertappt, wozu es über kurz oder lang kommen musste, oder? Trotzdem fällt es schwer, sich daran zu gewöhnen. Immerhin habe ich dir einmal vertraut. Wie viele waren es eigentlich vor Carol?«

Annes Worte im Ohr, machte ich damit in erster Linie meiner Wut Luft, obwohl ich gar nicht glaubte, dass er mich schon einmal betrogen hatte. Oder vielleicht doch – warum nicht? Was wusste ich denn überhaupt von Paul Knight?

Er wurde dunkelrot vor Zorn, dass ich schon befürchtete, er könnte abermals einfach weggehen. Trotzdem war es für mich eine Genugtuung, ihn zornig zu machen. In meiner Verletztheit wollte ich ihn auch verletzen. Aber er hatte nicht die geringste Absicht zu gehen, sondern schlug die Beine übereinander und machte es sich erst recht richtig bequem. Einen Arm hatte er mit locker herabhängender Hand auf die Sofalehne gelegt. Ich erinnerte mich daran, wie mich diese Hände zärtlich gestreichelt hatten, und als er sich den Nasenrücken rieb, war mir diese Geste schmerzhaft vertraut.

»Was soll ich denn noch tun?«, fragte er

Ich antwortete gelassen und mit geschmeidiger Stimme – nicht schlecht, wie ich fand. »Ich bleibe zunächst noch ein paar Tage hier auf der Insel. Wenn ich dann wieder in Kalifornien zurück bin, werde ich meine Sachen packen und ausziehen. Dann suche ich mir einen neuen Job, damit wir uns im Büro nicht mehr über den Weg laufen. Ist das okay für dich?«

Er war schon immer gut darin, seine Gefühle zu unterdrücken, und auch den Wutanfall von vorhin hatte er längst unter Kontrolle. » Wenn du es nicht anders willst.« Er machte noch immer keine Anstalten zu gehen, blieb einfach sitzen und sah mich auf jene distanzierte, unergründliche Weise an.

Ich stellte meine Tasse derart vehement auf dem Spieltisch ab, dass etwas Schokolade herausschwappte, und stand auf. Das Turmzimmer war klein, trotzdem erschien es mir wie eine Ewigkeit, als ich zur Treppe und dann nach unten ging. Brenda stand neben dem Stuhl, auf dem ihre Tante saß, und kam mir sofort entgegen.

»Ich kann Ihnen gar nicht sagen, wie leid es mir tut. Nicht im Traum hätte ich –«

Wieder diese Worte! Ständig tat den Menschen irgendetwas leid. Trotzdem musste ich einmal mehr feststellen, was für eine gut aussehende Frau sie doch war – genau die Sorte, die auch Paul attraktiv finden würde. Warum war ich darauf nicht schon zuvor gekommen? Wie konnte ich derart blauäugig und vertrauensselig sein?

»Ist nicht Ihre Schuld«, sagte ich. »Sie kannten mich ja nicht und wussten auch sonst nichts von mir. Sonst hätten Sie mir das erspart.«

Nachdem ich mich von ihrer Tante verabschiedet hatte, begleitete Brenda mich zum Auto. »Wenn er nicht unter diesem anderen Namen bei uns abgestiegen wäre ...«, sagte sie.

»Schon gut«, erwiderte ich. »Somit konnte ich endlich einmal reinen Tisch machen. Das hat mir sehr geholfen.«

Sie sah mich zweifelnd an und zögerte, ehe sie weitersprach. »Sagen Sie, Hallie. War es eine gute Ehe?«

»Das habe ich zumindest geglaubt«, sagte ich. »Ich habe geglaubt, wir führten eine wunderbare Ehe. Wir liebten uns und bildeten ein perfekt eingespieltes Team –« Ich brach ab, weil mir das alles wie Heuchelei vorkam.

Sie legte mir beim Einsteigen die Hand auf den Arm. »Dann wird sich sicher alles klären. Ich würde Ihnen raten, nichts zu übereilen. Hätten Sie etwas dagegen, wenn ich Sie anrufe, damit wir uns wieder einmal sehen?«

»Jederzeit«, sagte ich. »Gerne.« In Wahrheit jedoch war ich mir gar nicht so sicher, denn immerhin hatte ich nun den Weg für die beiden frei gemacht.

Als ich wegfuhr, sah ich sie im Spiegel an der Zufahrt zum Turmhaus stehen. In der oberen Etage des Turms stand niemand am Fenster, der mir hinterhergesehen hätte.

Brendas Worte hallten mir im Gedächtnis. *War es eine gute Ehe?*

Und? War sie es? Plötzlich war ich mir gar nicht mehr sicher.

19

Ich stellte Mrs Orions Auto am Haus des Captains ab, ging aber nicht gleich nach oben. Es dämmerte stark, und ein beinahe voller Mond beherrschte den Nachthimmel. Sein diesiger Schein erfüllte die Lichtung mit Ausnahme jener schrecklichen Stelle unter den Bäumen. Eine Stelle, die mich magisch anzog. Ganz alleine näherte ich mich ihr bis zu jenem Drahtzaun, der die Grube absicherte.

Natürlich gab es nichts zu sehen, nur einen schwarzen Kreis am Boden, der dunkler war als alles andere darum herum. Gestrüpp und Unkraut wuchsen bis an den Rand einer geheimnisvollen Leere. In der Dunkelheit hörte ich keinen Laut, außer einem Rauschen in den hohen Bäumen vor dem Haus des Captains.

Als eine Stimme an meinem Ellbogen ertönte, zuckte ich zusammen. Es war Dulcie, die es offenbar verstand, sich unbemerkt heranzuschleichen.

»Was meinst du, ist mit den Sachen passiert, die in dem Loch verschwunden sind, Hallie?« Ihre Worte waren kaum mehr als ein Flüstern.

Eine harmlose Frage hoffentlich, denn Corey hatte doch diesem Kind sicher nichts von seinen Vermutungen gesagt.

»Keine Ahnung«, sagte ich. »Woher sollte ich das wissen?«

»Corey meint, die Sachen könnten im Sund oder sogar im Meer wieder zum Vorschein kommen, aber bisher hat noch keiner die Stelle gefunden, an der sich diese Grube entleert. Susan ist auch darin verschwunden, das weiß ich.«

»Wer sagt das, Corey?«, fragte ich fassungslos.

Sie schüttelte heftig den Kopf. Im Mondlicht konnte ich nur die Wellenbewegung in ihren Haaren erkennen, nicht die markante Farbe. »Oh nein! Ich habe es geträumt. In dem Traum ist Susan im Dunkeln in das Loch gefallen.«

»Kann nicht sein. Was ist mit dem Zaun?«

»Damals konnte das leicht passieren. Der alte Zaun hing durch. Er wurde erst repariert, nachdem ... nachdem ...«

Sie zögerte, und ich hakte nach. »Nachdem was?«

»Nachdem ich meinem Dad von dem Traum erzählt habe. Er hat gesagt, die Stelle ist gefährlich, und er hat den Zaun selbst repariert.«

»Nachdem Susan verschwunden war?«

Ich bemerkte, wie ihre Augen größer wurden, als sie mich ansah. »Daran kann ich mich nicht erinnern. Vielleicht war es auch schon davor.«

»Dann hat dich aber dein Traum getäuscht, oder? Es war ein Traum, sonst nichts.«

»Es war ein Amethysttraum – und diese Träume stimmen immer. Das weiß ich von Susan. Sie hat mir gesagt, wenn ich etwas im Traum herausfinden wollte, dann sollte ich einen Amethyst auf das Kopfkissen legen und mir vor dem Einschlafen eine Frage stellen. Das hab ich dir doch gesagt.«

»Hast du die Kristalldruse deshalb stibitzt – um mit ihr zu träumen?«

Sie erschrak, und da ich fürchtete, sie würde sich gleich wieder aus dem Staub machen, beeilte ich mich.

»Warte, Dulcie. Wie wär's, wenn wir morgen eine Bootspartie machen?«

»Wohin? Cabbage Island?«

Dulcie wusste also, dass Anne hier war. »Hättest du Lust darauf?«

»Auf Susans Oma, die diese Bilder gemalt hat?«

Ich nickte. »Aber sie malt heute ganz anders. Ich ruf sie einfach an und frage, ob wir kommen dürfen.«

Sie schien einverstanden. »Toll. Ich bin beim ersten Sonnenstrahl bereit.«

»Nicht zu früh. Neun reicht vollkommen.«

»Alles klar«, sagte sie. »Bis morgen.« Und weg war sie. Ich ging zurück ins Haus. Dort war alles still, und ich begegnete niemandem, bis Mrs Orion mich hörte und hinter ihrem Wandschirm hervorkam.

»Ich habe mich kurz ausgeruht«, sagte sie. »Ich glaube, es wird eine schwere Nacht.«

»Ist er schlecht aufgelegt?«

»Er findet immer was, um schlecht aufgelegt zu sein, was die Schmerzen leider nur noch schlimmer macht. Aber heute Abend hat er besonders viel herumgequengelt. Hauptsächlich wegen Ihnen.«

Sie sah mich vorwurfsvoll an.

»Tut mir leid«, sagte ich und zuckte dabei innerlich zusammen.

»War's schön draußen?«

»Sehr schön – wie Sie gesagt haben, bin ich bis zum Ende der Insel gefahren. Es war gerade Sonnenuntergang, und gleichzeitig ging der Mond auf. Wirklich ein herrliches Fleckchen da draußen. Und stellen Sie sich vor, ich habe sogar jemanden kennen gelernt – Brenda Wilshire. Sie scheint wohl Susan gekannt zu haben.«

Mrs Orion blickte kritisch drein. »Ich erinnere mich gut an sie. Sie war ein wildes Ding in jungen Jahren. Aber ich habe meine Zweifel, ob sie Susan immer eine gute Freundin war.«

»Angeblich steckte sie viel mit Susan und Corey zusammen, nachdem Sie hier eingezogen waren.«

»Das stimmt. Die drei waren ein eingespieltes Team und hatten sonst kaum Freunde auf der Insel. Als sie ins späte Teenageralter kamen, ... Oh, was soll's. Es ist alles lange her. Gute Nacht!«

Sie zog sich plötzlich zurück, und ich fragte mich verdutzt, was ihr da wohl durch den Kopf gespukt war.

Zurück auf meinem Zimmer, nachdem ich die Lampe angeknipst hatte, umfing mich absolute Stille; das Haus lag ja direkt am Sund, weit entfernt vom Meer und vom donnernden Brausen der Brandung.

Ich wehrte jeden Gedanken an Paul ab, wollte gar nichts denken. Schließlich griff ich nach einem von Susans Büchern über Kristalle und fand es so interessant, dass ich nicht in sinnloses Grübeln verfiel. Kaum aber hatte ich mich schlafen gelegt, ging alles von vorne los. *War es eine gute Ehe?*, hatte Brenda gefragt. War es wirklich eine gute Ehe, wenn man wie selbstverständlich nebeneinanderher lebte?

Ich musste daran denken, wie viel wir uns anfangs zu erzählen hatten. Alle unsere gemeinsamen Tage waren erfüllt von neuen Entdeckungen und einem wunderbaren frischen Elan.

Wollte Paul dies alles mit einer neuen Partnerin wieder erleben, die er nicht durch und durch kannte wie mich?

Wäre ich am Strand zu einem Gespräch bereit gewesen, was hätte er dann wohl gesagt? Was soll's. Der Bruch zwischen uns ließ sich nicht mehr kitten, auch nicht durch nachträgliche Erklärungen und Entschuldigungen. In einer Ehe ohne Vertrauen sah ich keinen Sinn.

Ich musste also durchziehen, was ich angekündigt hatte. Ich würde meine Siebensachen zusammenpacken, mir eine neue Wohnung, einen neuen Job suchen und ein neues Leben beginnen. Und dann?

Ein Leben ohne Paul?

Es musste zwei Uhr morgens gewesen sein, ehe ich einschlief und mich ein furchtbarer Traum heimsuchte. Darin versank ich im Treibsand, und es gab niemanden, der mir hätte helfen können. Ich sank tiefer und tiefer, war kurz davor, unterzugehen und zu ersticken.

Um Hilfe rufen konnte ich nicht, denn so sehr ich mich auch bemühte, brachte ich doch keinen Ton heraus. Ich konnte nur hilflos versinken.

Natürlich konnte kein Traum so schrecklich sein, als dass ihn der Träumer nicht überlebte. Ich wachte schweißgebadet auf und rief nach Paul. Niemand hörte mich. Niemand kam zu mir.

Eine Weile lag ich zitternd im Bett, dann begann ich, beruhigend auf mich einzureden. Ich sagte mir, alles sei in Ordnung und dass auch Susan nicht den schrecklichen Tod gestorben war, von dem ich gerade geträumt hatte. Ich sagte mir diese Worte wieder und wieder vor, mit lauter Stimme, bis sie schließlich langsam Wirkung zeigten.

Ich wusste nicht, welche Rolle der Piratenpfuhl in Susans Leben gespielt hatte, war aber fest davon überzeugt, dass sie nicht darin umgekommen war – da konnten andere glauben, was sie wollten.

Ich kletterte aus dem Bett und ging ans Bücherregal, nahm die kristallene Buchstütze und legte sie auf den Tisch neben meinem Bett. Mit Amethystträumen konnte ich umgehen. Sie konnten heftig ausfallen, wie ich gelesen hatte, aber wirklich gefährlich waren sie nicht.

Ich schlief. Und ich träumte. Aber nach dem Aufwachen konnte ich mich an keine verwertbaren Details erinnern.

Es war ein herrlicher Tag, und ich versuchte tunlichst nicht an Paul zu denken, sondern freute mich auf die Fahrt mit Dulcie zu Anne Trench.

Sobald ich hellwach war, rief ich Anne an. Sie war mit unserem Besuch sofort einverstanden, wollte aber zunächst wissen, wie es mir ging.

»Ich habe mir auf Gulls Cove Sorgen um dich gemacht, Hallie. Nachdem du weg warst, hatte ich Zweifel, ob es richtig war, dich mit meiner schonungslosen Sicht des Ehelebens zu konfrontieren. Was diese Dinge betrifft, sollte man andere Menschen nicht beeinflussen.«

»Schon gut«, sagte ich. »Ihr Rat war mir sehr wichtig, aber entscheiden muss ich mich letztendlich selbst.« Das hatte ich mittlerweile getan, und nun kam es darauf an, mein Leben in die Hand zu nehmen.

Corey saß am Tisch und frühstückte, als ich die Terrasse

betrat. Es war ein wunderschöner, klarer Morgen – wärmer als bisher und mit einem Hauch Frühling in der Luft, was, unüberhörbar, auch die Vögel zu schätzen wussten. Bei meinem Vorschlag, Anne zu besuchen, war er sofort Feuer und Flamme, und wir frühstückten gemeinsam weiter. Seine Mutter lehnte jegliche Hilfe wie immer ab und flitzte geschäftig zwischen Küche und Terrasse hin und her.

Ich erzählte Corey von der Begegnung mit Brenda Wilshire, wogegen er offenbar nichts einzuwenden hatte.

»Sie ist wahnsinnig nett«, sagte er. »Ich habe sie immer sehr gemocht, und wir versuchen uns auch jedes Mal zu sehen, wenn sie nach Hause kommt. Vor allem nach Susans Verschwinden waren wir natürlich unzertrennlich.«

»Was meinst du mit ›unzertrennlich‹?«

»Na ja, kaum einer kannte Susan so gut wie wir, und als der Sheriff die Ermittlungen aufnahm, stellte er uns eine Menge Fragen – wie allen anderen auch, die ihr nahe standen. Brenda wurde bei den Vernehmungen ziemlich in die Zange genommen, da sie und Susan kurz zuvor Krach gehabt hatten. Es gab sogar Zeugen ihrer Auseinandersetzungen.«

Mrs Orion brachte Kaffee und Toast für sie selbst und nahm neben uns Platz. »Zwischen den beiden hat es ständig gekracht«, sagte sie zu mir. »Ich hatte immer den Eindruck, Brenda wüsste etwas über Susans Verschwinden, das sie uns verschweigt.«

Irgendetwas an der Art, wie sie das sagte, machte mich stutzig, und als ich sie ansah, wich sie meinem Blick aus.

»Das glaube ich nicht, Mom«, sagte Corey. Dann schien er eine Sache zu bedenken, die er mir noch sagen wollte.

»Ich habe dir ja schon gesagt, oder, dass Susan gerade dabei war, einen Brief zu schreiben, als ich sie zum letzten Mal gesehen habe?«

Ich nickte.

»Ein Detail habe ich verschwiegen. Fraglicher Brief war für ihre Großmutter bestimmt. Man fand einen an Anne adressierten Umschlag auf dem Schreibtisch. Der Brief selbst ist nie aufgetaucht.«

Ich interessierte mich in dem Moment viel mehr für den Streit zwischen Susan und Brenda, spürte aber, dass ich mehr aus Mrs Orion herauskriegen würde, wenn wir beide allein waren.

Mit Sicherheit konnte sie offener antworten, wenn ihr Sohn nicht dabei war.

Wir saßen noch am Frühstückstisch, als auch Dulcie schon aufkreuzte, in sauberen Shorts, T-Shirt und mit einem Pullover um die Taille gebunden.

Ihre rote Haarpracht bändigte eine grün glitzernde Paillettenspange – natürlich Carlinas Einfluss –, die zu Dulcies Augenfarbe passte.

Alles deutete darauf hin, dass ihre Mutter wieder auf dem Damm war, auch die Tatsache, dass Dulcie einigermaßen glücklich wirkte.

Kurze Zeit später machten wir uns in Coreys Boot auf den Weg. Dulcie und ich nahmen die beiden Heckplätze ein, Corey stand vor uns am Steuer.

Dulcie hatte einen großen braunen Umschlag mitgebracht, den sie auf ihrem Schoß festhielt, ohne auch nur ein Sterbenswörtchen darüber zu verlieren.

Sund und Himmel erstrahlten an diesem Morgen in einem tiefen Blau, das mit dem üppigen Grün der Kiefern und Lebenseichen an der Küstenlinie im Westen kontrastierte. Dulcie kreischte vor Vergnügen, als das Boot einen Moment lang frei durch die Luft schoss, ehe es weiter, unterbrochen von harten Sprüngen, über das Wasser glitt. Aufgewühlte Gischt flog an uns vorbei, und hinter uns bildete sich eine lange, weiß schäumende Kielwasserspur.

Wie schon bei der letzten Bootspartie fühlte ich mich durch den Wind und das Gefühl, über das Wasser zu fliegen, fast wie berauscht, und ich bekam neuen Mut. Für kurze Zeit war ich frei.

Innerhalb weniger Minuten erreichten wir Cabbage Island, und schon von Weitem sah ich das sicher auf einer Anhöhe errichtete Haus. Corey machte das Boot auf der vom Meer abgewandten Sundseite der Insel fest, blieb aber darin sitzen, als Dulcie und ich an Land gingen.

»Willst du nicht mitkommen?«, fragte ich.

»Dieses Mal nicht. Den Rest schafft ihr alleine, und ich hole euch in ein paar Stunden wieder ab. Ich will mich mit Brenda treffen, ehe sie Topsail wieder verlässt.«

»Die fährt erst mal nirgendwo hin«, sagte ich und schob gleich noch eine Frage hinterher. »Hast du eigentlich gewusst, dass mein Mann bei Brendas Tante wohnt?«

Er grinste mich an. »Klar. Gestern, als wir am Strand waren, habe ich gesehen, wie er im Turmhaus verschwand.«

Dulcie entging wieder einmal gar nichts. »Wenn das dein Mann war, mit dem du gestern gesprochen hast, warum seid ihr dann nicht zusammen?«

Corey kam mir zu Hilfe. »Stell bitte keine persönlichen Fragen, Dulcie.«

Sie zog eine Schnute. »Warum sollte ich das nicht dürfen? Du machst es doch ständig.«

Er winkte uns zu und legte ab.

Als Dulcie und ich den Weg zum Haus erklommen, trat Anne Trench vor die Tür, um im Seewind auf uns zu warten; dabei flatterte ihr Patchwork-Rock um ihre Beine.

Zu meinem Erstaunen machte Dulcie plötzlich kehrt, den braunen Umschlag fest gegen die Brust gedrückt. »Vielleicht gehe ich besser zum Strand zurück und warte dort auf dich.«

»Was ist los? Ich dachte, du wolltest Anne Trench sehen.«

Sie hielt sich den Umschlag als Sonnenschutz über die Augen. »Ich hab's mir anders überlegt.«

»Ich bewege mich keinen Zentimeter weiter ohne dich. Wenn du nicht mitkommst, gehen wir beide zum Strand zurück und warten dort auf Corey. Und das könnte Stunden dauern.«

»Kommt doch«, rief uns Anne entgegen. An diesem Vormittag trug sie Jeans unter ihrem Patchwork-Rock sowie, als äußerste Schicht darüber, ihren Malkittel. Ihr graues Haar hatte sie mit einem grünen Band zurückgebunden, sodass es ihr lose über den Rücken hing.

Dulcie nahm den Umschlag herunter und flüsterte mir zu. »Sie ist eine richtig berühmte Künstlerin, Hallie. Ich weiß nicht, was ich zu ihr sagen soll.«

Dulcies Schüchternheit, so untypisch für sie, hatte etwas Rührendes.

»Überlass doch einfach ihr das Reden«, riet ich ihr. »Du brauchst nichts zu sagen, wenn dir nicht danach ist.«

Sichtlich nicht ganz beruhigt, stieg Dulcie mit mir die Stufen zur Veranda hinauf.

20

Anne spürte sofort, dass Dulcie verschüchtert war, und versuchte gleich auf dem Weg ins Haus, die Situation zu entschärfen.

»Und du bist nun die kleine Dulcie, die Tochter von Carlina und Fergus Cameron. Ich war früher einmal die Nachbarin deiner Eltern, aber das ist lange her. Jetzt wohne ich nicht mehr auf Topsail.«

Dulcie gewann neuen Mut. »Ich weiß. Der Captain erzählt oft von Ihnen. Seine Geschichten sind immer sehr spannend.«

Anne zuckte leicht zusammen, lächelte aber getrost weiter. »Du darfst nicht alles glauben, was er dir erzählt. Er hat schon immer gern übertrieben.«

»Tut er noch, glaube ich.«

»Hast du Hunger, Dulcie?«, fragte Anne.

Ich erklärte ihr, dass wir bereits gefrühstückt hatten, und Anne sah Dulcie lächelnd an.

»Nun, dann gibt's eben was Kleines für zwischendurch«, beschloss sie, »Milch und warme Haferplätzchen, frisch aus dem Ofen. Los, ihr beiden, kommt rein und setzt euch an den Kamin.«

Wieder schien die kleine Stube im Licht des Feuers zu leuchten – vielleicht auch wegen Annes Anwesenheit. Nach zwei Plätzchen und einem Glas Milch fühlte sich Dulcie schon beinahe wie zu Hause.

Anne und ich sprachen kurz darüber, wie schön der Tag sei und wie blau der Sund im Licht der Sonne erstrahlte. Aber gleich darauf wandte sie sich wieder an Dulcie, die noch immer diesen Umschlag in der Hand hielt.

»Sieht fast so aus, als hättest du mir etwas mitgebracht?«, sagte sie.

Dulcie schüttelte den Kopf und verschränkte die Hände über dem Umschlag.

»Ich bin mir sicher, du malst gerne, oder nicht?«

»Ja – schon. Aber ich bin nicht besonders gut.«

»Das war ich am Anfang auch nicht. Zeig mir doch die Sachen einfach mal. Ich bin neugierig, weil Susan immer so geschwärmt hat von deinen Talenten.«

Dulcie schüttelte den Kopf. »Da war ich ja noch klein. Heute bin ich viel besser.«

»Klar. Also pack schon aus.«

Sie klapste auf den freien Platz neben sich auf dem Matratzensofa, und Dulcie setzte sich zögerlich zu ihr. Ich hatte wie schon beim letzten Mal auf dem bequemen Sessel Platz genommen und wartete gespannt darauf, was nun passierte.

Einen Moment lang zierte sich Dulcie noch, ehe sie den Umschlag endlich aus der Hand gab. Mit farbverschmierten Fingern zog Anne mehrere Zeichenbögen heraus und breitete sie auf dem niederen Tisch aus. Flackerndes Kaminlicht erhellte die in lebendigen Acrylfarben gemalten Bilder, und ich staunte nicht schlecht, was ich zu sehen bekam. Dulcie hatte sämtliche fünf Bögen bis an den Rand mit abstrakten Formen in grellen, wütenden Farben bedeckt.

Anne sah sich die Bilder eines nach dem anderen eindringlich an.

»Sie sind wirklich sehr, sehr gut, Dulcie. Du hast mit viel Fantasie Farben und Formen kombiniert, aber warst du denn beim Malen wirklich so zornig?«

»Ich kann schon ausrasten«, sagte Dulcie zögerlich.

»Das glaub ich dir. Trotzdem habe ich das Gefühl, du hast dich dabei zu sehr an bestimmten alten Bildern von mir orientiert, die es entgegen meiner Vermutung noch immer gibt. Mir kommt es so vor, als hättest du nicht deine, sondern *meine* Wut aufs Papier gebracht.«

»Ich habe nicht abgemalt!«, quengelte Dulcie. »Das ist alles von mir.«

»Klar, sieht man doch. Ich meine nur, du hast dich anregen lassen von meinen Bildern, und ich finde, deine sind sehr gut, weil du etwas Eigenes daraus gemacht hast. Wenigstens zum Teil. Alle Künstler gehen am Anfang so vor. Wir übernehmen bestimmte Dinge von anderen Künstlern, die wir spannend und anregend finden. So lernen wir zeichnen und malen. Und Schriftsteller lernen so, zu schreiben. Später, wenn wir allmählich sicherer werden, entwickeln wir unseren eigenen Stil. Interessiert es dich zu sehen, wie ich heute male – ohne Wut im Bauch?«

Dulcies Augen leuchteten, und alle weiteren Worte erübrigten sich.

Anne ging voraus in ihr Atelier hinter dem Vorhang. Ich folgte nach und bemerkte, wie Dulcie sich umsah, als würde jeder Farbfleck, jedes Detail auf dem chaotischen Arbeitstisch sie faszinieren. Aber mir war es ja, wenn ich mich recht erinnerte, zwei Tage zuvor ähnlich ergangen.

»Wolltest du nicht eigentlich Tänzerin werden, Dulcie?«

Sie tat die Frage mit einer wegwerfenden Handbewegung ab. »Meine Mutter will das, und sie ist glücklich, wenn ich tanze. Es macht ja auch Spaß, aber Tanzen ist halt nicht das, was ich wirklich will. Dass ich lieber male, macht meine Mutter fuchsteufelswild.«

Anne sah mich über Dulcies Kopf hinweg an und verzog das Gesicht.

»Ich erinnere mich gut an deinen Vater«, sagte Anne leise. »Deine Mutter hat wirklich einen wunderbaren Mann geheiratet.«

»Dad meint, sie hätte lieber den Captain geheiratet. Hat er selber zu ihr gesagt, und ich hab's gehört.«

Ich war irritiert darüber, wie gelassen sie mittlerweile dieses Thema anging. Sie sah jedenfalls sehr viel klarer, als ihre Eltern es auch nur ahnten.

Anne tat so, als wäre ihr nicht aufgefallen, dass etwas nicht stimmte. »Komm mal hierher«, sagte sie. »Ich will dir was zeigen.«

Das Porträt von Carlina als Zigeunerin hing nicht mehr an der Wand, sondern stand nun auf einer Staffelei, von der sie, mit hoch erhobenem Tamburin, den Betrachter über die Schulter anblickte.

Dulcie stand wie verzaubert vor der Staffelei. »Das ist doch meine Mutter! Was für ein schönes Bild!«

»Freut mich, dass du sie erkennst«, sagte Anne. »Ich habe es nämlich nur aus dem Gedächtnis gemalt und war mir deshalb nicht ganz sicher, ob ich sie wirklich gut getroffen habe.«

»Das Bild zeigt eine Art Idealbild von ihr«, sagte Dulcie altklug. »Sie hält sich nämlich für alt, nur wegen ein paar Falten und grauer Haare. Genauso wie auf dem Bild würde sie gerne aussehen. Wenn sie es nur sehen könnte. Dann würde sie endlich wissen, wer sie ist.«

Anne nahm ein Tuch und warf es über das Bild. »Es ist noch nicht fertig, und ich bin mir nicht sicher, ob es je fertig werden wird – außerdem weiß ich nicht, ob es ihr überhaupt gefallen würde. Es ist Teil einer Vergangenheit, an die ich mich kaum erinnere. Hättest du Lust, noch andere Sachen von mir zu sehen, Dulcie?«

»Oh ja«, rief sie, und mir war klar, sie war völlig begeistert von Anne Trench.

Ich ließ die beiden mit ihrem Lieblingsthema alleine und ging zurück in die vom Feuer erleuchtete Wohnstube. Die besondere Atmosphäre verdankte dieser Raum sicher Anne Trench; ohne diese Frau wäre er nichts als eine heruntergekommene, seelenlose Absteige, trotz des Feuers, das nach wie vor im Kamin brannte.

Ich genehmigte mir ein weiteres Haferplätzchen und schlenderte nach draußen ans Geländer der Veranda. Unten im Sumpf stakste mit zuckenden Kopfbewegungen ein Silberreiher umher, und ein kleines weißes Boot, das wie Coreys aussah, näherte sich der Insel. Plötzlich sah ich, dass tatsächlich Corey darin saß, und neben ihm Brenda Wilshire!

Das Boot verschwand hinter einer Düne, und wenige Minuten später hörte ich den Motor aufheulen und sah, wie das Boot wieder aufs offene Wasser hinausfuhr. Kurz darauf erschien Brenda vor meinen Augen; sie erklomm den steilen Weg zum Haus. Als sie mich sah, winkte sie mir zu, und ich winkte zurück, obwohl mir ihr Besuch ein gewisses Unbehagen bereitete.

An der Veranda angekommen, erklärte sie mir, wie es dazu gekommen war.

»Kaum hatte ich erfahren, dass Anne Trench hier ist, gab es für mich kein Halten mehr, und Corey musste mich unbedingt hierher bringen. Ich habe sie als kleines Mädchen unendlich bewundert und kann mich noch gut an diese Zeit erinnern. Außerdem ist das eine sehr gute Gelegenheit, auch Sie wiederzusehen.«

»Lieb von Ihnen. Ich fand unser gestriges Zusammensein auch sehr nett. Aber sagen Sie, wohin ist eigentlich Corey verschwunden?«

»Er ist dabei, ein paar Besorgungen zu erledigen, und hat mich zwischendurch hier abgesetzt. Ungefähr in einer Stunde will er wieder zurück sein.«

Sie machte, trotz aller ihrer Probleme, einen äußerst fröhlichen Eindruck. Mir kam sie bei unserem Gespräch immer noch sehr vertraut vor, obwohl ich sie nur vom Fernsehen her kannte.

Anne, die das Boot gehört haben musste, kam auf die Veranda heraus und begrüßte Brenda mit ausgestreckter Hand.

»Bei unserer letzten persönlichen Begegnung waren Sie noch ein Kind. Seitdem habe ich Sie immer nur auf dem Bildschirm gesehen und ihre atemberaubende Karriere verfolgt. Corey hat mir schon erzählt, dass Sie gerade wieder auf Topsail sind. Umso mehr freue ich mich, Sie hier zu sehen.«

»Ich freu mich auch riesig. Ich habe schon viel von Ihren Ausstellungen gehört, und einige Bilder habe ich auch schon selbst im Museum gesehen. Wirklich schön, dass sich alles so gut entwickelt hat für Sie.«

Anne lächelte und sah mich an. »Du hättest Brenda, Corey und Susan in ihrer Blütezeit sehen sollen, das Schreckenstrio der Insel!«

Brendas dunkle Augen leuchteten, während sie in Erinnerungen schwelgte.

»Besonders originell waren wir ja nicht damals. Susan, Corey und ich nannten uns die Drei Musketiere. Schlimm, dass sie jetzt nicht bei uns sein kann.«

Ich musste daran denken, was Corey gesagt hatte – dass nämlich Susan und Brenda hoffnungslos verkracht waren.

Es wehte eine frische Brise, und Anne lud uns ein, ins Haus zu gehen, wo ein letzter Rest von Glut noch einen Hauch Wärme verströmte.

»Dulcie ist fürs Erste beschäftigt«, sagte Anne. »Ich habe ihr ein paar Stifte und Papier in die Hand gedrückt, und sie fühlt sich bereits wie zu Hause. Sie ist wirklich sehr clever und begabt.«

Es wurden Plätzchen herumgereicht, und anstatt Milch gab es nun Apfelzimttee zu trinken. Auch Brenda konnte sich dem Zauber der Anne Trench nicht entziehen.

»Ich hätte so gerne mehr über die ersten Jahre auf Topsail gewusst«, sagte Brenda zu Anne, »die Zeit von Operation Bumblebee. Waren Sie damals hier?«

»Ja, ich war hier, und ich erinnere mich noch sehr genau. Damals war ich ungefähr zwanzig, und ich arbeitete als Sekretärin auf Camp Davis in Holly Ridge. Nicholas war ein ganz junger Leutnant zur See, frisch von der Militärakademie Annapolis und der attraktivste Mann, den ich je gesehen hatte. Alle damaligen Filmschauspieler zusammengenommen sahen nicht so gut aus wie Nicholas Trench. Natürlich verknallte ich mich in ihn – schwer.«

»Hast du Fergus Cameron damals schon gekannt?«, fragte ich.

»Ihn gab es schon, ja, aber er war mir weitgehend egal. Sicher, er war Nicholas' Freund, aber er erinnerte mich an einen jungen Storch. Er hatte so lange Beine und einen komischen Gang. Dafür war er ein *Genie.* Mit den Jahren veränderte er sich ziemlich stark, und irgendwann heiratete er dann natürlich Carlina. Alle glaubten damals, sie sei zu jung für ihn und würde sich nach einem derart abenteuerlichen Leben nie an die Ehe gewöhnen, aber offenbar hat sie sich ganz gut gemacht – und noch dazu ist sie die Mutter einer angehenden kleinen Künstlerin. Ich bin dir wirklich dankbar, Hallie, dass du sie mitgebracht hast.«

Ich lächelte und nickte, sagte aber, wie Brenda, kein Wort, um Annes Erinnerungsstrom nicht zu unterbrechen. Sie blickte in die im Kamin schwelende Glut und begann zu erzählen, Geschichte um Geschichte, jede einzelne lebhaft ausgestaltet, als würde sie mit Worten malen.

Ich spürte, wie spannend diese Zeiten gewesen sein mussten; jene jungen Frauen und Männer waren an einem Geheimplan beteiligt, von dem vielleicht das Schicksal ihres Landes abhing. Der Krieg entfachte einen Patriotismus, der noch nicht aufgeweicht war von den zynischen Tendenzen späterer Zeiten.

Anne hatte ihren Blick beim Erzählen versonnen nach innen gewandt. »Wir hatten eine gute Zeit, trotz der vielen Arbeit. Es *waren* spannende Zeiten, und Nicholas war spannend. Kein Mensch strotzte so vor Energie wie er. Und er war immer für eine Überraschung gut. Langeweile war ein Fremdwort für ihn, und ich ließ mich von ihm einfach mittragen auf den Wellen der Begeisterung.«

Bei den letzten Worten fühlte ich mich ein wenig an Paul erinnert und daran, wie viel Schwung er in mein Leben gebracht hatte. Traurig wurde ich, als ich an den alten, bettlägerigen Mann in seinem Haus auf Topsail dachte, der, nur mehr ein Schatten seiner selbst, täglich mit seiner Schwäche rang. Aber nicht das Alter, sondern Krankheit war schuld an seinem Zustand. Ich hatte mitbekommen, wie er Mrs Orion oder andere Personen anblaffen konnte, wenn er verärgert war, aber während ich Anne so zuhörte, wünschte ich mir, ich hätte den jungen Nicholas Trench kennen gelernt.

»Haben Sie Carlina damals auch gekannt?«, fragte Brenda.

Ich sah sie an, gespannt, wie diese Frage wohl bei ihr ankommen würde.

Anne reagierte gelassen. »Nein, noch nicht. Sie trat erst sehr viel später in unser Leben. Topsail war längst dichtgemacht, aber Fergus, Nicholas und ich hatten beschlossen, trotzdem zu bleiben und uns auf Dauer hier niederzulassen. Jahre später tauchte dann Carlina auf, wie aus dem Nichts, oder doch nicht so ganz aus dem Nichts. Sie hatte ihrem Zirkus in Florida Adieu gesagt und tingelte als Tänzerin durch die Nachtclubs im Südosten.«

Anne schien abrupt zurückzukehren von ihrem Ausflug in die Vergangenheit und blickte ihren Zuhörerinnen in die Augen. »Aber das war damals, wie man sagt, und heute ist heute. Ich habe mir ein eigenes Leben aufgebaut, wollte das Verhältnis zu meinem Sohn auf eine neue Ebene stellen, aber wir beide sind zu verschieden. Es ist weder seine Schuld noch meine, dass ich zu Susan immer einen besseren Draht hatte als zu ihm.«

Sie klang beinahe trotzig, als sie das sagte.

»Ich stand Susan auch sehr nahe«, sagte Brenda nachdenklich. »Ich habe es mir nie verziehen, dass wir im Bösen auseinander gegangen sind. Aber woher sollte ich auch wissen, dass wir uns nie mehr wiedersehen würden?«

Anne zeigte Verständnis. »Vielleicht wart ihr einander einfach zu ähnlich. Spannungen und Rangeleien waren doch an der Tagesordnung.«

Brenda schüttelte den Kopf. »Sie sehen vieles klarer, als ich es je sah. Vielleicht war ja alles wie in diesem Lied – die Suche nach dem besten Freund, die Suche nach sich selbst, aber zu angestrengt gesucht ... Ich bin mir nicht sicher, wie viel Susan an unserer Freundschaft wirklich lag; mir lag sicher zu viel daran.«

»Und wie ist es heute?«, fragte Anne.

Ich wünschte, sie würde Brenda nicht allzu sehr bedrängen, aber Anne war nun mal die Ältere und fragte einfach drauflos.

Brenda sprang auf und stellte sich, den Rücken uns zugewandt, an ein Fenster mit Blick zum Sund. »Mir ist heute vieles weitgehend egal.«

Die Situation wurde langsam ungemütlich, und ich kam Brenda mit einer Frage entgegen. »Dulcies Schule plant eine Aufführung im Montagegebäude. Sind Sie noch auf der Insel, wenn es so weit ist?«

»Aller Voraussicht nach ja. Immerhin werde ich nicht gerade überschwemmt mit Angeboten. Falls Not am Mann ist, helfe ich freiwillig mit.«

»Wusstest du eigentlich, dass Louise als Sängerin mit von der Partie ist?«, fragte mich Anne.

Das war mir vollkommen neu, und ich schüttelte erstaunt den Kopf.

»Sie hat eine tolle Stimme. Wenn ihre Familie nicht so arm gewesen wäre, hätte sie aufs Konservatorium gehen können. Ryce ist auch ein großer Musikliebhaber, und die Musik hat die beiden auch zusammengebracht, unter anderem.«

»Dieses alte Montagegebäude steckt voller Geschichte«, fuhr Brenda fort, ohne auf uns zu achten. »Der Captain wusste viel darüber zu erzählen, als Susan und ich noch klein waren. Dann sind Sie weggegangen, Anne, und die Orions sind gekommen. So kamen wir zu Corey.«

Aus der Art, wie sie den Namen aussprach, schloss ich, dass Brenda und Susan möglicherweise denselben Geschmack in Bezug auf Männer gehabt hatten. Es wäre also nur natürlich gewesen, wenn sie und Corey sich während Susans Abwesenheit allmählich immer näher gekommen wären.

Brenda war mit ihren Gedanken immer noch beim Montagegebäude. »Anne, wussten Sie von der hohlen Stelle unter dem Fußboden in der Nähe des Eingangs?«

»Ich erinnere mich an einen unterirdischen Tunnel. Er folgte dem Verlauf der Straße und diente dazu, die Raketen zur Abschussrampe zu rollen. Reste davon wird es sicher noch geben. Es würde hohl klingen, wenn man die Stelle abklopft.«

Brenda nickte. »Genauso ist es. Corey, Susan und ich fanden einen Zugang zu diesem Hohlraum. Wir trennten ihn ab und hatten einen wunderbaren geheimen Treffpunkt. Es ist uns sogar gelungen, ein paar alte Möbel runterzuschaffen, sodass es richtig gemütlich wurde. Ich nehme an, die Erwachsenen wussten Bescheid darüber, ließen uns aber in Ruhe.« Sie wandte sich mir zu. »Ich habe diesen Raum seit Jahren nicht mehr gesehen, Hallie. Wie wär's mit einem Lokalaugenschein? Corey und ich würden Ihnen alles zeigen. Wahrscheinlich sind noch immer ein paar von Susans Sachen da unten.«

»Ich weiß nicht, ob die Idee so gut ist«, sagte Anne ruhig. »Wollen Sie wirklich schlafende Geister wecken? Ich habe kein gutes Gefühl, was diesen Ort betrifft. Die Sache mit den Raketen war ja spannend genug, aber auch irgendwie unheimlich. Ich habe mich schon immer gefragt, was aus dieser Ecke noch alles auf uns zukommt.«

Brenda tat die Worte mit einem Schulterzucken ab und sah auf die Uhr.

»Corey kann in jeder Minute hier sein. Vielleicht sollten wir schon mal runtergehen zur Anlegestelle.«

»Ich helfe Dulcie schnell beim Aufräumen«, sagte Anne. »Sie kommt dann nach.« Wir verabschiedeten uns mit dem Versprechen, bald wiederzukommen.

Ich spürte, dass Brenda sich alleine mit mir unterhalten wollte. Als wir den von Seegras und Strandhafer gesäumten Pfad hinabstiegen, sah sie mich kurz aus den Augenwinkeln an. »Normalerweise mische ich mich ja nicht in die Angelegenheiten anderer Leute ein«, sagte sie.

Diese Floskel verhieß normalerweise nichts Gutes, und ich zuckte zusammen, war aber auch vorbereitet.

»Neulich beim Abendessen hat Paul mir ziemlich genau geschildert, was zwischen Ihnen beiden im Moment gerade so abgeht. Natürlich alles ohne Namen, sodass ich keine Ahnung hatte, von wem er sprach – dass Sie seine Frau sind. Ich glaube, er brauchte jemanden zum Zuhören – was ich auch tat. Es ist immer einfacher, sich bei Fremden auszusprechen als bei Menschen, die man kennt.«

»Eine Herzensbeichte?«, fragte ich.

»Nicht unbedingt. Aber ich verstehe jetzt, dass Sie schlecht auf ihn zu sprechen sind. Ich hab das alles selbst mitgemacht, denn auch meine Ehe ging vor ein paar Jahren in die Brüche. Aber Wut ist ein schlechter Ratgeber – wie ich leider selbst feststellen musste. Er sprach vor allem über Ihre Arbeit, dass Sie Ihren Job verdammt gut machen – und dass Sie beide ein eingespieltes Team waren. Verstehen Sie mich bitte nicht falsch – nichts läge mir ferner, als Cupido zu spielen. Ich sage das alles nur, weil ich selbst mein Leben in einer ähnlichen Situation verpfuscht habe.«

Über das Thema Paul hatte ich nichts weiter zu sagen, was Brenda wohl auch einsah. Schließlich hatten wir den Strandabschnitt erreicht, an dem Corey sein Boot anlanden würde, und setzten uns auf einen Baumstamm.

»Ich nehme an, Louise gibt es auch noch?«, sagte Brenda beiläufig. »Wie läuft es denn so zwischen ihr und Ryce?«

Ich zuckte mit den Schultern. »Ich bin mir nicht sicher, ob Ryce wirklich glücklich ist. Louise ist wohl ziemlich egoistisch.«

Brenda nickte, den Blick auf eine imposante weiße Yacht

gerichtet, die in der Ferne vorüberglitt und mächtige Bugwellen aufwirbelte, die kleineren Booten leicht zur Gefahr wurden. Vor unseren Füßen wuselten winzige Krebse im Sand, schossen mal in diese, mal in jene Rechtung – ein faszinierendes Schauspiel. Ich beugte mich nach unten, um das filigrane Gehäuse eines halb im Sand verborgenen Seeigels aufzuheben. Es war makellos, ohne Risse oder Sprünge.

Brenda blickte versonnen auf den grünen Uferstreifen jenseits des Sunds. »Vor langer Zeit bin ich Louise öfter in New York begegnet. Wir arbeiteten dort als Model für eine große Agentur. Ich war erst achtzehn, sie mindestens zehn Jahre älter, vielleicht auch mehr, und sehr erfolgreich. In meinen Augen war sie die schönste Frau, die ich je gesehen hatte. Mich haben sie nur eingesetzt, weil ich ein anderer Typ war. Im Gegensatz zu ihr war mir der große Durchbruch nie gelungen, was ich auch nicht erwartete. Ich wollte schon immer zur Bühne oder zum Fernsehen, aber ich glaube, für Louise war es die Erfüllung ihrer Träume.«

Ich staunte zwar, als ich das hörte, war aber nicht wirklich überrascht. Die Kameras mussten sich auf Louise gestürzt haben, als sie jung war.

Brenda seufzte tief auf. »Ich habe sie seit etlichen Jahren nicht mehr gesehen, wusste natürlich, dass sie Ryce Trench geheiratet hatte, aber wir sind uns nie über den Weg gelaufen, wenn ich auf die Insel zurückgekommen bin. Damals jedenfalls war sie mehr als schön. Sie war eine unglaublich vitale und glückliche Frau, immer darauf bedacht, anderen zu helfen.«

Ich konnte das gar nicht glauben. »Leider hat sie sich sehr verändert.«

»Das ist kein Wunder, wenn man bedenkt, was sie alles erlebt hat. Mir jedenfalls tat sie leid damals.«

»Oh?«, sagte ich und bröselte Sandkörner von dem hauchdünnen Seeigelgehäuse in meiner Hand.

Sie seufzte wieder, aber dieses Mal tiefer. »Ich glaube, sie war größtenteils selbst Schuld an ihrem Pech. Ich habe sie einige Male besucht im Gefängnis.«

Der Seeigel zerbrach in meinen Fingern, und ich warf die Scherben in den Sand. Brenda bemerkte meinen schockierten Gesichtsausdruck.

»Uh-oh! Wenn Louise den Deckmantel des Schweigens über alles breitet, halte ich wohl auch besser den Mund. Wie auch immer, hier kommt unser Dampfer.«

Coreys Boot näherte sich dem Ufer, aber er selbst stand nicht am Steuer. Fergus Cameron lenkte das kleine Gefährt in Richtung Strand und schaltete den Motor ab, sodass es von alleine ans Ufer trieb und schließlich mit dem Bug im Sand stecken blieb. Dann warf er den Anker aus, kletterte heraus und kam auf uns zu.

21

Ich konnte gar nicht glauben, was Brenda mir über Louise erzählt hatte, stand aber erst einmal vor der überraschenden Tatsache, dass Fergus hier erschien. Als er auf uns zukam, fiel mir Annes Bemerkung ein, er habe sie als junger Mann immer an einen Storch erinnert. Nicht zu unrecht, dachte ich angesichts seiner langen Beine und dem nach wie vor etwas ungelenken Gang.

Er nickte mir zu, richtete jedoch seine Aufmerksamkeit auf Brenda. »Hallo! Ich wusste gar nicht, dass du aus New York zurück bist.«

»Hallo Fergus«, sagte sie. »Falls Sie Ihre Tochter suchen, sie ist oben bei Anne. Gut gelungen übrigens, die Kleine, mein Kompliment!«

»Glauben wir auch«, sagte er und machte sich auf den Weg bergauf. »Ich habe zu Corey gesagt, ich würde euch hier abholen, weil ich Anne sehen wollte, solange sie hier ist.«

Brenda sah ihm nach und stand vom Baumstamm auf. »Komm schon, Hallie. Diese Zusammenkunft will ich mir auf keinen Fall entgehen lassen.«

Es gab hunderte von Fragen in Bezug auf Louise, aber das hatte noch Zeit. Ich folgte Brenda, die mit flinken Schritten den Hügel erklomm.

Da uns Fergus mit seinen langen Schritten ein gutes Stück voraus war, sagte ich leise zu ihr. »Was ist los? Warum brennen Sie so darauf, bei diesem Wiedersehen dabei zu sein?«

»Beim letzten Mal gab es einen Riesenkrach. Anne kochte vor Wut wegen Carlina und Nicholas, und sie platzte vor Fergus mit allem heraus. Er dagegen stellte sich auf die Seite seiner Frau und sagte Anne gehörig die Meinung.«

Er hatte Carlina also verteidigt – aber was war wirklich vorgegangen in seinem Kopf?

Als wir uns dem Haus näherten, kam Anne mit Dulcie auf die Veranda heraus, um unseren Aufmarsch zu verfolgen.

Fergus ging vor uns die Treppe hinauf und streckte ihr die Hand entgegen.

»Gut siehst du aus, Anne.«

Sie ergriff spontan seine Hand, lächelte warm.

»Lange nicht gesehen, Fergus. Wie geht's dir?«

»Man wird langsam alt. Nur du und Carlina, ihr bleibt ewig jung.«

Dulcie kam auf ihren Vater zugelaufen, bepackt mit ihrem Umschlag und einer Tragetasche. Anne musste wohl ein paar Malutensilien für sie zusammengepackt haben. Dulcie stellte die Sachen beiseite und umarmte ihren Vater. Dann blickte sie über die Schulter zu Anne.

»Darf ich es ihm zeigen?«

Anne zögerte einen Moment, auch weil sie nicht gleich wusste, was Dulcie überhaupt meinte.

»*Bitte*«, bettelte Dulcie.

»Nun denn«, sagte Anne. »Komm rein, Fergus.«

Ihre einladende Geste schloss Brenda und mich mit ein, und wir gingen alle zusammen ins Atelier. Dieses Mal rannte Dulcie auf das Bild zu und zog das Tuch vom Porträt der Zigeunerin.

Fergus trat an die Staffelei heran und besah sich das Gemälde. »Alle Achtung«, sagte er zu Anne. »Es ist ein sehr wohlwollendes Porträt, wenn man bedenkt –«

»Das ist alles lange her«, unterbrach ihn Anne. »Wahrscheinlich war ich ungerecht dir und Carlina gegenüber. Meine Wut galt eigentlich Nicholas.«

Brenda und ich sahen gespannt zu, was sich zwischen den beiden in diesem Moment abspielte.

Fergus' große Gestalt wirkte nach wie vor angespannt. »Schuld an allem war wie immer Nick. Aber Carlina hatte nun einmal diese Neigung, zu kokettieren. Das kommt in deinem Porträt perfekt zum Ausdruck.«

»Spricht für mein Gedächtnis«, alberte Anne. »Ich hatte nämlich nicht einmal einen Schnappschuss als Vorlage. Heute, nehme ich mal an, ist sie ganz anders. So wie ich mich auch verändert habe.«

Fergus schwieg und sah weiter gebannt auf das Porträt.

»Ihr seid zumindest zusammengeblieben«, sagte Anne. »Und das will schon was heißen heutzutage – auch wenn ich selbst diesen Anspruch nicht habe.«

Ich spürte, dass Fergus sich nicht ganz wohl fühlte in seiner Haut. »Vielleicht sind wir einfach schon zu lange zusammen, um daran noch was zu ändern. Versteh mich bitte nicht falsch, aber wahrscheinlich ist es besser, wenn du Carlina nicht siehst, solange du hier bist.«

»Ich hatte nie die Absicht, sie zu besuchen, solltest du das gemeint haben. Obwohl nun wirklich genug Zeit vergangen ist und wir dieses Gefühlschaos von damals heute kaum noch nachvollziehen können.«

Gut möglich, dachte ich, aber Anne hatte keine Ahnung davon, dass Fergus mit diesem Kapitel noch lange nicht abgeschlossen hatte.

Dulcie zeigte Brenda den Inhalt ihrer Tragetasche, und Brenda bewunderte alles gebührend. Dann drehte sie sich zu Fergus um, auf ihrem Gesicht das gewinnende Lächeln, das ich vom Fernsehen her kannte. »Ich muss langsam aufbrechen. Ich habe meiner Tante versprochen –«

»Natürlich«, sagte Fergus. »Wir können sofort los.« Aber das Gemälde hatte es ihm so sehr angetan, dass er sich nicht davon losreißen konnte. »Wärst du bereit, es mir zu verkaufen, Anne?«

Sie zögerte. »Ich überleg's mir.«

Sie begleitete uns nach draußen bis zum Treppenabsatz und sah uns auf dem Weg den Pfad hinterher noch lange nach. Als ich mich umdrehte, um ihr zu winken, wirkte ihr

Gesicht auf mich irgendwie traurig, wie erfüllt von bittersüßen Erinnerungen.

Fergus, mit seinen langen Beinen, war bald wieder ein gutes Stück voraus, und Dulcie trottete einträchtig neben ihrem Vater her. Ich ergriff die Gelegenheit beim Schopf, ungestört ein paar Worte mit Brenda wechseln zu können, denn plötzlich und zu meinem eigenen Erstaunen hatte ich einen Entschluss gefasst.

»Kann ich, wenn wir wieder auf der Insel sind, mit zu Ihnen nach Hause kommen?«, fragte ich sie. »Ich würde mich gerne mit meinem Mann unterhalten.«

Sie lächelte freudig. »Gute Idee. Wir haben ihm das Turmzimmer zum Arbeiten gegeben. Wahrscheinlich finden Sie ihn dort beim Lesen irgendwelcher Korrekturfahnen oder sonstigem.«

Ich hatte meine Entscheidung schnell und spontan getroffen – sozusagen ohne Rücksprache mit mir selbst. Aber nun gab es kein Zurück mehr, und die Auseinandersetzung, der ich bis dahin ausgewichen war, stand kurz bevor. Ein bisschen fürchtete ich mich ja schon. Dieses Mal würde es ordentlich krachen, und war es nicht genau das, was ich wollte? Eine richtige Auseinandersetzung, mich nicht mehr zu verstecken, meine Meinung zu sagen!

Aber noch im Boot bekam ich es mit der Angst zu tun. War das wirklich eine so gute Idee? Ich geriet förmlich in Panik, wollte nur noch umkehren.

Schließlich erreichten wir die Anlegestelle nahe Brendas Haus; Fergus sicherte das Boot, und wir beide stiegen aus. Nachdem ich mich von Vater und Tochter verabschiedet hatte, bat ich Dulcie noch, Mrs Orion auszurichten, dass ich bei Brenda vorbeischauen und erst später zurück sein würde.

Brenda sprach kein einziges Wort auf dem kurzen Weg zum Turmhaus, und ich versuchte, gegen die steigenden Zweifel in mir anzukämpfen. Als wir unser Ziel erreicht hatten, sah sie hinauf zur obersten Etage.

»Ein Fenster steht offen«, sagte sie, »also muss er da sein. Gehen Sie einfach nach oben, meine Tante und ich werden garantiert nicht stören.« Als ich zögerte, stieß sie mich kurz an. »Kommen Sie schon«, sagte sie. »Sie werden schon die richtigen Worte finden. Obwohl es manchmal besser ist, nur zuzuhören.«

Ich spürte, wie sich meine Kehle verengte, und musste immerzu an Annes warnende Worte denken. Im Haus ließ ich Brenda zurück und ging in Richtung Turmtreppe. Meine Schritte hallten auf den nackten Holzstufen. Paul war also schon mal vorbereitet, dass jemand kam. Auf der obersten Stufe blieb ich stehen und sah mich um.

Er saß bequem in einem Sessel, und von Zeit zu Zeit rutschte ihm die Brille von der Nase, sodass er sie wieder hochschieben musste – eine vertraute Geste. Er schien tief in seine Lektüre versunken und sah kein einziges Mal auf, obwohl ich wusste, er tat nur so, als hätte er mich nicht gehört. Schließlich setzte er doch die Brille ab und sah mich an – ein wenig einladender Blick.

Ich betrat den Raum und ließ mich ihm gegenüber auf einem Sofa nieder. »Sprich mit mir«, sagte ich. »Bitte sprich mit mir.«

Sein Blick wurde freundlicher, und gnädigerweise erinnerte er mich nicht daran, dass er ja genau das versucht hatte. Es fiel ihm offenbar schwer, die passenden Worte zu finden, und ich fürchtete schon, wieder die alte Litanei zu hören zu kriegen, nämlich dass es ihm leid tue und dass es nicht wieder vorkommen würde. Aber es kam alles ganz anders.

»Ich habe viel nachgedacht, Hallie, darüber, was mir wichtig ist, was im Leben zählt und was nicht, und ich weiß jetzt eines: Ich möchte nicht so sein wie mein Vater.«

Die Verkrampfung in meiner Kehle löste sich. Pauls Vater war eine Art Don Juan gewesen, und seine Mutter hatte vieles einfach hingenommen in ihrer Ehe und darüber gelitten.

»Ich habe uns beide verletzt, dich, aber auch mich«, fuhr

er fort. »Ich habe einen dummen Fehler gemacht und will mich auch gar nicht entschuldigen oder dich um Verzeihung bitten oder derlei Unsinn. Ich will lediglich, dass du weißt, dass ich nichts in meinem Leben so sehr schätze wie das, was zwischen uns beiden war. Ich weiß jetzt, wie ein Leben ohne dich aussieht, und ich bin nur enttäuscht. Vielleicht war vieles einfach zu selbstverständlich in unserer Ehe, ich hoffe aber, das lässt sich ändern.«

Er stand auf und ging an eines der hohen Fenster mit Blick über Topsail; ich dagegen blieb so still sitzen, dass ich kaum zu atmen wagte.

Dann sprach er weiter, ohne sich dabei umzudrehen.

»Ich habe gesehen, wie verletzt und wütend du gewesen bist, und das ist durch nichts zu entschuldigen. Natürlich war ich selbst auch wütend und verletzt, wenn auch nicht mit ganz so gutem Grund. Vielleicht ist das alles ja eine Chance für uns. Kein Wendepunkt, aber vielleicht ein neuer Ausgangspunkt? Weg von alten Mustern und Gewohnheiten? Vielleicht könntest du mich gelegentlich auf eine jener dir so verhassten Hollywood-Partys begleiten. Und ich würde gerne öfter zu Hause bleiben und dich neu kennen lernen – und dabei auch mich. Nach acht gemeinsam verbrachten Jahren verstehen wir uns heute vielleicht schlechter als am Anfang.«

Ich wusste genau, dass er Recht hatte. Etwas war uns entglitten, ohne dass wir es bemerkt hatten.

»Es ist nicht zu Ende«, sagte ich. »Ich liebe dich und möchte dich nicht verlieren, auch wenn ich nicht –« Ich unterbrach, ehe ich was Falsches sagte.

Er lächelte, jenes vertraute, liebevolle Lächeln, das ich so schrecklich vermisst hatte. »Hättest du Lust, heute Abend mit mir essen zu gehen, Hallie? Mit Brenda und ihrer Tante war ich schon mal im *Soundside,* und ich könnte es dir zeigen.«

»Gerne.« Ich ging neben ihn ans Fenster, und er legte einen Arm um mich. Es fühlte sich gut an – genauso wie es sich anfühlen sollte.

»Es gibt viel zu erzählen«, sagte ich. »Und ich brauche deine Hilfe.«

Er küsste mich aufs Haar, dann seitlich auf den Hals. Der Kuss auf den Mund schließlich dauerte endlos. Mein Herz schlug wie wild, und ich schlang die Arme um seinen Nacken, hielt mich fest, aber bei allem Schutzbedürfnis und dem Wunsch nach weiteren Zärtlichkeiten blieb doch ein Rest Unsicherheit. Ich fürchtete mich davor, zu schnell wieder glücklich zu sein. Ich wollte nicht wieder verletzt werden, aber wie sollte ich ihm jemals wieder so vertrauen wie früher?

Er spürte meine Scheu und trat einen Schritt zurück, entließ mich aus der Umarmung. »Vielleicht sollten wir uns besser Zeit lassen und keine Versprechungen machen, die wir vielleicht nicht halten können. Es muss so manches zuerst verheilen – auf beiden Seiten. Ich habe ein Auto gemietet, und wenn du magst, fahre ich dich jetzt zurück zum Haus des Captains.«

Er hatte Recht. Meine Gefühle waren so strapaziert, die Verletzungen so frisch, dass ich immer noch leicht zitterte, und mir war klar, dass jeder von uns eine Zeit für sich brauchte, ehe wir wieder neu zusammenfanden und die alte Vertrautheit sich wieder einstellte.

»Gut«, sagte ich. »Ich würde dich gerne Captain Trench vorstellen.«

Wir stiegen die Turmtreppen hinab und trafen unten auf Brenda. Sie lächelte uns nur an, verzichtete darauf, etwas zu sagen.

Während der Fahrt erzählte ich Paul ein wenig davon, was alles geschehen war. Er wusste, dass ich Susan vom College her kannte und dass ich sie sehr gemocht hatte. Ich hatte in den letzten Jahren fast vergessen, was für ein guter Zuhörer Paul doch war. Vielleicht hatte ich aber schlicht und einfach zu wenig mit ihm gesprochen, um mich daran zu erinnern. Es stimmte wohl wirklich: Selbstverständlichkeiten waren der Feind jeder Liebe.

Die Zeit reichte aber gerade, um ihm Teile der Geschichte zu erzählen. Corey und der Piratenpfuhl würden später kommen. Ebenso wie Louise – die noch immer ein großes Rätsel war.

Im Haus lief uns gleich Mrs Orion über den Weg.

»Das ist mein Mann, Paul Knight«, sagte ich. »Paul, das ist Mrs Orion, die Haushälterin des Captains. Meinen Sie, wir könnten für ein paar Minuten beim Captain reinschauen?«, fragte ich sie.

Sie wirkte hocherfreut, und ich spürte, dass mich Mrs O. überraschenderweise wohl doch ins Herz geschlossen hatte. Jedenfalls sah sie mich nicht mehr so scheel an wie am Anfang.

Der Captain saß in seinem Rollstuhl vor dem Fernseher, als wir in sein Zimmer kamen. Er sah uns lange an und griff dann zur Fernbedienung, um den Apparat abzuschalten.

»Sie sind natürlich Paul«, sagte er und streckte ihm die Hand entgegen. Dann schaute er mich an. »Sie sind ein kluges Mädchen. Ich wusste das gleich, schon in der ersten Minute.«

Paul hatte eine besondere Art, auf die Menschen zuzugehen. Ihm war niemand fremd, und auch hier setzte er sich sofort und begann von den Türmen und der Operation Bumblebee zu erzählen. Die beiden Männer hatten schnell einen gemeinsamen Draht gefunden; damit sie sich kennen lernen konnten, ließ ich sie allein und ging auf mein Zimmer. Kaum hatte ich die Tür hinter mir zugemacht, begann ich wieder zu zittern. Mit solchen Emotionen hätte ich nie gerechnet. Das einzige Gefühl, das ich bis dahin zulassen konnte, war Wut, und ein Teil von mir wollte noch immer daran festhalten – dieser negativen Tendenz würde ich mich stellen müssen. Zum ersten Mal erkannte ich, dass ich meine Wut geradezu kultiviert und ausgekostet hatte. Damit musste jetzt Schluss sein.

Sicher war – allem Anschein nach zumindest –, dass Paul zu mir zurückgekehrt war und dass ich ihn wiederhaben wollte. Weiter konnte und wollte ich in diesem Moment nicht sehen. Hollywood samt seinen Sternchen war nicht aus der Welt, aber ich nahm mir von nun an vor, präsenter zu sein in seinem Leben, so wie er in meinem präsenter sein müsste.

Es klopfte an meiner Tür, und Mrs Orion kam lächelnd herein – ein warmes, aufmunterndes Lächeln, gar nicht mehr sauer und gezwungen wie ehedem.

»Wir haben jede Menge Platz im Haus, Mrs Knight. Wenn Ihr Mann lieber hier wohnen würde, mache ich oben ein Zimmer für Sie beide zurecht.«

Ich zögerte einen kurzen Moment. Paul hatte Recht – wir sollten uns Zeit lassen. Es war nach wie vor offen, wie es mit uns beiden weitergehen würde, und körperliches Begehren sollte nicht den Ausschlag geben, jedenfalls nicht, solange wir unsere Beziehung nicht neu geregelt hatten.

»Jetzt noch nicht«, sagte ich. »Wir brauchen dafür noch etwas Zeit.«

Sie nickte verständnisvoll. »Er wird um Sie werben, und so sollte es auch sein.«

Werben. Was für ein schönes altmodisches Wort.

Mrs Orion sprach weiter. »Dulcie ist mit ihrem Vater nach Hause gekommen und wirkte sehr glücklich. Ich bin Ihnen so dankbar, dass Sie diesen Ausflug mit ihr unternommen haben. Alles scheint jetzt gut zu sein.«

Scheint war das Schlüsselwort. Ich fragte mich, ob man sich überhaupt irgendeiner Sache sicher sein konnte. Meine Ehe schien doch auch glücklich gewesen zu sein, oder nicht?

Ich hatte mich bald wieder gefasst und ging auf die Terrasse, um auf Paul zu warten, der zu mir stieß, sobald er sein Gespräch mit dem Captain beendet hatte.

»Ich mag den Captain«, sagte er, »und bin dankbar, dass ich ihn kennen lernen durfte.«

Dieses Mal küsste er mich nicht, aber seine warmen Augen sprachen Bände. Er hatte mich schon lange nicht mehr so angesehen, und ich war bereit, mich diesem vertrauten Gefühl wieder voll und ganz hinzugeben.

Wir vereinbarten, dass er mich abends um sieben zum Essen abholen würde. Die Dinge liefen noch nicht so glatt zwischen uns beiden. Wir waren zwei Menschen, die hofften, einander für lange Zeit wieder sehr viel zu bedeuten, die aber noch ein Rest an Unsicherheit ängstigte.

Nachdem er gegangen war, stellte ich mich an das Geländer und sah hinaus auf den Sund. Die Meinung des Captains über Paul oder gar seine Ratschläge interessierten mich im Moment nicht, und ich beschloss, mich hinzusetzen und zu lesen.

In dem Moment bemerkte ich, dass Coreys Boot nicht am Steg vertäut war. Ich stutzte und ließ meinen Blick über den Sund schweifen. Da war es. Es nahm, von der Fahrrinne kommend, geradewegs Kurs auf Topsail. Am Ruder saß Corey, neben ihm Anne Trench. Der einzige Grund für sie, hierher zu kommen, war ein Besuch beim Captain, stellte ich staunend fest, und mich ergriff eine neue Sorge, als ich sah, wie Corey auf den Steg zusteuerte.

22

Corey half ihr aus dem Boot, und noch vom Steg aus sah Anne mit ernstem und suchendem Blick in Richtung Haus. Es war wohl sehr lange her, seit sie es zum letzten Mal gesehen hatte. Als sie mich auf der Terrasse stehen sah, winkte sie mir grüßend zu. Aber einen Moment zögerte sie noch, ehe sie sich auf den Weg machte.

Corey war damit beschäftigt, einen sperrigen Gegenstand aus dem Boot zu hieven, und an der Form erkannte ich, dass es sich um ein Gemälde handeln musste. Ich ahnte schon, was es war. Anne hatte offenbar das Porträt von Carlina mitgebracht. Somit standen uns aller Wahrscheinlichkeit nach zwei Begegnungen bevor – eine mit Fergus und seiner »Zigeunerin«, die andere mit dem Captain. Oder ich hoffte es zumindest.

Anne sah selbst wie ein Gemälde aus dort unten auf dem Steg, im Hintergrund das in der Sonne glitzernde Wasser des Sunds. Ein Fischadler, der sich am Ende des Stegs niedergelassen hatte, flog auf und entfernte sich mit breitem Flügelschlag, und einen Moment lang sah sie ihm hinterher. Sie trug eine schmal geschnittene graue Hose und einen grünen Pullover mit gelbem Muster. Aus dem Rollkragen ragte stolz ihr Kopf, das silberfarbene Haar unter einem grünen Schal verborgen. Sie trug keine Handtasche bei sich, sondern eine kleine Tragetasche.

Sie sprach mit Corey, Anweisungen vielleicht in Bezug auf das Gemälde, denn er verwahrte es gleich sicher im unteren Bereich des Hauses. Dann sah sie wieder zu mir hinauf und rief mir entgegen: »Warte bitte auf mich.«

Ich hatte sie als Frau kennen gelernt, die stets genau

wusste, was sie wollte, spürte aber nun, wie verunsichert sie in diesem Moment war. Immerhin hatte sie dieses Haus vor langer Zeit im Zorn verlassen und kehrte nun zurück, da der Captain alt und krank war. Möglicherweise wäre er darüber alles andere als erfreut.

Ich erwartete sie am oberen Treppenabsatz. Mrs Orion hatte längst alles mitbekommen, und obwohl sie Anne Trench nie kennen gelernt hatte, ahnte sie sicher, wer die Besucherin war. Sie stellte sich neben mich und musste sich, was unüblich war, am Geländer festhalten.

»Er wird toben vor Wut«, flüsterte sie. »Besser, ich warne ihn vor.«

»Nein«, sagte ich. »Warten Sie noch.«

Anne kam flott die Treppe herauf und streckte die Hand aus. »Sie müssen Mrs Orion sein. Ich bin Anne Trench. Susan hat mir viel von Ihnen erzählt. Sie müssen dem Captain ja wirklich eine große Hilfe sein. Ich würde ihn gerne sehen. Passt es im Moment?«

Mrs Orion war noch immer skeptisch. »Ich frag ihn mal«, sagte sie.

Anne legte eine Hand auf ihren Arm. »Lieber nicht, bitte. Am Ende will er mich gar nicht sehen. Aber ich glaube nun mal, es ist an der Zeit, alte Wunden heilen zu lassen.«

Mrs Orion gab sich schließlich geschlagen, und Anne wandte sich mir zu. »Komm bitte mit, Hallie. Besser, wir sind zu zweit.«

Ihr Zögern überraschte mich, und es ging mir in gewisser Weise auch zu Herzen, aber irgendwie war es doch auch beruhigend, dass eine so starke Frau wie Anne Trench unsicher und verletzlich sein konnte. Verletzlichkeit *war* erlaubt.

Vor der Tür des Captains trat sie einen Schritt zurück, sodass ich vor ihr hineingehen konnte. Dabei hatte ich keinerlei Vorstellung, was ich überhaupt sagen oder wie ich mich verhalten sollte. »Hier ist – Besuch für Sie«, kriegte ich gerade noch heraus.

Er drehte sich mit seinem Rollstuhl herum und sah an mir vorbei in Richtung Tür. Sie betrat das Zimmer hocherhobenen Hauptes. Den Schal hatte sie abgenommen, und ihr schönes Haar war wie üblich hochgebunden. Als der Captain es zum letzten Mal gesehen hatte, war es wahrscheinlich noch nicht silbergrau. Eine stattliche Erscheinung – das war die passende Beschreibung für Anne Trench. Dem Captain hatte es, was selten vorkam, eindeutig die Sprache verschlagen, noch dazu als sie, was immer sie in diesem Moment auch fühlte, direkt auf ihn zuging.

Sie sprach leise und gelassen. »Es ist eine Menge Zeit vergangen, Nicholas. Ich glaube, wir sind jetzt alt genug, um einander zu vergeben. Meinst du, wir schaffen das?«

Er war erbost gewesen, dass Carlina ihn in seinem Zustand gesehen hatte, aber im Falle Annes schien es ihm nichts auszumachen. Zwischen ihnen hatte sich mehr abgespielt als eine Affäre. Anne war seine Frau gewesen.

»Ich war so dumm«, sagte er. »Hallo, Anne.«

Sie griff nach seiner ausgestreckten Hand und beugte sich zu ihm herab, um seine Wange zu küssen. »Ich auch. Aber damals konnte ich nicht anders. Ich war zu jung und voller Wut und ohne jede Vernunft.«

Mir war klar, dass ich sie eigentlich hätte allein lassen sollen, trotzdem blieb ich und beobachtete fasziniert, was sich da vor meinen Augen abspielte.

»Es war ein Fehler von mir, dich einfach gehen zu lassen.« Die Stimme des Captains hatte ja noch immer gewisse Reserven, aber nun war alles Dröhnen abgestellt. »Wäre ich dir bloß gefolgt, ich hätte dich vielleicht zu einer Umkehr bewegt.«

Sie schüttelte den Kopf. »Zu dem Zeitpunkt war es schon zu spät.«

»An deinen Bildern habe ich damals gesehen, wie wütend du gewesen sein musst und wie wichtig dir unsere Beziehung offenbar war. Als ich sie sah, wusste ich, wie viel auch mir daran lag. Leider war mir in dieser Zeit Stolz wichtiger als Liebe. Stolz bin ich jetzt nicht mehr, wie du siehst. Aber wir sind uns mittlerweile fremd geworden.«

»Vielleicht können wir doch Freunde sein«, sagte sie. »Ich würde mich gerne etwas länger mit dir unterhalten. Darf ich mich setzen?«

Mir kamen Tränen in die Augen, und ich beschloss, die beiden allein zu lassen. Anne brauchte mich jetzt nicht mehr. Der Captain hatte zwei Frauen geliebt, dachte ich, aber jede anders. Carlina hatte ihn in gewisser Weise betört und tat es noch heute. Anne dagegen hatte Tiefe, Einfühlungsvermögen und Herzenswärme. Carlina war die Liebe eines jungen Mannes, Anne dagegen eine Partnerin fürs Leben. Aber die Wut zweier Menschen hatte ihr Leben zerstört. Das durfte Paul und mir unter keinen Umständen passieren.

Mrs Orion wartete ungeduldig vor der Tür, als ich herauskam, und ich nickte ihr zu.

»Es ist alles in bester Ordnung. Im Moment jedoch müssen sie einfach eine Weile alleine sein.«

Corey war nach oben gekommen. »Was für ein Tag! Wie läuft's denn zwischen den beiden?«

»Gut. Vielleicht finden sie als Freunde wieder zusammen«, sagte ich.

»Na Gott sei Dank. Ich hab mir schon Sorgen gemacht, als sie anrief und mich bat, sie hierher zu bringen. Sie hatte noch eine Bitte an mich – ich soll ihr Carlina-Porträt zu Fergus rüberschaffen. Hättest du Lust mitzukommen? Wird sicher spannend.«

Es interessierte mich, wie Carlina wohl selbst auf das Bild reagieren würde; also begleitete ich Corey in die untere Etage, wo er das Gemälde abgestellt hatte. Ich meinte, ob es nicht besser sei, vorher anzurufen, aber er hielt das nicht für erforderlich.

Wir überquerten die Lichtung zum Nachbarhaus, wo Dulcie uns die Tür öffnete, ihr Vater direkt hinter ihr.

»Mrs Trench will Ihnen dieses Bild hier schenken, weil es Ihnen so gut gefallen hat«, erklärte Corey.

»Kommt doch rein«, sagte Fergus und rief nach seiner Frau. Carlina kam auch prompt angelaufen, völlig ahnungslos, was sie erwartete.

»Anne Trench hat uns ein Geschenk vorbeibringen lassen«, sagte Fergus.

Dulcie wusste, was sich unter der Verpackung verbarg, und tanzte aufgeregt durch das Zimmer. »Mach's schon auf, Mom!«, rief sie. »Ich weiß, was es ist, und bin mir sicher, es gefällt dir.«

Aber Dulcie hatte sich getäuscht. Als die Verpackung ab und das Gemälde gut sichtbar aufgestellt war, sah Carlina es einen Moment lang an und brach dann in Tränen aus. Fergus wollte sie in den Arm nehmen, aber sie widersetzte sich trotzig. »Das bin ich nicht mehr!«, rief sie. »Ich laufe schon seit Jahren nicht mehr so herum. Die wollte sich lustig machen über mich mit diesem Porträt. Ich weiß doch, dass ich mich verändert habe.«

Fergus sah sie fassungslos an. »Mach doch nicht so ein Theater! Wir verändern uns doch alle und bleiben trotzdem immer dieselben. Wenn ich dich ansehe, dann sehe ich immer auch die tanzende Zigeunerin. Weißt du das nicht? Der Unterschied ist nur, dass du mir heute viel mehr bedeutest als jemals zuvor. Deshalb raste ich auch so leicht aus, wenn deine Gedanken wieder einmal nur um Nicholas kreisen.«

Ich stieß Corey an. »Komm! Wir gehen.«

Außer Dulcie bemerkte keiner, dass wir gingen; übermütig rannte sie uns hinterher und schwatzte drauflos. »Meine Mutter erzählt oft viel Blödsinn – sie glaubt, dass sie alt aussieht und dass für Dad nichts wichtiger ist als das. Und wenn sie sich dann zurückzieht, glaubt er, dass sie ihn nicht mehr liebt. Wie können Erwachsene nur so dumm sein, Hallie?«

Und das aus dem Mund eines Kindes! Von Dulcie konnte ich einiges lernen.

Corey sagte, er würde unten im Boot auf Anne warten, und Dulcie begleitete ihn. Als ich ins Haus kam, verließ Anne gerade das Zimmer des Captains. Sie unterhielt sich kurz mit Mrs Orion, und beide wirkten sehr ernst bei dem Gespräch. Ich hielt mich etwas abseits, bis Anne schließlich auf mich zukam und wir zusammen nach unten gingen.

»Ich wusste gar nicht, wie krank er ist.« Ihre Stimme klang traurig. »Ich will in der nächsten Zeit täglich vorbeischauen. Außerdem habe ich ihm zwei Bücher mitgebracht, die er hoffentlich auch lesen wird. Er muss sich mit seiner Situation nicht abfinden. Es gibt Auswege.«

Ich wusste nicht, wovon sie sprach.

»Mir wäre es lieber, es würde sich anstatt Mrs Orion jemand anders um ihn kümmern. Wenigstens zwischendurch.«

Das überraschte mich. »Mrs Orion ist eine treue Seele, und sie pflegt ihn mit Hingabe. Sie hält sogar alles von ihm fern, was ihn aufregen könnte. Kann es sein, dass du sie nicht magst?«

»Sicher erfüllt sie ihre Aufgabe sehr gewissenhaft, aber sie ermutigt ihn geradezu, krank zu sein. Außerdem – ach wenn ich nur wüsste, was falsch läuft. Ich habe immer mehr den Eindruck, Mrs Orion ist einfach zu ängstlich, und ich kann nur hoffen, ihre negative Energie schadet Nicholas letztendlich nicht.«

Das Letzte, was ich von Mrs O. erwartet hätte, war, dass sie sich vor etwas fürchten würde. »Wie kommst du zu dieser Vermutung?«

Wir hatten den Steg erreicht und gingen auf das Boot zu. Ehe wir jedoch ganz bei Corey und Dulcie angekommen waren, hielt sie mich mit einer Hand am Arm fest.

»Genau kann ich es nicht sagen, aber als wir uns unterhielten, wirkte sie sehr verunsichert – besorgt. Vielleicht könntest du ja herausfinden, was ihr eigentlich solche Angst macht?«

Corey half Anne ins Boot, und Dulcie stieg ebenfalls ein.

»Ich fahre mit Corey mit«, rief sie zu mir hoch. »Er bringt mich dann nach Hause zurück.«

Der Bootsmotor heulte auf, und im nächsten Moment raste das Gefährt hinaus auf den Sund, teilte die Wasseroberfläche in zwei von weißem Schaum gekrönte Wellen. Anne hatte den Schal wieder auf den Kopf gebunden, was ihr außerordentlich gut stand. Ich sah dem Boot hinterher, bis es hinter einem Landvorsprung in Richtung Cabbage Island verschwand.

Im Haus wurde ich schon von Mrs Orion erwartet. Ich versuchte, sie mit anderen Augen zu sehen, aber für mich war sie nach wie vor dieselbe, und ich kümmerte mich nicht weiter um Annes Worte.

»Wie geht's dem Captain?«, fragte ich. »Ich hoffe, der Besuch von Mrs Trench hat ihm gut getan.«

»Er hat sich schlafen gelegt, und das ist immerhin ein gutes Zeichen. Das heißt, er ist einigermaßen entspannt. In letzter Zeit hat er gar nicht gut geschlafen. Übrigens, Sie haben Besuch, Mrs Knight.«

Ihr missbilligender Tonfall sagte mir, dass sie nicht sehr erfreut darüber war. Ich schaute ins Wohnzimmer und sah, dass Brenda auf mich wartete.

»Sie mögen sie wohl nicht?«, fragte ich Mrs Orion.

Sie runzelte die Stirn. »Mögen oder nicht mögen, darauf kommt es mir nicht an. Ich weiß lediglich, dass sie ein schlechter Umgang war für Susan – und für Corey.«

Die Haushälterin entfernte sich, und ich begrüßte Brenda, überrascht darüber, was sie wohl hierher geführt hatte, wo ich doch gerade eben erst bei ihr gewesen war.

»Können wir uns ein wenig unterhalten?«, fragte sie und warf einen vorsichtigen Blick auf die Terrasse hinaus, auf der Mrs Orion sich gerade mit ihrem Strickzeug niederließ.

Ich führte sie auf mein Zimmer – einen Raum, den Brenda gut kannte, da ihn ja Susan von ihrer Großmutter übernommen hatte.

Anstatt sich zu setzen, ging sie im Zimmer herum, wie um sich neu mit der Einrichtung vertraut zu machen. »Ich bin gekommen, weil Ryce mich angerufen hat, Hallie. Wir beide wollen uns hier demnächst treffen.« Sie blieb vor Susans Büchern über Kristalle stehen, die neben der Amethystdruse aufgereiht waren.

»Was gibt's?«, fragte ich.

»Ryce möchte mit seinem Vater reden, über Louise, und er möchte, dass ich dabei bin, weil ich Louise von New York her kenne.«

Brendas Andeutung, dass Louise im Gefängnis gewesen war, hatte mich schockiert, und ich wollte mehr darüber wissen. »Sie haben mir schon einiges erzählt über sie, nur leider war das noch nicht genug. Ich will aber die *ganze* Wahrheit wissen.«

Brenda ließ sich auf einem Stuhl nieder und streckte sich ausgiebig, als wollte sie mich absichtlich auf die Folter spannen. Dann war sie bereit und begann zu erzählen.

»Das Schicksal hat es nicht gut gemeint mit Louise, obwohl sie größtenteils selbst daran schuld war. In New York hat sie sich schwer in einen Schauspieler verliebt, dritte Garde – sein Name tut hier nichts zur Sache. Ich nenne ihn Jack. Sie hatten eine Affäre und auch ein gemeinsames Kind, unehelich. Eine Zeit lang, glaube ich, fühlte sich Louise wie im siebten Himmel. Ich habe das Kind einmal gesehen – ein süßes kleines Mädchen –, aber es neigte zu Koliken und weinte ständig, was Jack wiederum auf die Palme trieb. Er wollte überhaupt nie ein Kind, aber als Louise schwanger wurde, gab es keine andere Wahl – jedenfalls damals nicht.« Brenda schien ihren Mut zusammenzunehmen, ehe sie fortfuhr. »Wie auch immer, als Louise eines Tages von einer Erledigung nach Hause zurückkam, war Jack verschwunden und das Baby tot. Es hatte Verletzungen, was bedeutete, dass er es entweder geschlagen oder fallen gelassen hatte. Louise entschied sich für die Unfallvariante.«

Mir war plötzlich ganz komisch zu Mute. Brenda schüttelte den Kopf und sprach weiter.

»Louise hat diesen Nichtsnutz wirklich geliebt, aber wenn die Wahrheit herausgekommen wäre, dann hätte das das Ende seiner Karriere bedeutet, ganz zu schweigen von den Folgen für sein Leben. Dazu kam, glaube ich, dass Louise sich selbst schwere Vorwürfe machte. Wenn sie daheim geblieben wäre, wäre auch nichts passiert. Also übernahm sie, auch aus dem Bedürfnis, sich selbst zu bestrafen, die volle Verantwortung und stellte sich schützend hinter ihn. Letztendlich wanderte sie ins Gefängnis für eine Tat, die er begangen hatte.«

Es fiel mir schwer, all das mit dem Bild in Einklang zu bringen, das ich bis dahin von Louise hatte.

»Weiß Ryce etwas von dieser schrecklichen Geschichte?«, fragte ich.

»Ich kann mir nicht vorstellen, dass ihm Louise etwas davon erzählt hat. Er ist doch ein Spießer mit allzu engen Moralvorstellungen. Ich habe Susan an einem Abend, als ich zu viel getrunken hatte, einmal davon erzählt, was ich im Nachhinein sehr bedauert habe. Nun gut, jedenfalls als Louise nach ein paar Jahren aus dem Gefängnis entlassen wurde, habe ich sie gesehen. Sie war nicht mehr die Frau, die ich von früher her kannte – die Zeit im Gefängnis hatte sie verhärtet. Sie sagte mir, sie würde zurückgehen nach North Carolina. Zwar hatte sie dort niemanden mehr, aber sie hatte vor, einen reichen Mann zu heiraten und endlich all die Dinge zu genießen, die sie bis dahin im Leben vermisst hatte. Und das hat sie auch getan. Es fragt sich allerdings, ob sie dabei ihr Glück gefunden hat.«

Das bezweifelte ich, und zum ersten Mal hatte ich Mitleid mit Louise.

Brenda sah, was in mir vor sich ging. »Vergessen Sie es, Hallie. Es ist nicht Ihr Problem, aber Sie wollten ja alles erfahren.« Sie berührte die violetten Facetten des Amethysts.

»Es gab einmal zwei davon. Was ist denn mit dem anderen Stein?«

Ich zögerte einen Moment. Dann ging ich an den Schrank zu meinem Koffer, kramte das fehlende Pendant heraus und brachte es Brenda.

»Dulcie hatte den Stein in ihrem Zimmer versteckt. Ich weiß nicht genau, warum, aber sie hat mich gebeten, ihn für sie aufzubewahren.«

Brenda ging mit der Kristalldruse ans Fenster, um sie ins Licht zu halten. »Der Stein muss gereinigt werden. Sie brauchen ihn nur in klares Wasser zu tauchen, das genügt.« Sie sah genauer hin. »Er ist auch beschädigt. Drei der zentralen Facetten haben einen Sprung.«

Ich hatte das in meiner Eile, als ich ihn verstaute, gar nicht bemerkt. Nun ging ich zu Brenda und sah, was sie meinte. Die Facetten in der Mitte waren stumpf, ihre Kanten nicht mehr scharf.

»Jemand muss ihn fallen gelassen haben«, sagte Brenda.

Ich sah in die Tiefen des Amethysts, und mir ging plötzlich ein Gedanke durch den Kopf, ein Gedanke, der mich einen Moment lang so verstörte, dass ich ihn nicht auszusprechen wagte.

»Was ist los? Was sehen Sie?«

»Könnte es sein, dass dieser Stein als Waffe gebraucht wurde?«

Sie verstand sofort, was ich meinte. »Sie meinen, ob jemand Susan damit erschlagen hat?«

»Ich kann es nicht glauben, aber würden Sie es denn für möglich halten?«

Brenda schüttelte den Kopf. »Ich bezweifle es. Der Stein ist zu schwer und unhandlich, als dass man ihn als Waffe einsetzen könnte.« Sie rieb mit einem Finger über den Schmutzfilm, hatte aber sonst nichts weiter dazu zu sagen.

Ich verwahrte den Stein wieder sicher in der Dunkelheit meines Koffers. Ich konnte und wollte mir nicht vorstellen, dass ein so reiner Stein wie ein Amethyst mit Mord in Verbindung gebracht wurde. Ganz zu schweigen davon, was das in letzter Konsequenz bedeutet hätte.

»Warum, meinen Sie, hat Dulcie den Stein an sich genommen?«, fragte Brenda.

»Das frage ich mich auch, aber schon alleine sein Anblick erschreckt sie. Sie will partout nicht darüber reden.«

»Merkwürdig. Vielleicht sollten Sie ihr ein bisschen Druck machen. Sollte sie irgendetwas wissen, müssen wir es auf alle Fälle herausfinden.«

Ich wollte Dulcie keinesfalls bedrängen. Sie hatte es ohnehin schon schwer genug, und wenn ihr danach zu Mute war, würde sie schon von alleine mit allem herausrücken. Außerdem war ich mir zu diesem Zeitpunkt nicht sicher, inwieweit ich Brenda Wilshire überhaupt in diese Sache mit einbeziehen wollte.

Plötzlich dröhnte es wie von einem Donnerschlag durch das ganze Haus, und ich spürte, wie der Boden unter meinen Füßen zitterte. Erschrocken schaute ich zu Brenda. »Mir wird unheimlich! Das ist schon einmal passiert, als ich einen dieser Donnersteine in der Hand hielt.«

Brenda lachte. »Purer Zufall! Kommen Sie, wir gehen raus auf die Terrasse.«

Als wir am Geländer standen, regte sich weit und breit kein einziges Lüftchen. Es war keine Wolke am Himmel, und auch der Boden unter unseren Füßen schwankte nicht.

»Seneca-Gewehre.« Brenda rümpfte die Nase. »Kein Mensch hat eine Erklärung dafür, aber das Phänomen tritt immer wieder mal auf, an der ganzen Ostküste entlang.«

»Hängt es mit dem Überschallknall zusammen?«

»Nein, mit dem Flugverkehr hat es nichts zu tun. Außerdem kennt man das Phänomen schon seit zweihundert Jahren. Die Seneca waren Indianer, ein mächtiger Irokesenstamm in New York, dem die Holländer Gewehre verhökert hatten. Der Legende nach feuern sie diese noch heute ab, weil sie so erbost darüber sind, was mit den Indianern und ihrem Land passiert ist. Eine andere Theorie spricht sogar von Erdrutschen auf dem Meeresboden, aber genau weiß letztlich niemand Bescheid, und bis jetzt hat keine der Erdbebenstationen in ganz North Carolina etwas registriert.« Sie schaute zur Treppe. »Da kommt Ryce. Noch was, ich hoffe, zwischen Ihnen und Paul ist alles in Ordnung, Hallie.«

»Wir beide gehen heute Abend essen.«

»Schön.«

Als sie sich vor meiner Zimmertür von mir verabschiedete, kam gerade Corey herunter, und ich bemerkte, wie die beiden einander anschauten. War es Zuneigung? Oder gar Liebe? Klar war ich mir darüber nicht. Da ich keine Lust hatte, Ryce zu sehen, ging ich auf mein Zimmer, um in Ruhe über Louises schreckliches Schicksal nachzudenken. Wie würde sie heute nach einer Scheidung von Ryce klarkommen? Mein Instinkt sagte mir, dass Richard Merrick wohl kaum ein zweites Mal heiraten würde. Und Louise, so gut sie auch aussah, war auf alle Fälle nicht mehr jung.

Ich berührte die Amethystdruse und versuchte, sie tunlichst zu vergessen. *Seneca-Gewehre,* hatte Brenda gesagt. Mir gefiel diese Vorstellung. Und die Kristalldruse war ein Donnerstein – ein Geschenk der Donnergötter. Vielleicht hing ja alles miteinander zusammen. Derlei Fantasien konnten mich aber nicht lange ablenken. Meine Gedanken wanderten unweigerlich zurück zu Paul und der Frage, wie wohl unser gemeinsames Abendessen ausgehen würde.

Noch vor wenigen Stunden im Turmzimmer schienen wir uns wieder nahe zu sein – wie ich es mir gewünscht hatte. Vielleicht war das ein erster Schritt dahin, die alten Vorbehalte aus meiner Jugend endlich zu überwinden. Ich wollte endlich lernen zu vertrauen.

23

Paul hatte einen Tisch im *Soundside* reserviert, und wir wurden überaus freundlich empfangen. Der großzügige Gastraum war üppig mit Pflanzen und Blumen dekoriert; moosgrüne Tischtücher und hellgrüne Servietten machten ihn vollends zu einer Oase der Ruhe. Durch eine Reihe von Fenstern hatte man einen Blick auf die Brücke und den Sund mit seinen breiten, bei Ebbe nun freiliegenden Sandbänken.

Wir hatten einen Fenstertisch bekommen, und ich konnte über eine schmale Veranda hinweg sehen, wie der Himmel sich im Licht der untergehenden Sonne rosa färbte. Nachdem wir die Bestellung aufgegeben hatten, ein Dinner aus Meeresfrüchten, fühlte ich mich plötzlich verlegen und brachte kaum ein Wort heraus. Ich benahm mich wie ein junges Mädchen bei seiner ersten Verabredung. Möglicherweise fühlte sich Paul ähnlich gehemmt, denn wir vermieden zunächst jeglichen Blickkontakt. Dass er in seinem hellbraunen Jackett und dem mokkafarbenen Rollkragenpullover blendend aussah, wusste ich aber auch, ohne ihn ein weiteres Mal anzusehen. Und mir war auch klar, dass ich locker mit ihm mithalten konnte – schließlich hatte ich lange genug vor dem Spiegel gestanden, um den Auslegekragen meines ritterspornblauen Kleids korrekt zu drapieren. Meine Haare hatte ich auf Hochglanz gebürstet, und meine Jonquil-Ohrringe setzten einen frühlingshaften Akzent.

»Ich würde gern mehr über Susans Verschwinden wissen, Hallie, und das ganze Drumherum«, sagte er schließlich.

Das Thema war einigermaßen unverfänglich, und ich erzählte ihm ein paar der Details, die ich in der kurzen Zeit seit meiner Ankunft auf Topsail erfahren hatte. Das Gespräch löste unsere Befangenheit, und ich hatte ein gutes Gefühl dabei, ihm alles zu berichten, was sich hier so zugetragen hatte. Oder zumindest fast alles. Ich wollte nicht darüber sprechen, wie ich – innerhalb weniger Tage – scheinbar alles verloren hatte, was in meinem Leben zählte. Vielleicht könnten wir nun einen Teil davon zurückgewinnen. Aber ich wollte nichts übereilen.

Ich konnte ihm nicht alle Zusammenhänge restlos klar machen, aber er bekam zumindest einen ersten Eindruck. Besonders interessierte er sich für Louise und dafür, was Brenda mir von ihrem Gefängnisaufenthalt berichtet hatte. Das komplizierte Wechselspiel der Gefühle und Antriebe dieser Menschen faszinierte ihn. Offenbar lagen Filmdrehbücher und das wirkliche Leben gar nicht so weit auseinander, und sein Interesse bereitete mir ein gewisses Unwohlsein. Zum Schluss erzählte ich ihm noch die schreckliche Geschichte vom Piratenpfuhl und Coreys schlimmen Vermutungen. Er war schockiert darüber und verlor sich in nachdenklichem Sinnieren über meine Ausführungen.

Erstmals nachdem wir Platz genommen hatten, begann ich mich unter den anderen Gästen umzusehen. Ich sah auch Corey, dem seine Rolle als Kellner außerordentlich gut stand. Als sich unsere Blicke trafen, blinzelte er mir zu. Meine ganze Aufmerksamkeit galt aber dem Paar, das er gerade bediente.

»Schau jetzt bitte nicht gleich hin«, warnte ich Paul, »aber an einem der Nachbartische sitzen Louise und Richard Merrick.«

Die meisten Menschen kucken extra hin, wenn man ihnen davon abrät, und auch Paul drehte den Kopf gerade rechtzeitig, dass sich die Blicke der beiden Männer kreuzten. Natürlich erkannten sie sich, und sie nickten einander zu.

»Du klingst, als wärst du nicht besonders erfreut darüber«, sagte Paul und wandte sich wieder mir zu.

Ich war mir zu diesem Zeitpunkt nicht ganz sicher, was ich von Louise halten sollte. Bis dahin hatte ich nur die Frau gesehen, die aus ihr geworden war, aber seit ich ihre Geschichte kannte, sah ich über so manche Sonderbarkeit in ihrem Verhalten hinweg.

»Louise versucht sich nebenbei als Maklerin, und Richard Merrick ist ihr Anwalt. Aber die Tatsache, dass er auch für das Testament des Captains zuständig ist, gefällt mir gar nicht, noch dazu, weil die beiden anscheinend gut miteinander können. Ich glaube, meine Sympathie liegt doch mehr bei Ryce als bei Louise.«

»Auf wessen Seite, glaubst du, steht Merrick?«

»Ich bin mir nicht sicher. Er kann sich keine besonderen Vorteile aus einer näheren Beziehung zu Louise versprechen.«

»Sie sieht sehr gut aus«, sagte Paul.

Beinahe hätte ich etwas Falsches gesagt, biss mir aber auf die Zunge und legte die Gabel bedächtig ab, ehe ich weitersprach. »Ich zermartere mir permanent den Kopf über diese Menschen und ihr Verhältnis zu Susan. Wer könnte bloß einen Grund gehabt haben, ihr etwas anzutun? Sicher, sie konnte einem ganz schön auf die Nerven gehen, und sie konnte förmlich ausrasten, wenn nicht alles nach ihrem Willen ging, aber trotzdem ...« Ich war schlicht und einfach ratlos.

»Ich würde gern einige von deinen neuen Freunden kennen lernen«, sagte Paul. Er zog die Augenbrauen in vertrauter Weise zusammen – ein Zeichen, dass er über etwas nachgrübelte.

Plötzlich fühlte ich mich beinahe kindisch glücklich. Paul war bei mir, und er wollte bei mir sein. Er würde mir nun helfen, alles zu klären. Ganz wie wir es gewohnt waren.

»Könntest du mir den berüchtigten Piratenpfuhl heute noch zeigen?«, fragte er.

Obwohl ich diesen Ort eigentlich nicht mehr sehen wollte, stimmte ich zu.

Nach dem wirklich hervorragenden Essen gönnten wir

beide uns noch ein Stück Käsekuchen, unser Lieblingsdessert. Louise und Richard Merrick waren mittlerweile im Begriff, das Lokal zu verlassen, kamen aber noch kurz an unseren Tisch. Paul stand auf, und Richard stellte ihn Louise vor. Als ich sah, wie sie ihn dabei mit ihren Blicken förmlich verschlang, schöpfte ich sofort Verdacht, ein Verhalten, das ich bis dahin an mir nicht gekannt hatte. Ich rief mich innerlich zur Räson. Paul war schon immer ein Frauenschwarm gewesen. Ich musste mein altes Selbstvertrauen wiedergewinnen und an eine Beziehung glauben, die kein Außenstehender erschüttern konnte. Aber sie *war* eben erschüttert worden, und wie sollte ich mit diesem Wissen von nun an weiterleben?

»Hallie, Sie müssen uns unbedingt besuchen kommen, solange Ihr Mann hier ist«, sagte Louise, den Blick immer noch auf Paul gerichtet. Als ich Richard Merrick kurz ansah, bemerkte ich den Anflug eines Lächelns auf seinem Gesicht. Dabei wirkte er sympathisch auf mich und irgendwie beruhigend, als wollte er sagen: *Wir beide kennen Louise doch. Machen Sie sich keine Sorgen. Ihr Mann weiß auch Bescheid.*

Als die beiden das Restaurant verließen, sah ich ihnen lange nach, und einen Moment lang war es mir unmöglich, Paul ins Gesicht zu sehen.

»Sie tut mir leid«, sagte er. »Seit Jahren ist sie es gewohnt, um ihr Leben zu kämpfen, und nun muss sie fürchten, alles zu verlieren, einschließlich des Geldes. Du willst es nicht haben, aber der Captain scheint entschlossen zu sein, es jemandem außerhalb der eigenen Familie zu vererben. Nehmen wir einmal an, Ryce kommt zu dem Entschluss, ihr doch lieber den Laufpass zu geben, was würde passieren mit Louise? Ich glaube, Richard ist für sie der letzte Strohhalm, an dem sie sich festklammert.«

Ich schaute meinen Mann voller Liebe und Bewunderung an – und einer gewissen Betroffenheit. Letztere galt mir selbst. Er hatte schon immer ein verständnisvolles, großes

Herz, und er sah Louise, wie ich sie gern gesehen hätte – mit einem großen Herzen.

Er reichte mir über dem Tisch hin die Hand. »Danke, Hallie, dass du die Einladung angenommen hast. Ich habe jetzt ein gutes Gefühl, was *uns* beide betrifft.« Der Zauber währte nur einen kurzen Augenblick. Dann ließ er ihn platzen.

»Vielleicht könnten wir uns jetzt den Piratenpfuhl ansehen.«

Ich zog meine Hand zurück. »Wir sind hier nicht beim Film, Paul.«

Einen Moment lang wirkte er wie konsterniert. Dann nickte er. »Genau aus dem Grund will ich die Menschen kennen lernen, von denen du mir erzählt hast. Damit sie Realität werden für mich. Und zu dieser Realität gehört auch eine Besichtigung des Piratenpfuhls. Wer weiß, vielleicht ergibt sich ja durch mich eine ganz neue Sicht der Dinge.«

Er rückte seinen Stuhl zurück, aber ich bewegte mich keinen Zentimeter. Ein heißes Thema galt es noch anzusprechen, solange wir uns in der Öffentlichkeit befanden.

»Anne Trench hat mir geraten, nicht zu dir zurückzukehren. Sie ist der Meinung, alle Männer sind und bleiben Schürzenjäger.«

Er sah mich wieder mit jenem kühlen, kritischen Blick an, und ich ärgerte mich schrecklich darüber, denn ausgerechnet Louise hatte er von jeder Kritik ausgenommen. Aber in diesem Moment begann eine wohlmeinende Stimme in mir zu flüstern: *Du bist ihm nicht gleichgültig. Deshalb kritisiert er dich.* Ich gab der Stimme Recht und fasste mich wieder. Wir alle neigten dazu, gerade die Menschen zu kritisieren, die wir lieben, weil wir sie gerne perfekt hätten. Dieses Verhalten war zwar töricht, aber menschlich.

Ich überraschte ihn mit einem Lächeln, worauf er in einer Anspielung auf Annes Worte sagte: »Wir beide nehmen unser Leben selbst in die Hand und lassen uns von niemandem dreinreden.«

Ich wünschte mir nichts sehnlicher, als mit Paul zusammen zu sein. Aber mir war auch bewusst, dass wir nie mehr dort anknüpfen konnten, wo wir aufgehört hatten. Keiner von uns beiden wusste letztendlich, wie sich die Kluft schließen ließ, die sich zwischen uns beiden aufgetan hatte, und es war auf alle Fälle besser, zu warten.

Ich musste wieder an Annes Rat denken und sagte: »Vielleicht hilft es ja, auf Menschen wie Anne Trench zu hören, die das alles schon einmal durchgemacht haben. Auch wenn wir, wie ich hoffe, einen anderen Weg gehen.«

Er schwieg darauf, und wir standen auf, um das Restaurant zu verlassen. An der Theke blieb er noch kurz stehen, um der Inhaberin des Restaurants ein großes Kompliment auszusprechen, und mir war klar, dass sie sich geschmeichelt fühlte.

Ich erinnerte mich daran, wie gut er in derlei Dingen war, und zwar ohne jede Berechnung, sondern weil es seine Art war, die Anstrengungen anderer entsprechend zu honorieren. Paul hatte sich stets jeder Situation angepasst und konnte auf die Menschen zugehen.

Als ich ihn im Umgang mit der Inhaberin beobachtete, konnte ich ihre Antwort förmlich erahnen. Er war ein sanfter Mann. Er setzte nie jemanden unter Druck, um es erst gar nicht zur Konfrontation kommen zu lassen – und genau die hatte ich ihm aufgezwungen. Aber gab es nicht Situationen im Leben, in denen wir Stellung beziehen mussten?

Die Umgebung des Restaurants hatte sich zu einem kleinen Geschäftsviertel entwickelt und war hell erleuchtet. Als wir die Hauptstraße erreicht hatten, fuhren wir, von Dunkelheit umgeben, weiter in Richtung Süden. Paul öffnete das Fenster des Wagens, um die frische Seeluft hereinzulassen. Ich atmete tief und versuchte alle störenden Gedanken auszuschalten. Ich saß neben meinem Mann, und das war gut so.

Als wir aber in die Seitenstraße einbogen, die durch das

Walddickicht aus verkrüppelten Bäumen hindurchführte, begann mir unser Vorhaben unheimlich zu werden.

»Man sieht so gut wie nichts bei Nacht«, warnte ich ihn.

»Ich habe eine Taschenlampe. Außerdem geht es nicht nur darum, ein Loch im Boden zu besichtigen – es steht viel mehr auf dem Spiel.«

Ich wusste nicht, was er meinte, verzichtete aber darauf, mich weiter quer zu stellen.

Er stellte das Auto am Straßenrand ab, und wir machten uns auf den Weg zu unserem ominösen Ziel. Im Haus des Captains brannten vereinzelt Lichter, und ich hörte einzelne Stimmen. Die Lichtung lag im matten Schein der Gartenlampe, der Piratenpfuhl dagegen im Schatten tiefer Dunkelheit.

Trotz meiner Angst führte ich Paul an den Drahtzaun heran, der die kreisrunde schwarze Leere im Boden sicherte. Ich war mir nicht sicher, was Paul vorhatte, konnte aber nun nicht mehr zurück.

Gestrüpp und Unkraut hatten den sandigen Boden fast komplett überwuchert, und als Paul mit dem Lichtstrahl seiner Taschenlampe darüber hinwegglitt, lag die Stelle grün schimmernd vor unseren Augen.

Er wagte sich ein Stück weit hinter den Zaun vor und hob einzelne Ranken mit der freien Hand hoch. An einer offenen Stelle im Dickicht der Äste über uns zeigte sich der sternenklare, vom Mond erleuchtete Nachthimmel, und als Paul den Kopf zur Seite drehte, blickte ich in ein ernstes, nachdenkliches Gesicht.

Dann sagte er mit gedämpfter Stimme: »Gut möglich, dass es hier passiert ist.«

»Wie kommst du darauf?«, flüsterte ich.

»Die Stelle hat etwas Gespenstisches. Sie ist wie gezeichnet von einem schrecklichen Ereignis. Es gibt gewisse Schicksalsorte, weißt du.«

Das war genau der Verdacht, der auch Corey – und möglicherweise auch Dulcie – nicht losließ. Ich konnte und wollte es einfach nicht glauben. »Was nützt dir diese Vermutung? Wie soll sie uns je weiterbringen?«

»Davon gehe ich auch nicht aus. Ich wollte nur einen ersten Eindruck von der Stelle bekommen.«

Dulcie musste uns von einiger Entfernung aus beobachtet haben, denn plötzlich kam sie heran und stand neben uns. »Da habe ich ihn gefunden. Gleich da drüben.«

Paul hatte keine Ahnung, wovon sie sprach, ich dagegen wusste sofort Bescheid. »Wie hast du ihn denn gefunden, Dulcie?«

»Er hat im Mondschein purpurfarben geleuchtet. Da bin ich durch das Gestrüpp am Rand durchgekrabbelt, und da lag er – der Amethyst. Ich glaube, dass jemand versucht hat, ihn in dieses Loch hineinzuwerfen. Wer auch immer dieser Jemand war, er hat nicht gesehen, dass er gar nicht hinuntergefallen ist. Er lag einfach da. Also habe ich ihn aufgehoben und in mein Zimmer gebracht. Ich wusste nichts damit anzufangen, aber ich fürchtete mich davor. Also habe ich ihn in meiner Truhe verstaut und niemandem gezeigt, bis ich ihn dir gegeben habe, Hallie.«

»Wovon sprichst du eigentlich?«, fragte Paul.

Dulcie sah ihn erschrocken an und antwortete nicht. Sie rannte plötzlich weg zum Haus ihrer Eltern, und ich hörte nur noch, wie sie die Tür hinter sich zuschlug.

»Komm mit nach oben«, sagte ich zu Paul. »Ich zeige dir, was sie meint.« Ich war froh, dass wir auf dem Weg zu meinem Zimmer niemandem begegneten.

»Früher war es Annes Zimmer«, sagte ich und machte Licht. »Nach dem Auszug ihrer Großmutter ist Susan darin eingezogen, und nun hat Mrs Orion mich darin einquartiert. Die richtigen Schlafzimmer sind in der oberen Etage.«

Er stand da und sah sich um genau wie ich, als ich den Raum zum ersten Mal betreten hatte. Sein Blick fiel auch auf das breite Bett mit den zwei Kissen, aber er tat so, als hätte er es nicht bemerkt. Die grellfarbigen Gemälde fehlten nun, und mir fiel zum ersten Mal auf, wie kahl die Wände ohne sie eigentlich waren. Nicht dass es mir etwas ausgemacht hätte – ich würde ohnehin nicht mehr lange da sein. Das Schulspiel im Montagegebäude würde in zwei Tagen über die Bühne gehen, und ich hatte versprochen, so lange zu bleiben, wusste aber nicht, wie es danach weitergehen sollte. Zwar hatte ich unser heutiges Abendessen genossen, aber sämtliche Paul betreffende Fragen waren nach wie vor offen, denn die Klarheit, mit der ich in eine Wiederaufnahme unserer Beziehung eingewilligt hatte, verblasste zusehends.

Ich ging an das Bücherregal und zeigte ihm die Kristalldruse. Dann holte ich das Pendant dazu aus meinem Koffer. Er drehte den Zwillingsstein in seinen Händen herum und bemerkte die beschädigten Facetten.

Ich setzte mich auf die Kante eines Stuhls. »Diesen Stein hat Dulcie am äußeren Rand dieser Grube da draußen gefunden. Ich habe mich gefragt, ob ihn vielleicht jemand als Waffe gegen Susan verwendet hat, was aber wahrscheinlich doch auszuschließen ist. Dazu ist er zu schwer und unhandlich.«

»Stimmt.« Er wog den Stein skeptisch in seinen Händen. »Es muss einen Hinweis geben, der uns bislang entgangen ist. Hast du denn irgendeinen Verdacht?«

Ich schüttelte den Kopf. »Ich habe endlos nachgegrübelt, komme aber zu keinem Ergebnis. Corey ist überzeugt davon, dass Susan in dieser Grube verschwunden ist. Aber es ist nur so ein Gefühl von ihm – dasselbe wie bei dir. Wenn sie jemand hineingestoßen hätte, hätte sie sicher geschrien. Aber niemand hat etwas gehört.«

»Je mehr ich erfahre, umso mehr Fragen tun sich mir auf. Ich würde gerne noch die anderen Akteure in diesem Drama kennen lernen.«

»Das müsste sich machen lassen. Morgen Vormittag findet im Montagegebäude die Generalprobe für die Schulaufführung statt. Ich glaube, niemand hätte etwas dagegen, wenn du dabei zusiehst. Zumindest Carlina könntest du bei dieser Gelegenheit treffen. Ich bin mir sicher, es werden auch noch andere da sein.«

»Ich würde ja schon gerne hingehen«, sagte Paul. »Brenda hat schon gesagt, dass sie dabei sein wird, und ich könnte sie ja begleiten. Sie kennt da sicher Gott und die Welt.« Er gab mir den Amethyst zurück und betrachtete das zweite Exemplar auf dem Bücherregal. Es war Zeit für ihn zu gehen.

»Danke für den heutigen Abend, Hallie«, sagte er. Seine Stimme klang sanft und zärtlich, aber er verzichtete darauf, mich zu berühren. Wir waren einander immer noch nicht sicher, und ich fragte mich abermals, ob das Vertrauen früherer Zeiten sich jemals wiederherstellen ließ.

Ich bedankte mich für die Einladung, klang aber wohl ziemlich spröde. Paul meinte, er würde alleine hinausfinden, und machte sich auf den Weg.

Als er gegangen war, starrte ich eine Weile auf das zu breite Bett, dass ich immer mehr zu hassen begann.

24

Als ich am anderen Morgen zum Frühstück auf die Terrasse kam, rannte Mrs Orion geschäftiger als sonst hin und her. Sie hatte sichtbar schlechte Laune, die sie an Corey und dem Captain ausließ, und mir war bald klar, was dahintersteckte. Sie missbilligte eine vom Captain geplante Unternehmung.

So wie es aussah, hatten nämlich die Hausbewohner vor, geschlossen zum Montagegebäude zu fahren, um der Probe beizuwohnen. Die Idee dazu stammte von Carlina, die mit dem Captain telefoniert hatte, und allem Anschein nach hatte er Gefallen daran gefunden. Er war bereits fix und fertig angezogen und wirkte fröhlicher als je zuvor, aber vielleicht war ja auch Anne nicht ganz unschuldig an seiner aufgeräumten Stimmung.

»Wir müssen frühzeitig dort sein, wenn wir einen guten Platz für den Captain bekommen wollen«, sagte Mrs Orion. »Am besten wäre ein Platz an einem der Ausgänge, damit wir unauffällig verschwinden können, falls er zwischendurch schlappmacht.«

Corey sah mich an und rollte mit den Augen, aber der Captain ließ sich seine gute Laune nicht verderben und akzeptierte Mrs Orions Kommandos ohne Widerrede.

Nachdem sie das Haus verlassen hatten, beendete ich mein Frühstück und machte mich dann selbst in aller Ruhe auf den Weg. Ich musste zu diesem Ereignis nicht unbedingt rechtzeitig erscheinen und brauchte auch nicht länger zu bleiben, als ich wollte. Meine gestrigen Stimmungsschwankungen waren einer gewissen Hoffnungslosigkeit und andauernden Skepsis gewichen. Sicher, Paul und ich hatten am Abend zuvor einige schöne Momente erlebt, aber ich wusste nicht, was passieren würde, wenn wir erst wieder nach Kalifornien zurückgekehrt waren. Dazu kam, dass jeder Gedanke an Susan meine trostlose Stimmung verschlimmerte, denn ich glaubte immer weniger, jemals eine Antwort auf all die ungeklärten Fragen zu finden.

Etwas Trost fand ich nur bei dem Gedanken, Paul vielleicht bald wieder zu sehen, sollte er tatsächlich mit Brenda zum Montagegebäude kommen. Welche Rolle spielte es da schon, dass ich mir in nichts sicher war – Hauptsache, ich würde ihn sehen. Vielleicht würden sich meine Gefühle ja dann klären.

Mrs O. hatte mir angeboten, wieder ihr Auto zu benützen; sie und die anderen würden den Van des Captains nehmen, in dem genügend Platz war für seinen Rollstuhl. Ich ließ mir Zeit für die kurze Strecke. Als ich ankam, waren viele Mütter noch eifrig mit den Kostümen ihrer Sprösslinge beschäftigt. Schrille Ermahnungen, sich bloß nicht schmutzig zu machen, schwirrten durch die Luft, schließlich würde die richtige Aufführung ja erst tags darauf stattfinden.

Carlina war voll und ganz in ihrem Element. Sie trug Jeans und eine überweite Hemdbluse, das Haar hatte sie mit einem geblümten Schal zurückgebunden. Fergus war zwar nicht gekommen, aber trotzdem wirkte sie aufgeregt und nervös.

Corey hatte ein Eckchen gefunden, in dem der Captain mit seinem Rollstuhl niemanden behindern würde und trotzdem alles sehen konnte, ohne ständig angerempelt zu werden. Unter den vielen Menschen entdeckte ich Paul sofort, und wir lächelten einander von Weitem zu. Ich hoffte, diese Begegnung würde manches klären, konnte aber noch weniger daran glauben als am Tag zuvor. Er war dazu abbeordert worden, die Stuhlreihen vor der Behelfsbühne zu arrangieren, und ließ sich von dieser Aufgabe auch nicht abbringen. Brenda machte sich ebenfalls nützlich, schwirrte geschäftig durch den Saal und winkte mir fröhlich zu.

Am schönsten anzusehen war Dulcie in ihrem weißen, mit

Goldpailletten besetzten Tutu und einem Kranz weißer Rosen auf dem Kopf, der hübsch mit ihrem roten Haar kontrastierte. Als ich sie erblickte, saß sie im Schneidersitz auf dem sattelähnlichen Gebilde ihres wirklich beachtlichen Pferdes. Die Attrappe war voll und ganz gelungen und sogar ziemlich groß, schließlich musste die viereckige hölzerne Plattform darauf passen, auf der Dulcie ihre kleine Tanzeinlage geben sollte.

Ich ging hinüber, um das imaginäre Tier genauer zu begutachten. Es hatte eine Mähne aus grünen Plastiklocken, die ihm üppig über den Hals fiel, und die feurig schwarzen Augen ließen einen glatt befürchten, es könnte jederzeit durchgehen. Der ausladende Körper war grün und weiß gesprenkelt, und den Mund hatte man feuerrot angemalt, mit zurückgezogenen Nüstern, die den Blick freigaben auf die grimmigen Zähne aus weißem Papiermaschee.

»Sieht wirklich gut aus«, sagte ich zu Dulcie, worauf sie voller Stolz nickte.

»Du musst wissen, Maximilian besteht nicht nur aus Papier. Darunter befindet sich ein Gerüst aus Holz, damit ich auch wirklich sicher auf ihm sitzen kann.«

Über die Bühne tobte gerade eine wilde Jagd kleiner, außer Kontrolle geratener Indianer, bis sie schließlich auf Carlinas Anweisung von einem Lehrer gebändigt wurden. Thema der Aufführung war die Geschichte der Insel Topsail, und so konnte man auf Indianer unmöglich verzichten. Sogar die Türme hatte man nachgebaut. Hinter zwei Gebilden aus Pappe verbargen sich kleine Jungs, die neugierig aus den oberen Fenstern herauslugten. Nur waren die Türme völlig neben der Rolle und liefen dauernd herum.

Um den Rollstuhl hatten sich mehrere Bekannte des Captains versammelt. Sogar Ryce war gekommen, obschon ich Louise, die ja einen Auftritt als Sängerin plante, nicht ausfindig machen konnte. Mrs Orion überließ den Captain nach einigem Zögern der Obhut seines Sohnes und ging für kurze

Zeit weg, um ihre Füße auszuruhen. Sie wirkte nervös und angespannt.

Sobald sie der Kontrolle Carlinas entwischen konnte, eilte Brenda auf mich zu. »Hi, Hallie. Ich will euch etwas zeigen. Fehlen nur noch Corey und Paul.«

Wir winkten Paul zu uns heran, und sobald Corey sich freimachen konnte, gingen wir zu viert nach draußen. In Gegenwart Pauls fühlte ich mich noch immer ein bisschen wie in Trance – als hätte ich mich, ganz wie ein junges Mädchen, aufs Neue in ihn verliebt. Ich konnte mir nicht vorstellen, wie ihm zu Mute war, denn er nahm die Situation, wie es seine Art war, gelassen und mit einem Augenzwinkern.

Brendas Abenteuerlust erwachte zu neuem Leben, und ihre Augen funkelten geheimnisvoll. Corey beobachtete sie mit sichtlichem Vergnügen.

»Natürlich müssen wir euch auf absolutes Stillschweigen einschwören, Hallie«, mahnte sie. »Ein Blutseid ist gefragt!«

»Wir werden schweigen wie ein Grab«, raunte Paul mysteriös, worauf wir alle lachen mussten.

Wir verließen das Gebäude über die Treppe in der Mitte des überdachten Vorbaus, und Corey blieb einen Moment stehen, um mit Genugtuung auf das große Schild über dem Eingang zu blicken.

MONTAGEGEBÄUDE
Gemeindezentrum der Insel Topsail

»Ich habe ein gutes Gefühl, wenn ich mir das Schild hier ansehe«, sagte er. »Besser ein Montagegebäude für die Menschen als für Raketen.«

Brenda hörte nicht weiter darauf. Sie war längst hinter einer Ecke verschwunden, stand nun mitten in dichtem, niedrigem Buschwerk, und als ein Auto vorfuhr und weitere Besucher der Probevorstellung entließ, tat sie so, als würde sie etwas suchen.

Corey sah uns grinsend an. »Sie ist und bleibt nun mal ein Kind – hoffentlich.«

Wir liefen zu Brenda, und sie griff mit der Hand nach hinten, um mich auf ein freies Fleckchen hinter die Büsche zu ziehen. Paul und Corey folgten dicht hinterher, und wir beobachteten Brenda, wie sie sich an einem Brett zu schaffen machte. Es gab krächzend nach, und vor uns lag die Öffnung eines dunklen, in die Tiefe führenden Tunnels.

Dies musste das Versteck aus der Kinderzeit sein, an dem Brenda, Susan und Corey ihre Geheimtreffen abgehalten hatten. Corey zückte eine Taschenlampe, dessen Strahl den Blick auf einen engen Gang freigab, der so niedrig war, dass wir mit unseren Köpfen an der Decke anstießen. Überall waren Spinnweben, die Brenda beherzt zur Seite fegte; schließlich erreichten wir die Tür zu einem etwas größeren Raum. Ihre Hand griff nach einem Schalter, aber es ging kein Licht an, und Corey ließ den Strahl seiner Taschenlampe herumschweifen.

»Wir befinden uns jetzt direkt unterhalb der hohlen Stelle im Fußboden der Montagehalle«, sagte Brenda. »Susan hat den Raum vor langer Zeit entdeckt. Ich nehme mal an, die Erwachsenen wussten Bescheid, aber es hatte niemand was dagegen.«

Im Schein der Taschenlampe konnte ich sehen, dass einzelne Möbelstücke herumstanden – ein wackliger Tisch, eine Couch und zwei altersschwache Sessel. Mäuse, vielleicht auch größere Nagetiere, hatten ihr Unwesen getrieben, und was an Stoffen und Polstermaterial übrig geblieben war, dem hatten Motten den Garaus gemacht. Auf der Couch lag ein Stapel Kissen im Dämmerlicht.

Brenda schüttelte verzagt den Kopf. »Wir haben alles so schön hergerichtet. Sogar Stoffreste haben wir angeschleppt, um Farbe reinzubringen. Was haben wir hier nicht alles erlebt! Die Sitzungen hat immer nur Susan geleitet, weil sie gern den Ton angab. Corey und ich ließen ihr ihren Willen und jede Rolle – Königin, Kaiserin oder Präsidentin. Wie auch immer.«

Corey hob ein altes verstaubtes Notizbuch auf und begann, darin zu blättern. »Susans Handschrift«, sagte er. »Sie hat anfangs sogar Protokoll geführt, bis es ihr zu lästig geworden ist.«

Paul sah sich bis in die letzte Ecke überall genau um. Für mich hatte der Ort etwas Unheimliches, und ich fragte mich, ob er das auch so empfand.

Schließlich ergriff Brenda wieder das Wort, und sie klang ziemlich traurig. »Ich dachte, es wäre ganz nett, nach der langen Zeit wieder mal hierher zu kommen, aber Pustekuchen – alles nur ein Haufen Müll. Gott, was waren wir jung damals. Aber jetzt reicht's mir. Kommt, wir gehen.«

Sie wollte gerade aufbrechen, als Paul sie aufhielt. »Einen Moment noch. Corey, kann ich bitte die Taschenlampe haben?«

Als der Lichtstrahl über die Couch hinwegglitt, stockte uns allen der Atem. Was wir für einen Berg Kissen gehalten hatten, war eine Frau, die mit dem Gesicht nach unten auf der Couch lag. Der Körper einer Frau. Corey ging vorsichtig auf sie zu und drehte sie um, Paul leuchtete auf das Gesicht. Louises Augen waren geschlossen, ihr Gesicht leichenblass.

Paul beugte sich hinunter und legte ihr die Finger an die Halsschlagader. »Sie lebt. Wir brauchen sofort einen Arzt oder eine Krankenschwester.«

»Lauf schnell und hol meine Mutter, Hallie«, sagte Corey. »Und es soll jemand den Krankenwagen rufen. Ryce soll auch kommen. Ich habe ihn oben beim Captain gesehen. Wir bleiben solange hier.«

Ich beugte mich zu Louise hinunter und flüsterte ihren Namen, aber ihre Augen blieben geschlossen, und sie reagierte auch sonst nicht.

»Los, beeil dich«, sagte Corey.

Ich fand problemlos nach oben zurück, und gleich am Eingang entdeckte ich Mrs Orion. Sie folgte mir schnell, und zu meinem Erstaunen begann sie beim Anblick Louises zu zittern. Sie tat das Wenige, das ihr zu Gebote stand, schüttelte den leblosen Körper, sagte aber kein Wort.

Nach Ankunft des Krankenwagens führte Corey die Männer mit ihrer Tragbahre sofort in das unterirdische Verließ. Ryce konnte ebenfalls gefunden werden und war, als er eintraf, sichtlich betroffen. Er begleitete seine Frau im Krankenwagen in die Klinik.

Brenda, die ebenso besorgt wirkte wie Mrs Orion, weigerte sich, die Probe weiter zu verfolgen, und zog es vor, draußen auf der Treppe in der Sonne Platz zu nehmen. Paul und ich begleiteten Corey und seine Mutter zurück zum Captain.

»Haltet bloß den Mund«, ermahnte uns Corey. »Das würde nur die Probe stören und den Captain aufregen.«

Mrs Orion sah so aus, als würde sie in der nächsten Zeit überhaupt nichts mehr sagen, und als der Captain sie ansprach, wirkte sie wie vollends abwesend.

Auch ich hatte den Schock noch nicht überwunden, stellte mir aber nun die Frage, was Louise da unten gemacht hatte. Ich kam zu keinem Ergebnis, aber die Frage sollte mich in den kommenden Tagen noch lange beschäftigen.

In meiner Aufregung hielt ich mich an einem der Griffe des Rollstuhls fest und verfolgte einfach den weiteren Fortgang der Probe.

Wir waren gerade noch rechtzeitig zurückgekommen, um Dulcie mit ihrer kleinen Tanzeinlage zu sehen, von der ich ja schon einen kleinen Vorgeschmack bekommen hatte. Nun aber erwies sie sich, ganz die Tochter ihrer Mutter, als die geborene Bühnenkünstlerin. Ihren Auftritt werde ich mein Leben lang nicht vergessen – ein rothaariges Mädchen in einem weißen Tutu vollführt einen elfengleichen Tanz auf einem weiß und grün angestrichenen Holzpferd namens Maximilian.

Carlina ahnte längst, dass etwas nicht stimmte, genauere Einzelheiten jedoch erfuhr sie erst nach dem Ende der Probe. Sie war fassungslos wie wir alle, aber ihre große Sorge galt vor allem Dulcie, die sie nach Hause zurückbrachte, noch ehe die schreckliche Nachricht zu ihr durchdringen konnte.

Ehe er zusammen mit Brenda den Schauplatz verließ, versicherte Paul sich noch, dass alles in Ordnung mit mir war. Mrs Orion und Corey brachten den Captain zurück nach Hause, während ich in dem Auto, das Mrs Orion mir geliehen hatte, direkt hinterherfuhr. Im Haus angekommen, stellte ich fest, dass Corey den Captain bereits ins Bild gesetzt hatte. Er war sogar noch weiter gegangen, indem er ihm die ganze Wahrheit über Louise berichtet hatte. Brenda hatte ihm die Geschichte anscheinend schon vor Jahren erzählt, jedoch hatte er sie bis dahin geheim gehalten.

Ich hätte mir etwas mehr Diskretion vonseiten Coreys gewünscht, denn der Captain war mehr in Aufruhr über Louises Vergangenheit als über ihr gegenwärtiges Schicksal. Mrs Orion schien sich gefasst zu haben und scheuchte uns alle aus dem Zimmer des Captains, um ihm etwas Ruhe zu verschaffen. Dabei beobachtete ich sie und fragte mich, aus welchem Grund sie so betroffen gewesen war. Was wusste *sie* von Louise?

Später an diesem Tag sollte ich dem Captain vorlesen, und ich befand mich gerade auf seinem Zimmer, als Anne eintraf. Corey hatte sie in seinem Mitteilungsdrang – was auch immer die Motive dafür waren – längst über alles informiert, sodass sich alle weiteren Erklärungen erübrigten. Also stand ich auf, um zu gehen, aber der Captain hielt mich zurück.

»Nein, bleiben Sie, Sie sollen ruhig alles mitbekommen«, befahl er. Wieder ganz der Alte, wandte er sich anschließend Anne zu. »Ryce bleibt jetzt keine andere Wahl. Er muss sich von ihr scheiden lassen. Und ich bin mir sicher, er wird dieser Ehe, die von Anfang an ein Fehler war, nicht nachtrauern.«

Ich hoffte, Anne würde mehr Verständnis für Louise zeigen als der Captain.

Sie antwortete gelassen. »Sollte Sie wieder auf die Beine kommen, liegt es doch an Ryce, wie er sich entscheidet, oder nicht?«

»Hier bestimme ich, was getan wird! Es ist höchste Zeit, diese Person vor die Tür zu setzen.«

»Ich muss gestehen, mein Fall war sie auch noch nie, aber wir wollen doch mal abwarten und sehen, was passiert.«

Als er sich wieder beruhigt hatte, griff sie nach einem der beiden Bücher auf seinem Nachttisch.

»Ich hoffe, du hattest Gelegenheit, reinzuschauen, Nicholas«, sagte sie.

Seine Augen hellten sich auf. »Ich lese gerade das obere – es ist ziemlich spannend.«

»Dachte ich mir doch. Noch etwas anderes, Nicholas, in Wilmington gibt es einen Arzt, den ich dir wärmstens empfehle.«

»Von Ärzten habe ich die Schnauze voll! Heutzutage sagen die mir doch alle nur noch, wann ich ins Gras beißen werde – aber bis jetzt haben sie sich durch die Bank noch alle getäuscht.«

Sie lächelte ihn an – ein Lächeln, das ihr Gesicht aufhellte und sich in seinem widerspiegelte. »Dieser könnte dir einen Weg ins Leben weisen. Und worauf es ankommt, weißt du ja schon. Gesund wird man nur, wenn man sich nicht unterkriegen lässt.«

Mir war klar, aus dem Mund anderer hätte er derlei Bemerkungen niemals akzeptiert. Aber auf Anne hörte er anscheinend.

In den folgenden Tagen wurde der Captain sichtbar kräftiger, und wir alle konnten sehen, wie sehr er sich auf Annes Besuche freute.

Die Schulaufführung hatte keiner von uns besucht, aber wir erfuhren im Nachhinein, dass sie wohl ein großer Erfolg gewesen war. Zu einem Zwischenfall war es lediglich gekommen, als ein kleiner Indianer von der Bühne stürzte und sich dabei einige blaue Flecken holte. Ein nicht unbeträchtlicher Teil der Einnahmen sollte für den weiteren Erhalt des Montagegebäudes verwendet werden sowie für ein Museum, das die Historische Gesellschaft darin einzurichten plante.

Mein Verhältnis zu Paul schien eine Zeit lang wie blockiert. Wir begegneten einander mit einem gewissen Vorbehalt, den zu überwinden keiner von uns willens noch in der Lage war. Trotzdem dachte keiner auch nur im Traum daran, nach Kalifornien zurückzukehren.

Louise lag noch immer im Krankenhaus, wo sie sich langsam von den Folgen des Schlaganfalls erholte, den sie offenbar erlitten hatte. Wir wussten nach wie vor nicht, was sie in dem unterirdischen Raum überhaupt gemacht hatte oder warum sie kollabiert war. Ryce besuchte sie häufig, und ich fragte mich, ob seine Zuwendung ihrerseits willkommen war. Richard Merrick hielt sich aus allem heraus und war vorübergehend wie vom Erdboden verschwunden.

Corey schien sich mehr Sorgen über seine Mutter zu machen als über alles andere. »Sie trägt etwas mit sich herum«, sagte er zu mir, »lässt aber nichts heraus, kein Sterbenswörtchen. Manchmal macht sie mir regelrecht Angst, denn so habe ich sie noch nie gesehen. Und als ich sie einmal darauf angesprochen habe, hat sie bloß gesagt, es würde ein Unheil über uns hereinbrechen.«

Zwischen Ryce und seinem Vater herrschte tagelang eisiges Schweigen, bis es schließlich eines Nachmittags offen zum Krach kam. Ich wollte dem Captain gerade einen Besuch abstatten und fand ihn im Bett vor, auf einer Seite stehend neben ihm Mrs Orion, auf der anderen Seite Anne.

»Im Moment sind Sie hier fehl am Platz«, schnauzte er Mrs Orion an, die daraufhin beleidigt von dannen zog. Dann befahl er Anne und mir im selben Tonfall: »Setzt euch doch endlich hin, verdammt noch mal.« Wir suchten uns einen

Stuhl, und für einen Moment lag er still da, offenbar erschöpft von diesem Ausbruch. Dann atmete er tief durch, öffnete die Augen und begann ruhig zu sprechen.

»Als kleiner Junge habe ich in einer Welt voller Riesen gelebt, die mich herumkommandierten und mir sagten, was ich zu tun und zu lassen habe. Jetzt bin ich alt und hinfällig und ans Bett gefesselt, und wenn ich aufschaue, sehe ich mich wieder von Riesen umgeben, die vor Energie nur so strotzen. Sie überragen mich um ein Vielfaches, und ich fühle mich genau wie damals – hilflos.«

Anne griff nach seiner Hand. »Ich doch nicht«, sagte sie sanft. »Ich bin doch bloß eine Zwergin, mein Bester.«

Er ließ ihre Hand nicht los. »Warum hast du mich damals verlassen?«

»Das weißt du ganz genau.«

»Vielleicht, ja. Aber diese Einsicht kam nicht von heute auf morgen«, sagte er und sah Anne dabei in die Augen. »Manchmal glaube ich, sie dämmert mir erst jetzt so langsam.«

Ich hielt mich mucksmäuschenstill, um die Gefühle, die zwischen den beiden aufbrachen, nur ja nicht zu stören.

Er sprach in derselben ruhigen Stimme weiter. »Wenn es zu spät ist, ja, dann kommen wir vielleicht darauf, dass alles auch anders hätte laufen können.«

»Vielleicht ist es nie zu spät. Ich glaube, wir haben letztlich nur die Chance, zu wachsen und uns zu verändern oder aber zugrunde zu gehen. Ich versuche immer noch zu wachsen.«

»Ich frage mich, wie viel Zeit mir noch bleibt?«

Sie sprach zärtlich liebevoll. »Eine Menge, wenn du nur willst. Wichtig ist das Hier und Heute – und das, was wir daraus machen.«

Er seufzte tief, und ich sah, wie seine Hand sich noch fester um Annes Hand schloss.

In dem Moment stürzte Ryce ins Zimmer und baute sich

vor seinen Eltern auf. Noch ein Riese, und ein zorniger obendrein. Als er zu sprechen anfing, hörte ich die eisige Wut in seiner Stimme. Schließlich platzte er mit allem heraus.

»Ich weiß jetzt alles. Louise hat mir ihre Geschichte erzählt.« Er schaute seine Eltern nacheinander an, und in seinen Augen lag keine Spur von Verzeihen. »Ich hole sie demnächst nach Gulls Cove und bin mir sicher, sie wird sich erholen und wieder auf die Beine kommen.«

Das Gesicht des Captains hatte sich verfinstert. »Ich kenne ihre Geschichte ebenfalls und bin mir sicher, dass sie in diese Familie nicht hineinpasst. Du wirst dich von ihr scheiden lassen, und zwar sofort.«

Ryces kalter Tonfall verbarg das ganze Ausmaß seiner Wut. »Ich werde mich mitnichten scheiden lassen. Sie braucht mich ebenso sehr, wie ich sie brauche. Keiner von euch beiden wird das jemals verstehen.«

Ich sah Annes bestürzten Gesichtsausdruck, und mir war klar, dass sie sehr wohl alles verstand. Vielleicht hatte Ryce bis dahin nie jemand wirklich gebraucht – weder seine Mutter noch sein Vater noch seine Tochter. Dazu waren sie alle viel zu sehr mit sich selbst beschäftigt gewesen.

Ausnahmsweise schien der Captain um eine Antwort verlegen. Er starrte seinen Sohn schweigend an.

Anne beugte sich zu ihm hinunter. »Er hat Recht, Nicholas. Wir haben beide eine Menge wieder gutzumachen.«

Ich schlich mich aus dem Zimmer, damit die drei alles Weitere unter sich ausmachen konnten. Zu meiner großen Freude war ich mir nun wenigstens in einem Punkt sicher: Dem Captain ging es wesentlich besser als zuvor. Er kämpfte nun nicht mehr bloß gegen seine Krankheit – wie er es bis dahin getan hatte –, sondern entwickelte mit Annes Hilfe den Willen, wirklich weiterzuleben.

25

Entgegen meiner ursprünglichen Absicht besuchte ich Louise noch im Krankenhaus, ehe Ryce sie nach Hause holte. Sie hatte den Wunsch geäußert, mich zu sehen, und da ich unmöglich Nein sagen konnte, chauffierte mich Ryce zu ihr. Ihrer Bitte, sie mit mir alleine zu lassen, kam er sofort entgegen und verließ, nachdem er sie geküsst hatte, sofort das Krankenzimmer.

Sie saß auf einem Stuhl neben dem Fenster. Die am Ansatz leicht nachgedunkelten Haare hatte sie zu einem strengen Zopf geflochten, der ihr über die Schulter nach vorne hing. Sie trug einen edlen Morgenmantel, sonst erinnerte jedoch nichts an ihre frühere Glanzzeit als Model. Den Schlaganfall schien sie weitgehend überwunden zu haben, abgesehen von einer eingeschränkten Beweglichkeit ihrer linken Hand.

Nach der Begrüßung klang ihre Stimme eher abwesend, als würde sie mehr zu sich selbst als mit mir sprechen.

»Langsam wird mir klar, was ich an meinem Mann eigentlich habe«, sagte sie. »Es vergeht kein Tag, an dem er mich nicht besucht, und das bei diesem Aussehen. Ich glaube schon fast, ich bin ihm *als Mensch* wichtig.« Ihre Stimme brach. »Mir ist klar, dass Nicholas wegen meiner Vergangenheit auf eine Scheidung drängen wird, aber Ryce akzeptiert mich so, wie ich nun mal bin.« Sie lächelte leicht verlegen. »Sieht fast so aus, als würde ich mich verlieben.«

»Warum eigentlich wollten Sie mich sehen, Louise?«, fragte ich vorsichtig.

Als sie weitersprach, wirkte sie wie aus zwei Persönlichkeiten zusammengesetzt – der uneigennützig Liebenden, wie sie Brenda vor langer Zeit gekannt hatte, und der hartherzig gierigen Frau, zu der sie geworden war. Vielleicht war sie sich selbst nicht sicher, welche Seite momentan im Vordergrund stand.

Sie bedeutete mir, auf einem Stuhl neben ihr Platz zu nehmen. »Ryce sagt, Sie würden Topsail bald verlassen.«

»Ich gehe davon aus«, sagte ich.

»Der Captain hat Sie ja aus einem ganz bestimmten Grund hierher geholt. Sind Sie in dieser Angelegenheit einen Schritt weitergekommen?«

»In welcher Angelegenheit denn?«

»Herauszufinden, was mit Susan passiert ist.«

Mit dieser Frage hätte ich nicht gerechnet, und ich wartete ab, was sie weiter dazu zu sagen hatte.

Einen Moment lang kam kein Wort, dann hob sie mit leiser Stimme zu sprechen an. »Ich kann Ihnen sagen, wer sie umgebracht hat. Ich wusste es von Anfang an, habe aber geschwiegen wie ein Grab.«

Ich saß gespannt da, die Hände an der Stuhllehne festgeklammert, und fast schien sie ihren Spaß daran zu haben, mich auf die Folter zu spannen.

»Mrs Orion ist die Mörderin.«

Ich konnte das schier nicht glauben, obwohl sich Mrs O. in den letzten paar Tagen wirklich mehr als merkwürdig verhalten hatte.

Schließlich fing ich mich wieder. »Aber warum –? Was ist passiert?«

»Auf die genaueren Details kommt es nicht an, denn sie werden wohl kaum die Absicht haben, weitere Schritte zu unternehmen. Denken Sie allein an die Konsequenzen für den Captain. Er ist von Mrs Orion abhängig. Welchen Sinn sollte es haben, sie zur Verantwortung zu ziehen? Eine Frau ihres Alters der Justiz auszuliefern?«

»Gerade der Captain will doch den Fall geklärt haben.«

Sie reagierte schnippisch. »Sein Problem.«

Ich versuchte, das Thema anders anzugehen. »Was hatten

Sie in diesem Verlies unter dem Montagegebäude zu suchen? Warum haben Sie einen Schlaganfall bekommen?«

Sie weigerte sich, meine Fragen zu beantworten, stand stattdessen auf und begann zu meinem Erstaunen, frei im Zimmer herumzugehen. »Sehen Sie nur! Ich bin wieder ganz bei Kräften! Ryce wird mich bald nach Hause holen können.«

»Bitte, antworten Sie mir«, sagte ich.

Sie sah mich plötzlich hilflos an, und in dem Moment wusste ich, dass sie meinem Drängen nachgeben würde. Sie kehrte zu ihrem Stuhl zurück und machte sich daran, langsam auszupacken.

»In Ordnung – ich sage Ihnen Folgendes, nicht mehr und nicht weniger. Mrs Orion wollte mich unter vier Augen sprechen. Ich dachte, ich könnte ihr Angst einjagen, wenn ich sie in diesen unterirdischen Raum lotsen würde, in dem die Kinder zu spielen pflegten. Sie mag diesen Ort nämlich überhaupt nicht.«

»Warum wollten Sie ihr denn Angst einjagen?«

»Das spielt jetzt keine Rolle.«

»Und was ist dann passiert?«

»Sie hat mich bedroht.« Louise wurde lauter. »Sie hat mich allen Ernstes bedroht.«

Ich versuchte, sie zu beruhigen. »Vielleicht sollten Sie hier lieber eine Pause machen. Ich hole Ryce wieder herein.«

Sie streckte den rechten Arm aus und packte mich an der Hand. »Mit mir ist alles in Ordnung. Bleiben Sie hier.«

Ich versuchte es mit einer weiteren Frage. »Wie hat sic Sie denn bedroht?«

»Sie hat gesagt, es sei Zeit, dass der Captain die Wahrheit erfährt. Das konnte ich auf keinen Fall zulassen. Nicht das auch noch. Ich habe gekontert, sollte sie dem Captain wirklich alles erzählen, dann würde ich ihm die Wahrheit über sie erzählen – dass sie nämlich Susans Mörderin ist. Sie hat gekocht vor Wut, und die Nerven lagen bei uns beiden blank.

Mit meinem hohen Blutdruck habe ich diese Aufregung wohl nicht verkraftet. Ich erinnere mich an nichts weiter und bin erst hier wieder aufgewacht.«

»Mrs Orion – eine Krankenschwester – hat Sie dort alleine zurückgelassen?« Ich konnte und wollte das nicht begreifen, so abwegig schien mir die Geschichte.

»So muss es wohl gewesen sein. Aber wenn Sie sie heute darauf ansprechen, würde sie garantiert alles so hinstellen, damit sie selbst aus dem Schneider ist. Und wenn Sie gar nichts sagen, würde sie es wahrscheinlich auch so machen. Deshalb wollte ich Sie schon im Voraus warnen, damit Sie sich in Acht nehmen vor ihr.«

»Haben Sie Ryce von dieser Geschichte erzählt?«

Sie reagierte entsetzt. »Oh, nein. Unmöglich. Am Ende würde er Mrs Orions Lügengeschichten noch glauben und mich für den Tod seiner Tochter verantwortlich machen. Das würde mir das Genick brechen bei dem, was ich in der Vergangenheit schon alles durchmachen musste.«

»Brenda hat mir ein bisschen erzählt von Ihnen.«

»Klar.«

»Ich glaube, Brenda hat Sie bewundert. Aber wie auch immer, Sie haben genug verloren, und Ryce wird Verständnis für Sie haben, wenn Sie ihm reinen Wein einschenken.«

»Ich will nichts riskieren. Er würde mir ja vieles verzeihen, aber nicht das.«

»Was meinen Sie? Sie haben gesagt, Mrs Orion hat Susan ermordet. Auch wenn ich es noch immer nicht glauben kann.«

Louise vergrub das Gesicht in den Händen. »Es ist alles viel komplizierter, als Sie denken. Aber ich kann mir einfach nicht vorstellen, was ich machen soll, wenn Mrs Orion ihm ihre Lügengeschichten auftischt. Und Sie wird ihn anlügen!«

Wir hörten beide nicht, wie Ryce zur Tür hereinkam. »Welche Lügen? Worum geht es denn?«

Louise begann leise zu schluchzen, hilflos.

»Wie konnten Sie bloß!«, sagte er zu mir. »Egal was es ist, Louise, wir kümmern uns drum. Mach dir keine Sorgen. Mrs Knight, ich bringe Sie jetzt besser zum Captain zurück.«

Ich folgte ihm unverzüglich, ratloser als je zuvor.

Er setzte mich vor dem Haus ab, wollte aber nicht mit hereinkommen. Kaum war ich die Treppe hinaufgegangen, kam Dulcie auf mich zugerannt.

»Miss Anne ist weggefahren, mit dem Boot«, informierte sie mich, »zusammen mit Mrs Orion und Corey.«

»Und wer sieht nach dem Captain?«, fragte ich.

»Mrs O. hat gesagt, ich soll ab und zu bei ihm reinschauen, falls er etwas braucht. Sie wollen bald wieder zurück sein, aber ich weiß überhaupt nicht, was das alles bedeutet, und ich fürchte mich.«

Ich versuchte, sie zu beruhigen. »Es ist sicher alles gut. Ich schau mal kurz zum Captain rein.«

Sie war einverstanden und düste sichtlich erleichtert ab. Als ich in sein Zimmer kam, nörgelte der Captain herum, weil man ihn »im Stich gelassen« hatte. Ich berichtete ihm in zensierter Form von meinem Krankenbesuch, aber Louise interessierte ihn nicht; er wollte Mrs Orion hier haben, und zwar auf der Stelle. Sie war aber nun einmal mit Anne Trench weggefahren, und auf mein Angebot, dass ich mich ja um ihn kümmern könne, brummte er nur, er brauche keinen Babysitter. Also ging ich raus in den Hof zu Dulcie, die gelangweilt auf ihrer Schaukel saß und nur gelegentlich mit der Fußspitze auf den Boden tippte.

Ich fand, das war eine gute Gelegenheit, sie über die Kristalldruse auszufragen, die sie am Rand des Piratenpfuhls gefunden hatte. Als ich bei ihr anlangte, hielt sie die Schaukel an.

»Dulcie«, sagte ich, »willst du mir nicht mehr darüber erzählen, was genau mit dieser Amethystdruse passiert ist, die du gefunden hast? Wenn du mir den Rest der Geschichte weiter verschweigst, könnte die falsche Person für das Schicksal

Susans zur Verantwortung gezogen werden.« Das war zwar gewagt, aber zumindest versuchen musste ich es.

Ihr kamen beinahe die Tränen, aber dieses Mal rannte sie nicht weg. Sie hatte eindeutig das Bedürfnis, mit jemandem zu reden, und wir beide gingen zusammen zu der schattigen Stelle unter dem Haus des Captains und setzten uns auf eine Bank.

»Kannst du nun darüber sprechen?«, fragte ich vorsichtig.

Ihr Bedürfnis, die Sache endlich loszuwerden, brach sich Bahn, und es sprudelte förmlich aus ihr heraus. »Ich konnte wirklich kaum etwas sehen draußen an diesem Abend – es war zu dunkel. Aber ich glaube, meine Mutter war da.«

»Und Susan auch?«

»Ich weiß es nicht. Ich hatte das Gefühl, es waren zwei Personen.« Sie stockte kurz und sprach dann hastig weiter. »Susan und Mom waren schon länger verfeindet, und ich wusste, sie hatten auch an diesem Abend Krach gehabt. Ich glaube, Susan hat ihre Oma so geliebt, dass sie die Gefühle des Captains für meine Mutter einfach nicht ertragen konnte. Einmal habe ich gehört, wie Susan ihr gedroht hat, sollte Mom nicht die Finger von ihm lassen. Mom kann manchmal auch ganz schön wütend werden, und als ich hörte, wie sie sich angeschrien haben, bin ich vom Haus weggelaufen und erst wieder zurückgekommen, als alles vorbei war.«

Dulcie unterbrach und hatte keine Lust mehr, weiterzusprechen.

»Ich kann niemandem helfen, wenn du mir nicht alles sagst.«

Sie atmete tief durch und redete weiter. »Als ich an diesem Abend jemanden in der Nähe der Grube sah, habe ich geglaubt, es ist meine Mutter. Ich habe noch gewartet und bin dann hingegangen. Und da habe ich den Amethyst gefunden. Aber ich habe mir keine Gedanken gemacht, was passiert sein könnte, bis sich herausstellte, dass Susan verschwunden war. Der Amethyst war bis dahin in Susans Zimmer gewesen, und so kam mir der Gedanke, meine Mutter hat – hat – Aber das stimmt nicht, oder?«

Sie begann zu weinen, und ich legte einen Arm um ihre Schulter. »Nein, nein, niemals.«

Ich glaubte einfach nicht, dass Carlina an jenem Abend zum Piratenpfuhl gegangen war, nicht seit ich wusste, was Louise mir erzählt hatte.

»Du hast keinen Grund, dir Sorgen zu machen«, beruhigte ich sie. »Ich bin froh, dass sich deine Eltern wieder so gut vertragen und dass Anne den Captain regelmäßig besucht. Ich will nur herausfinden, was mit Susan wirklich passiert ist.«

Sie schniefte, worauf ich ihr ein Taschentuch gab und sie sich schnäuzte und die Augen trocknete. »Jetzt geht's mir besser, Hallie. Ich bin froh, dass du hier bist.«

Sie rannte erleichtert zurück zu ihrer Schaukel, und ich ging nach oben, um nach dem Captain zu sehen, fand ihn aber schlafend. Als ich auf mein Zimmer gehen wollte, klingelte das Telefon, und ich nahm ab. Der Anruf kam vom Krankenhaus, und die Dame fragte nach Ryce. Zu Hause hatte sie ihn nicht erreichen können.

»Es ist dringend«, sagte sie.

»Hier ist er jedenfalls nicht, und ich habe auch nicht die geringste Ahnung, wo er sein könnte«, sagte ich. »Kann ich denn etwas tun?«

»Mrs Trench hat sich angezogen und das Krankenhaus heimlich verlassen. Wir müssen unverzüglich ihren Mann informieren.«

»Sollte ich etwas von ihm hören, werde ich ihn sofort bitten, Sie anzurufen«, sagte ich.

Nach diesem Telefonat war ich völlig durcheinander. Bei meinem Besuch im Krankenhaus hatte ich Louise von einer anderen Seite kennen gelernt, aber sie war dennoch unberechenbar, und ihr Verschwinden machte mir Angst. Solange nicht geklärt war, wo Ryce steckte, konnte man nichts unternehmen. Die Dinge schienen aus dem Ruder zu laufen, und mir war plötzlich klar, was *ich* zu tun hatte.

Ich rief Mrs Varidy an und verlangte, Paul zu sprechen; als er am Apparat war, beschränkte ich mich auf das Allernötigste. »Du musst dringend kommen«, sagte ich.

»Ich bin in wenigen Minuten da«, sagte er und legte auf.

Ich erwartete ihn am Treppenabsatz, und wie versprochen kam er auch innerhalb kürzester Zeit. Wir gingen auf die Terrasse und setzten uns. Die Frühlingssonne schien angenehm mild auf uns herab, die frische Luft wirkte belebend. Vielleicht war aber auch Paul der Grund, dass ich mich sofort besser fühlte – weil er auf meinen Anruf hin sofort gekommen war.

Ich erzählte ihm von meinem Besuch im Krankenhaus, dem Gespräch mit Louise und ihrem schlimmen Verdacht Mrs Orion betreffend. »Sowohl Corey wie auch seine Mutter sind verschwunden, und der Captain ist ganz alleine, abgesehen von mir und Dulcie. Da braut sich etwas zusammen hinter unserem Rücken, etwas Schlimmes passiert, und ich weiß nicht, was ich tun soll.«

»Wir können nichts tun, nur abwarten«, sagte er und drückte mir zärtlich die Hand. »Ich glaube, Hallie, sobald sich die Dinge hier einigermaßen geklärt haben, sollten wir nach Hause fahren. Zusammen – wenn du willst.«

Ich war bereit und wünschte mir nichts sehnlicher als das. »Ich bin mir nicht sicher, was du dir erwartest, Paul, oder was ich mir erwarte. Aber ich will bei dir sein.«

»Vielleicht wollen wir beide, dass alles nur wieder so wird, wie es war. Aber es gibt, glaube ich, kein Zurück. Meinst du, wir könnten einen gemeinsamen Weg in die Zukunft finden, wenn wir es versuchen?«

»Ich wünsche mir nichts sehnlicher als das«, sagte ich. In mir schien etwas zu schmelzen – ein Prozess, der die alte Wut einfach hinwegspülte. Plötzlich begann ich mit gutem Grund zu hoffen, Paul und ich würden Glück haben, und das

Schicksal von Anne und Nicholas Trench würde uns erspart bleiben.

Wir waren so sehr mit uns selbst beschäftigt, dass wir das Geräusch eines herannahenden Bootes überhörten und erst Notiz davon nahmen, als es direkt unterhalb, vor unseren Augen, in Richtung Steg beidrehte. Es war Corey, zusammen mit Anne Trench und Mrs Orion.

Wir sahen zu, wie er auf den Steg sprang und die beiden Frauen beim Aussteigen stützte. Anne sah zu uns herauf und winkte, und innerhalb kurzer Zeit waren sie bei uns auf der Terrasse.

Mrs Orion ergriff zuerst das Wort. Sie sah blass aus, wie von Schuldgefühlen geplagt. »Geht es dem Captain gut, Mrs Knight? Ich musste Hals über Kopf weg. Corey wollte gerade ablegen, Mrs Trench war schon im Boot, also bin ich mitgefahren.«

»Es ist alles in Ordnung«, sagte ich. »Ich bin vor Kurzem aus dem Krankenhaus zurückgekommen. Als ich eben erst nachgesehen habe, hat er geschlafen.«

Mrs Orion wollte sofort zu ihm eilen, aber Anne hielt sie zurück. »Warten Sie, bis Sie sich beruhigt haben. Ihr Zustand würde ihn nur unnötig aufregen. Es wird sich alles von alleine klären. Sie müssen nur etwas Geduld haben. Es war vollkommen richtig von Ihnen, dass Sie mitgekommen sind und sich mit mir unterhalten haben. Wenn es möglich ist, werden wir beide gemeinsam Louise besuchen.«

»Wenn es möglich ist«, sagte ich. »Sie hat das Krankenhaus verlassen und ist seitdem unauffindbar. Ryce konnten die Leute vom Krankenhaus auch nicht erreichen.«

Mrs Orion war sichtlich beunruhigt angesichts dieser Nachricht. »Ich traue ihr nicht. Sie hat mich mit einem Trick in dieses Loch unter dem Montagegebäude gelockt.«

»Sie hat mir erzählt, dass Sie beide da waren«, sagte ich, »wollte aber nicht sagen, was passiert ist.«

»Das ist auch gut so. Ich weiß nicht, was sie aus dieser Geschichte gemacht hätte, aber es ist Zeit, dass endlich alle die Wahrheit erfahren. Das habe ich auch zu Louise gesagt, worauf sie fast durchgedreht wäre, so hat sie sich aufgeregt. Natürlich hätte ich sie nach ihrem Zusammenbruch nicht da unten liegen lassen dürfen, aber ich hatte solche Angst, man könnte mir die Schuld dafür anhängen, und da bin ich weggerannt.«

Ich hatte Mrs Orion noch nie so durcheinander gesehen. Sie war völlig aus dem Häuschen, fasste sich aber wieder, nachdem sie sich gesetzt hatte.

»Bitte glauben Sie mir, wenn ich Ihnen sage, dass ich mich sehr schnell eines Besseren besonnen habe. Schließlich *bin* ich Krankenschwester. Ich wollte gerade nach ihr sehen, als Sie mich holen kamen, Mrs Knight. Nachdem man Louise dann ins Krankenhaus gebracht hatte, war ich völlig hilflos. Ich wusste überhaupt nicht, was ich machen sollte, bis ich zu Ihnen kam, Mrs Trench. Jetzt ist mir klar, dass die Wahrheit ans Tageslicht muss, unabhängig von den Konsequenzen für mich und Louise.«

Mrs Orion schloss die Augen und lehnte sich zurück. Corey legte ihr eine Hand auf die Schulter. »Halt die Ohren steif, Ma. Was soll schon groß passieren.«

Schließlich wagte ich es, wenn auch mit leiser Stimme, die unvermeidliche Frage zu stellen. »Haben Sie Susan ermordet, Mrs Orion?«

Sie starrte mich mit weit aufgerissenen Augen an, der Blick traurig und resigniert. »Nein, ich habe sie nicht umgebracht, aber ich habe mich mit Louise verschworen, alles zu vertuschen. Sie war so fertig mit den Nerven, dass ich nicht anders konnte.«

»Sie haben mir erzählt, was passiert ist«, sagte Anne, »und ich glaube, Sie haben die Wahrheit gesagt. Louise kann nichts unternehmen, ohne sich dabei selbst zu schaden.«

Anne wollte gerade alles erklären, als wir hörten, dass jemand die Treppe heraufkam. Ich drehte mich neugierig um, und im selben Moment kam auch schon Louise auf die Terrasse gerauscht. Sie war ganz außer sich, ihr Gesichtsausdruck wirr. In ihrer Eile kannte sie nur ein Ziel: Mrs Orion.

Corey kam ihr jedoch zuvor und stellte sich ihr in den Weg. Sie erhob die Hand gegen ihn, aber er wehrte den Schlag gerade noch rechtzeitig ab. Nach kurzem Ringen gab sie sich geschlagen und brach an seiner Schulter zusammen.

»Ich gehe kein zweites Mal ins Gefängnis!«, schrie sie. »Eher bringe ich mich zuvor um!«

Anne rückte noch einen Stuhl heran und half Louise, mit Coreys Unterstützung, darauf Platz zu nehmen. »Niemand muss ins Gefängnis«, beruhigte sie Anne. »Mrs Orion hat mir genau geschildert, was passiert ist. Wenn jemand dafür verantwortlich zu machen ist, dann alle drei. Sie und Mrs Orion – und Susan. Susan vielleicht sogar am allermeisten. Ich kann gut verstehen, wie erschrocken Sie beide gewesen sein müssen, als es passiert ist. Ryce kannte damals Ihre Geschichte noch nicht, Louise, und Sie wussten nicht, dass sie auf ihn vertrauen können. Sie haben befürchtet, Ihr gesichertes Leben könnte mit einem Schlag wie ein Kartenhaus zusammenstürzen, deshalb haben Sie den Kopf verloren. Ist mir auch schon passiert – ich kenne das Gefühl. Aber Ryce muss erfahren, wie seine Tochter zu Tode gekommen ist. Verstehen Sie das, Louise?«

Louise war mit ihren Kräften am Ende, schluchzte leise vor sich hin. Ich sah zu Paul, aber er schüttelte nur fassungslos mit dem Kopf. Keiner im Raum sprach ein Wort.

Wieder hörte ich, dass jemand die Treppe heraufkam, und dieses Mal war es Ryce, der auf uns zustürzte. Er sah Louise nicht, die zusammengesunken auf ihrem Stuhl saß.

Er redete sofort drauflos. »Ich habe im Krankenhaus angerufen, und mir wurde gesagt, Louise ist weggelaufen, einfach so, ohne ein Wort. Habt ihr etwas gehört –?« In dem Moment erblickte er sie auf ihrem Stuhl, ein zusammengekauertes Bündel, und rannte sofort auf sie zu. »Ich weiß nicht, warum du aus dem Krankenhaus weggelaufen bist. Ich hätte dich doch jederzeit hierher bringen können.«

Sie sah ihn mit tränennassen Augen an und griff nach der Hand, die er ihr entgegenstreckte. »Ich will nur noch nach Hause.«

Ehe er ihr auf die Beine helfen konnte, ertönte Annes feste, ruhige Stimme. »Setz dich doch bitte noch einen Moment, Ryce. Wir müssen zusammen reden. Aber zuerst müssen wir noch den Captain holen, denn er muss auch dabei sein.«

Mrs Orion schüttelte den Kopf. »Nein! Bitte nicht! Er ist zu schwach und würde das nie verkraften.«

»Er ist stärker, als Sie glauben«, erwiderte Anne. »Ich hole ihn, und Sie beruhigen sich jetzt erst mal. Wir müssen uns nun in aller Ruhe überlegen, wie es weitergeht.«

Dann marschierte sie schnurstracks zum Captain, während der Rest von uns abwartete. Ryce tat sein Bestes, um Louise zu beruhigen, obwohl er ebenso wenig wie Paul und ich wusste, was nun tatsächlich geschehen war.

Corey hatte sich einen Stuhl herangeholt; er saß nun direkt neben seiner Mutter und hielt ihre Hand. »Es wird alles gut«, sagte er zu ihr. »Du hast damit nichts zu tun.«

»Trotzdem!«, rief sie. »Ich hänge mit drin, und es gibt für mich kein Entrinnen.«

Es dauerte eine Weile, bis Anne den Captain geweckt und in seinen Rollstuhl gesetzt hatte, und als er endlich in unserer Runde saß, war es wieder Anne, die als Erste das Wort ergriff. Sie wandte sich so behutsam wie möglich an Louise.

»Welche Rolle, Louise, spielten denn nun diese Drusen, mit denen offenbar alles anfing?«

Einen Moment lang hatte es den Anschein, als könnte – oder wollte – sie nicht sprechen. Ryce legte einen Arm um ihre Schulter. »Schon gut. Spricht meine Mutter von den Amethystdrusen, die ich dir und Susan geschenkt habe?«

Louise nickte schweigend.

»Sie waren als Buchstützen gedacht, und ich habe das

komplette Paar gekauft«, sagte Ryce, »aber dann kam mir die Idee, ich könnte eine dir und die andere Susan schenken, weil sie so schön und ungewöhnlich waren. Susan hatte einen seelischen Durchhänger, und ich wollte ihr mit dem Geschenk eine Freude machen. Was ist denn nun geschehen, Louise?«

Darauf fasste sie sich und begann zu erzählen. »Susan rief eines Tages an und verlangte die Herausgabe des Amethysts, den ich von dir bekommen hatte. Sie bestand darauf, da die beiden zusammengehörten und sie unbedingt beide haben wollte. Ihre Stimme klang sehr aufgeregt, und ich gab sofort nach. Es wurde schon dämmrig, aber wir haben gute Bootsscheinwerfer, und ich dachte mir, ich fahre schnell über den Sund und bringe ihr den Amethyst, um noch vor Einbruch der Dunkelheit wieder zurück zu sein. Als ich die Anlegestelle erreichte, erwartete sie mich bereits, und mir kam es so vor, als sei sie völlig außer Rand und Band.«

Louise sah zu ihrem Mann auf, und Ryce streichelte zärtlich ihre Wange. »Sie konnte so sein. Ich versteh dich schon.«

Nachdem sie tief durchgeatmet und sich beruhigt hatte, fuhr Louise fort. »Anscheinend hatte Brenda Susan gerade von meinem Gefängnisaufenthalt erzählt und von den Geschehnissen in New York. Susan hatte mich noch nie als Stiefmutter akzeptiert, und nun war sie außer sich vor Wut, weil ich dir nicht die volle Wahrheit erzählt hatte; sie fand, ich hätte dich damit getäuscht. Sie erwartete mich vorne am Steg, und ich war noch nicht einmal richtig ausgestiegen, da fiel sie schon über mich her. Sie tobte wie verrückt, beschimpfte mich und warf mir die übelsten Sachen an den Kopf, lauter Verleumdungen. Sie waren doch dabei, Mrs Orion. Auf Susans ausdrücklichen Wunsch waren Sie mit heruntergekommen, um Zeugin zu sein, wie sie mich fertig macht. Das haben Sie mir selbst gesagt.«

»Stimmt«, sagte Mrs Orion leise. »Sie wissen also, dass ich provoziert wurde und im Affekt gehandelt habe. Ich trage keinerlei Verantwortung für das, was dann passiert ist. Sie haben vielleicht geglaubt, der Amethyst sei zu schwer, um ihn als Wurfwaffe zu gebrauchen, aber irgendwann platzte mir einfach der Kragen, und ich schleuderte ihn mit aller Kraft gegen Susan. Er traf sie direkt ins Gesicht, und sie taumelte rückwärts ins Wasser. Der Amethyst blieb auf dem Steg liegen, und im Licht des Bootsscheinwerfers konnte ich das Blut darauf sehen – Susans Blut. Nun ist sie tot, und ich bin schuld daran.«

Louise vergrub ihr Gesicht in den Händen und begann wieder zu weinen.

»Nein«, sagte Mrs Orion. »Sie sind nicht schuld – nicht ganz. Ich konnte nämlich sehen, was Sie in Ihrer Aufregung nicht gesehen haben. Susan stand blutüberströmt vor Ihnen, aber der Stein hat sie nicht mit solcher Wucht getroffen, dass sie deswegen ins Wasser fiel. Vor Schmerz hielt sie eine Hand gegen das Gesicht gepresst, aber sie nahm sie wieder herunter, und es dauerte noch einen Augenblick, ehe sie einen Schritt nach hinten machte und ins Wasser stürzte. Ich glaube sie war sich nicht bewusst, dass sie so nahe am Abgrund stand. Es passierte sehr schnell, aber ich habe alles genau beobachtet. Susan schwamm dann unter den Steg, auf dem wir standen. Vielleicht wollte sie sich an einem der Pfosten festhalten.«

Louise hob den Kopf. »Davon haben Sie mir nie etwas erzählt.«

»Sie haben mir keine Chance dazu gegeben. An jenem Abend waren Sie wie in Panik, und später hatten Sie nur noch den Gedanken, die eigene Haut zu retten.«

»Ich habe versucht, sie zu retten. Sie wissen genau, dass ich es versucht habe.«

»Ja, versucht haben Sie es.« Sie wandte sich wieder der ganzen Runde zu. »Als Louise einigermaßen bei Sinnen war, sprang sie ins Wasser, um Susan zu Hilfe zu kommen.«

»Es war dunkel in der Umgebung des Stegs, und ich konnte

sie nicht gleich finden«, berichtete Louise traurig. »Letztendlich wurde ihr der lange Schal zum Verhängnis, den sie um den Hals trug. Als Susan ins Wasser fiel, kam gerade eine von diesen großen Yachten vorbei, und die Wellen klatschten nur so an den Steg, sodass Susans Schal sich zwischen den Pfeilern verfing. Ich musste sie erst einmal daraus befreien, ehe ich sie an Land bringen konnte. Und Sie, Mrs Orion, haben mir dabei geholfen, sie aus dem Wasser zu ziehen.«

Coreys Mutter wirkte traurig, als sie weitersprach. »Wir haben unser Bestes getan, um sie zu retten. Ich wusste ja, was zu tun war, aber es half alles nichts. Spätestens hier hätte ich sagen müssen, ich spiele nicht mehr mit, Louise, aber Sie haben mich eingeschüchtert. Sie haben mir gedroht, Sie würden mich für alles verantwortlich machen, wenn ich Hilfe holen würde.«

Louise wandte sich, mit gedämpfter Stimme, an ihren Mann. »Ich dachte, ich hätte sie umgebracht, und dass du mir nie verzeihen würdest. Mein einziger Gedanke war, ich würde wieder ins Gefängnis müssen. Mrs Orion musste mir einfach helfen. Ich glaube, von dem Zeitpunkt an hatte sie Angst vor mir.«

Ryce beruhigte sie mit zärtlicher Hand, und Mrs Orion erzählte, wie es weiterging. »Stimmt alles. Mit vereinten Kräften haben wir Susan zum Piratenpfuhl geschleppt. Zu der Zeit war es bereits dunkel, und vom Haus des Captains aus konnte man absolut nichts sehen. Gott möge mir verzeihen, aber ich habe Louise sogar dabei geholfen, Susans Leiche in diese Grube zu werfen. Dann bin ich zurück zum Steg gelaufen, habe den blutverschmierten Amethyst heraufgeholt und ihn ebenfalls in das Loch geworfen. Louise hatte in der Zwischenzeit einen Eimer Wasser und eine Bürste besorgt, um den Steg zu schrubben. Dann ist sie mit ihrem Boot zurück über den Sund gefahren, und das war's. Wir haben nie mehr auch nur ein Sterbenswörtchen über diese Sache gesprochen, nur einmal hat sie mich daran erinnert, dass ich als Komplizin mit zur Verantwortung gezogen würde, sollte die Wahrheit je ans Licht kommen. Aber das schreckliche Ereignis verfolgte mich Tag und Nacht, und als Mrs Knight hier aufkreuzte und damit begann, die alte Geschichte wieder aufzuwühlen, war mir klar, dass ich mich aussprechen musste.«

»Was Sie ja dann auch getan haben«, sagte Anne. »Sie haben sich an mich gewandt, und das war auch genau richtig.«

Damit war der Hergang dieser grausigen Geschichte erzählt. Nun stand die Frage im Raum, ob sie noch ein Nachspiel haben würde. Ich ging ans Geländer und stellte mich neben Paul, der einen Arm um mich legte.

Der Captain hatte während der ganzen Zeit geschwiegen, und mir war aufgefallen, dass Anne ihn schon seit Längerem nervös beäugte. Er hatte immer nach einer Lösung des Rätsels gesucht – und sie hiermit bekommen.

Ryce ergriff zuerst das Wort. »Wie soll es jetzt weitergehen? Was immer auch geschieht, Dad, ich stehe fest an Louises Seite.«

Nicholas Trench sah seinen Sohn eindringlich an. »Wie es sich für einen guten Ehemann gehört.« Dabei vermied er jeglichen Blickkontakt mit Anne.

»Wir müssen die Polizei verständigen«, sagte Mrs Orion. »Unbedingt.«

»Ich bin mir nicht sicher, ob das nötig ist.« Der Klang seiner Stimme sagte mir, dass er sich wieder gefasst hatte.

»Es wurde zumindest eine Leiche beseitigt«, sagte Paul. »Ist das kein Verbrechen?«

»Nicht, dass ich wüsste. Wenn man denn von einem Vergehen sprechen könnte, dann bestünde das allenfalls in einer Behinderung der Justiz. Das wäre eindeutig ein Verstoß gegen das Gesetz. Aber kann man hier wirklich von einer Behinderung sprechen? Es gibt keine Tatopfer, und es wurde auch kein Verbrechen begangen. So wie es aussieht, kam meine Enkelin letztlich durch einen Unfall zu Tode – obendrein befand sie sich zum fraglichen Zeitpunkt in einer äußerst prekären Gemütsverfassung. Hilfreich wäre, wenn man irgendwie nachweisen könnte, dass sie schon völlig außer sich war, bevor Louise hier überhaupt eintraf.«

Wie von einer Eingebung getroffen sprang Mrs Orion plötzlich auf. »Warten Sie! Ich habe da noch was aufgehoben.« Sie sah ihren Sohn mit einem gewissen Unbehagen an. »Susan hatte an diesem Abend noch kurz zuvor einen Brief geschrieben. Ich habe ihn danach gefunden und aufbewahrt. Er war an Mrs Trench adressiert – an Anne –, aber nachdem ich ihn gelesen hatte, beschloss ich, ihn niemandem zu zeigen. Dazu bestand kein Anlass, da Susan ja ohnehin nicht mehr da war. In dem Brief schrieb sie, dass sie ihr ganzes Leben lang unglücklich war und sogar unter Depressionen litt.«

Mrs Orion ging auf ihr Zimmer und kam mit dem Brief in der Hand zurück. Sie gab ihn zuerst Anne, die ihn mit Tränen in den Augen durchlas.

»Es stehen Sachen drin, von denen ich nicht wollte, dass sie jemand erfährt«, fügte Mrs Orion noch traurig hinzu. »Sie spricht in dem Brief davon, dass sie nicht wirklich sicher ist, ob sie dich liebt, Corey, und ob sie dich heiraten will. Ich habe geglaubt, dir das nicht zumuten zu können. Nun tut es mir leid, aber –«

»Schon gut, Ma«, sagte Corey und klopfte ihr beruhigend auf den Arm. »Du hast es ja nur gut gemeint.«

Anne reichte den Brief an den Captain weiter. Er las ihn zweimal und sagte dann: »Ja, Susan befand sich wirklich in einem bedenklichen Zustand, als sie diese Zeilen verfasste. Nachdem Brenda ihr die volle Wahrheit über Louises Vergangenheit erzählt hatte, verlor sie jegliche Kontrolle.« Er hielt kurz inne, um mit seinem eigenen Schmerz zurande zu kommen, und fuhr dann fort. »Ein guter Freund von mir ist Richter. Mit dem will ich diese Sache mal durchsprechen – als hypothetischen Fall. Ich glaube, er kommt auch zu dem Schluss, dass sich weitere Schritte erübrigen.«

Ryce wirkte unglaublich erleichtert. »Trotzdem kann ich mir nicht vorstellen, dass wir nun alles unter den Teppich kehren, als sei nichts geschehen.«

Anne blickte mit einem traurigen Lächeln zu ihrem Sohn. »So wird es sicher nicht laufen. Unsere Erinnerungen werden uns alle ein Leben lang begleiten, ganz zu schweigen von den Schuldgefühlen.«

Der Captain griff nach ihrer Hand. »Wenigstens können wir jetzt endlich trauern.«

Paul schloss seinen Arm fester um mich. »Schuldgefühle bringen uns nicht weiter. Dafür ist es jetzt zu spät. Als Außenstehender kann ich mich nur auf meine eigenen Erfahrungen beziehen. Was jetzt allenfalls noch zählt, ist, wie wir in Zukunft miteinander umgehen werden.«

Anne sah in lächelnd an. Dann richtete sie den Blick auf ihren Sohn. »Bring deine Frau nach Hause, Ryce. Wir bleiben in Kontakt, Louise.« Schlichte Worte, aber sie hielten eine Tür offen.

Im Anschluss daran löste sich die Runde auf. Anne war dem Captain behilflich, auf sein Zimmer zurückzukommen, und Corey machte sich auf den Weg zu Brenda. Ryce und Louise gingen gemeinsam zur Treppe; dabei konnte ich sehen, wie sie sich auf ihn stützte. Vor allem Mrs Orion stand die Erleichterung ins Gesicht geschrieben, wie ich fand – als fiele alle Schuld, so lange geschwiegen zu haben, endlich von ihr ab.

Nur Paul und ich waren auf der Terrasse zurückgeblieben; viel zu bewegt und außer Stande, zu sprechen, ließ ich den Blick über den Sund schweifen. Zwei Braunpelikane zogen vorüber – merkwürdige Tiere, aber in ihrem Flug doch so anmutig.

Plötzlich fiel mir diese Schildkröte wieder ein, deren Nest noch immer beschützt wurde. In gewisser Weise bedauerte ich es, nicht mehr hier zu sein, wenn all die frisch geschlüpften Schildkrötenbabys unter dem wachsamen Auge der Inselbewohner in Richtung Meer zappelten. Aber ich würde nicht dabei sein – ich *wollte* nicht länger hier bleiben.

»Fliegen wir morgen nach Hause?«, fragte ich.

»Auf diese Frage habe ich gewartet.«

»Irgendwann werde ich den Captain wieder besuchen. Ich habe das Gefühl, er wird seine Ärzte noch lange auf Trab halten. Außerdem will ich den Kontakt zu Anne Trench nicht verlieren.«

»Wir kommen beide zusammen zurück.«

Zusammen. Eines der schönsten Wörter überhaupt. Und dieses Mal würden wir gemeinsam dafür sorgen, dass nichts mehr schief ging. Aber im Moment genügten mir seine Umarmung und die Art, wie er mich küsste.

Postskriptum von Phyllis A. Whitney

Für die interessierten Leser nenne ich hier die Titel der beiden Bücher,
die Anne dem Captain mitgebracht hat.
Wie Anne glaube auch ich an sie.

Miracles Can Happen
von C. Norman Sheely

Remarkable Recovery (dt. *Unerwartete Genesung*)
von Caryle Hirshberg und Marc Ian Barash

Weltbild Buchverlag
Deutsche Erstausgabe 2006

Projektleitung: Gerald Fiebig
Übersetzung: Christian Kennerknecht
Redaktion: Ingola Lammers
Umschlag: Hauptmann & Kompanie Werbeagentur GmbH, München–Zürich
Umschlagabbildung: Glen Allison/gettyimages (Insel), Elio Ciol/Corbis (Edelstein)
Satz: avak Publikationsdesign, München
Druck und Bindung: Bagel Roto-Offset GmbH & Co. KG,
Gewerbegebiet Sachsen-Anhalt Süd, Kirchweg, 06721 Schleinitz

Gedruckt auf chlorfrei gebleichtem Papier

ISBN 3-89897-403-0